O Grande
Dia

OUTRAS OBRAS DA AUTORA:

Um caso de verão
A ilha
Os náufragos
Segunda chance

Elin Hilderbrand

O Grande
Dia

ROMANCE

Tradução
Ana Lucia Rodrigues

Rio de Janeiro | 2022

EDITORA-EXECUTIVA
Renata Pettengill

SUBGERENTE EDITORIAL
Luiza Miranda

AUXILIARES EDITORIAIS
Beatriz Araújo
Georgia Kallenbach

ESTAGIÁRIO
Leandro Oliveira

REVISÃO
Luciana Aché
Cristina Ressanha

CAPA
Leticia Quintilhano

IMAGENS DE CAPA
Getty Images

DIAGRAMAÇÃO
Ricardo Pinto

TÍTULO ORIGINAL
Beautiful Day

CIP-BRASIL. CATALOGAÇÃO NA PUBLICAÇÃO
SINDICATO NACIONAL DOS EDITORES DE LIVROS, RJ

R549s   Hilderbrand, Elin, 1969-
          O grande dia / Elin Hilderbrand ; tradução Ana Lucia Rodrigues. – 1. ed. – Rio de Janeiro : Bertrand Brasil, 2022.
          23 cm.

          Tradução de: Beautiful Day
          ISBN 978-85-2861-929-4

          1. Romance americano. I. Rodrigues, Ana Lucia. II. Título.

21-74416   CDD: 813
                              CDU: 82-31(73)

Camila Donis Hartmann – Bibliotecária – CRB-7/6472

Copyright © 2013, Elin Hilderbrand

Texto revisado segundo o novo Acordo Ortográfico da Língua Portuguesa.

Todos os direitos reservados. Não é permitida a reprodução total ou parcial desta obra, por quaisquer meios, sem a prévia autorização por escrito da Editora.

Direitos exclusivos de publicação em língua
portuguesa somente para o Brasil adquiridos pela:
EDITORA BERTRAND BRASIL LTDA.
Rua Argentina, 171 — 3º andar — São Cristóvão
20921-380 — Rio de Janeiro — RJ
Tel.: (21) 2585-2000
que se reserva a propriedade literária desta tradução.

Seja um leitor preferencial.
Cadastre-se no site www.record.com.br e
receba informações sobre nossos lançamentos
e nossas promoções.

Atendimento e venda direta ao leitor:
sac@record.com.br

Você quer uma história de amor?
Este romance é dedicado aos meus avós, Clarence Watt Huling Jr. e Ruth Francis Huling, que foram casados de 19 de junho de 1943 até a morte do meu avô, em 1º de junho de 2012.
Foram 68 anos, onze meses e duas semanas.
Isso é uma história de amor.

*Jennifer Bailey Carmichael e Stuart James Graham, e famílias,
convidam para a cerimônia de seu casamento.*

*A realizar-se às dezesseis horas do dia vinte de julho de
dois mil e treze, na Igreja Episcopal de St. Paul
Fair Street - Ilha de Nantucket.*

*Os noivos recepcionarão os convidados na residência
dos Carmichael após a cerimônia
Orange Street, 34.*

RSVP até 1º de junho

O CADERNO, PÁGINA 1

Querida Jenna,
    Finalmente cheguei ao ponto em que, com meu prognóstico, aceito que há certas coisas que não viverei para ver. Não verei o dia em que seu pai vai se aposentar do escritório de advocacia (ele sempre me prometeu que se aposentaria em seu 65º aniversário, mas sei que estava apenas tentando me tranquilizar); não viverei para ver meus netos andando de montanha-russa, tendo espinhas ou namorando — e não viverei para ver seu casamento.
    O último detalhe é o que mais me dói. Enquanto escrevo este texto, você está no último ano da faculdade e acabou de terminar seu namoro com Jason. Para me poupar, está fingindo que não se importa, diz que sabia que ele não era "O Cara"; afinal, o político favorito de Jason é o conservador Pat Buchanan e o seu é o polêmico Ralph Nader. Portanto, não será com Jason que você vai acabar se casando — por mais sexy que ele seja (desculpe, é verdade) —, mas haverá alguém, um dia, que a iluminará. Você se casará, e disse que gostaria de um casamento grande e tradicional, com toda a pompa a que tem direito. Desde pequenininha, você estava determinada a se casar em Nantucket, e embora casamento seja um assunto mais distante em sua mente agora do que quando tinha 6 anos, espero que a determinação permaneça.

É aí que entra este caderno. Não estarei aqui para animá-la, ou orientá-la, quando o momento chegar; provavelmente, minha doce Jenna, nunca conhecerei o homem com quem você se casará (a não ser que seja o entregador da floricultura, que já esteve aqui três vezes esta semana... vejo que ele gosta de você). Minha mão dói por saber que não apertará a sua pouco antes de você atravessar a nave da igreja.

Mas chega de sentirmos pena de nós mesmas! Nestas páginas, me empenharei em oferecer meus melhores conselhos para o seu grande dia. Você pode segui-los ou ignorá-los, mas ao menos saberá minha opinião sobre cada assunto relacionado ao seu casamento.

Desejo a você um lindo dia, Jenna, minha querida. Você sozinha vai torná-lo lindo.

Com amor, mamãe.

BASTIDORES

Finn Sullivan-Walker (dama de honra): Mal posso esperar para ver Jenna usando o vestido da mãe. É um modelo vintage da grife Priscilla, de Boston, com corpete de seda, um decote em formato de coração e saia reta de renda. Na casa dos Carmichael, havia uma foto de Beth, a mãe de Jenna, usando o vestido. Eu era obcecada por essa foto quando era mais nova, antes mesmo de Beth morrer. Ver Jenna usando aquele vestido vai ser surreal, sabe? Será como ver um fantasma.

Douglas Carmichael (pai da noiva): Não consigo suportar a ideia de entregar Jenna para outro. É meu último bebê solteiro. Bem, acho que tecnicamente Nick é o último, mas ele talvez nunca se case.

Nick Carmichael (irmão da noiva): Minha irmã tem amigas muito gostosas.

Margot (irmã da noiva, madrinha): Posso ser sincera? Para falar a verdade, só quero que esse fim de semana acabe.

QUINTA-FEIRA

MARGOT

Elas estavam na barca, o enorme navio a vapor branco que tinha sido adequadamente batizado de *Águia*, mas no qual Margot sempre pensava como *Moby Dick*, porque era assim que a mãe costumava chamá-lo. Todo ano, quando a família Carmichael dirigia seu Ford Country Squire pela entrada escura da balsa, Beth costumava dizer que era como serem engolidos por uma baleia. Ela achava o passeio no barco a vapor romântico, literário e possivelmente também bíblico (ela devia estar pensando em Jonas, certo?) – mas Margot desprezara o passeio de barca na época, e desprezava ainda mais agora. A fumaça grossa e serpenteante dos motores a deixava nauseada, assim como o balanço da embarcação. Para essa viagem, Margot tomara o Dramin que Jenna lhe oferecera em Hyannis. Sério, com sete mil detalhes do próprio casamento para resolver, era impressionante que Jenna lembrasse de levar comprimidos para o enjoo que a irmã costumava sentir quando andava de barco – mas Jenna era assim mesmo. Era tão atenciosa que quase chegava a ser um defeito. *Exatamente como nossa mãe*, pensou Margot com uma boa dose de inveja.

Para o bem de Jenna, Margot fingiu que o Dramin estava funcionando. Ela abaixou a aba do chapéu de palha para protegê-la melhor do sol quente de julho, ofuscante ao se refletir na superfície da água. A última coisa que Margot queria eram sardas pouco antes do casamento. Elas estavam na parte externa, no deque superior. Jenna e a melhor amiga, Finn Sullivan-Walker, faziam pose, encostadas na amurada, na proa da barca. Nantucket era apenas uma mancha no horizonte; nem mesmo Cristóvão Colombo teria afirmado com certeza que havia terra à vista, mas Jenna insistiu para que Margot tirasse uma foto dela com Finn, com os cabelos louros dos dois esvoaçando ao redor do rosto, assim que Nantucket estivesse visível ao fundo.

Margot firmou os pés, afastando-os até a largura dos ombros, para se manter equilibrada contra o balanço suave, ainda que abominável, e ergueu a câmera. Sua irmã parecia feliz. Parecia feliz/empolgada por aquele ser o começo do fim de semana do casamento, que com certeza deveria ser o fim de semana mais divertido e memorável da vida de Jenna – e também feliz/satisfeita porque estava confiante de que se casar com Stuart James Graham era sua missão de vida. Stuart era "O Cara".

Stuart pedira Jenna em casamento em um banco do parque que ficava na calçada em frente a Little Minds, o jardim de infância "sustentável" e progressista onde Jenna era professora e coordenadora, dando-lhe um anel com diamantes do Canadá, eticamente extraídos, e safiras do Sri Lanka. (Na época Stuart era operador do mercado financeiro e fazia dinheiro comprando e vendendo dinheiro, mas conhecia o caminho para o coração de Jenna.) Desde aquele dia, Margot havia assumido o papel de advogada do diabo para a imagem que Jenna fazia de uma vida inteira de felicidade ao lado de Stuart.

Casamento era a pior ideia de toda a civilização, dizia Margot. Não era natural que duas pessoas se conhecessem ainda jovens e decidissem passar o restante da vida juntas, também dizia Margot, porque todos sabiam que os seres humanos mudavam conforme ficavam mais velhos, e quem garantia – sinceramente, *quem garantia* – que duas pessoas fossem evoluir de modo compatível?

— Escute – alertara Margot certa noite, quando ela e Jenna tomavam drinques no Cafe Gitane, no SoHo. – Você gosta de fazer sexo com Stuart agora. Mas imagine fazer isso quatro mil vezes. Vai perder o interesse, garanto. Vai enjoar. E o entusiasmo que costumava ter para fazer sexo com Stuart vai migrar, contra a sua vontade, para outra coisa. Você vai desenvolver um interesse doentio em cultivar orquídeas. Vai ser *aquela* mãe no campo de beisebol, atormentando o juiz principal a cada arremesso que cruze a base do rebatedor. Vai começar a flertar com o caixa da loja de produtos integrais ou com o guru da compostagem na chácara local, e o flerte vai se transformar em fantasias, e as fantasias vão se tornar uma paixonite, que talvez se transforme em um caso. Stuart vai acabar descobrindo tudo quando vir o histórico do seu celular. Sua vida estará arruinada, sua reputação em frangalhos, e seus filhos vão precisar de terapia caríssima. – Margot fez uma pausa para tomar um gole de seu Savignon Blanc. – Não se case.

Jenna a encarara sem se deixar abalar. Ou quase. Margot achou que, daquela vez, possivelmente, em algum lugar bem no fundo daqueles olhos azul-claros, havia detectado um lampejo de preocupação.

— Cale a boca – disse Jenna. – Você só está dizendo isso porque é divorciada.

— Todo mundo é divorciado — argumentou Margot. — Devemos nosso sustento ao fato de que *todo mundo é divorciado*. Foi o que colocou comida na nossa mesa, o que pagou nosso dentista, o que nos mandou para a universidade. — Ela fez nova pausa, mais vinho. O tempo para defender seu ponto de vista estava se esgotando. Eram quase sete da noite e os filhos estavam no apartamento, sem babá. Aos 12 anos, Drum Jr. era capaz de assumir o comando até escurecer, mas então entraria em pânico e começaria a ligar, histérico, para Margot. — Divórcio, Jenna, está pagando pelo seu casamento.

Margot se referia ao fato de que o pai, Douglas Carmichael, era o sócio-diretor do Garrett, Parker e Spencer, um escritório de advocacia especializado em direito de família, muito bem-sucedido, no centro de Manhattan. Margot sabia que, tecnicamente, Jenna teria que concordar com ela: divórcio sempre pagara por tudo.

— Não há homem na terra que combine mais comigo do que Stuart — insistiu Jenna. — Ele trocou o Range Rover por um modelo híbrido por minha causa. Stuart e outros dois colegas do mercado de ações apareceram no fim de semana passado para consertar um buraco no telhado de Little Minds. Ele me traz café na cama toda manhã, quando fica para dormir. Vai assistir a filmes estrangeiros comigo e conversa sobre eles depois, no restaurante de fondue. Gosta do restaurante de fondue e não se incomoda por eu sempre querer comer lá depois do cinema. Não reclama quando eu escuto Taylor Swift bem alto. Às vezes até canta junto.

Aquela era uma ladainha que Margot já ouvira muitas vezes. Em uma iniciativa memorável, após apenas três encontros, Stuart aparecera no apartamento de Jenna com um buquê de rosas amarelas e uma chave de fenda, e consertara o porta-toalhas do banheiro, que estava quebrado desde que Jenna havia se mudado, dois anos antes.

— O que estou dizendo é que você e Stuart estão em sintonia agora; tudo são flores, mas que talvez ainda dê tudo errado mais à frente.

— Cale a boca — repetiu Jenna. — Cale a porcaria dessa boca. Você não vai me convencer a desistir. Eu amo Stuart.

— O amor morre — afirmou Margot, e se apressou a pedir a conta.

Agora, Margot tentava centralizar os rostos luminosos de Jenna e Finn no visor da câmera. Então tirou a foto, toda cabelos e sorrisos cheios de dentes.

— Tire outra, só para garantir — pediu Jenna.

Margot tirou outra bem no momento em que a barca oscilou de um lado... para... o outro. Ela se agarrou a uma das cadeiras de plástico que estavam presas ao deque. Ai, meu Deus. Inspirou pelo nariz e expirou pela boca. Era bom estar olhando para o horizonte. Seus três filhos estavam no porão da barca, sentados no carro, jogando Angry Birds e Fruit Ninja em seus dispositivos da Apple. O balanço do barco não os incomodava; todos os três tinham herdado a saúde de ferro do pai. Nada os deixava doentes; eram guerreiros, fisicamente falando. Mas Drum Jr. tinha medo do escuro, e Carson, o filho de 10 anos de Margot, quase repetira a quarta série. No fim do ano, a professora dele, a Sra. Wolff, dissera a Margot — como se ela já não soubesse — que Carson não era burro, apenas preguiçoso.

Como o pai. Drum Sr. estava morando em San Diego, surfando e administrando uma barraca de tacos de peixe.

Ele tinha esperança de conseguir comprar a barraca e talvez transformá-la em uma franquia; algum dia seria um barão das barracas de tacos de peixe espalhadas por toda a costa da Califórnia. O plano de negócios pareceu pouco claro a Margot, mas ela o encorajou mesmo assim. Quando o conhecera, Drum Sr. ainda tinha um fundo fiduciário que acabara esbanjando em viagens exóticas para surfar e esquiar. Os pais de Drum haviam comprado um apartamento palaciano para ele e Margot, na East 73rd Street, mas o pai não oferecera mais nada em dinheiro, pois tinha a esperança de que o filho se animasse a conseguir um emprego. Em vez disso, Drum ficara em casa para cuidar dos filhos enquanto Margot trabalhava. Agora, ela lhe mandava um cheque mensal de pensão alimentícia no valor de quatro mil dólares – como fora determinado no acordo do divórcio, além de ter desembolsado a pesada soma de 360 mil dólares para manter o apartamento.

No entanto, depois do telefonema que recebera na noite da véspera, ela imaginava que o pagamento da pensão chegaria ao fim. Drum Sr. havia ligado para contar a Margot que iria se casar.

– Casar? – dissera Margot. – Com quem?

– Com Lily – respondera ele. – A instrutora de pilates.

Margot nunca havia ouvido falar de Lily antes, e nunca ouvira os filhos, que voavam para a Califórnia no último fim de semana de cada mês em viagens também financiadas por Margot, mencionarem ninguém chamado Lily, a instrutora de pilates. Já houvera uma Caroline, uma Nicole, uma Sara, que se pronunciava "Sa-RÁ". Drum tivera mulheres entrando e saindo da vida dele através de uma porta giratória. Até onde Margot podia dizer, cada namorada durava de três a quatro meses, o que combinava com o que ela sabia ser o intervalo de atenção de Drum.

— Ora, parabéns — dissera Margot. — Que fantástico! — Ela havia soado sincera aos próprios ouvidos... *fora* sincera. Drum era um cara legal, só não era o cara para ela. Fora Margot que terminara o casamento. O modo despreocupado de Drum ver a vida, que ela achara tão encantador quando o conhecera surfando em Nantucket, acabara a levando à loucura. Na melhor das hipóteses, ele não tinha ambição; na pior, era um vagabundo. Dito isso, Margot tinha ficado atônita ao descobrir que sentira uma ponta de... de quê? Ciúmes? Raiva? Ressentimento?... diante daquele anúncio. Parecia injusto que a notícia das novas núpcias de Drum chegasse menos de 48 horas antes do casamento de Jenna.

Todos estão se casando, pensou Margot. Todos, menos eu.

Jenna e Finn eram tão jovens, louras e lindas quanto uma dupla de leiteiras em uma fazenda na Suécia. Finn se parecia mais com Jenna do que Margot, que tinha os cabelos lisos e pretos, os cabelos de uma tecelã de seda em Pequim — e era quinze centímetros mais alta que a irmã, a altura de uma mulher das tribos às margens do Amazonas. Ela tinha os olhos azuis como Jenna, mas os de Jenna eram da mesma cor das safiras de seu anel de noivado, enquanto os da irmã mais velha eram de um azul gélido, olhos como os dos husky siberianos que puxavam trenós no norte da Rússia.

Jenna era o retrato da mãe. Assim como, bizarramente, Finn, que crescera a três casas de distância, também era.

— Agora precisamos de uma foto de nós três — declarou Jenna. Ela pegou a câmera das mãos de Margot e estendeu para

um homem que lia o jornal em uma das cadeiras de plástico.
— Se incomoda? — perguntou ela, docemente.

O homem se levantou. Era alto, mais ou menos da idade de Margot, talvez um pouco mais velho. Tinha uma barba de um ou dois dias no rosto, usava uma viseira branca e óculos escuros. Parecia estar indo até Nantucket para velejar em uma regata. Margot checou a mão esquerda dele — sem aliança. Também não havia nenhuma namorada por perto, ou crianças sob sua responsabilidade, apenas um exemplar do *Wall Street Journal*, que ele deixou sobre o assento enquanto se posicionava para tirar a foto.

— De forma alguma — respondeu ele. — Eu adoraria.

Margot presumiu que Jenna havia escolhido o homem de propósito, já que assumira como missão encontrar um namorado para ela. Não tinha ideia de que a irmã mais velha havia se permitido apaixonar-se — estupidamente — por Edge Desvesnes, sócio do escritório de advocacia do pai delas. Edge fora casado três vezes, se divorciara três vezes, era dezenove anos mais velho que Margot e totalmente inapropriado por meia dúzia de outros motivos. Se Jenna *soubesse* sobre Margot e Edge, só ficaria ainda mais ansiosa para apresentar a irmã a outra pessoa.

Margot se viu postada no meio, presa entre as duas louras.

— Não consigo ver seu rosto — avisou o Homem Regata, acenando com a cabeça para Margot. — Seu chapéu está fazendo sombra.

— Desculpe — disse Margot. — Não posso tirá-lo.

— Ah, vamos — pediu Jenna. — Só por um segundo, para tirar a foto?

— Não — disse Margot. Se a pele visse o sol, mesmo que por um segundo, ela explodiria em cem mil sardas. Jenna e Finn podiam se dar ao luxo de não tomar nenhum cuidado com a pele, já que eram jovens, mas Margot se manteria vigilante, apesar de saber que pareceria uma pessoa rígida e difícil para o Homem Regata. Ela disse, então, em um tom mais conciliador: — Lamento.

— Sem problemas — disse o Homem Regata. — Sorriam! — E tirou a foto.

Havia algo familiar naquele homem, pensou Margot. Ela o conhecia. Ou talvez fosse o Dramin confundindo seu cérebro.

— Devo tirar mais uma, Margot? — perguntou ele. — Só para garantir?

O Homem Regata tirou os óculos escuros, e Margot teve a sensação de ter levado um tapa. Ela perdeu o equilíbrio sobre o deque e cambaleou um pouco. Então olhou no fundo dos olhos do Homem Regata, para ter certeza. Não havia dúvida, *heterochromia iridum* — olhos com bordas azul-escuras com o centro verde. Ou, como Margot pensara na primeira vez que o vira, um homem com olhos de caleidoscópio.

Diante dela estava Griffin Wheatley, rei do baile dos ex-alunos. Também conhecido apenas como Griff. Que, entre todas as pessoas do mundo, era uma das cinco com quem Margot não desejaria esbarrar sem aviso. Aliás, com quem não gostaria de esbarrar de jeito nenhum. Talvez estivesse entre as três principais pessoas nessa categoria.

— Griff! — exclamou ela. — *Como vai?*

— Estou bem, estou bem — respondeu ele. Então pigarreou e empurrou a câmera de volta para Margot; a pergunta sobre a segunda foto pareceu ter sido levada pela brisa. Margot pensou que Griff aparentava mais ou menos metade do seu desconforto. Ele devia pensar nela apenas como portadora de notícias frustrantes. Ela pensava nele como a pior decisão que tomara em anos. Ah, Deus.

— Você soube que acabei aceitando o emprego na área de marketing na Blankstar? — perguntou Griff.

Margot não conseguia decidir se deveria fingir surpresa, ou se era melhor admitir que digitava o nome dele no Google todo santo dia até ser capaz de se certificar de que Griff estava bem. O emprego na Blankstar era bom.

Ela mudou de assunto.

— Então, por que *você* está indo para Nantucket? — Ela tentou se lembrar: Griff havia mencionado Nantucket em alguma das entrevistas? Não, ela teria se lembrado se ele houvesse. Griff era de algum lugar de Maryland, o que significava que ele provavelmente crescera frequentando as praias de Rehoboth ou Dewey.

— Estou indo encontrar uns amigos para jogar golfe — respondeu ele.

Ah, sim, golfe — é lógico, golfe, não regatas. Griff passara dois anos nos níveis de base do PGA Tour, o circuito da Associação de Golfistas Profissionais. Ganhara apenas dinheiro o bastante, ele costumava dizer, para comprar uma caixa de cerveja toda semana e para pagar a lavanderia. Na época, Griff vivia na traseira do seu Jeep Wrangler e, quando jogava bem, em um dos hotéis da rede Motel 6.

Todos esses detalhes voltaram à lembrança de Margot sem convite. Não podia ficar ali nem mais um segundo. Ela se virou para Jenna, enviando uma mensagem telepática: *Me tire daqui!* Mas a irmã estava mexendo no celular. Talvez mandando mensagens para Stuart ou para algum dos outros 150 convidados que se reuniriam no sábado a fim de se deleitar com a visão de Jenna usando o vestido de casamento da mãe delas.

— Estou aqui para o casamento da minha irmã — disse Margot. Ela mordeu o lábio inferior. — Sou a madrinha.

A expressão dele se iluminou com prazer, como se ela tivesse dito que fora selecionada para dançar rumba com Antonio Banderas no programa *Dancing with the Stars*.

— Que ótimo! — exclamou Griff.

Ele parecia muito mais entusiasmado do que ela se sentia.

— Sim, Jenna vai se casar no sábado — explicou, e indicou Jenna com um floreio de mãos no estilo da apresentadora de TV Vanna White, mas a atenção da irmã estava grudada no celular. De qualquer modo, Margot tinha medo de envolver Jenna na conversa porque... e se a irmã acabasse perguntando de onde Margot e Griff se conheciam?

Felizmente, Finn se adiantou.

— Sou Finn Sullivan-Walker — se apresentou. — Sou apenas uma simples dama de honra.

Griff trocou um aperto de mãos com Finn e riu.

— Não "simples", tenho certeza.

— De jeito nenhum "simples" — assegurou Margot.

Aquela era a terceira vez que Finn fazia referência ao fato de que *não era* a madrinha de Jenna. Ela ficara ofendida quando Jenna anunciara sua decisão, em um jantar com Finn e Margot no restaurante Dos Caminos, em Nova York. Finn pedira três margaritas em rápida sucessão, então ficara em silêncio. E depois se mostrara novamente ressentida no chá de panela de Jenna. Finn se aborrecera por ter ficado encarregada de fazer a lista de presentes, enquanto Margot, a madrinha, usava os laços dos presentes para decorar um chapéu bobo, feito com um prato de papelão emborcado. (Jenna supostamente usaria o chapéu naquela noite, na despedida de solteira. Margot o resgatara das pequenas garras exageradamente interessadas de Ellie, sua filha de 6 anos, e o transportara até ali, mais ou menos intacto, em uma caixa de papelão branca da confeitaria E.A.T.)

Margot dissera à irmã que não se incomodaria se Jenna quisesse convidar Finn para ser a madrinha. Margot era onze anos mais velha que Jenna; Finn sempre fora mais como uma irmã. Agora tanto Jenna quanto Finn estavam no auge da fase nupcial; todos que conheciam estavam se casando. Para elas, ser madrinha de um casamento era uma verdadeira honra – enquanto Margot, que já fora casada e estava divorciada, sinceramente não dava a menor importância àquilo.

Mas Margot sabia a razão por que Jenna não convidara Finn para ser madrinha. Era por causa do Caderno. A mãe presumira que Margot seria madrinha de Jenna.

Margot disse:

– Finn acabou de se casar, em outubro passado.

– É mesmo? – perguntou Griff.

Finn desviou os olhos para a água.

– É.

– O marido dela também joga golfe – disse Margot. – E arrasa!

Scott Walker, marido de Finn, fizera parte do time de golfe de Stanford, onde Tiger Woods jogara. Agora, Scott era administrador de fundos multimercado e ganhava um zilhão de dólares por trimestre.

Finn fez cara de quem acabou de comer um ensopado de lesmas com vinagre, e Margot se perguntou se haveria alguma coisa errada no casamento aparentemente perfeito.

Margot sabia que Scott não compareceria ao casamento de Jenna por causa de um dos conflitos inevitáveis para os que estavam atolados naquela fase nupcial: o melhor amigo *dele*, colega de quarto em Stanford, teria a *sua* despedida de solteiro no mesmo fim de semana. Scott, portanto, estava em Las Vegas.

Provavelmente, Finn estava apenas com saudades do marido, do mesmo modo que Margot estava com saudades de Edge. Do modo como Margot vivia em um perpétuo estado de saudades de Edge. Ela fazia sexo com Edge, conversava com Edge, algumas conversas mais significativas do que as outras, jantava de vez em quando com Edge... mas nunca haviam ido ao cinema, ou ao teatro, ou a qualquer baile, festa ou evento beneficente a que outras pessoas que conheciam estariam presentes. A esse tipo de evento, Margot costumava ir sozinha ou com o irmão, Nick, que sempre deixava o lugar com outra pessoa.

— Bem! — disse Margot. Ela estava louca para pôr um fim na conversa-fiada com Griffin Wheatley, rei do baile. Teria pedido licença para checar como estavam as crianças lá embaixo, mas não se sentia bem o bastante para sequer entrar na cabine em nome daquele blefe. — Divirta-se jogando golfe! Dê grandes tacadas!

— Obrigado — agradeceu Griff. Ele deu um passo em direção à cadeira onde seu exemplar do *Wall Street Journal* aguardava, e Margot pensou: *Muito bem, acabou. Adeus, Griffin Wheatley, rei do baile!* Jenna poderia ter convidado o ditador Idi Amin para tirar a foto delas e Margot talvez houvesse ficado menos perturbada.

— Até mais — disse Margot.

— Tenha um grande casamento — falou Griff. E, virando-se para Finn: — Prazer em conhecê-la, simples dama de honra.

Finn o olhou de cara feia, mas Griff não se deixou abater e gritou para Jenna:

— Parabéns!

Jenna ergueu os olhos do iPhone por tempo suficiente para um aceno impessoal e rápido de vencedor do Oscar.

— Vou descer — avisou Finn.

Margot assentiu e, depois de olhar de relance para Griff e dizer outro "Até mais!" constrangido e desnecessário, pegou Jenna pelo braço e a levou para a amurada do lado oposto a ele.

— Veja — mostrou Margot. Ela apontou para além das gaivotas pairando e dos barcos dispersos. As duas agora podiam ver claramente: os campanários norte e sul das igrejas e a coluna do farol de Brant Point.

A ilha de Nantucket, a casa de verão das duas.

Jenna apertou a mão de Margot. Assim como a irmã a ajudara com o enjoo marítimo, lembrando de levar o Dramin, agora Margot esqueceria o perturbador encontro com Griffin Wheatley, rei do baile, e se concentraria em ajudar Jenna com aquela onda de emoção avassaladora.

— Sinto saudades dela — confessou Jenna.

Margot sentiu os olhos arderem. O fim de semana mais longo e doloroso de sua vida finalmente começara.

— Eu sei, querida — falou, abraçando a irmã com força. — Também sinto saudades dela.

O CADERNO, PÁGINA 4

A Recepção

A recepção pode ser organizada sob uma tenda, no pátio dos fundos. Ligue para a Sperry Tents e peça para falar com Ande. Trabalhamos juntos no evento beneficente para a Nantucket Preservation Trust e ele foi um sonho. Gostaria de acrescentar aqui um aviso, e espero que não o considere banal: eu ficaria de coração partido se alguma coisa acontecesse com meu canteiro de plantas perenes. Por "canteiro de plantas perenes", me refiro ao jardim estreito que corre ao longo de todo o limite leste da propriedade, que sai do portão branco e segue por todo o caminho até o tronco de Alfie. Os gerânios perenes azuis, as margaridinhas amarelas, as marias-sem-vergonha, as heucheras, as equináceas — todas essas flores eu plantei em 1972, quando estava grávida de Margot. Aquele canteiro floresceu religiosamente por décadas porque cuidei dele com carinho. Nenhum de vocês, meus filhos, parece ter herdado meu amor pela jardinagem (a menos que se conte Nick e sua plantação de maconha no sótão), mas acredite em mim, você vai perceber se em algum verão as flores não desabrocharem. Por favor, Jenna, certifique-se de que o canteiro de plantas perenes permaneça intocado. Não deixe que os homens que montam as tendas, ou qualquer outra pessoa, pisem nos meus gerânios perenes azuis.

DOUGLAS

De algum jeito, ele acabara ficando com o Caderno.

Era quinta-feira à tarde. Doug saíra cedo do escritório e pegara o trem das 15h52 para Norwalk, em Connecticut, onde morava com Pauline, em uma casa em frente à pousada Silvermine Tavern. No entanto, quando o fiscal do trem anunciou a parada em Darien, Doug pegou a pasta e começou a se levantar. Então lembrou.

Lembrou que a vida que levara por 35 anos — casado com Beth, pai de quatro filhos, morando em uma casa em estilo colonial em Post Road — havia acabado. Beth estava morta; estava morta havia sete anos, todos os filhos já haviam saído de casa e tinham a própria vida — que alguns, inclusive, já haviam conseguido estragar — e Doug agora estava casado com Pauline Tonelli, que fora sua cliente algum tempo antes.

Aquela não era a primeira vez que Doug se levantava para descer na estação de Darien. No entanto, o ato parecia mais significativo naquele dia porque não era um dia qualquer. Aquela era a quinta-feira antes do casamento de sua filha mais nova.

As filhas, até onde Doug sabia, já estavam em Nantucket. Tinham uma reserva para o carro de Margot na barca da tarde, o que significava que deveriam estar chegando lá naquele momento, subindo a rua principal de carro até a casa deles, em Orange Street. Elas pegariam a chave que, como sempre, ficava escondida embaixo da tartaruga de pedra no jardim, apesar da presença do caseiro. Entrariam na casa, abririam as janelas e a porta de tela dos fundos. Então ligariam o aquecedor de água e fariam uma lista de compras. Elas se apressariam em levar todas as malas para dentro, mas ficariam hipnotizadas pela vista da baía cintilante abaixo. Os filhos de Margot iriam até o quintal para ver Alfie, o carvalho de duzentos anos, e para se sentarem no balanço. Ou ao menos Ellie o faria; àquela altura, os meninos provavelmente já haviam passado daquela fase.

É claro, Doug se lembrou de quando era Jenna que brincava naquele balanço.

O carro de Pauline não estava na garagem, o que era um alívio. Ao longo dos últimos doze meses, talvez mais, Doug descobrira que ficava mais feliz sem Pauline por perto. Aquilo era um mau sinal. Durante toda a sua vida profissional, ele se sentara em um dos lados da sua mesa de sócio da empresa e ouvira enquanto a pessoa do outro lado contava os detalhes do casamento que se desintegrava. Doug ouvira de tudo – Ele a traiu com a melhor amiga Dela, Ela o traiu com o professor de tênis, houve uma troca de esposas, Ele bateu nos filhos, Ela tinha síndrome de Munchausen, Ela tinha um problema com bebida, Ele apostou o dinheiro para a faculdade dos filhos, Ele era viciado em sites pornográficos, Ela fazia uso excessivo de remédios controlados, Ele perdeu o emprego e passava o dia todo andando pela casa de roupão, Ela engordou e tinha agora três vezes o peso de quando se casaram, Ele era um babaca, Ela era uma vaca, Ele não estava dando um centavo sequer a Ela,

Ela tiraria tudo Dele. Por 35 anos, Doug assentira, fingindo entender a angústia de seus clientes, mas na verdade não fazia a menor ideia de como se sentiam. Tinha um casamento feliz; adorava descaradamente a esposa. Mesmo depois de 25 anos de casamento, ele se sentara naquele mesmo trem e ansiara pelo momento em que entraria em casa e veria Beth.

Fora apenas no último ano que Doug finalmente entendera o que seus clientes sentiam. Ele não se reconhecia nas cenas dramáticas — não havia agressões em seu casamento com Pauline, nem desprezo, hábitos destrutivos ou crianças com necessidades especiais, problemas financeiros, nem infidelidade —, no entanto, Doug se identificava com seus clientes mais calados, mais tristes. O casamento já não lhes proporcionava alegria alguma. Eles irritavam um ao outro, havia sempre discussões em voz baixa por algum motivo, os dois eram mais felizes e se sentiam mais à vontade quando estavam longe um do outro.

Sim, ele se identificava com aquilo. Era exatamente assim que se sentia.

Pauline saíra e provavelmente dissera a Doug onde fora, mas ele se esquecera; a informação entrara por um ouvido e saíra pelo outro, como ela sempre dizia. Doug não se importava com o paradeiro da esposa, desde que ela não estivesse em casa. Ultimamente, ele se pegara tendo fantasias em que Pauline dirigia pela Route 7 enquanto falava ao telefone com a filha, Rhonda, e acabava sofrendo um acidente fatal. E depois não conseguia acreditar que pensara tal coisa. Já ouvira descrição semelhante da boca de seus clientes, que diziam — *gostaria que ele/ela morresse e pronto* —, mas nunca acreditara ser capaz de ter pensamentos assim. Agora, porém, volta e meia, cruzavam sua mente. Doug quase sempre corrigia essa fantasia. Pauline não precisava *morrer* para deixá-lo livre. Ela poderia, um dia, acordar e resolver que queria voltar para o ex-marido, Arthur Tonelli. Então entraria no carro, ligaria imediatamente para Rhonda, um hábito irritante que tinha, e anunciaria à filha que estava indo ao Waldorf Astoria para ver se Arthur a aceitaria de volta.

Doug deixou de lado o paletó e a pasta, e afrouxou a gravata. Ele não almoçara para poder sair mais cedo do escritório. Edge iria ao tribunal pela manhã bem cedo para lidar com o caótico caso Cranbrook (o Sr. Cranbrook, dono de um banco de investimentos, estava à beira da falência porque vinha mantendo uma amante em um apartamento na valorizada região da East 16th Street e havia lhe comprado um Porsche Carrera, tudo com um cartão de crédito secreto, e isso estava colocando em jogo o futuro sustento de seus três filhos com menos de 7 anos, um deles com necessidades especiais graves), e por isso não chegaria a Nantucket até as seis da tarde do dia seguinte, no mínimo. Edge perderia a primeira rodada de golfe, e Doug se sentia culpado por isso. O caso Cranbrook era de Doug, e era difícil, complicado, uma bagunça. Edge estava dando uma grande ajuda assumindo o caso no dia seguinte, já que Doug obviamente não poderia ir ao tribunal e arriscar perder o casamento da filha.

Ele estava faminto e foi até a cozinha para procurar alguma coisa, qualquer coisa, para comer. Pauline, como uma dona de casa da época da Depressão, gostava de esperar até que a geladeira e os armários da cozinha estivessem quase vazios antes de reabastecê-los. Em uma das gavetas da geladeira, ele encontrou uma maçã e alguns talos de aipo. Doug deu uma mordida na maçã e enfiou os talos de aipo com vontade em um vidro de manteiga de amendoim que pegara na despensa.

Foi então que o viu sobre a bancada da cozinha, perto da pia, onde Pauline deixara degelando um par de costeletas de cordeiro de aparência triste, que provavelmente seria o jantar deles.

O Caderno.

Doug estava com a boca cheia de manteiga de amendoim, mas deixou escapar um grito distorcido:

— Ah, merda!

O Caderno.

Era *ele*, não era? O caderno espiral com a capa de um verde forte e a palavra escrita com caneta permanente preta, na letra de Beth: *CASAMENTO*. O caderno provavelmente custara menos de dois dólares na Staples, mas era tão precioso quanto a Carta Magna. Aquele caderno continha todas as esperanças, desejos e sugestões de Beth para o casamento de Jenna. Ela o escrevera ao longo dos oito meses que se passaram entre o momento em que recebera o diagnóstico de câncer no ovário e sua morte. E escrevera não com a intenção de interferir, ou de ser autoritária, mas porque queria, acima de tudo, que Jenna sentisse que tinha uma mãe no momento em que mais precisaria de uma.

Beth enchera o caderno com a esperança de, assim, fazer parte daquele dia especial, mesmo já tendo partido. Ela planejara os detalhes do casamento de Jenna, mesmo a filha ainda não tendo encontrado o homem que seria seu marido. Beth confiava em Jenna. Ela encontraria alguém maravilhoso e que iria querer um casamento luxuoso tradicional.

No verão, é claro.

Na casa de Nantucket, é claro.

A filha mais velha dos dois, Margot, havia se casado com um sujeito chamado Drummond Bain, à beira de um penhasco em Antígua, no Caribe, com apenas os parentes mais próximos presentes: Doug e Beth, Nick e Kevin, a esposa de Kevin, Beanie, e Jenna. Do lado de Drum, apenas os pais haviam comparecido, já que ele era filho único. Aquele era parte do problema de Drum, ou talvez fosse todo o problema. Ele tivera tudo de mão beijada, sem precisar lutar por nada. Mitchell Bain era um grande executivo da Sony, sempre em trânsito entre Nova York e Tóquio. Ele estabelecera um fundo fiduciário ao qual Drum teve acesso ao completar 21 anos. O rapaz não fizera nada da vida além de surfar, esquiar e gastar descuidadamente o dinheiro. Por que Margot se apaixonara logo por *ele*? Doug e Beth haviam expressado com delicadeza suas reservas em relação a Drum, mas então Margot engravidara. Doug tivera certeza de que Drum se despediria com um *sayonara* e sumiria no mundo. Ele e Beth na verdade desejaram que isso acontecesse, assim eles mesmos poderiam ajudar Margot a criar o bebê. Mas Drum fizera o impensável e pedira Margot em casamento.

A filha usara um vestido de grávida na cerimônia, de um tecido fluido, em uma cor que Beth chamara de "rosado".

Doug se lembrava de estar deitado na cama com Beth, depois do casamento de Margot. Ele e a esposa, na companhia dos pais de Drum, Mitchell e Greta Bain, haviam, de maneira imprudente, dado cabo de seis garrafas de vinho durante a recepção. Kevin e Nick haviam arrastado Drum para o bar, e Margot fora deixada para trás com Beanie, que também estava grávida, e com Jenna, que na época tinha apenas 16 anos. As três ficaram bebericando água com gás.

— Ela estava parecendo tão infeliz essa noite... — comentara Beth.

— Eu não diria *infeliz* — retrucara Doug.

— Que palavra usaria para descrevê-la, então?

— Resignada — dissera Doug.

— Ah, mas isso é terrível! — se revoltara Beth. — Queria mais para ela. Mais do que um casamento às pressas por causa de uma gravidez, mesmo no Caribe.

— Querida, ela o ama.

— Isso não vai durar — disse Beth.

Drummond Bain Jr. havia nascido, e logo depois Carson. Quando Beth falecera, Margot ainda não engravidara de Ellie. Quando Beth morreu, as coisas ainda estavam bem entre Margot e Drum Sr. Mas, no final, Beth estivera certa, lógico. O casamento não durara.

Doug tocou a capa do Caderno e o abriu na primeira página. *Desejo a você um lindo dia, Jenna, minha querida. Você sozinha vai torná-lo lindo.*

Doug fechou o Caderno. O restante estava cheio de informações, ideias e sugestões: onde encontrar o vestido de casamento de Beth no armário, caso Jenna quisesse usá-lo (é claro que Jenna iria usá-lo) e os nomes de lugares onde ele poderia ser lavado a seco e ajustado. Que flores usar, que florista escolher, quais os hinos religiosos favoritos de Beth, o que Jenna deveria dizer quando ligasse para o reverendo Marlowe para pedir a ele que realizasse a cerimônia em Nantucket. O Caderno continha sugestões de cardápio, de listas de convidados e poemas que Beth colecionara e que seriam excelentes leituras. Doug sabia que havia mais do que uns poucos "NÃOS", tais como: *"Não use Coríntios 13 como leitura, em hipótese alguma. Se usar Coríntios 13, com certeza ouvirá resmungos coletivos."*

Doug não lera o Caderno, embora a princípio houvesse pretendido fazê-lo. Ele tivera a intenção de ler as páginas atentamente, como se fossem um documento legal, antes de apresentá-lo a Jenna, logo depois que Stuart a pedira em casamento. Mas Doug achara doloroso demais ler até mesmo a carta que abria o caderno. A voz de Beth era muito vívida a cada página, e, a emoção, muito sofrida. *Minha mão dói por saber que não apertará a sua pouco antes de você atravessar a nave da igreja.* Doug percebeu que o Caderno guardava também histórias e lembranças, fatos curiosos e tradições da família Carmichael entremeados às sugestões – alguns dos quais ele havia esquecido. Seria excruciante para ele ler as páginas que vira Beth escrever com ardor, até o último minuto, quando passara a receber os cuidados reservados a doentes terminais e a morfina tornara difícil para ela até segurar a caneta, quanto mais escrever alguma coisa. Além do mais, o Caderno não fora escrito para que ele lesse. Fora feito para Jenna; era um documento de mãe para filha.

Doug havia, no entanto, esbarrado nas seguintes linhas: *Seu pai será motivo de preocupação. Margot está casada, Kevin está casado, e quem sabe se Nick se casará algum dia. Portanto você será a última, o bebê que abandonará o ninho. Ele vai sofrer. Mas, Jenna, não haverá momento de maior orgulho para o seu pai do que quando estiver atravessando com você a nave da igreja. Eu o vi com Margot antes que os dois subissem aquele penhasco em Antígua. Ele mal conseguia conter as lágrimas. Você precisa me prometer que irá: A) checar se a gravata dele está reta, B) prender a flor de lapela e C) se certificar, por favor, de que ele tenha um lenço branco limpo à mão. Ele vai precisar. Mesmo se seu pai tiver Outra Esposa, quero que você faça essas coisas. Por mim, por favor.*

Doug se debulhara em lágrimas quando lera aquele parágrafo. Jenna estava presente no momento e dissera:

— Se acha isso triste, precisa pular para a última página.

— O que está escrito na última página? — perguntara ele.

— Só leia.

— Não consigo. É difícil demais para mim.

— Acho que mamãe iria querer que você visse.

— Não — insistira ele. E fechara o Caderno.

Agora, pensou Doug, em pânico. O Caderno estava ali, sobre a bancada, na casa de Pauline (mesmo morando ali havia cinco anos, ele ainda pensava no lugar como a casa de Pauline). Jenna estava em Nantucket. Era a quinta-feira antes do casamento. Dois dias antes.

Doug pegou o telefone celular dentro da pasta. Ele tinha um iPhone, presente dos filhos; todos eles usavam iPhones. Doug fora usuário de um BlackBerry por anos, Edge era usuário de um BlackBerry, todos os advogados que se davam ao respeito usavam BlackBerries. iPhones eram *brinquedos*. Mas os filhos haviam lhe comprado aquele iPhone, e Margot o ensinara a usá-lo, e demonstrara como era fácil mandar mensagens de texto. Então Drum Jr. ganhara um, e o filho mais velho de Kevin, Brandon, também. Doug gostava da ideia de poder se comunicar com os netos. E acabara descobrindo que o iPhone o fazia se sentir mais novo do que os seus 64 anos.

A tela do celular parecia o cenário de uma tragédia. Havia o aviso de quatro ligações perdidas de Margot, três de Jenna, uma de Pauline, duas mensagens de texto de Margot, duas de

Jenna, uma de Edge e outra de Drum Jr. Doug não sabia o que checar primeiro. Resolveu simplesmente ligar para Margot.

— Está comigo — disse ele, sem rodeios.
— Pai? — falou Margot. — Temos uma crise.
— Não, vocês não têm. Está comigo.
— Temos uma crise, sim — insistiu ela.
— Está comigo — repetiu ele. — Está aqui. O Caderno. Está comigo aqui, estou olhando para ele. Vou levar comigo esta noite. Ela o terá em mãos amanhã, às nove da manhã.
— Papai está com ele! — gritou Margot. Para Doug, ela disse: — Graças a Deus, graças a Deus que está com você. Jenna achou que o havia deixado no táxi, porque a última vez em que se lembrava de estar com ele foi no jantar com você e Pauline, no Locanda Verde, quando ela pegou um táxi para voltar para casa. *Sim, está com ele, está com ele!* Consegue imaginar a catástrofe que teria sido? Muito bem, pai, preciso ir, porque agora ela está tendo um ataque de nervos retroativo, que se parece muito com o ataque de nervos que vinha tendo nessa última meia hora. Ela está histérica, chorando, mas fico feliz em dizer que são lágrimas de alegria. — Margot fez uma pausa, e Doug realmente podia ouvir sons de histeria feminina ao fundo. — Jesus, você pode imaginar o que teria acontecido se ela tivesse deixado o Caderno em um táxi? Se ele tivesse se perdido para sempre?

Doug engoliu em seco. A ideia era terrível demais para sequer imaginar. *Se certificar, por favor, de que ele tenha um lenço branco limpo à mão.* Já teria existido alguma declaração de amor mais pura?, se perguntou ele.

— Não — disse Doug.
— A propósito, o que o Caderno está fazendo aí? — perguntou Margot.

— Eu...

— Esqueça, papai, tenho que ir. Este lugar está parecendo um hospício.

— Tudo bem, eu...

— Vejo você de manhã — falou Margot. — Não esqueça de trazer o Caderno!

— Não esquecerei — respondeu ele.

Doug subiu as escadas levando o Caderno e o guardou no mesmo instante em um dos bolsos da mala que levaria, para ficar tranquilo.

O que o Caderno *fazia* ali?

Doug ficou deitado na cama, ainda de camisa, gravata, a calça do terno, com os sapatos sociais Gucci. Sentia-se subitamente cansado. Ele e Pauline teriam que se levantar às três da madrugada para que ele conseguisse chegar a tempo para o jogo de golfe marcado para as dez e meia da manhã, no Sankaty Golfe Clube, já em Nantucket; a simples ideia o deixava exausto. Além do mais, Pauline deixara o ar-condicionado ligado baixo no quarto, como ele gostava, e o ambiente fresco parecia implorar para que ele tirasse um cochilo.

O que o Caderno *fazia* ali?

Jenna o levara para o jantar no Locanda Verde. Douglas se lembrava de ter visto a filha colocar o Caderno sobre a mesa, perto da travessa de crostinis com ricota caseira, temperada com ervas. E se lembrava de Jenna dizendo:

— Tem uma *cola* aqui, papai, uma ficha com os nomes de todos os primos da mamãe, dos cônjuges e filhos deles. Eu os decorei e acho que você deveria fazer o mesmo.

— Com certeza — respondera Doug automaticamente. Então se perguntara como seria encontrar os primos de Beth, a quem não via desde o funeral da esposa. Doug ficara feliz quando a conversa passara para outro assunto.

Se o vinho houvesse lhe subido à cabeça, Jenna poderia ter deixado o Caderno no restaurante. Mas ela *não o deixara* no restaurante. Ele acabara na casa de Doug.

Mas como? Doug sabia que não o levara.

Portanto só havia uma resposta: Pauline pegara o Caderno e o levara para casa. Mas Doug não se lembrava de Jenna ter se oferecido para mostrar o Caderno a Pauline, nem de Pauline pedindo para ver o Caderno. Se isso houvesse acontecido, ele se lembraria. Pauline tinha ciúmes do Caderno, o que na verdade significava que Pauline tinha ciúmes de Beth. Beth, que estava morta havia sete anos, que morrera em uma questão de meses, sob circunstâncias extremamente dolorosas, deixando para trás a família que amava acima de qualquer coisa. Como Pauline podia ter ciúmes dela? Como podia se ressentir de um Caderno que guardava apenas amor e conselhos maternos? Bem, Pauline não tivera acesso ao Caderno, fato que a irritara profundamente, mas, como Doug argumentara, o Caderno era particular. Era escolha de Jenna compartilhá-lo ou não. Pauline ficara ainda mais aborrecida porque se oferecera para levar Jenna para comprar um vestido de noiva, e a moça lhe informara que usaria o vestido de Beth (conforme o Caderno). Pauline sugerira copos-de-leite para o buquê da noiva, e Jenna usaria hortênsias e botões de peônias brancas (conforme o Caderno). Pauline quisera que o nome dela e de Doug fossem citados no convite, mas Jenna optara pelo texto: *Jennifer Bailey Carmichael e Stuart James Graham, e famílias, convidam para a cerimônia de seu casamento* (conforme o Caderno).

Doug delicadamente aconselhara Pauline a recuar no que dizia respeito ao casamento. Pauline já tinha uma filha. Quando fosse a vez de Rhonda se casar, ela poderia interferir o quanto quisesse.

– Quando Rhonda se casar? – exclamara Pauline.

– Sim – dissera Doug.

– Ela nunca vai se casar! – respondera Pauline. – Nunca teve um relacionamento que durasse mais de seis semanas.

Aquilo era verdade. Rhonda tinha os belos cabelos pretos da mãe e era muito magra. Magra demais, na opinião de Doug. Ela passava cerca de cinco horas por dia na academia de ginástica. Ir à academia era o *trabalho* de Rhonda, e ser designer gráfica freelancer era um hobby pelo qual era paga esporadicamente. A filha de Pauline tinha 38 anos, e Arthur Tonelli ainda pagava o seu aluguel e lhe dava uma mesada. Aos 38 anos! A razão pela qual os relacionamentos de Rhonda não duravam era porque era impossível agradá-la. Ela era negativa, sisuda e desagradável. Nunca sorria. Rhonda trabalhava como freelancer porque perdera os três últimos empregos graças a "problemas de cooperação com colegas de trabalho" e "habilidades interpessoais com clientes insatisfatórias". O que significava que ninguém gostava dela. A não ser, é lógico, Pauline. Mãe e filha eram as melhores amigas. Contavam tudo uma para a outra, *não havia filtro algum*. Só isso já fazia com que Doug se sentisse desconfortável quando estava perto de Rhonda. Ele tinha certeza de que Rhonda sabia com que frequência ele e Pauline faziam amor (ultimamente, cerca de uma vez por mês), assim como devia saber os resultados do seu exame de próstata e o custo da ponte que colocara nos dentes.

Pauline estava certa: Rhonda jamais se casaria. Pauline jamais se tornaria avó. Assim, será que Doug poderia mesmo culpá-la por se agarrar à família dele com tanto desespero?

Pauline irrompeu no quarto e Doug imediatamente se sentou na cama. Ele havia adormecido; sentia a boca áspera, ainda com um leve gosto de manteiga de amendoim.

— Oi — disse ele.

— Você estava *dormindo*? — perguntou Pauline. Vestia roupas de tênis, mas tirara os sapatos e as meias, e Doug sentiu, ou imaginou sentir, o cheiro dos pés dela.

— Tirei um cochilo — respondeu ele. — Estava cansado e achei que seria uma boa ideia, se levarmos em conta que vou dirigir. — Doug examinou a esposa. Era uma mulher grande, com seios fartos e quadris largos, e triste possuidora do que chamava de "pochete"; a gordura acumulada na região da cintura a mantinha em constante dieta. Com Pauline, comida não era apenas comida, era um desafio diário. Ela sempre começava bem — com caminhadas cheias de energia ao longo do rio Silvermine, acompanhada de duas outras mulheres da vizinhança e, quando voltava para casa, comia uma tigela de iogurte com frutas vermelhas. Mas, então, havia o sanduíche com muito recheio e batatas fritas no country club, seguido por duas fatias de torta no grupo de leitura. Como resultado, Doug não só tinha que escutar suas queixas quando chegava em casa do trabalho, como também era obrigado a compartilhar o castigo que Pauline se impunha: um jantar que consistia em feijões-verdes e abobrinha grelhados, ou uma tigela de cereais.

Beth fora uma excelente cozinheira. Doug mataria para se deliciar com o macarrão cremoso com queijo que ela preparava, ou as costeletas de porco fritas com molho de cogumelos. Mas ele não gostava de comparar.

Ficou feliz ao ver que Pauline realmente estivera jogando tênis. Os cabelos escuros estavam presos em um rabo de cavalo, e a testa, úmida de suor, brilhando um pouco. A saia curta e pregueada mostrava as pernas, que eram seu trunfo. Às vezes Pauline ia ao clube para "jogar tênis", mas as quadras já haviam sido reservadas para outras pessoas e ela acabava se sentando no bar com Christine Potter e Alice Quincy, onde ficava bebendo vinho Chardonnay por duas horas. Nesses dias, Pauline sempre voltava para casa em um espírito belicoso.

Pauline era uma prodigiosa bebedora de Chardonnay. Doug se lembrava de que, durante os procedimentos do divórcio, Arthur se referira a ela como "a vagabêbada". Na época, Doug achara o comentário cruel e desnecessário, mas agora percebia que Arthur não reclamara à toa.

— Como foi o tênis? — perguntou Doug.

— Ótimo — respondeu Pauline. — Foi bom para aliviar um pouco da ansiedade.

Ansiedade?, pensou Doug. Ele sabia que um marido atencioso perguntaria qual era o motivo do nervosismo da esposa, mas Doug não queria perguntar. Então percebeu que ela estava ansiosa com a proximidade do fim de semana. Ele se lembrou do Caderno, agora em segurança, enfiado na sua mala.

Doug girou o corpo, pousou os pés no chão e afrouxou a gravata.

— Pauline — chamou.

Ela despiu o top pela cabeça e desabotoou o sutiã reforçado. Seus seios ficaram livres. Eles sempre foram caídos daquele jeito?, se perguntou Doug.

— Vou tomar banho — avisou ela. — Então tenho que terminar de fazer as malas. Vou fazer costeletas de cordeiro para o jantar. — Pauline também despiu a saia e a calcinha, e ficou parada, nua, diante dele. Ela não era uma mulher desprovida de charme. Doug sabia que, se a tocasse, a pele seria lisa, morna e macia. Muito tempo antes, ele se sentira muito atraído por Pauline. O sexo sempre fora um ponto forte entre eles. Doug se permitiu pensar na possibilidade de uma sessão de sexo selvagem e arrebatador naquele exato momento, talvez os dois de pé, contra a porta fechada. Ele se esforçou para se sentir excitado. Tentou imaginar a boca de Pauline em seu pescoço, a mão dentro da calça dele.

Nada.

Aquilo não era bom.

— Pauline.

Ela se virou para encará-lo com uma expressão de pânico. Sentiu, talvez, que ele estivesse interessado em sexo — o que Pauline explicitamente não permitia à luz do dia.

— O que foi? — perguntou ela.

— Você pegou o Caderno no restaurante na noite passada?

— Que caderno?

Doug fechou os olhos, desejando que ela não houvesse dito aquilo. Ele abaixou a voz, do modo como teria feito com uma testemunha hostil, ou com um cliente que insistisse em mentir para ele, apesar de ter contratado Doug para ajudá-lo.

— Você sabe de que caderno estou falando.

Pauline franziu a testa e arregalou os olhos. Ao fazer isso, ficou muito parecida com Rhonda, o que não melhorava em nada sua situação.

— Está falando do caderno verde? O caderno de Jenna?

— Sim — respondeu Doug. — O caderno de Jenna. Eu o encontrei lá embaixo. Você o pegou? — A pergunta era absurda: é claro que ela o pegara; mas Doug queria ouvi-la admitir o que fizera.

— Por que está agindo desse jeito esquisito? — perguntou Pauline.

— Defina "esquisito" — pediu ele.

— "Defina esquisito". Não me intimide, advogado. Guarde a atitude para o tribunal. — Pauline deu um passo na direção do banheiro, mas Doug não iria deixá-la escapar. Ele se levantou.

— Pauline.

— Preciso entrar no chuveiro — disse ela. — Não vou ficar aqui parada, *nua*, enquanto você me *acusa* de coisas.

Doug seguiu Pauline até o banheiro e ficou parado à porta enquanto ela abria a água. Aquele era o banheiro principal, que Pauline dividira com Arthur Tonelli por mais de vinte anos. Pauline e Arthur haviam construído aquela casa juntos; haviam escolhido a cerâmica, a pia e os acessórios. Durante os primeiros anos do casamento com Pauline, Doug se sentira um impostor naquele banheiro. O que estava fazendo, usando o banheiro de Arthur Tonelli? O que estava fazendo, dormindo com a esposa de Arthur Tonelli? Mas acabara se acostumando. Ele e Beth haviam reformado a casa colonial de 1836, em Post Road, até que ficasse exatamente ao gosto de ambos, mas, depois que a esposa morrera, Doug se deu conta de que coisas materiais — mesmo que fossem cômodos inteiros — não significavam nada. Um banheiro era um banheiro e apenas um banheiro.

— Você pegou o Caderno? — perguntou ele mais uma vez. Pauline testou a água com a mão. E não respondeu.

— Pauline...

Ela se virou.

— Sim — admitiu. — Jenna deixou o Caderno sobre a mesa do restaurante na noite passada, e eu o peguei. — Ela o encarou com os olhos castanhos arregalados. Quando eles se conheceram, os olhos dela lembravam a Doug um doce de chocolate. — Eu *resgatei* o Caderno. Agora, se me der licença, gostaria de tomar meu banho. Em paz.

— Não — retrucou Doug. — Não vou te dar licença. Por que não devolveu o Caderno para Jenna? O que ele está fazendo aqui?

— Ela estava com pressa, lembra? Jenna e Stuart saíram correndo naquele táxi.

O que Doug se lembrava era de ficar parado na Greenwich Avenue, tentando chamar um táxi para Jenna e Stuart, mas sem sorte. Ali, no centro da cidade, era impossível conseguir táxis. O que Doug se lembrava era de considerar a hipótese de pedir ao maître do restaurante para ligar para uma empresa de táxis, mas, então, no último segundo, um táxi aparecera e Jenna e Stuart embarcaram. Mas os quatro passaram pelo menos dez minutos parados na calçada, talvez mais. E Pauline ficara com o Caderno; provavelmente o enfiara dentro de uma das enormes bolsas que costumava carregar.

— Ela não saiu correndo — disse Doug. — Esperamos uma eternidade por aquele táxi. Não estou errado a esse respeito, estou?

— Eu me esqueci de devolver a ela — falou Pauline. — Eu ia devolver, mas ficamos tão afobados tentando conseguir um táxi para eles que esqueci.

— Você esqueceu?
— Sim.
— De verdade?

Pauline assentiu uma vez, com convicção. Aquela era a sua versão da história e Pauline estava se apegando a ela. Enquanto o banheiro de Arthur Tonelli se enchia de vapor, Doug percebeu uma coisa. Percebeu que não amava Pauline. Era possível que nunca tivesse amado Pauline. Na segunda-feira, depois que o casamento houvesse terminado e eles estivessem de volta em casa, ele pediria o divórcio.

Doug se virou e saiu do banheiro. Sentia-se bem por ter tomado aquela decisão.

Pauline provavelmente percebera algo no ar, porque desligou a água, se enrolou em uma toalha e seguiu Doug.

— Preciso que acredite em mim — falou.

Doug a observou prender a toalha contra o peito. Os cabelos escuros e grossos, soltos do rabo de cavalo, caíam em mechas úmidas sobre os ombros.

— Acredito em você — disse ele.
— Mesmo?
— Sim — respondeu Doug. — Você apresentou um argumento plausível. Jenna esqueceu o Caderno, você foi esperta em resgatá-lo e, no meio de toda a confusão para conseguir um táxi, esqueceu de devolver a ela.

Pauline soltou o fôlego.
— Sim.
— Minha pergunta agora é: você leu o Caderno?

Enquanto a esposa o encarava, Doug percebeu emoções conflituosas passarem pelo seu rosto. Era advogado; lidava todos os dias com pessoas que queriam mentir para ele.

– Sim – admitiu ela. – Eu li.

– Você leu. – Ele não tinha motivo para ficar surpreso, mas ficou mesmo assim.

– Essa história estava me deixando louca – disse Pauline. – Era o Caderno isso, o Caderno aquilo, o que "mamãe" escreveu no Caderno. Suas filhas, e você também, Douglas, tratam aquela coisa como se fosse o quinto evangelho. Jenna não aceita nenhuma sugestão minha, *nem uma sequer*. Ela só quer seguir o que está naquele maldito Caderno. Eu quis ver exatamente do que se tratava. Quis ver o que Beth tinha a dizer.

Doug não gostava de ouvir a segunda esposa mencionar o nome da primeira. Sempre fora assim.

– Então você leu? – perguntou Doug. – Leu hoje? Enquanto eu estava no trabalho?

– Sim – respondeu Pauline. – E devo dizer que Beth fez um ótimo trabalho. Garantiu que Jenna soubesse exatamente o que ela, Beth, queria. Desde o padrão da prataria, até a música que você e Jenna devem dançar, chegando aos brincos que Jenna deve usar com "o vestido". Foi o mais óbvio exercício de controle mental que já vi. Beth planejou o *próprio* casamento. Não deixou nenhuma decisão para Jenna.

Doug se perguntou se Pauline lera a última página. E imaginou o que diria a última página.

– Acho que a intenção de Beth era que fossem sugestões – argumentou Doug, na defensiva.

– *Sugestões?* Beth *disse* a Jenna, sem rodeios, o que fazer.

– Jenna é uma pessoa forte. Se tivesse discordado de alguma coisa que Beth escreveu, teria feito diferente.

– E teria ido contra os desejos da mãe morta? – retrucou Pauline. – Nunca.

— Ei! Agora você já está passando dos limites.

— Eu me ofereci para levar Jenna para experimentar vestidos de casamento. Apenas experimentar, dar uma olhada no que há nas lojas, para ver se alguma coisa a agradava mais do que o vestido de Beth... e ela não quis. Nem sequer *tentou*.

— Estou certo de que ela vai ficar linda no vestido de Beth — argumentou Doug.

— Sabe, Doug — prosseguiu Pauline —, achei ótimo que você fosse viúvo, e não divorciado. Fiquei *feliz* por não haver uma ex-esposa que eu precisasse encontrar nas reuniões de família ou a quem você tivesse que pagar pensão. Mas quer saber de uma coisa? Beth é mais intrusiva do que qualquer ex-mulher poderia ter sido.

— Intrusiva? Defina intrusiva.

— Ela está em toda parte. Principalmente nesse casamento. É uma presença palpável. É um padrão intocável pelo qual o restante de nós é julgado. Atingiu a santidade. Santa Beth, a mãe morta, cuja lembrança fica mais cintilante a cada dia.

— Chega — avisou Doug.

— Não dá para competir com ela. Nunca virei primeiro, nem com seus filhos, nem com você. Vocês são, todos vocês, Carmichael, obcecados por ela.

Doug achou que ficaria furioso ao ouvir aquelas palavras, mas percebeu que apenas confirmavam o que ele, no fundo, já sabia.

— Escute — disse Doug. — Acho que você não deveria ir para Nantucket este fim de semana.

— *O quê?* — perguntou Pauline.

— Acho que o que realmente estou tentando dizer é que não *quero* que você vá a Nantucket este fim de semana. É o casamento da minha filha, e acho que seria melhor se eu fosse sozinho. – Doug ouviu Pauline inspirar fundo, mas não esperou para ouvir o que ela ia dizer. Saiu do quarto e fechou a porta.

Já no andar de baixo, foi até a cozinha. Seu telefone estava sobre a bancada. Doug o pegou e viu as duas míseras costeletas de cordeiro sobre uma poça de sangue.

Não jantaria aquilo. Estava saindo para comer uma pizza.

O CADERNO, PÁGINA 6

A Festa de Casamento

Imagino que você vá convidar Margot para ser sua madrinha. Vocês duas são tão próximas, e embora, algumas vezes, eu tenha me preocupado com a grande diferença de idade entre você e os três mais velhos, acho que, no caso de Margot, foi melhor assim. Ela é sua irmã, sim, mas também é sua mãe substituta às vezes, ou algo entre irmã e mãe, seja lá como se chame esse papel. Você se lembra de como ela fez sua maquiagem na apresentação de dança do seu nono ano? Você queria sombra verde e ela passou sombra verde, e deu um jeito para que ficasse bonita. E se lembra de como Margot levou você até a William & Mary, no seu segundo ano de faculdade, para que eu e seu pai pudéssemos comemorar nosso aniversário de trinta anos de casados em Nantucket? Margot é a mulher mais capaz que eu ou você já conhecemos. E parodiando a antiga canção: qualquer coisa que eu faça, ela consegue fazer melhor.

Imagino que também vá convidar Finn. Vocês duas foram inseparáveis desde que nasceram. Eu costumava chamá-las de minhas "gêmeas". Não sei se Mary Lou Sullivan, a mãe dela, gostava muito disso, mas vocês eram tão adoráveis juntas... As tranças combinando, as músicas rimadas que costumavam cantar, batendo as mãos. "Miss Mary Mac Mac Mac, all dressed in black, black, black."

No que diz respeito aos seus irmãos, eu pediria a Kevin para fazer uma leitura, e a Nick para acompanhar os convidados até seus respectivos lugares, caso seu Futuro Marido Inteligente e Sensível não tenha nove irmãos, ou dezesseis amigos que serviram no mesmo batalhão que ele e que não possam ser ignorados. Kevin tem uma linda voz de orador. Poderia jurar que é descendente espiritual de Lincoln, ou de Daniel Webster. E Nick encantará todas as damas quando as acompanhar a seus assentos. É claro.

Outra pessoa que daria um acompanhante fantástico seria Drum Sr. Mas é lógico que, se Margot for sua madrinha, ela talvez precise que Drum fique de olho nos meninos.

E, então, há o seu pai, mas falaremos sobre ele mais tarde.

MARGOT

Era tão bom voltar para a casa dos verões da sua infância que Margot esqueceu de todo o resto por um minuto.

A casa ficava a duas quadras e meia da rua principal, no lado da Orange Street com vista para a baía. Fora comprada pelo tataravô da mãe de Margot em 1873, apenas 27 anos depois que o Grande Incêndio destruiu a maior parte do centro da cidade. A casa tinha cinco quartos, além de um sótão que os avós de Margot haviam enchido com quatro beliches e um ventilador de teto que girava preguiçosamente. O ventilador não estava em sua melhor forma, mas, em seu auge, fora fantástico. Ainda havia algumas antiguidades espalhadas pela casa: um armário de boticário com 36 gavetas minúsculas; dois relógios de pé, um deles pouco maior que o outro, que anunciavam a hora em uníssono; espelhos dourados; camas Eastlake idênticas e uma cômoda combinando no quarto dos meninos, no andar de cima. Havia também tapetes elegantes, todos desbotados pelo sol e cada um com uns dez quilos de areia entranhados. Havia uma sala de jantar formal que guardava uma mesa com dezesseis lugares, onde ninguém jamais comia, embora Margot se lembrasse de fazer projetos de *decoupage* com a avó, naquele móvel, em dias chuvosos. Certo ano, Nick e Kevin encontraram tartarugas na lagoa de Miacomet, e resolveram colocar os bichos para apostar corrida por toda a extensão da madeira. Margot se recordou de que uma das tartarugas tombara da lateral da mesa e caíra no chão, onde ficara com o casco para baixo, agitando as patas no ar em desespero.

Na cozinha, havia um conjunto de quatro quadros originais de Roy Bailey que talvez pudessem ter tido algum valor, mas que agora estavam cobertos por uma grossa camada de gordura de bacon e tinham manchas de óleo dos famosos anéis de cebola empanados em farinha de milho que o pai costumava fazer. Uma vez a mãe de Margot dissera:

— Sim, essa era uma casa linda até tomarmos posse dela. Agora é só uma casa muito útil e muito amada.

Margot ficou chocada ao ver o quanto a casa era amada. Ela se sentiu eufórica diante da visão do piso de lajotas empoeirado da cozinha, das velhas bancadas de madeira arranhadas por 140 anos de facas picando tomates colhidos na horta, ao ouvir o som da porta de tela batendo enquanto seus filhos corriam para o gramado muito verde nos fundos, ao ver o carvalho de mais de vinte metros de altura batizado de Alfie — em homenagem a Alfred Coates Hamilton, proprietário original da casa —, e o balanço de madeira pendurado no galho mais baixo da árvore.

Margot vivera na cidade de Nova York durante toda a sua vida adulta. Amava Manhattan — mas não daquele jeito. A adoração que sentia por Nantucket só se comparava à adoração pelos filhos. Ela queria ser enterrada ali, se possível à sombra das folhas de Alfie. Precisava deixar esse desejo registrado em algum lugar.

Pouco depois de Margot entrar na casa e se permitir aqueles sessenta segundos de apreciação, a crise eclodiu. Jenna parou na frente dela, segurando aberta a bolsa Mielie, feita artesanalmente por uma mulher da Cidade do Cabo, na África do Sul. A irmã estava em prantos.

— O que foi? — perguntou Margot. Obviamente esperara lágrimas de Jenna naquele fim de semana, afinal a irmã era uma idealista e o mundo sempre a decepcionava. Mas tão cedo? Dez minutos depois de chegarem? — O que houve?

— O Caderno! — disse Jenna. — *Sumiu!*

Margot vasculhou as profundezas da bolsa da irmã. Havia uma carteira feita de cânhamo, o lenço de mão que Jenna usava como se fosse a heroína romântica de um filme antigo porque, ao contrário dos lenços de papel, lenços de tecido podiam ser lavados e reutilizados; o hidratante labial da Aveeno, a cartela de Dramin e o celular. O Caderno não estava ali.

— Talvez você o tenha colocado em outro lugar — arriscou Margot.

— Eu o deixo sempre aqui — argumentou Jenna. — Bem aqui, na minha bolsa. Você sabe disso.

Sim, Margot sabia; vira Jenna tirar o Caderno daquela bolsa e devolvê-lo uma centena de vezes. Jenna era o tipo de pessoa que tinha um lugar para cada coisa, e o lugar que determinara para o Caderno era aquela bolsa.

Margot pousou as mãos nos ombros da irmã.

— Acalme-se. Vamos pensar. Quando foi a última vez que se lembra de estar com ele?

Em vez de ajudar Jenna a se concentrar, a pergunta serviu para deixá-la mais desesperada. Jenna saiu andando pela cozinha, com uma expressão de pânico nos olhos. Margot considerava a irmã a alma mais gentil e generosa que conhecia, os alunos e os pais dos alunos da escola Little Minds a adoravam.

Como era a mais nova dos irmãos, com uma diferença grande de idade – eram oito anos entre ela e Nick –, Jenna fora criada sob o amor tranquilo dos pais. Sua infância e a adolescência envolveram pouquíssimos conflitos. O lado ruim era que Jenna não aprendera a lidar com crises.

– Pense – disse Margot. – Pare e pense. Você estava com ele na barca?

– Não. Não vi o Caderno hoje, o dia todo. Estava com ele na noite passada... no Locanda Verde. – Seu rosto se desmanchou em lágrimas.

– Ei, ei – falou Margot. – Não tem problema. Podemos ligar para o Locanda Verde.

– Quando saímos de lá, Stuart e eu pegamos um táxi! – lembrou Jenna. – E se eu tiver deixado no carro?

Margot sentiu o coração afundar no peito. E se Jenna tivesse deixado o Caderno em um táxi? Margot faria o que fosse necessário para ligar para o escritório da empresa de táxis, mas eles não estariam com o Caderno. Quando se esquecia algo dentro de um táxi em Nova York, era para sempre. Quantos óculos escuros eram perdidos a cada dia?, se perguntou Margot. E quantos celulares? Quantas cópias de *Cinquenta tons de cinza*? Todos os dias acontecia uma imensa redistribuição de pertences pessoais ao longo dos cinco distritos da cidade, por causa do que as pessoas esqueciam nos táxis. O Caderno! Assim como Jenna, Margot o lera de trás para a frente várias vezes, concentrando-se nos trechos que a mencionavam, e sentiu uma perda dolorosa no peito ao imaginar que talvez não o visse de novo.

Jenna estava ao telefone.

– Para quem está ligando? – perguntou Margot.

— Para Stuart! — respondeu Jenna.

Para Stuart, é claro. Talvez ele estivesse com o Caderno, pensou Margot, com um lampejo de esperança. Se não estivesse, sairia voando do escritório para ir até o terrível setor de achados e perdidos da empresa de táxi, sabe-Deus-se-no-Brooklyn-ou-no--Queens, e procurar pessoalmente. Stuart conseguiria acalmar Jenna... Ele era o único que importava para ela.

Margot não tinha ninguém assim. Não poderia ligar para Edge e falar sobre algo como o Caderno. Em vez disso, ela resolveu ligar para o pai. Ele não atendeu. Tentou de novo e deixou uma mensagem de voz.

— Oi, pai, é a Margot. Jenna não sabe onde deixou o Caderno. Ela disse que estava com ele no jantar da noite passada. Acha que talvez o tenha deixado no táxi. Sabe de alguma coisa? Me ligue de volta.

Margot, então, mandou uma mensagem de texto para o pai: *Jenna perdeu o Caderno.*

E outra: *Por favor, me ligue.*

Enquanto isso, Jenna ainda estava ao telefone com Stuart. No Caderno, a mãe se referia ao futuro marido de Jenna, quem quer fosse, como o Futuro Marido Inteligente e Sensível, e Stuart se encaixava perfeitamente na descrição. Jenna já se acalmara; havia parado de chorar.

Margot subiu para o segundo andar, tensa. A bagagem de Jenna estava no corredor, e Margot começou a examiná-la, pensando: *Por favor, apareça... Por favor, apareça.*

Mas o que apareceu foi um par de pernas queimadas de sol e bem torneadas. As pernas de Finn. Margot costumava ter pernas como aquelas, em seus dias de surfista, antes de trabalhar 65 horas por semana na tentativa de sustentar três filhos e um ex-marido.

Finn perguntou:

— Por que está mexendo nas coisas de Jenna?

O tom era acusador, mas Margot nem se deu ao trabalho de levantar os olhos.

— Ah, merda — disse Finn.

— Pois é — retrucou Margot. Um segundo depois, o celular zumbiu no seu bolso. Sem querer, Margot pensou: *Edge*.

Mas era o pai.

— Está comigo — disse ele.

Margot ficou zonza de alívio e Jenna soluçou, derramando mais lágrimas, agora de alegria. Uma das melhores sensações do mundo era encontrar algo que se imaginava perdido para sempre.

Pouco depois, um furgão branco estacionou na entrada de carros, atrás do Land Rover LR3 de Margot. Ela espiou pela porta lateral. Era da empresa de tendas para casamento, a Sperry Tent Company. Margot torceu para não ter que assinar ou decidir nada. Torceu para que os quatro caras que estavam descendo do furgão soubessem exatamente o que faziam. E torceu para que Roger, o cerimonialista, houvesse avisado aos quatro caras sobre o canteiro de plantas perenes da mãe.

Beth fora uma jardineira fanática, e algumas daquelas plantas perenes tinham mais de quarenta anos, o que as tornava uma relíquia de família. Ou talvez não. Margot não entendia nada de jardinagem. Todo ano, ela matava uma muda de alguma erva que comprara no mercado ao colocar o vaso na saída de emergência de sua casa e esquecer de regar.

Margot chamou os filhos pela porta de tela dos fundos, que dava para o pátio.

– Os rapazes estão aqui para montar a tenda! Ou vocês ajudam ou saiam do caminho!

Ellie estava deitada de barriga para baixo no balanço, girando em círculos até as cordas se enrolarem no topo.

– Eleanor, entre, por favor! – gritou Margot.

– Não! – retrucou Ellie.

Margot suspirou. Seria cedo demais para um copo de vinho?

Ela podia ouvir Jenna e as damas de honra perambulando no andar de cima, deixando escapar uma gargalhada de vez em quando. A histeria por causa do Caderno desaparecido havia passado – GRAÇAS A DEUS – e, logo depois, Autumn Donahue chegara do aeroporto em um táxi. Autumn fora colega de quarto de Jenna na Universidade William and Mary. Tinha lindos cabelos cor de cobre, sardas, olhos castanhos e era o antídoto visual ao louro absoluto de Jenna e Finn. Autumn praguejava como um marinheiro e conseguia transformar qualquer situação em pornografia em uma questão de segundos. No chá de panela, que contara com a presença de Pauline e de Ann Graham, futura sogra de Jenna, Autumn achara de bom tom dar a Jenna um vibrador de duas cabeças e uma embalagem de lubrificante.

– Ligue isso e enlouqueça Stuart – dissera Autumn. – Ele vai adorar.

Autumn sempre namorava três homens ao mesmo tempo, e costumava chamá-los de "ficante". Às vezes ela acrescentava aos três um ficante de uma noite. Nunca se apaixonara e não tinha a menor intenção de algum dia vir a fazê-lo.

Para ser sincera, Margot admirava muito Autumn por isso.

O GRANDE DIA ⚓ 61

Margot estava esperando uma mensagem de texto de Edge. Ela mandara um SMS para ele na noite da véspera, contando que Drum Sr. iria se casar. Escrevera: *Drum Sr. vai se casar com alguém chamada Lily, a instrutora de pilates.*

Quando, depois de meia hora, ainda não recebera resposta, Margot escrevera: *É sério, Drum Sr. vai se casar.*

Margot adormecera com o celular na mão, esperando por uma resposta. Mas de manhã ainda não havia sinal de Edge. Ela achou o silêncio espantoso. Edge costumava não responder a uma ou mais mensagens com certa frequência, mas um SMS falando que o ex-marido ia se casar novamente? Aquilo era uma novidade *de verdade*. E merecia *algum* comentário. Então ela começou a se preocupar com a possibilidade de Edge não estar respondendo porque achara que Margot o estava sondando para que a pedisse em casamento. Rá! A mera ideia de um pedido de casamento de Edge já era absurda. Ele só havia permitido que ela passasse a noite no apartamento dele uma vez, e só porque precisava pedir um favor.

Ela não se permitiria pensar sobre aquela noite; primeiro um jantar no Picholine, então um convite inédito para dormir na casa dele, e logo o pedido, que fora como uma mão fria apertando o seu pescoço. Griffin Wheatley, o rei do baile. Ela *não podia* pensar naquilo.

Talvez Edge estivesse muito ocupado. Ele vinha se preparando para um julgamento durante toda a semana, cuidando de algo que chamava de "o caótico caso Cranbrook", como um favor ao pai dela. Margot perguntara o que significava aquilo, mas ele não lhe contara. Edge nunca contava nada a ela sobre qualquer dos casos em que trabalhava, não apenas porque era informação confidencial, como também porque não queria que Margot deixasse escapar alguma coisa sem querer na frente do pai.

O resultado disso era que Margot não sabia quase nada sobre a vida profissional de Edge, ou sobre como ele passava os dias. Ela quase preferia o modo como eram as coisas com Drum Sr. O ex-marido nunca quisera nada com o trabalho, mas ao menos contava aquele nada a Margot em detalhes minuciosos. *Saindo para correr no parque. De volta da corrida. Oitenta dólares no caixa. Filme do Warren Miller, se livrou de boa! Pensando em enchiladas para jantar, está bom para vc? Loja. Oferta de tomate enlatado, comprando 3. Pegando Ellie agora. Caminhando. Qual é o nome da mãe da Peyton? E qual é o problema com o rosto dela?* Margot costumava receber essas mensagens de texto em seu escritório, na Miller-Sawtooth, a mais respeitada empresa de recrutamento de executivos do mundo, e pensar: *Você não entende que estou ocupada demais para essas merdas?*

Agora, com Edge, Margot mataria por algumas merdas. Mataria para saber o que ele havia comido no café da manhã. Mas Edge não contava nada a ela. Se estivesse com um humor muito expansivo, mandaria uma mensagem dizendo: *No tribunal.* Ou: *Com Audrey,* que era a sua filha de 6 anos.

Margot checou o celular. Nada. Eram quinze para as seis da tarde. Talvez Edge estivesse em reunião com um novo cliente, o que poderia demorar um pouco. Talvez estivesse tão ocupado se preparando para o tribunal — com sua assistente jurídica favorita, *Rosalie* — que simplesmente não tivesse tido tempo de checar o celular. Mas Edge checava compulsivamente o celular. Era só a luz vermelha piscar e ele quase salivava, como se o próximo SMS ou o próximo e-mail fossem lhe oferecer um milhão de dólares, ou uma casa em uma praia no Taiti. Com os clientes, Edge se orgulhava de responder os contatos em sessenta segundos. Mas, quando o contato era de Margot, ele o deixava se arrastar por dias.

A maior parte do relacionamento entre Margot e Edge acontecera via mensagem de texto, o que no início parecera moderno e sexy. Eles ficavam trocando mensagens por horas — e, ao contrário de uma conversa ao vivo, Margot tinha tempo para elaborar respostas espirituosas. E podia escrever coisas que era tímida demais para dizer pessoalmente.

Mas essa troca de mensagens, agora, era extremamente frustrante. Margot tinha vontade arrancar os cabelos. E já fizera com que ela arremessasse o telefone do outro lado do quarto — tarde da noite, quando ela e Edge vinham trocando mensagens havia algum tempo e ela escreveu *Saudades*, e não teve resposta. Por sorte, o celular aterrissara dentro do cesto de roupa suja. Ao mesmo tempo que odiava essas mensagens, Margot era viciada nelas. Desprezava o próprio celular — as 72 vezes por dia que checava para ver se Edge havia mandado alguma mensagem eram torturantes —, mas, se realmente houvesse uma mensagem, ela parava tudo por uma quantidade absurda de tempo para responder, não importava o que estivesse fazendo. Margot já respondera mensagens de texto de Edge digitando com as mãos sob a mesa, em reuniões com clientes importantes. Já se levantara e saíra da apresentação de uma peça de Ellie no jardim de infância (*A sopa de pedra*) a fim de mandar uma mensagem para Edge do corredor da escola. Mandara mensagens para ele enquanto dirigia, ou quando estava meio bêbada no banheiro em uma saída com amigas, ou ainda quando caminhava na esteira, na academia de ginástica. A troca de mensagens com Edge a impedia de estar presente em sua vida real. Era terrível, ela precisava parar; tinha que arrumar um modo de controlar a situação, de impedir que a destruísse.

Porque naquele momento, quinta-feira, dia 18 de julho, em vez de se concentrar na despedida de solteira da irmã, que ela, Margot, organizara, e que logo começaria, só no que conseguia pensar era: *Mandei uma mensagem há dezenove horas e ele não respondeu. Por que não? Onde ele está e o que está fazendo? Não está pensando em mim.*

Margot se lembrou de quando ficava parada naquela mesma casa, esperando o correio chegar, na expectativa de uma carta do namorado do ensino médio, Grady Maclean. Era enervante do mesmo jeito, só que, na época, toda a ansiedade de Margot se concentrava em um momento do dia, e assim que a carta chegava — Grady Maclean havia sido muito devotado para um garoto de 15 anos —, ela não tinha de se preocupar até a semana seguinte.

Naquele momento, chegou uma mensagem de texto no celular, e Margot pensou: *É ele, finalmente!* Mas, quando checou, viu que era uma mensagem do pai. Pronto, aquilo com certeza era a pior coisa: ela esperara e esperara por uma mensagem e então chegara uma, mas era da pessoa errada.

A mensagem dizia: *Pauline não irá ao casamento.*

Margot ficou encarando o telefone e pensando: *Que diabos?!* Estava zonza agora. Aquilo era um drama familiar, exatamente do tipo que se esperava que acontecesse em casamentos. Pauline ausente!

Por que aquela notícia fizera Margot se sentir tão animada? Talvez porque bem no fundo ela não *gostasse* de Pauline, ou porque Margot sentia-se grata por ter alguma coisa em que pensar que não fosse Drum Sr. se casando com Lily, a instrutora de pilates, ou na ausência de resposta de Edge sobre Drum Sr. se casando com Lily, a instrutora de pilates, ou... em Griffin Wheatley, que ainda lhe irritava uma parte da mente. (Ele estava com uma *ótima* aparência com aquela barba por fazer... como Tom Ford, ou James Denton. Margot sempre o vira logo depois de ele ter se barbeado).

Ela decidiu que estava simplesmente grata pela distração. Não tinha nada contra Pauline, que era inofensiva, devotada ao pai. Então *por que* Pauline não iria ao casamento?

E quanto a Rhonda?, se perguntou Margot. Ainda iria ao casamento? Rhonda Tonelli, filha de Pauline, seria a quarta dama de honra. Jenna não quisera convidar Rhonda, mas o pai pedira (certo, implorara), e como ele estava pagando uma soma de, no mínimo, seis dígitos para que aquele casamento acontecesse, Jenna havia concordado.

Seria muito melhor se nem Pauline, nem Rhonda aparecessem naquele fim de semana. Margot sentiu um espaço se abrir em seu peito, onde, aparentemente, estivera residindo a ansiedade sobre a presença das duas no casamento, como um tumor não diagnosticado.

O número de damas de honra e de cavalheiros de honra do noivo não seria igual. Roger talvez se estressasse com isso, mas quem se importava?

Talvez conseguissem encontrar alguém para o lugar de Rhonda. Um grupo de professoras da Little Minds, colegas de Jenna, iria ao casamento.

Os pensamentos de Margot foram interrompidos por uma batida na porta lateral. Ela se virou, o celular na mão. Era Roger.

— Roger! — disse ela. — Estava exatamente pensando em você.

Ele piscou vagarosamente, perturbado. Algo estava errado. Será que ele já soubera que talvez tivessem uma baixa entre as damas de honra?

— Os caras da tenda tiveram um problema com a árvore — falou Roger.

— Que árvore? Está falando de Alfie?

Roger não respondeu. Margot sabia que ele se sentia desconfortável chamando a árvore pelo nome de uma pessoa.

— Achei que já havíamos falado sobre isso — continuou Margot. — Achei que eles conseguiriam montar a tenda embaixo de Alfie.

— Eles acharam a mesma coisa, Margot — disse Roger. — Mas aquele galho abaixou desde que o medimos em abril. E abaixou muito.

— Diga logo — pediu Margot. Não tinha tempo para lidar com outro imprevisto. Já eram seis da tarde; ela precisava desfazer a mala, pendurar seu vestido de madrinha e correr até o mercado para fazer compras, então alimentar os filhos, tomar banho, mudar de roupa e ainda esperava conseguir abrir uma garrafa de champanhe ali, com Jenna e as meninas, antes de saírem para jantar no restaurante, onde tinham uma reserva para as oito da noite. — Tenho certeza de que vocês, rapazes, vão descobrir o que fazer.

— Vou te dizer o que precisamos fazer — retrucou Roger. — Se quiser a tenda grande montada, vai ter que deixar que eles cortem aquele galho.

— Que galho? — perguntou Margot. Estava aliviada ao ver que o problema tinha uma solução. Talvez. Ela e Roger saíram pela porta dos fundos juntos e seguiram até Alfie. A sensação de alívio no peito que Margot sentira por um curto espaço de tempo, por doces minutos, dera lugar a um peso que parecia de cimento. – De que galho está falando? *Não o...*

– O galho com o balanço – confirmou Roger.

Ellie ainda estava naquele balanço, girando, rodando – exatamente como Margot costumara fazer.

– Não – disse Margot.

– É o único modo.

– Não pode ser o único modo.

– Veja como aquele galho está baixo – falou Roger. – Compare com os outros galhos. Os caras da tenda têm uma serra elétrica e podem cortar o galho em dez minutos. Não é tão grande assim, comparado com o restante da árvore. Ela vai sobreviver.

– Não – repetiu Margot. – Aquele galho é... o balanço é... eles são importantes. Não vão a lugar algum.

Roger levou a mão à boca. Em outubro, quando Margot e Jenna o conheceram, ele contara a Margot que fora fumante por trinta anos, mas que parara de vez depois que o cunhado morrera de câncer no pulmão.

– Está certo, então. Sem tenda.

– Sem tenda?

– Não a grande que você e Jenna escolheram – disse ele. – Não vai caber. Agora, posso perguntar a Ande se ele consegue colocar uma tenda menor perto da beira do barranco. Ela cobriria o bar e a pista de dança, talvez também a mesa principal. Mas todo o restante ficaria a céu aberto.

– O que faremos caso chova?

– Acho que você sabe a resposta para essa pergunta – retrucou Roger. – Vão se molhar.

Margot não conseguia olhar para ele porque não podia suportar ver a verdade óbvia em seu rosto. Roger vivera em Nantucket durante toda a vida. Ele se formara na Nantucket High School em 1972 – e Margot se deu conta de que devia ter a mesma idade de Edge: 59 anos. Roger trabalhara por anos como carpinteiro e caseiro, então, em 2000, um biliardário da internet fizera o casamento dos casamentos em Galley Beach. Não havia pista de dança grande o bastante na ilha para ser usada na festa, por isso a família contratou Roger para construir uma. Assim, ele entrara sem querer no negócio de casamentos, pela porta dos fundos.

Ele não era nada parecido com nenhum cerimonialista que Margot já houvesse conhecido ou imaginado. Não era obsessivo ou agitado demais. Não era estiloso, jovem ou descolado. Era sensato, confiável e conhecia todo mundo que era preciso conhecer na ilha. Exalava autoridade, chegava cedo, trabalhava duro, conseguia resultados. Era casado havia 35 anos com uma mulher chamada Rita; tinham cinco filhos, todos crescidos. Roger e Rita viviam em uma casa despretensiosa em Surfside Road, e Roger usava o apartamento em cima da garagem como escritório. Ele anotava tudo em uma prancheta; sempre trazia o lápis atrás da orelha e o celular preso ao cinto. Dirigia uma caminhonete. Quando Jenna e Margot o conheceram, haviam pensado: *Esse é o cerimonialista de casamentos mais procurando de Nantucket?* Agora que já o tinham visto em ação, sabiam o porquê. Ele negociava canapés, arranjos florais e preços por cabeça com os melhores de cada ramo. Mas a empresa dele, se é que se podia chamar assim, nem ao menos tinha um nome. Quando atendia o telefone, ele dizia: "Aqui é o Roger."

Pagaram por Roger e Roger foi o que conseguiram. E agora Roger explicava a Margot que precisavam cortar o galho que sustentava o balanço, ou 150 convidados ficariam sem o abrigo da tenda.

Não conseguiriam seguir com a organização da cerimônia sem uma tenda. Portanto, Margot teria que deixar que cortassem o galho.

Ela checou no celular a previsão do tempo para sábado. Aquela era a única compulsão maior do que checar as mensagens de texto de Edge. A previsão para sábado permanecia a mesma de quando a consultara na barca: parcialmente nublado, temperatura máxima de 25 °C, quarenta por cento de probabilidade de chuva.

Quarenta por cento. Isso incomodou Margot. Não era uma porcentagem a ser ignorada.

– Corte o galho – decidiu.

Roger assentiu sucintamente e saiu.

Margot tinha cinquenta milhões de coisas para fazer, mas não conseguiu adiantar nenhuma delas, ficou apenas sentada à mesa da cozinha. Era uma mesa retangular, feita de pinho acetinado. Assim como todo o restante na casa, ela fora maltratada pelos Carmichael. O tampo tinha várias marcas, vestígios de marcador cor-de-rosa e uma mancha preta em forma de meia-lua, deixada por um uma panela com a pipoca que Margot preparara para os irmãos, numa noite em que Doug e Beth haviam ido jantar no Ships Inn e ela ficara de babá.

Margot se lembrou de que a mãe ficara muito aborrecida com a mancha.

– Ah, querida – dissera. – Você deveria ter usado um descanso, ou colocado a panela sobre um pano de prato. Essa mancha nunca vai sair.

Com 14 anos na época, Margot achara que a mãe estava exagerando apenas para fazê-la se sentir mal. E subira, pisando duro, até o quarto.

Mas a mãe estava certa. A mancha ainda estava ali, 26 anos depois. Isso fez Margot pensar um pouco sobre permanência. Ela acabara de autorizar os homens da tenda a amputarem Alfie, uma árvore que brotara naquele lugar havia mais de duzentos anos. A árvore estava ali desde a época colonial; tinha uma majestade e uma graça que faziam Margot sentir vontade de se inclinar em uma reverência. O galho jamais cresceria novamente, afinal, a árvore não era uma estrela-do-mar; seus membros não se regeneravam. Margot se perguntou se dali a 25 anos ela levaria os netos até a arvore e lhes mostraria o lugar onde o galho fora cortado, dizendo:

— Tivemos que cortar esse galho para poder montar a tenda para o casamento da minha irmã Jenna.

Gerações de descendentes cresceriam sem um balanço na árvore por causa daquela decisão.

Margot ouviu o zumbido da serra elétrica. E cobriu o rosto com as mãos.

A mãe não havia escrito nada sobre o balanço no Caderno.

Cortar o galho de Alfie?, perguntou Margot.

O som da serra lhe provocou arrepios, e Margot teve a sensação de que o homem estava prestes a lhe arrancar fora o próprio coração.

Ela correu para a porta dos fundos.

— Pare! — gritou.

O casamento estava tomando vida própria. Aquilo era uma maldição. Uma pessoa podia planejar tudo por meses, até os mínimos detalhes, podia contratar alguém como Roger e ter planos bem organizados como os que a mãe deixara — e, ainda assim, as coisas podiam dar errado. Ainda assim, o inesperado acontecia.

— Não posso deixar que faça isso — disse Margot para Roger. — Não posso deixar que corte o galho.

— Você entende que isso significa que não haverá tenda? — perguntou ele.

Margot assentiu. Não haveria tenda. Parcialmente nublado, quarenta por cento de chance de chuva. Seriam 150 pessoas, dezenas de milhares de dólares em mesas, cadeiras, porcelana, cristal, prataria, arranjos florais, comida e vinho — tudo com quarenta por cento de chance de ficar encharcado. Margot ficou tensa ao pensar nas toalhas de mesa antigas, bordadas à mão, a maior parte já usada naquele mesmo quintal, em 1943, no casamento da avó de Margot e Jenna. E se a chuva molhasse aquelas toalhas? (A avó delas havia recebido 92 convidados em seu casamento, sob uma tenda apoiada em postes de madeira. Nos idos de 1943, os galhos de Alfie eram muito mais novos, fortes e altos.)

Margot sabia que deveria consultar alguém, pedir uma segunda opinião: de Jenna ou do pai. Mas ela acreditava que seu dever primordial como madrinha era poupar Jenna dos obstáculos traiçoeiros que surgiriam durante as próximas 72 horas. No domingo à tarde, assim que o *brunch* de despedida tivesse terminado, Jenna estaria por conta própria. Teria que encarar a vida como Sra. Stuart Graham. Mas, até lá, Margot tomaria as decisões mais difíceis. Podia ter ligado para o pai, mas ele, como ficara óbvio, já tinha os próprios problemas.

Além do mais, Margot acreditava sinceramente que ninguém da família Carmichael — nem Doug, nem Jenna, Nick ou Kevin — iria querer que aquele galho fosse cortado.

– Sem tenda – confirmou ela.

– Vou ver a possibilidade de uma tenda menor – disse Roger.

– Obrigada – agradeceu Margot. E fez uma pausa. – Não espero que você compreenda.

– Reze para que faça sol.

Margot estava ocupando o "quarto dela", dividindo a cama de casal com Ellie, que se revirava e chutava a noite inteira. Drum Jr. e Carson dormiriam no sótão, com os três meninos de Kevin e Beanie, e com seu tio Nick – que, se agisse como esperado, não dormiria em casa de jeito nenhum. Jenna, Finn e Autumn estavam todas apertadas no quarto de Jenna, que tinha uma cama box e uma bicama, de rodízio. Fora escolha delas, mas também era verdade que nem Finn, nem Autumn quiseram dividir o quarto com Rhonda, que ficara com o verdadeiro quarto de hóspedes – com duas camas de casal – só para si. Kevin e Beanie dormiriam no quarto que Kevin e Nick ocupavam quando garotos (com as camas de solteiro Eastlake), e Doug (mas aparentemente não Pauline) dormiria na suíte principal.

Margot não respondera à mensagem do pai porque não sabia o que dizer, e esperava que seu silêncio fosse mais eloquente.

Ela desfez a própria mala e a de Ellie. A filha havia empacotado bugigangas, pulseiras artesanais, um novelo de barbante, uma centopeia de pelúcia – presente de alguém que as visitara no hospital, no dia em que ela nascera –, a fita métrica que ficava na gaveta de bagunça de casa, uma variedade de canetas marcadoras já secas e lápis de cera quebrados, e um volume em brochura, já muito gasto, do livro infantil *Caps for*

Sale. Margot se deu conta, com certa preocupação, de que Ellie estava se tornando uma acumuladora. O que provavelmente era resultado do divórcio, e um novo motivo de culpa para Margot. Ela se sentou na cama e deixou os lápis de cera quebrados escorregarem por entre seus dedos. Seria cedo demais para uma taça de vinho?

No que dizia respeito às roupas, Ellie levara duas meias descombinadas; uma camiseta branca com uma mancha de suco de uva na frente; uma jardineira de brim turquesa; o vestido preto e prata de Natal, que usara no *Quebra-nozes* do ano anterior, e do qual reclamara o tempo todo; o short roxo predileto, com o cinto verde; e um vestido de verão de anarruga, com lagostas bordadas, que era de um tamanho duas vezes menor. E – aleluia... – uma roupa de banho. Margot devia ter fiscalizado Ellie enquanto a menina fazia a mala – sinceramente, confiar em uma garota de 6 anos para arrumar as próprias coisas? –, mas estivera muito ocupada. Ao menos Margot guardara o vestido de daminha de Ellie e as sandálias brancas, as boas, na própria bagagem.

Ela pendurou o vestido de daminha – branco, de bordado inglês – da filha, e também o próprio vestido de madrinha, verde-gafanhoto, pensando, *Deus do céu, eu não quero usar isso.*

Mas usaria, é lógico, por Jenna. E pela mãe.

Mercado, loja de bebidas. Margot corria contra o relógio e não tinha tempo para pensar em Edge, no casamento de Drum Sr. ou em Griff, com seus olhos de caleidoscópio e barba de dois dias. Mas os três homens não saíam de sua mente. Como exorcizá-los?

Ela tomou uma ducha no banheiro do lado de fora da casa, sob a trepadeira de rosas pálidas que a mãe cultivara e que ainda floresciam. As rosas vivas, sua mãe morta. Será que o fato de Margot não gostar de jardinagem era uma falha de caráter? Significava que ela não era cuidadosa o bastante?

Nos piores dias durante o divórcio, Drum Sr. acusara Margot de ser uma vaca de coração gelado. Seria verdade? Se *fosse* verdade, então por que ela sentia tudo tão intensamente? Por que viver costumava parecer tanto com ser espetada por dez mil flechas minúsculas?

Ela fora uma vaca de coração gelado com Griffin Wheatley, rei do baile. Ele não soubera, mas era verdade.

Culpa.

Mas não, não havia tempo.

Margot alimentou os filhos com pizza congelada e uvas, vestindo o roupão de banho, os cabelos ainda molhados.

— Você vai sair esta noite? — perguntou Carson.

— Sim — respondeu Margot.

Os três começaram a gritar, guinchar e gemer em coro. Detestavam quando Margot saía; detestavam Kitty, a babá da tarde, detestavam as atividades que faziam à tarde, não importava onde estivessem — porque percebiam que essas atividades também eram como babás, substitutas do tempo e da atenção da mãe. Margot tivera esperança de que, conforme os filhos ficassem mais velhos, passassem a ver a carreira da mãe como uma das coisas incríveis a seu respeito. Ela era sócia na Miller-Sawtooth, onde fazia um trabalho importante, combinando altos executivos com as empresas certas. Tinha certo poder e ganhava muito bem.

Mas poder e dinheiro não significavam muito para o filho de 12 anos, e menos ainda para os outros dois, com 10 e 6 anos. Eles queriam o corpo morno da mãe aconchegado a eles na cama, lendo *Caps for Sale*.

— É o fim de semana do casamento da tia de vocês — explicou Margot. — Uma babá chamada Emma virá essa noite e amanhã à noite também. Sábado é o casamento e acontecerá aqui no quintal, e domingo voltaremos para casa.

— Esta noite *e* amanhã à noite! — reclamou Drum Jr. Dos três, era o que mais precisava de Margot. O motivo, ela não sabia explicar exatamente.

— Quem é Emma? Não conheço nenhuma Emma! — falou Ellie.

— Ela é legal — disse Margot. — Mais legal do que eu.

Eram quase sete da noite e o céu do lado de fora ainda estava bem claro. A tenda menor fora erguida e agora os homens estavam montando a pista de dança. A grama ficaria amassada, mas Roger havia garantido que não morreria. A tenda menor parecia ótima, pensou Margot. Era maior do que havia imaginado, mas não era grande o bastante para abrigar 150 pessoas. Talvez entre a tenda e a casa... Talvez.

Havia quarenta por cento de chance de chuva.

Emma Wilton chegou às sete horas em ponto. Era uma menina de quem Margot costumava cuidar como babá, agora com 25 anos e cursando veterinária. Ela e Margot se abraçaram e comentaram a inversão no relacionamento de ambas.

— E daqui a dez ou quinze anos, Ellie pode tomar conta dos *seus* filhos — comentou Margot. As duas riram e Margot pediu licença para secar os cabelos.

Ela checou o celular. Nada de Edge. O que estava acontecendo com ele? Margot se sentiu tentada a escrever: *Tudo bem aí?* Mas poderia acabar soando como inoportuna e carente — ou, pior do que tudo, como uma esposa. Outro problema com as mensagens de texto era que, nelas, ficava quase impossível acertar o tom que se queria expressar. Margot queria que Edge soubesse que estava preocupada, sem que pensasse que ela estava perguntando nas entrelinhas: *Por que diabos você não respondeu a minha mensagem?* O que, é claro, era exatamente o que ela estaria perguntando.

Havia uma nova mensagem no celular de Margot, enviada por Rhonda. Margot abriu, ansiosa, esperando mais drama. Dizia apenas: *Meu avião chega às oito e vinte. A que horas é o jantar?*

Margot se sentiu um pouco desanimada. Ao que parecia, Rhonda ainda compareceria ao casamento. O que era ruim. Por vários motivos, era o pior cenário. Rhonda estar presente e Pauline, não? Impensável. Com quem Rhonda conversaria, com quem interagiria na festa, se Pauline não estivesse? Nenhum outro Tonelli compareceria ao casamento, assim como nenhum amigo de Pauline.

Margot digitou de volta: *Jantar às oito.*

Rhonda respondeu no mesmo instante: *Quem vem me pegar?* Pela experiência de Margot, Rhonda sempre respondia no mesmo instante. Margot suspeitava de que era porque Rhonda não tinha mais nada para fazer além de responder mensagens. Não tinha um emprego de verdade nem outros amigos.

Margot digitou: *Pfvr pegue um táxi.*

Rhonda respondeu: *?*

Margot encarou o ponto de interrogação e desatou a rir. É lógico que Rhonda digitaria um ponto de interrogação. Ela provavelmente estava imaginando por que o Sr. Roarke, anfitrião da Ilha da Fantasia, não iria buscá-la em uma enorme limusine branca.

Margot mandara vários e-mails detalhados para todos os envolvidos sobre a despedida de solteira daquela noite. Listara o nome e o endereço do restaurante e a hora da reserva para o jantar – oito horas da noite – em todas as mensagens. Se Rhonda havia reservado um voo que chegava às oito e vinte, não era problema de Margot.

Ou era?

Culpa.

Mas não, não havia tempo.

Embora o quarto de Jenna fosse o menor – o "quarto da tia solteirona", como a mãe o chamava, já que por décadas pertencera à tia solteirona de Doug, Lucretia – também era o melhor, porque tinha um deque com vista para o quintal e para a baía. Foi nesse deque que Margot e as damas de honra abriram o champanhe.

Autumn se encarregou de estourar a rolha, já que trabalhava como garçonete em um restaurante de frutos do mar à beira da praia, em Murrells Inlet, na Carolina do Sul. A rolha voou na direção do pátio abaixo, e Margot observou os olhos de Jenna acompanharem a aterrissagem na grama.

Então Jenna disse:

– Acho que imaginei a tenda maior.

Com habilidade, Autumn encheu quatro taças, e Margot pegou uma. Teve vontade de beber tudo de um só gole, mas precisava fazer um brinde. Ela sorriu para Jenna, e Jenna sorriu de volta. A irmã não se importaria com o tamanho da tenda ou com o fato de Margot ter tomado uma decisão unilateral sobre o galho de Alfie. Tudo com que Jenna se importava era Stuart, que chegaria no dia seguinte com sua parte dos convidados.

– A um fim de semana incrível, maravilhoso e... *ensolarado!* – brindou Margot.

As quatro levantaram as taças, encostando-as levemente.

— *Há* outra tenda sendo montada, não há? — perguntou Jenna. — Onde as pessoas ficarão sentadas?

— Sim — respondeu Margot. Beba, beba, beba. — Amanhã.

— Ah — retrucou Jenna. — Achei que seria montada hoje.

— Não — disse Margot. Beba, beba, beba. — Vai ser amanhã.

Jenna franziu o cenho. Margot achou que talvez a bomba fosse explodir ali mesmo, naquele instante. Mas Jenna falou:

— Sinto saudades de Stuart.

Finn também estava com o cenho franzido. E disse:

— Pelo menos ele não está em Vegas, assistindo a um *show erótico*.

Margot se lembrou da expressão de Finn na barca, quando o nome de Scott fora levantado. Então era por isso: Las Vegas, *lap dances*, clubes de strip-tease, garçonetes de bar com seios de silicone, grandes e provocantes. Margot se lembrou de como coisas assim podiam parecer ameaçadoras em um casamento recente. Mas aquele tipo de ciúme ansioso logo desaparecia, como tudo o mais. No fim de seu casamento com Drum Sr., Margot se pegara pensando: *Por que você não vai para Vegas assistir a um show erótico?*

— Shows eróticos são inofensivos. Eu faço o tempo todo — comentou Autumn.

Pela primeira vez durante todo o dia, Margot conseguiu achar alguma coisa engraçada.

— Você faz show erótico?

— Sim — confirmou Autumn. — Os caras adoram.

— Ah — disse Margot. Ela parou um instante para se perguntar se Edge adoraria que ela, Margot, dançasse para ele. E logo chegou à conclusão de que, com certeza, não era o caso.

Autumn encheu novamente a taça de champanhe de Margot, que ficou observando o líquido dourado borbulhar até o topo. As crianças estavam jogando frisbee com Emma no pátio, mais abaixo. Margot se lembrou de quando haviam sido ela e as irmãs brincando no quintal, enquanto os pais bebiam gin tônica no deque e ouviam Van Morrison no rádio. A mãe costumava usar um caftan azul, com estampa de caxemira. Margot abraçava o tronco de Alfie, os braços não alcançando nem um terço da circunferência. A árvore não era uma pessoa, mas se uma árvore *pudesse* ser uma pessoa, então Alfie seria uma pessoa quase divina, que tudo via, generosa e sábia. Não podia deixar os homens da tenda cortarem o galho. O corte seria como uma ferida, talvez infectasse a árvore com algum tipo de fungo. Alfie poderia morrer.

Margot se levantou e debruçou-se sobre o parapeito. Sentia-se zonza, como se pudesse cair dali.

— É melhor irmos — disse.

Jenna estava dirigindo.

Elas sacolejaram pelos paralelepípedos no alto da rua principal. A cidade estava lotada de pessoas que haviam chegado a Nantucket para celebrar o verão. Margot adorava as galerias de arte e as lojas; amou ver um casal carregando uma garrafa de vinho para jantar no Black-Eyed Susan's, amou o cara com dreadlocks no cabelo, usando uma bermuda cargo cáqui, levando um labrador preto para passear. Percebeu que as pessoas prestavam atenção nelas: quatro mulheres bonitas e bem-vestidas, no Land Rover de Margot. Jenna e Finn usavam vestidos pretos, e Autumn estava de verde. Margot vestia um tubinho branco de seda com uma cascata de babados acima dos joelhos. Adorava vestir branco no verão. A cidade onde morava era suja demais para usar branco; bastaria uma corrida de táxi e o vestido estaria um lixo.

Jenna dobrou à direita na Broad Street, passou pela livraria Nantucket Bookworks, pelo bar Brotherhood e pelo restaurante Le Languedoc; e dobrou à esquerda, na direção do Nantucket Iate Clube. Margot bateu com o dedo no vidro da janela e disse:

— É aí que estaremos amanhã à noite!

Ninguém respondeu. Margot se virou e viu Finn e Autumn checando os celulares. Ela olhou para Jenna, então, que seguia habilidosamente pelas ruas, apesar dos pedestres que atravessavam na frente do carro sem olhar. Margot se sentiu mal com o fato de a irmã dirigir na própria despedida de solteira, mas Jenna insistira. Margot pensou que deveria ter alugado um carro com motorista, porque desse jeito as quatro poderiam se sentar no banco de trás, juntas. E deveria também ter estabelecido uma regra quanto a celulares. O que estava acontecendo com a vida? As pessoas ausentes sempre pareciam mais importantes do que as presentes...

Margot pegou a bolsa pequena no chão do carro e, contra o próprio bom senso, checou o celular. Havia recebido uma mensagem de texto, de Ellie. *Estou com saudades mamãe.*

Margot decidiu não se permitir ficar decepcionada porque a única mensagem que recebera fora da filha, e decidiu também não ficar horrorizada por uma menina de 6 anos saber digitar. E decidiu ainda se sentir feliz por alguém, em algum lugar do mundo, sentir sua falta.

Quando levantou os olhos do celular, viu que Jenna estava parando o carro no estacionamento do restaurante. Margot entendeu que aquele era o momento de reunir o máximo de entusiasmo possível e animar a tropa. O grupo estava sem energia; até mesmo Margot se sentia lenta. Uma taça e meia de champanhe tivera o mesmo efeito letárgico da combinação de três comprimidos de sonífero com uma dose de xarope para tosse. Se Jenna desse a volta com o carro, Margot ficaria feliz em dormir até de manhã.

Mas era a madrinha. Tinha que fazer aquilo por Jenna.

E pela mãe.

O Galley era um lugar encantador; o único restaurante elegante de Nantucket situado à beira da praia. A maior parte das mesas ficava sob um toldo, com as laterais abertas e ladeadas por jardineiras cheias de gerânios vermelhos e cor-de-rosa. Havia divãs, poltronas redondas e tochas de bambu na areia. E um bar à moda antiga. Os clientes que enchiam o lugar eram lindos e barulhentos. Ao longo dos anos, Margot já vira uma coleção de pessoas famosas e poderosas acomodadas naquelas mesas: Martha Stewart, Madonna, Dustin Hoffman, Ted Kennedy, Michael Douglas e Catherine Zeta-Jones, Robert DeNiro. O Galley era um lugar para ver e ser visto. Era sempre, em qualquer noite, o lugar certo para se estar.

Elas foram levadas a uma mesa de quatro lugares no salão principal, mas na parte que ficava mais perto do estacionamento. Autumn não se sentou logo; ficou examinando ao redor. Por fim, sentou-se e comentou:

— Acho que deveríamos pedir uma mesa melhor.

Margot sentiu as emoções a puxando em direções opostas. Desânimo a colocava para baixo, raiva a fazia fervilhar.

— Uma mesa melhor *onde?* — retrucou. — O lugar está lotado!

— Lá na areia, talvez — sugeriu Autumn. — Onde é mais animado.

Margot não conseguia acreditar. Penara para conseguir até mesmo *aquela* reserva para as oito da noite de uma quinta-feira de julho. Ligara para o Galley em maio, na terça-feira depois do Memorial Day e, a princípio, lhe disseram que o restaurante estava lotado, mas que o nome dela poderia ser acrescentado à lista de espera. E agora Autumn, que se autoproclamava uma profissional dos restaurantes, estava *reclamando*? Insinuando que Margot não era importante o bastante, ou não fora *insistente* o bastante para conseguir uma mesa melhor? Era culpa da própria Autumn que a despedida de solteira estivesse acontecendo naquela noite, no último minuto, em vez de semanas ou meses antes, o que era mais tradicional. Fora preciso combinar as agendas de cinco pessoas e, então, Margot apresentara outras sugestões, todas tentadoras. Um fim de semana esquiando em Stowe, em Vermont; ou um fim de semana de primavera em um spa da rede de resorts Canyon Ranch. Mas Autumn não estaria disponível em nenhuma dessas ocasiões. *Fins de semana são realmente complicados para mim*, escrevera em resposta.

Ora, era quase impossível planejar uma despedida de solteira *durante a semana*, mas Margot arriscara e tentou alguma coisa em Boca Raton, na Flórida, na semana em que Jenna estaria no recesso primaveril da Little Minds. Então, mais uma vez, Autumn disse que não poderia comparecer, e Margot cancelara.

Foi quando Jenna comentou com Margot que achava que o verdadeiro problema com Autumn era dinheiro. Afinal, Autumn trabalhava como garçonete.

Margot se perguntava *por que* Autumn trabalhava como garçonete. A moça tinha um diploma da Universidade William and Mary, onde se formara em Ciências Políticas. Poderia ter feito qualquer coisa com isso, desde uma pós-graduação até uma faculdade de Direito, ou participar de algum comitê político. Poderia ter passado a dar aulas, como Jenna, ou aberto um negócio, uma startup na internet por exemplo, ou qualquer outra coisa. Margot não tinha paciência com pessoas que não desenvolviam todo o seu potencial. O que era resultado, ela supunha, de ter sido casada com Drum Sr. O ex-marido era tão sem ambição que era como se ele andasse de ré.

Margot ignorou a insatisfação de Autumn com a mesa e pediu à garçonete (Autumn, a propósito, implicava com o termo "garçonete") a carta de vinhos, que logo lhe foi entregue.

– Branco ou tinto? – perguntou Margot a Jenna.

– Qualquer um dos dois, tanto faz – respondeu Jenna com um aceno de mão.

Margot não dirigiu a pergunta a Finn ou a Autumn, embora pudesse *sentir* que Autumn a encarava com insistência. Provavelmente ela queria ver a carta de vinhos. Bem, que pena, pois Margot estava determinada a exercer seu direito soberano como madrinha e escolher o vinho.

Um branco, um tinto. Margot preferia Sancerres e Malbecs. Os Sancerres a faziam se lembrar de Drum Sr. (ele a mimara no primeiro verão como namorados levando-a a um restaurante chamado Blue Bistro – que agora já fechara –, e seduzindo-a com um Sancerre), e os Malbecs a faziam se lembrar de Edge (aquela noite no Picholine, que ela *não* podia se permitir recordar naquele momento). Margot desejou poder examinar uma carta de vinhos e não se lembrar de homem algum. Gostaria de olhar para os vinhos e pensar em si mesma.

Ela estendeu a carta de vinhos para Autumn.

– Você pode escolher o vinho?

Autumn pareceu tão feliz que Margot no mesmo instante se sentiu mesquinha por ter pensado em negar esse prazer a ela.
— Adoraria!

Margot se recostou na cadeira e tentou relaxar. Jenna e Finn conversavam entre si em voz baixa, o que Margot achou grosseiro, embora absolutamente previsível. Finn parecia ainda estar de mau humor. Sempre fora petulante e mimada. Quando Finn tinha 17 anos, arrumara um emprego em Nantucket, como babá da família Worthington, amigos de Beth e Doug Carmichael. Não se passaram nem 36 horas e ela se demitiu, alegando que sentia falta de Connecticut e dos pais. O que Finn *realmente* queria era voltar para Darien para fazer sexo com o namorado, Charlie Beaudette, enquanto os pais — os mesmos de quem supostamente sentia saudades — passavam duas semanas de férias, no sul da França. Beth e Doug haviam tentado convencer Finn a ficar em Nantucket — dizendo que ela superaria as saudades de casa e acabaria tendo um verão fantástico —, mas Finn estava determinada a ir embora, e os Carmichael não conseguiram fazê-la ficar. Margot estava em Nantucket naquela semana e assistira a todo o drama de camarote. Na época, Drum Jr. tinha menos de um ano e Margot trabalhava como principal associada da Miller-Sawtooth. Como mãe recente e profissional na área de recursos humanos, Margot concluíra que Finn não tinha caráter, nem senso de responsabilidade, nem ambição. E Margot não suportava gente sem ambição. Para ela, Finn tinha a força interior de uma banana podre.

Felizmente, o vinho chegou e elas pediram os pratos. Jenna se virou para incluir Autumn e Margot na conversa, embora Margot não conseguisse acompanhar bem o que estava sendo dito de um minuto para o outro. Sua mente estava em outras coisas. Havia pedido torta de caranguejo para começar; Autumn pedira um chowder, e Jenna e Finn comeriam *foie gras*. Margot pensou, não necessariamente nessa ordem: era engraçado que Jenna e Finn houvessem pedido a mesma coisa e que estivessem vestidas de um modo parecido. Será que as duas algum dia já tinham brigado? Se isso havia acontecido, Margot não soubera de nada. As duas eram amigas havia mais de 25 anos e sempre pareciam estar em harmonia. No verão do trabalho como babá, Jenna apoiara a decisão de Finn de voltar para casa. Fora Jenna, aliás, que confidenciara a Margot que o verdadeiro motivo de Finn querer voltar para casa era para trepar com Charlie Beaudette. Jenna achou romântico – em vez de estúpido, imaturo e limitado.

Margot assumia que sua amargura em relação a Finn talvez se originasse da inveja. A própria Margot nunca tivera uma amizade como a de Jenna e Finn. Tivera amigas, é lógico, algumas próximas, mas ela e suas amigas sempre acabavam brigando e se afastando. Isso acontecera no ensino médio e novamente na faculdade. Já adulta, Margot e Drum Sr. haviam se tornado amigos de pessoas cujos filhos estudavam com seus filhos e faziam os mesmos esportes e atividades que as crianças – o que, Margot logo percebeu, era insuficiente para uma amizade. Poucas dessas amizades haviam sobrevivido ao seu divórcio. Nenhum dos casais com quem Margot e Drum costumavam sair a havia convidado para jantar novamente. Agora, quando Margot encontrava essas pessoas, elas agendavam passeios e brincadeiras das crianças como se fossem transações de negócio.

Se Margot precisava conversar com alguém, ligava para Jenna, ou para Beanie, a cunhada, ou para o pai. Às vezes conversava com Edge. No começo do relacionamento, Edge fora atencioso e doce, mas ultimamente essa doçura e atenção vinham definhando. Nos últimos quatro ou cinco meses, ele vinha parecendo um homem de 59 anos que se casara e se divorciara três vezes, que vira de tudo, sobrevivera a tudo e mal conseguia disfarçar a impaciência por Margot ainda estar em uma fase da vida em que se importava com o que as outras pessoas pensavam.

Margot olhou para Jenna e Finn com inveja. Então se preocupou com o fato de que nunca ter tido uma melhor amiga fosse outro indicador — como o fato de não ser boa em jardinagem — de que houvesse algo errado com ela. E seu casamento havia fracassado! Teria sido por alguma inabilidade em se ligar de um modo significativo e permanente a outros? Será que ela *realmente era* uma vaca de coração gelado? Jenna, sem dúvida, seria tão devotada a Stuart quanto era a Finn. Margot se perguntou se todos os fins de semana de casamentos de família estavam fadados a ser dolorosos exercícios de introspecção.

Ela voltou sua atenção para Autumn.

Autumn havia pedido o chowder, a sopa típica da Nova Inglaterra que era o item menos caro do cardápio, e Margot se perguntou se fora por *isso* que escolhera o prato. Talvez ela realmente *estivesse* financeiramente prejudicada. É claro que ela não era rica; afinal, trabalhava como garçonete e vivia em um bangalô alugado. Naquele momento, Margot decidiu que pagaria o jantar. Tinha um ótimo emprego, podia arcar com a despesa. E era a madrinha. Pagaria.

Ela deu uma mordida na torta de caranguejo. Estava temperada com suco de limão. Mais vinho. Margot começava a se sentir um pouco bêbada, mas isso não foi surpresa. Nos últimos doze meses, sempre que se pegava preocupada com o casamento de Jenna, pensava: *Quando não souber mais o que fazer, ficarei bêbada. Permanecerei bêbada durante todo o fim de semana se for necessário.* E ali estava ela.

Finn se levantou para ir ao banheiro. Nem sequer havia tocado no *foie gras* que pedira, e Margot lançou um olhar cobiçoso para o prato. Adorava *foie gras*, mas não pedira porque não era saudável e porque era chocante o modo como forçavam os pobres gansos franceses a se alimentarem. Mas parecia tão apetitoso... suculento, com uma crosta dourada e sementes de romã, cor de rubi, por cima.

Margot percebeu que Jenna a encarava com uma expressão preocupada. E se deu conta de que teria que contar à irmã sobre o galho de Alfie; teria que contar que a segunda tenda não seria montada no dia seguinte. A segunda tenda simplesmente não seria montada.

Quarenta por cento de chance de chuva.

Margot tirou a garrafa de vinho do balde de gelo e descobriu que estava vazia. Fez sinal para a garçonete.

– Outra? – sugeriu.

Jenna mordeu o lábio inferior e Margot não gostou da expressão da irmã. Queria perguntar a Jenna se estava se divertindo, se a noite parecia memorável. Era cedo demais para dizer; elas mal haviam começado, mas Margot temia que não fosse ser memorável o bastante. O que poderia fazer? Deveria sugerir um jogo? Alguma brincadeira típica de despedidas de solteira? De um modo geral, Margot achava esse tipo de festa lamentável – os pirulitos em formato de pênis, as faixas ridículas que a futura noiva era obrigada a usar, as camisetas rosa-choque com frases grosseiras. E, naquele momento, Margot percebeu que havia esquecido de levar o chapéu horroroso feito de prato de papelão que Jenna deveria usar. A irmã provavelmente ficaria muito feliz com o esquecimento do chapéu, mas Margot continuava a sentir que estava falhando em seus deveres de madrinha. Finn teria lembrado de levar o chapéu.

Quarenta por cento de chance de chuva. Griffin Wheatley, rei do baile. Ele conseguira o emprego na Blankstar, estava feliz lá. Margot podia relaxar. Tudo estava bem quando terminava bem.

O restaurante era barulhento. As pessoas riam e conversavam nas outras mesas e, acima do burburinho, Bobby Darin cantava "Beyond the Sea", rolhas de champanhe espocavam e facas e garfos arranhavam pratos. Margot pensou na mãe, usando o vestido azul com estampa de cashmere. Ela parecia a mulher mais linda do mundo, e Jenna era a cara da mãe.

— É impressão minha ou Finn está demorando? — comentou Margot.

— Tenho certeza de que ela está mandando mensagens para Scott.

— Ah — disse Margot, recostando no assento. Ela se perguntou se deveria levar o próprio celular para o banheiro feminino e checar suas mensagens. Mas sabia que a resposta era não. Estava determinada a se manter no presente. Comeria a torta de caranguejo, não se preocuparia com o galho de Alfie, ou com o que Edge estaria fazendo, com a possibilidade de chuva, ou se Carson precisaria repetir o quarto ano, ou, ainda, se havia sido rude da parte dela escolher um restaurante tão caro para aquele jantar. Não sentiria o peso da idade, embora tivesse sido difícil ver Emma Wilton tão crescida. Um segundo antes, Emma ainda tinha 6 anos, e Margot 21. Quarenta anos era velha demais para ser madrinha, pensou Margot. E, ainda assim, fora esse o desejo da mãe.

Margot sentiu uma batida no ombro. Achou que fosse Finn voltando do banheiro feminino, ou a garçonete com a nova garrafa de vinho, mas quando virou no assento, viu Rhonda. Rhonda Tonelli.

Ai, porra, pensou.

Margot afastou a cadeira com dificuldade e se levantou. *O que eu faço? O que eu digo?*, pensou. Já bebera demais para lidar com a situação de forma graciosa, mas ao menos estava sóbria o bastante para ter consciência disso.

– Oi, Rhonda! – cumprimentou. E se adiantou para dar um abraço e um beijinho no rosto da recém-chegada, que se afastou para evitar o gesto. Assim, Margot acabou com a mão pousada na lateral do pescoço de Rhonda, e seus lábios aterrissaram no ombro. Tudo isso aconteceu muito rapidamente, mas o embaraço ficou ressoando na mente de Margot como um gongo. Havia beijado o ombro de Rhonda.

Ah, Deus, constrangedor.

– Eu não sabia o endereço da casa, então liguei para a minha mãe – explicou Rhonda. – Mas ela não atendeu o telefone, por isso te liguei umas cinquenta vezes, e você também não atendeu. O motorista do táxi teve pena de mim... afinal, eu havia acabado de aterrissar nessa ilha, e não havia ninguém para me encontrar, e eu nem sabia para onde diabos estava indo. Nós pegamos um catálogo telefônico e procuramos por Carmichael, mas havia dois Carmichael. Escolhi um e era o *errado*... Os outros Carmichael estava em casa e eu interrompi o jantar da família. Então finalmente encontrei a casa certa. A babá estava lá com seus filhos e não tinha ideia de qual era o meu quarto, por isso coloquei minhas coisas no quarto azul, o que tem as duas camas de solteiro...

O quarto de Kevin, pensou Margot.

— E graças a *Deus*, a babá sabia onde vocês estavam jantando, já que eu perdi o e-mail que você me mandou com o nome do restaurante. Foi uma recepção e tanto a Nantucket! Foi tipo "Bem-vinda a Nantucket, Rhonda!"

Margot riu.

— Bem-vinda a Nantucket, Rhonda! — disse, se levantando com as costas para a mesa, na esperança de conseguir disfarçar o fato de que não havia cadeira para Rhonda. Margot havia esquecido completamente que ela iria. Fizera reserva para cinco pessoas, mas quando chegaram, a recepcionista perguntara "Quatro?", e Margot dissera "Sim, por favor", então estavam sentadas em uma mesa para quatro.

Agora Autumn havia se levantado e usava as habilidades profissionais para informar à garçonete que mais uma pessoa estava se juntando ao grupo e que precisavam de mais uma cadeira. Nesse momento, Finn voltou para a mesa com o rosto marcado de lágrimas, e Jenna se levantou para ver qual era o problema. No processo, esbarrou no copo de Borgonha que entornou sobre o vestido branco de seda de Margot. A reação instintiva de Margot foi deixar escapar um grito agudo, e ela não conseguiu se controlar a tempo. O vestido estava arruinado.

— Ah, Margot! Me desculpe! — pediu Jenna.

— O vinho branco vai tirar a mancha. Use vinho branco — recomendou Rhonda.

— Isso é mito — retrucou Autumn.

— Já vi dar certo — insistiu Rhonda.

Margot olhou para Finn e Jenna, agora abraçadas. Jenna esfregava as costas da amiga.

— O que aconteceu? — perguntou. — Qual é o problema?

A garçonete voltou com a quinta cadeira, então foi preciso uma grande produção para encaixá-la na mesa e afastar os pratos, todos ainda cheios de comida muito cara, que mal fora provada. A garçonete, então, reparou no vinho entornado e no vestido de Margot, e correu para pegar guardanapos novos, além de um pano de prato e água com gás para tirar a mancha. O vinho parecia sangue e Finn agora chorava com vontade. Devia parecer que tinham cometido um assassinato naquela mesa. Margot achou que seria melhor se todas se sentassem, e disse isso.

— Preciso ir para casa — anunciou Finn.

— O quê? Por quê? O que aconteceu? — perguntou Margot.

Finn balançou a cabeça e apertou um pedaço de papel higiênico contra o nariz.

— Vou com você — decidiu Jenna.

— Não! — reagiu Margot. — Você não pode. É a sua festa!

— Sua irmã está certa — concordou Finn. — Você fica. É a sua festa.

— Não seja ridícula — disse Jenna. — Se você vai para casa, vou com você.

Finn levantou os olhos para o teto com uma falsa expressão de resignação que Margot já vira mil vezes nos últimos 25 anos. *Você não pode pedir a Jenna que abandone a própria festa! Isso é patético!*, pensou Margot. Finn estava chateada porque Scott estava em Las Vegas, se divertindo. Por que Finn não estava disposta a se divertir também ali? Mas Margot sabia que não havia nada que pudesse dizer, que não conseguiria fazer Finn se sentir culpada, que nada faria qualquer uma das duas mudar de ideia.

Jenna se enrolou na pashmina que levara.

— Vou pegar o carro — disse para Margot. — Vocês peguem um táxi, está bem?

— Está bem — respondeu Margot. E sorriu para Jenna, forçando-se a fingir que estava tudo bem pelos próximos sessenta segundos, até as duas saírem do restaurante. — Veremos vocês de manhã.

Jenna retribuiu o sorriso, e Margot viu gratidão e alívio na expressão da irmã. Ela deu um beijo no rosto de Margot e disse:

— Obrigada por compreender. Também não estou me divertindo muito. Só queria que Stuart estivesse aqui.

— Está bem — disse Margot. Jenna e Finn foram embora e, um segundo depois, a garçonete se aproximou com a água com gás e um pedaço de pano. Margot esfregou as manchas do vestido até ficar parecendo uma aquarela ambulante. Não estava bem, é claro, nada bem, que a noite que havia planejado por meses tivesse sido sabotada por Scott Walker, de todas as pessoas. Na verdade, se Margot olhasse para trás, para os últimos seis meses, nada estivera bem. E se pensasse a respeito por mais um segundo sequer, seria *ela* quem desabaria em lágrimas e iria para casa.

Mas não, não capitularia. Era a madrinha e, por consequência, a principal dama de honra. E aquela palavra, *honra*, significava alguma coisa. Não sabia exatamente o que, mas sabia que não significava voltar para casa. Afinal, tinha uma noite para salvar.

Margot se virou para Autumn e Rhonda.

— Então... — disse.

Elas resolveram se mudar para o bar. A ideia foi de Autumn e se revelou brilhante. Em vez de ficarem as três sentadas, desoladas, em uma mesa posta para cinco, resolveram pegar os copos de vinho e a comida, e se mudarem para três bancos no bar que ficava na areia. Foi como um novo começo. Margot sentou-se no meio, com Rhonda à direita e Autumn à esquerda. Rhonda pediu um prato, Autumn terminou de comer o chowder e Margot conseguiu aproveitar a torta de caranguejo. Então ela e Autumn atacaram o *foie gras* intocado de Finn. Margot começou a se sentir mais como um ser humano. Era a anfitriã de uma despedida de solteira, sem a solteira, mas isso não era exatamente verdade porque tanto Autumn quanto Rhonda eram solteiras também e, por falar nisso, Margot também era.

Autumn e Rhonda não se conheciam, o que acabou sendo bom já que Rhonda, depois de tomar um copo de vinho e respirar fundo algumas vezes, fez algo que Margot nunca vira antes: se mostrou encantadora.

— Não posso acreditar que Jenna me pediu para ser dama no casamento. Estou tão empolgada!

— Empolgada? — perguntou Autumn. — É mesmo? Concordei porque amo muito aquela garota, mas não diria que estou empolgada.

— É verdade — concordou Margot. — Digo o mesmo.

— Já fui dama de casamento onze vezes — disse Autumn.

— Quantos desses casais ainda estão casados? — se perguntou Margot em voz alta.

— Oito desses casais ainda estão casados, dois divorciados e um separado — respondeu Autumn.

— Mais alguns sucumbirão — previu Margot.

— Nunca fui dama de honra antes — confessou Rhonda.

— Está brincando! — espantou-se Autumn. — Como conseguiu escapar?

Rhonda deu de ombros.

— Ninguém nunca me convidou.

Autumn parecia estar considerando a resposta, e Margot pensou: *Ninguém nunca a convidou porque até dez minutos atrás você se apresentava ao mundo como uma vaca miserável.* Certo? Rhonda era a mesma mulher que havia se recusado a comer qualquer outra coisa além de tiras de aipo no jantar de Ação de Graças porque havia se tornado *vegan* — embora não houvesse se dado ao trabalho de informar isso à mãe. Então ela começara uma briga com a cunhada de Margot, Beanie, sobre o que realmente significava ser *vegan* e, durante todo o tempo, pronunciara a palavra *"vegan"* reforçando o "e", assim como em "Megan", talvez não por acaso o nome de uma conhecida ativista da causa vegetariana na internet. Rhonda era a mesma mulher que tivera um pneu furado no Bronx, em Nova York, e ligara para Doug no meio da noite, implorando a ele que fosse ajudá-la a trocar. Quando Doug chegara, ela gritara com ele por ter demorado demais para chegar, disse que ele tivera sorte por ela não ter sofrido um estupro coletivo. Rhonda era a mesma mulher que anunciara, sem que ninguém perguntasse, que sua gordura corporal era de apenas quatro por cento, então pedira a Margot que sentisse seus bíceps e logo levantara a camiseta para que Margot pudesse ver seu abdômen definido. Rhonda admitira abertamente que seu programa favorito era o reality show *Jersey Shore* e que tinha uma paixonite por um dos integrantes do programa, Michael Sorrentino, conhecido como Mike "The Situation".

— Bem, fico feliz por você estar empolgada em ser dama do casamento — comentou Margot. — Vai ser uma cerimônia adorável.

— Adorei o meu vestido — disse Rhonda.

— Ah! Você só pode estar brincando — retrucou Autumn.

— Não estou, não. Adorei! — confirmou Rhonda.

— Verde-gafanhoto — reclamou Autumn. — Lamento, mas essas duas palavras ditas juntas são como unhas arranhando o quadro de giz.

Margot cerrou os lábios. Por um lado, concordava com Autumn. A cor não a entusiasmava. Assim como, na verdade, tudo o mais que dizia respeito ao vestido. Sem dúvida era o típico vestido de dama — xantungue de seda em um "verde-réptil", com um decote canoa, justo na cintura e a saia chegando até os joelhos. Para Margot, o vestido parecia datado. Atualmente, todos compravam vestidos de dama em lojas como J. Crew ou Ann Taylor, ou as noivas diziam a cor e deixavam as damas livres para encontrar o próprio modelo, algum que talvez pudessem até usar novamente. Por outro lado, Margot se sentia grata por Rhonda ter gostado do vestido. A sugestão daquele verde saíra do Caderno. Fora ideia da mãe, porque a visão que Beth tivera do casamento era de um bosque elegante, todo em verde e branco. O verde deveria ser "da cor de folhas novas", determinava o Caderno, mas acabara sendo de um tom que a mulher no salão de noivas chamara de "gafanhoto". Lembrava os lagartinhos que havia na sala de aula, e as balas de maçã verde da marca Jolly Ranchers. A mãe também havia sugerido sapatos de salto que pudessem ser pintados para que a cor combinasse com a do vestido, além de cordões de pérola na altura do colo — e Jenna havia acatado as duas determinações, embora Margot a tivesse aconselhado a repensar ambas. Sapatos pintados para combinar com o vestido e pérolas haviam sido elegantes na década anterior — *talvez* —, não mais.

Margot dissera: "Você não precisa seguir os conselhos da mamãe literalmente, Jenna. Talvez até mesmo ela, se estivesse viva hoje, pensasse duas vezes a respeito das pérolas."

Mas Jenna não cedia.

Para Rhonda, Margot disse:

— Fico feliz por você ter gostado do vestido.

— Mas só para você saber — ensinou Autumn —, *espera-se* que as damas reclamem do vestido. Está no Manual das Damas de Casamento.

— Manual? — perguntou Rhonda.

— Ela está brincando — explicou Margot.

Os pratos chegaram, o bife de Margot, o frango de Autumn e o peixe de Rhonda — que obviamente desistira de ser uma "Megan-vegan", mas Margot achou melhor não mencionar o fato. Por que provocar? Ela tomou um gole de vinho e um pouco de água logo depois. O bife à sua frente estava tostado por fora e rosado e suculento por dentro, e viera acompanhado de uma guarnição de batata cremosa e espinafre salteado com limão. Conforme comia, Margot sentia o humor melhorar. Ela percebeu que, de certo modo, estava feliz por Jenna e Finn terem ido embora. Assim a pressão de garantir que a noite fosse perfeita e que Jenna estivesse se divertindo saiu de seus ombros.

— Então... estou com um namorado novo — contou Rhonda.

— É mesmo? — Margot não sabia quase nada sobre a vida pessoal de Rhonda, mas por certas coisas que Pauline dizia, deduzira que a vida profissional era péssima, e a sentimental pior ainda.

— Querem ver uma foto? — Rhonda pegou o celular e procurou até achar a foto de um homem colossal, usando uma camiseta preta justa, que destacava os músculos firmes e untados. Ele fez Margot se lembrar de Arnold Schwarzenegger na época do fisiculturismo. O namorado de Rhonda tinha cabelos cheios e um belo sorriso.

— Uau! — exclamou Margot.

— O nome dele é Raymond — disse Rhonda. — É professor na minha academia. — Ela abaixou a voz até não passar de um sussurro. — E tem um pênis de 28 centímetros.

— *É mesmo?* — interessou-se Autumn. — De 28 centímetros? Tem certeza de que não está exagerando? Afinal, 28 centímetros é GRANDE.

— São 28 centímetros — confirmou Rhonda.

Margot assentiu, devidamente impressionada, enquanto se perguntava se Raymond e seu membro prodigioso não seriam os responsáveis pela transformação na personalidade de Rhonda.

— E você, Margot? Está namorando alguém? — perguntou Rhonda. — Deve ter uma legião de homens a seus pés. Você é tão bonita e esperta.

Esperta? Margot sabia que Rhonda queria dizer culta, mas, no que se referia a homens, Margot era tão estúpida quanto qualquer outra. Mais estúpida, na verdade.

Antes que pudesse se conter, Margot deixou escapar:

— Na verdade, estou saindo com o sócio do meu pai no escritório de advocacia.

Ela ficou parada por um instante, perplexa por ter falado aquelas palavras em voz alta. Estava escandalizada consigo mesma. Margot abaixou os olhos para o copo de vinho e pensou: *Droga.* Ninguém, realmente *ninguém*, sabia sobre ela e Edge — a não ser por ela e Edge. Mas Margot achou muito catártico dizer aquilo em voz alta. Finalmente contar para alguém.

— Ele tem 59 anos — disse.

— Uau! — exclamou Autumn.

— Vocês não podem comentar com ninguém — pediu Margot. — É segredo. — Ela olhou primeiro para Autumn, que poderia sacar o telefone a qualquer momento e mandar uma mensagem para Jenna. Então olhou para Rhonda, que era um risco ainda maior. Margot sabia que Rhonda contava *tudo* à mãe, e se ela contasse a Pauline sobre o caso de Margot, Pauline com certeza contaria a Doug. *O que foi que eu fiz?*, pensou Margot. Tinha estragado tudo. Poderia muito bem ter mudado seu status no Facebook para: *saindo com o sócio do meu pai*, assim, todos os seus 486 "amigos" saberiam a verdade. Acabara sabotando seu relacionamento. Se Edge soubesse que ela havia aberto a boca, terminaria tudo.

— Estou falando muito sério — disse Margot. — Vocês não podem contar a absolutamente ninguém. Vou descobrir se contarem, então vou atrás de vocês e vou matar vocês. — Ela estava usando o que Drum Jr. chamava de "voz apavorante da mamãe". Era a única arma em seu arsenal, e Margot não tinha certeza se adiantaria. Não confiava em nenhuma das duas mulheres à sua frente.

— Não vou contar — prometeu Autumn.

— Também não vou contar — assegurou Rhonda.

Elas pareciam sinceras, mas Margot tinha 40 anos e já aprendera que o ser humano era incapaz de guardar segredos. Quando se deparava com uma informação privilegiada, a primeira coisa que uma pessoa queria fazer era compartilhá-la com alguém.

— Meu pai morreria se soubesse — comentou Margot. Ou ao menos era isso o que Edge dizia. Ele acreditava que Doug ficaria arrasado, que a amizade dos dois ficaria abalada, e que o relacionamento profissional entre os dois acabaria arruinado. Margot acreditava que o pai aceitaria bem a notícia, que poderia até ficar feliz. Doug *não* fora exatamente fã de Drum Sr., a quem considerava um vagabundo mimado. Mas Doug gostava de Edge e o respeitava, os dois eram sócios havia trinta anos. Era verdade que o histórico de Edge com mulheres não era muito bom; ele pagava pensão a três ex-mulheres e tinha quatro filhos, o mais velho com 36 anos e a mais nova, Audrey, com 6.

Fora assim que Margot e Edge haviam acabado juntos. Ellie e Audrey, as duas com 6 anos, faziam aula de balé no estúdio de Madame Willette, na esquina da 82 com a Riverside. A escola de balé de Madame Willette era cara, rigorosa e extremamente concorrida, mas Margot ouvira maravilhas a respeito. Madame Willette levava suas meninas a altos padrões: postura perfeita, pronúncia do francês perfeita, nem um fio de cabelo escapando do coque. Em um evento de apresentação da escola, Margot ficara encantada com Madame Willette e se convencera de que Ellie deveria estudar com ela. Era uma especialista em conseguir vaga em escolas disputadas – afinal, tivera sucesso em matricular os três filhos no colégio em que estudavam, o disputado Ethical Culture Fieldston – e perseguiu a matrícula na prestigiosa academia de balé de forma incansável.

Ellie desabrochara sob a disciplina de Madame Willette. Ficara amiga de todas as meninas da turma rapidamente, e a favorita entre elas era uma garotinha muito pequena, de cabelos pretos e olhos asiáticos, chamada Audrey. Margot vira a mãe da menina de relance algumas vezes – uma mulher elegante e esguia, de etnia indeterminada. Ellie implorou à mãe que a deixasse convidar Audrey para brincar, e disse que a amiga também queria convidá-la. Mas o que havia de mais estranho e constrangedor em relação à socialização de crianças em Manhattan era que pais e mães não conheciam uns aos outros. E, para ser bem sincera, Margot se sentia intimidada pela mãe de Audrey. Ela parecia viver no centro, embora pudesse muito bem morar em Sutton Place. Margot não sabia em que colégio Audrey estudava – Little Red Schoolhouse, Bank Street, Chapin? – e, assim, não tinha como deduzir que tipo de mulher era a mãe a partir da escolha que fizera para o estilo de escola da filha. Poderia ter perguntando, mas não tinha a energia, a *vontade* necessárias para forjar qualquer nova aliança.

Então, certa semana, Margot foi pegar Ellie na escola de dança de Madame Willette e lá, no saguão, esperando que a turma fosse liberada, estava Edge Desvesnes.

– Oi! – cumprimentara Margot, o tom ao mesmo tempo satisfeito e confuso. Edge estava completamente fora de contexto ali, era como esbarrar com o dentista na feira de produtos regionais da Union Square, ou encontrar o pastor de sua infância, o reverendo Marlowe, em uma loja de ferragens.

Edge se virara para encará-la, mas Margot percebeu que ele também estava tendo dificuldades em reconhecê-la naquele ambiente.

– Margot Carmichael – falou.

– Ah, nossa! – disse ele, e os dois se abraçaram.

Margot conhecia Edge Desvesnes desde a adolescência. Ele e a primeira esposa, Mary Lee, costumavam frequentar os churrascos na casa dos Carmichael, em Darien. Houve uma época, quando Margot ainda usava aparelho e óculos, e tinha cabelo e pele problemáticos, em que alimentara uma terrível paixonite por Edge Desvesnes. Margot se lembrava de certa vez ter passado a bandeja com os tira-gostos em uma festa oferecida pelos pais. Depois que ela servira Edge, ele havia se virado para o pai dela e dito:

— Linda essa sua filha, sócio. Que olhos!

E Doug retrucara:

— E eu não sei disso?

Margot ficara muito vermelha e se escondera na cozinha. Ninguém nunca a havia chamado de "linda" antes. Os garotos do colégio eram cruéis a respeito de sua aparência. O fato de o Sr. Desvesnes, tão legal, divertido e fofo, tê-la chamado de "linda" fora o bastante para virar o mundo de Margot de cabeça para baixo.

Linda. Ela se olhara no espelho por meses depois daquilo, se perguntando: *Sou linda?* E o que ele quisera dizer quando se referira aos seus olhos?

Margot tinha encontrado Edge Desvesnes periodicamente nos anos que se seguiram. Ele estivera presente no jantar de comemoração dos vinte anos de casados dos pais; parava na entrada da garagem para buzinar, chamando Doug, quando os dois saíam para jogar golfe; comparecera ao casamento de Kevin e Beanie. Antes de esbarrar com ele na aula de balé das meninas, a última vez que Margot vira Edge Desvesnes havia sido no funeral da mãe. Edge fora um dos homens que carregaram o caixão. Pelo que Margot se lembrava, uma mulher o acompanhava naquele dia, mas Margot estava devastada demais pelo sofrimento e cercada por pessoas demais para notar quem ela seria. Soubera pelo pai que Edge havia se divorciado, então voltado a se casar, se divorciado novamente, se casado mais uma vez... mas em meio ao drama da própria vida, Margot não conseguira acompanhar aquelas idas e vindas.

Na escola de balé, diante dele novamente, e de um modo tão inesperado, Margot se sentiu ruborizar como acontecera quando tinha 14 anos.

— Você não está aqui para...

— Estou esperando a minha filha — explicou ele.

— Sua filha? — Margot só se lembrava de Edge ter filhos homens. Dois com a primeira esposa e um com a segunda, ou vice-versa. Ela sabia de uma filha?

— É a minha caçula — explicou ele. — Audrey.

— Audrey é sua filha? — perguntou Margot. — Ellie *adora* Audrey! — Ela se interrompeu, lembrando da beldade asiática. — Então sua esposa...

— Minha ex.

— Ah — disse Margot. — Ora, venho querendo falar com ela sobre um encontro das meninas. Não tinha ideia... quero dizer, não sabia que Audrey era *sua* filha.

Naquele momento, a porta do estúdio se abriu e as meninas saíram em um silêncio gracioso. Ellie pegou a garrafa de água gelada na mão de Margot, e Audrey passou os braços ao redor da cintura de Edge e o abraçou.

— Minha filha — disse ele.

— Cinquenta e nove anos — estava dizendo Autumn. — É velho. Território de Viagra.

Rhonda riu do comentário.

— Não exatamente — disse Margot.

As coisas logo haviam se tornado românticas entre os dois. Já naquele primeiro encontro, trocaram números de celular e, na mesma noite, Margot recebera uma mensagem de Edge, dizendo: *Você é um espetáculo, Margot Carmichael.*

E ela respondera: *Moi?*

Dois sábados depois, quando Edge voltou para pegar Audrey, eles fizeram planos para tomar um café juntos. Poucos dias após o encontro para o café, os dois saíram para tomar uns drinques e acabaram se agarrando em uma rua escura na esquina de Hell's Kitchen.

— Seu pai me mataria se nos visse agora — dissera Edge.

— Meu pai nunca vai descobrir — retrucara Margot.

Aquelas eram as palavras que norteavam o relacionamento deles, e haviam se tornado as correntes que estrangulavam esse mesmo relacionamento, tornando-o esquisito, impedindo que florescesse. Doug jamais poderia descobrir.

— Seja como for — Margot retomou a conversa na mesa. — É meio confuso.

— Ele vem para o casamento? — perguntou Rhonda.

— Sim — respondeu Margot. — Chega amanhã.

— Bem, então ainda temos esta noite — disse Autumn. — Vamos sair daqui.

Linda essa sua filha, sócio. Que olhos! Margot perguntara a Edge se ele se lembrava de ter dito aquilo.

Edge balançara a cabeça, desconcertado. *Não*, respondera.

Margot fez sinal para o barman pedindo a conta.

— É por minha conta — falou.

— Ah, Margot, o que é isso... — protestou Autumn. — É demais.

— Eu insisto — retrucou Margot, e percebeu que Autumn se sentiu aliviada.

— Obrigada! — agradeceu Rhonda. — É muito generoso da sua parte.

Margot encarou Rhonda e viu a expressão aberta, sorridente, sincera. Aquela *era* a mesma mulher que uma vez contara a Margot que comprava vestidos na Bergdorf's, usava-os com as etiquetas e então os devolvia no dia seguinte?

— De nada — respondeu Margot. Estava cansada de tentar prever o que aconteceria a seguir. Aquele casamento passara a ter vida própria.

O CADERNO, PÁGINA 9

A Cerimônia

Religião é uma coisa complicada. Pense em Carlos Magno e Martinho Lutero, na Inquisição Espanhola e na Faixa de Gaza. Não sei se você se casará com um muçulmano, com um judeu ou com um agnóstico feliz, e vou lhe dizer aqui que não me importo com a religião que o seu Futuro Marido Inteligente e Sensível pratica, desde que ele seja bom para você e a ame com o devido ardor.

Vou seguir com essa parte da programação como se você fosse se casar na igreja episcopal de St. Paul. Eu me apaixonei por essa igreja quando passei pela primeira vez por ela na Fair Street, e convenci seu pai a ir comigo às Vésperas em uma noite de verão, em junho. Quem não amaria as Vésperas em uma igreja com aquele glorioso órgão de tubos e aqueles vitrais Tiffany?

Estive em casamentos em que o celebrante não conhecia o casal que estava se casando e, assim, se viu forçado a usar um sermão genérico. Por esse motivo, sugiro que você peça ao reverendo Marlowe para ir a Nantucket realizar a cerimônia. Harvey é um ser sedentário e não vai gostar da ideia de viajar até uma ilha a cinquenta quilômetros da costa. Mas peça a ele de qualquer modo. Implore. Ele nunca foi capaz de resistir a você, sua pequena Jenna, que foi para a Guatemala na viagem Habitat para a Humanidade, na tenra idade de 15 anos. Acho que ele acreditou que você seria missionária quando crescesse. Você, sozinha, o fez mudar de opinião sobre a família Carmichael, e também (quase) o fez esquecer que foi Nick quem detonou a bomba de fumaça no porão da igreja, na hora do café com donuts.

O reverendo Marlowe preza muito o próprio conforto, por isso certifique-se de mencionar que seu pai garantirá que ele chegue de helicóptero à ilha e que pagará um quarto com vista para a baía, no White Elephant. E ainda que haverá uma garrafa de uísque Oban 15 anos à espera.

Mas o uísque e as outras mordomias são apenas fachada. O reverendo Marlowe faria qualquer coisa por você.

DOUGLAS

Ele dirigiu até o Post Road Pizza, que costumava frequentar com Beth. Pediu para se sentar em um reservado para duas pessoas, ao lado da janela da frente, que era onde sempre se sentava. Pediu um chope, uma pizza de calabresa e cogumelos e, para acompanhar, anéis de cebola e molho ranch, que era o que ele e Beth sempre pediam. Doug tomou dois goles da cerveja e foi até a jukebox. Ainda aceitava moedas de 25 centavos. Ele depositou 75 centavos na jukebox e tocou "Born to Run", "The Low Spark of High Heeled Boys" e "Layla". Essas eram todas músicas favoritas de Beth, que sempre tivera uma queda pelos hinos do rock. Se Doug pedisse a Pauline que dissesse o nome de uma música de Eric Clapton ou Bruce Springsteen, ela ficaria desconcertada.

Houve uma época – cinco ou seis anos antes, logo depois da morte de Beth –, em que Doug ia à mesma pizzaria e pedia a mesma comida, tocava as mesmas músicas e ocupava o mesmo reservado, imerso na própria infelicidade. Agora, ele sentia que fazia o mesmo como uma demonstração de força. Aquele era quem ele realmente era – *gostava* daquele restaurante, amava aquelas músicas, e preferia chope gelado ao mais fino Chardonnay. Quando a garçonete trouxe a comida, Doug pensou com enorme satisfação: *Nem um único vegetal fresco à vista!* Pauline olharia para os anéis de cebola com desprezo. Quando ele passasse os círculos dourados pelo molho ranch, ela diria: "Gordura e mais gordura." Secretamente, estaria morrendo de vontade de pegar um, mas não faria isso, pois era obcecada por calorias. O único modo de Pauline se sentir no controle da situação era quando estava se privando. E essa era a razão, ou parte da razão, por que se tornara uma pessoa tão infeliz.

Doug pegou uma fatia de pizza e o queijo se esticou. Ele amava o fato de não estar em casa comendo costeletas de cordeiro.

O celular no bolso de trás da calça zumbia. Pauline, Pauline, Pauline. Ela não sabia mandar mensagens de texto, por isso ficava ligando sem parar, deixando recados cada vez mais histéricos na caixa postal, até que ele respondesse. Doug a imaginou cambaleando pela casa, esbarrando na mobília, bebendo Chardonnay e ligando para Rhonda – que, àquela altura, já estaria em Nantucket –, recitando o rosário, uma Ave-Maria, ou qualquer cantilena católica que supostamente consertasse as coisas que não iam bem. Às vezes, quando as coisas estavam realmente mal com Rhonda ou com o ex-marido, Arthur, Pauline dizia a Doug que subiria para "tomar um comprimido". Ele não sabia que comprimidos eram esses, nunca perguntara porque não se importava. Mas, naquele momento, esperava que ela tomasse o tal comprimido, fosse o que fosse, apenas para que parasse de telefonar.

Doug praticamente podia *ver* Beth sentada diante dele, usando um de seus vestidos de verão, os cabelos longos e soltos, com uma pequena trança hippie em um dos lados. Ela gostava de usar a trança para mostrar ao mundo que, embora fosse casada com um advogado bem-sucedido, trabalhasse como administradora de um hospital, fosse mãe de quatro filhos e vivesse numa casa colonial em Post Road, em um subúrbio abastado de Connecticut, ainda se identificava com Joni Mitchell e Stevie Nicks, era do partido democrata, lia Ken Kesey e tinha consciência social.

Beth, como eu vim parar aqui?, perguntou ele.

Beth deixara o Caderno para Jenna, mas não deixara nenhum manual de instruções para ele. E, ah, como ele precisava de um. Quando Beth morrera, Doug ficara perdido. Os três filhos mais velhos já haviam saído de casa, e Jenna ficara com ele por algumas semanas, mas então precisou voltar para a faculdade. Doug só precisava tomar conta de si mesmo, no entanto até isso provou ser um desafio. Ele se enterrara no trabalho, ficava no escritório até horas absurdas, às vezes até mais tarde do que os associados que tentavam se tornar sócios. Pedia comida no Bar Americain, ou em uma lanchonete indiana no fim da rua, mantinha uma garrafa de uísque Johnnie Walker Black em sua gaveta com chave, não se exercitava, não via o sol e não havia o que temesse mais do que os fins de semana, quando não tinha escolha senão voltar para casa, em Darien, para o quarto que compartilhara com Beth, e para os vizinhos bem-intencionados que passavam por lá, se perguntando quando ele chamaria o jardineiro.

Ele a amara tanto. Por causa da profissão — entrava dia, saía dia, o assunto era divórcio, divórcio, divórcio —, Doug sabia que sua união com Beth era uma coisa rara e preciosa, e era assim que tratava o casamento dos dois. Ele a reverenciava; Beth sempre soubera o quanto era amada — ao menos era no que Doug acreditava. Mas aquela certeza não preenchia o vazio em seu peito. Não conseguia remendar os farrapos da solidão.

Nada ajudava, a não ser o esquecimento que o trabalho e o uísque proporcionavam.

Até agora, Doug não sabia exatamente como Pauline conseguira fisgá-lo. Provavelmente, como tudo mais na vida, fora uma questão de esperar o momento certo. Pauline fora vê-lo dezoito meses depois da morte de Beth, quando a dor mais aguda começava a ceder e a profunda solidão se tornava cada vez mais intensa. Doug engordara treze quilos; estava bebendo demais. Quando Margot aparecera em Darien para uma visita inesperada e vira o estado da geladeira (vazia), da lata de lixo (cheia de garrafas vazias), e da casa (na mais completa e abjeta confusão), tivera um ataque. A filha dissera: "Jesus, papai, você precisa *fazer alguma coisa* sobre isso!" Mas Doug não sabia o que fazer. Sentia-se orgulhoso por conseguir ao menos deixar e pegar os próprios ternos e camisas na lavanderia.

A princípio, Pauline Tonelli fora apenas outra mulher de 50 e poucos anos, que havia sido casada por décadas e estava às vésperas de ficar solteira novamente. Doug já vira centenas como ela. E fora paquerado por clientes – sutilmente e nem tanto – ao longo de toda a sua carreira. Ser paquerado era um risco da profissão. Toda mulher que Doug representava ou estava enjoada do marido, ou fora sumariamente descartada por este (normalmente em favor de alguém mais jovem). E a maioria delas, em ambos os casos, estava pronta para alguém novo. Muitas achavam que Doug deveria ser esse homem. Afinal, era ele quem estava tomando conta da situação. Era ele quem conseguiria um bom acordo financeiro, dinheiro, a custódia dos filhos, o título de sócio no Iate Clube, a segunda casa em Beaver Creek. Era ele que a defenderia no tribunal e lutaria por sua honra.

Doug conhecia outros advogados especializados em divórcio que tiravam vantagem das clientes desse modo. Seu sócio – John Edgar Desvesnes III – Edge, tirara vantagem de ao menos uma mulher assim: sua segunda esposa, Nathalie, com quem ele se envolvera no escritório, antes mesmo de ela ter entrado com o pedido de divórcio. Então namorara com ela, se casara, procriara (um filho, Casey, 15 anos) e se divorciara. Havia outros advogados que, diziam as más-línguas, eram fodedores em série de clientes. Mas Doug nunca sucumbira à tentação. Por que faria isso? Tinha Beth.

Pauline estava determinada. Doug sabia disso agora porque ela lhe confessara. Contara que o havia escolhido como advogado de divórcio porque sabia que ele ficara viúvo recentemente, e queria sair com ele. Tanto os Tonellis quanto os Carmichael eram sócios do Wee Burn Country Club, em Darien, embora não se conhecessem bem. Doug e Arthur haviam disputado um torneio de golfe juntos certa vez. Pauline e Beth haviam estado lado a lado algumas vezes no espelho do banheiro feminino, durante um jantar dançante. Doug não se lembrava de Pauline do clube. No entanto, ela mencionara que os dois eram sócios do Wee Burn já nas primeiras três frases que dissera quando eles se conheceram. Mencionara nomes de amigos dele – Whitney Gifford, Johnson McKelvey –, então expressara suas condolências pela morte de Beth ("uma mulher tão calorosa e adorável") e estabelecera uma ligação pessoal e um território em comum.

Pauline começara a levar coisas para ele nas reuniões que tinham para cuidar do divórcio. Primeiro foi um café com leite bem quente, então um pote de muffins de mirtilo feitos em casa, depois um vidro de molho chilli verde que ela trouxera de uma viagem a Santa Fé. Ela o tocava durante essas reuniões: apertava seu braço e dava tapinhas em seu ombro. Doug sentia seu perfume e admirava suas pernas no salto alto, ou os seios contra o suéter. Ela dizia coisas como: "Gostaria tanto de ir ao cinema este fim de semana, mas não quero ir sozinha".

E Doug pensava: *Pois é, eu também*. Então ele pigarreava e discutia as melhores maneiras de negociar com Arthur Tonelli.

No dia em que o divórcio de Pauline foi homologado, Doug fez o que nunca concordara em fazer antes com qualquer cliente: saíra para tomar um drinque. Ele planejara dizer não, como sempre fazia, mas algo na situação o fez vacilar. Era uma sexta-feira de junho, o ar estava doce com a promessa do verão; fora uma boa vitória no tribunal. O advogado de Arthur, Richard Ruby, era um dos mais competentes adversários de Doug, e, pela primeira vez na carreira, Doug havia vencido o colega em quase todos os pontos. Pauline conseguira o que queria; se divorciara bem.

Ela perguntou:

— Vamos comemorar?

E pela primeira vez em quase dois anos, Doug achou que a companhia de outra pessoa talvez pudesse ser agradável.

— Com certeza — respondeu.

Ela sugeriu o Monkey Bar, que era o tipo de lugar aonde os sócios de Doug sempre iam, mas onde ele jamais colocara os pés. Ele estava apaixonado pela confiança de Pauline. Ela conhecia o maître, Thebaud, pelo nome, e ele os guiou pela multidão que tomava drinques após o trabalho, até uma mesa redonda para dois, que ficava parcialmente escondida por uma meia parede curva. Pauline pediu uma garrafa de champanhe e um prato de pãezinhos típicos franceses chamados *gougères*. O garçom serviu o champanhe, e Doug e Pauline brindaram ao sucesso mútuo.

Pauline sorriu. Seu rosto cintilava. Doug sabia que ela estava com 54 anos, mas, naquele momento, parecia uma menina.

— Estou tão feliz por tudo ter terminado. Finalmente posso relaxar — disse Pauline.

Doug também soltou o ar; ainda estava tonto pela euforia singular de vencer o oponente. Não era muito diferente de um bom jogo de squash. Doug adorava competir. Queria vencer. Seu trabalho era libertar as pessoas da opressão de um relacionamento insatisfatório. Muitas vezes, quando o divórcio finalmente era homologado, seu cliente espontaneamente se desfazia em lágrimas. Alguns viam seus divórcios como um fim, não como um começo; como uma falha, não como uma solução. O trabalho de Doug era fazer um juízo de valor sobre o que estava acontecendo, apenas para facilitar o divórcio legalmente. Mas ele tinha que admitir que se sentia muito melhor em relação à própria profissão quando se via diante de uma cliente tão radiante quanto Pauline.

Os drinques no Monkey Bar haviam sido um sucesso. Doug voltara para casa de trem, sentindo-se alimentado por uma interação real com outro ser humano. Não havia se apaixonado por Pauline, mas apreciara a hora que passaram bebendo champanhe e comendo os *gougères* dourados, com sabor de queijo, admirando os murais de Ed Sorel nas paredes, observando os prósperos frequentadores e desfrutando da companhia de uma mulher atraente e alegre. Quando os dois se separaram do lado de fora do restaurante, na Fifty-fourth Street, Doug se dera conta de que sentiria falta dela.

Então o universo exercera sua magia. Poucas semanas mais tarde, no feriado de Quatro de Julho, Doug estava no Wee Burn e, depois de jogar golfe, resolvera dar algumas braçadas na piscina, onde encontrou os Drakes, que o convidaram a se juntar a eles no pátio para o jantar. Doug quase recusou, pois já não saía mais com nenhum casal amigo dos tempos de Beth por não suportar segurar vela. Mas era feriado e ele sabia que, se fosse para casa, teria pela frente uma noite de uísque e reprises de Wimbledon na TV. Por isso ele ficou, jantou com os Drakes e encontrou mais amigos que não via desde o funeral. Todos mencionaram o quanto ele parecia bem (ele não parecia bem) e como haviam sentido falta dele (embora Doug suspeitasse de que o que realmente queriam dizer era que sentiam falta de Beth), e ele percebera como sua vida se tornara limitada.

Já no fim da noite, esbarrou com Pauline. Doug estava sentado no bar, terminando um último drinque, quando ela entrou no salão com Russell Stern, que era presidente do conselho diretor do Wee Burn. Russel Stern era divorciado, como ela, e enfrentara uma famosa partilha de bens com a ex-esposa, Charlene, que cantava na companhia do Metropolitan Opera. Por um segundo, Doug se perguntou se Pauline e Russell Stern estavam saindo juntos. E teve que admitir que a ideia o incomodou.

Pauline viu Doug no bar e disse a Russell:

— Vá na frente, Russ, vou ficar por aqui um pouco. Obrigada por tudo.

Russell viu Doug e acenou, então disse para Pauline:

— Você tem certeza de que voltará bem para casa? Sabe que eu posso esperar.

— Estou bem — garantiu ela. — Obrigada de novo!

Russell Stern se demorou por mais algum tempo e Doug sentiu ao mesmo tempo uma onda de triunfo masculino, e uma leve preocupação de que, como presidente do conselho, Russell pudesse infligir algum tipo de retaliação institucional – um aumento na mensalidade de Doug, talvez, ou a revogação da vaga privilegiada no estacionamento. Então Russell se foi e Pauline se aproximou.

— Oi, sumido — disse ela.

Doug terminou a noite levando Pauline para a casa em Silvermine que ele a ajudara a tirar das garras de Arthur Tonelli. Eles se beijaram na varanda da frente e mais uma vez no hall de entrada, como um casal de adolescentes. Doug ficara impressionado com a excitação que o dominara. Ele não se permitira sequer pensar em sexo nos últimos anos. Mas com Pauline seu corpo fez valer seus instintos naturais. Doug achou que eles fariam amor ali mesmo, naquele momento, contra a pequena mesa em formato de meia-lua, ou nas escadas – mas Pauline o deteve.

— Está saindo com Russell Stern? – perguntou a ela.

Pauline hesitou, uma pausa que pareceu durar um longo tempo.

— Não – respondera por fim. – Somos velhos amigos.

— É mesmo? – disse Doug. – Porque ele pareceu bem irritado quando você foi falar comigo.

— Apenas amigos – repetiu Pauline.

Doug convidou Pauline para jantar na semana seguinte. Ele escolheu um lugar à beira d'água, em South Norwalk, onde nenhum dos dois jamais havia estado antes. Era importante para os dois, pensara. Eles se divertiram juntos e, na conversa durante o jantar, Doug acabou descobrindo que Russel e Pauline haviam frequentado a mesma escola durante o ensino médio, em New Canaan, Connecticut. Eles haviam namorado no último ano, quando Russell era uma estrela do futebol americano e, Pauline, animadora de torcida. E ficaram juntos por mais dois anos, quando Pauline entrou para a Connecticut College, e Russell para Yale. Haviam até falado em se *casar*.

— Uau! — exclamou Doug.

— Então conheci Arthur na Coast Guard Academy, e Russell conheceu Charlene, e acabou aí. Hoje somos apenas amigos.

Quando "Layla" terminou de tocar, Doug foi até o balcão pagar a conta. Em retrospecto, percebia que ficara zonzo com a facilidade com que Pauline transitava sozinha pelo mundo; sentira-se confortável com ela e ficara intrigado pelo seu relacionamento com Russell Stern. Pauline não era nada parecida com Beth, e assim Doug não sentia que estava substituindo a esposa. Pauline era uma pessoa inteiramente diferente: uma amiga, uma amante, alguém com quem ele poderia se divertir. Doug nunca se apaixonara por Pauline; nunca se sentira zonzo, doente de amor como se sentira desde o início por Beth. E percebia, agora, que tinha preferido que fosse assim. Pauline não representava uma ameaça. Jamais partiria o coração dele. Era alguém com quem poderia conversar, fazer coisas, alguém para abraçar à noite.

Os problemas haviam começado quando ele concordara em se mudar para a casa de Arthur Tonelli com ela. Por que, afinal, ele havia concordado? Na época, o mercado imobiliário passava por um bom momento, e Doug se sentira ansioso para se ver livre da casa onde morava. Os filhos estavam crescidos,

Beth estava morta, a casa era grande demais só para ele — e estava cheia de lembranças, quase todas extremamente dolorosas, e ele não queria mais tomar conta da casa. E havia sido maravilhoso ter outro lugar para onde ir, um lugar que não era responsabilidade dele. Mas Doug nunca pensara na casa em Silvermine como outra coisa que não a casa de Tonelli.

O maior mistério era por que Doug se casara com Pauline. Mais do que ninguém, ele sabia como o casamento podia ser perigoso. Por que não apenas morar juntos, sem a confusão de formalizar a união? A resposta era que Doug era antiquado. Tinha quase 60 anos na época, e fora casado com Beth por quase 35; estava acostumado a ser um homem casado. Sentia-se confortável com uma aliança no dedo, com uma conta conjunta e com uma única maneira de fazer as coisas. Sentia-se confortável em uma união. A ideia de "viver junto" com Pauline, de se referir a ela como "minha parceira", ou pior ainda, como "minha namorada", e manter dois títulos no country club e dois orçamentos separados (o dinheiro dele, o dinheiro dela, a maior parte do qual chegava na forma de cheques de Arthur Tonelli para o pagamento da pensão de Pauline) era absurda para ele, quase repugnante.

Então ele e Pauline tornaram a união oficial em uma cerimônia civil bem discreta, seguida por um almoço no Le Bernardin.

Na época, Doug jamais poderia ter imaginado como se sentiria naquele momento. Desencantado, preso, ansiando por liberdade. Ele havia pensado que poderia viver o restante dos seus dias com Pauline em uma camaradagem agradável. Não previra que os próprios desejos e necessidades o fariam querer alguma coisa a mais, alguma coisa diferente.

Quando Doug voltou para casa, eram apenas oito da noite e o sol ainda brilhava. Ele teria preferido esperar até ficar escuro, quando teria certeza de que Pauline já estaria dormindo, mas não tinha outro lugar para ir. Não queria beber mais nada, já que teria que dirigir no meio da noite por um bom tempo; não queria ir para o clube e acabar envolvido em alguma conversa inútil sobre as chances de Phil Mickelson no circuito da Associação de Golfistas Profissionais, que naquele ano aconteceria no Oak Hill Country Club. Não tinha uma única pessoa com quem pudesse conversar. Se necessário, talvez pudesse ligar para Edge, mas o sócio morava no centro da cidade, e enfrentara tantos dramas pessoais que Doug se sentiria péssimo por acrescentar mais um. Além disso, Edge não era bem fã de Pauline. Portanto, se Doug dissesse ao amigo que estava pensando em deixar a esposa, Edge talvez o encorajasse com excessiva veemência. Além do mais, Edge andara distante ultimamente, e cada vez mais vago sobre a própria vida amorosa. Doug tinha certeza de que ele estava saindo com alguém. Edge vinha se mostrando calmo e paciente, como só acontecia quando estava fazendo sexo regularmente. Mas não falava sobre a garota, quem quer que fosse. Quando Doug perguntara quem era a mulher sortuda que o estava deixando tão tranquilo, Edge balançara a cabeça e se afastara.

Doug ficara confuso com a reação. E dissera:

— Está certo, desculpe; não quer falar a respeito, então?

— Não quero falar a respeito — respondera Edge.

Doug entrou na casa Tonelli, com medo do que poderia encontrar. Mas tudo parecia normal. A cozinha estava silenciosa e não fora mexida; as costeletas de cordeiro ainda estavam sobre a pia. Ele serviu-se de um copo de água gelada. O despertador fora programado para as três da manhã; precisava ir dormir.

Ele se arrastou pelas escadas, assustado com o silêncio. Meio que havia esperado que Pauline o encontrasse na porta da frente com uma frigideira na mão. Havia esperado ouvi-la chorando.

A porta do quarto estava fechada. Doug pensou: *Vou para o quarto de hóspedes, dormir umas poucas horas, então pegarei a estrada.* Mas essa era a voz de seu covarde interior. Além do mais, a mala que levaria estava no quarto.

Doug abriu a porta o bastante para ver os últimos raios de sol do dia se refletindo no chão. Pauline estava deitada na cama, ainda enrolada na toalha. Estava acordada, olhando para o teto, e, quando o ouviu entrar, virou a cabeça.

– Oi – cumprimentou ela.

– Oi – respondeu ele. Doug hesitou, esperando para ver se Pauline faria um escândalo, mas ela ficou em silêncio. Ele se sentou na cama, tirou os sapatos e as meias, desabotoou a camisa e a calça, despiu-se e enfiou a roupa na sacola da tinturaria. Pensou por um instante em trabalhar no caótico caso Cranbrook, que iria a julgamento na manhã seguinte. Então pensou em Nantucket, na casa e nos 150 convidados, nos filhos e netos, nos futuros sogros da filha, nos primos da esposa. Seria o anfitrião de um casamento, de um casamento que a esposa morta planejara e pelo qual ele pagara. Não poderia deixar que a confusão de sua vida pessoal afetasse aquele fim de semana. No momento em que estava mais furioso, quando entrara no carro em direção à pizzaria, Doug mandara uma mensagem de texto para Margot dizendo: *Pauline não irá ao casamento.* Agora se arrependia de ter mandado a mensagem.

Ele deitou-se ao lado de Pauline, como fizera nos últimos cinco anos. Cometera um erro muito grave, percebeu, quando se casara com uma mulher que não amava.

— Pauline — chamou Doug.

— Sinto muito — disse ela. — Eu não deveria ter lido o Caderno.

O Caderno, é claro. Doug havia se esquecido do Caderno.

— Tudo bem — disse ele.

— Você me perdoa?

— Eu te perdoo por ter lido o Caderno — disse Doug. — Sua curiosidade foi natural. Mas Pauline...

— E posso ir ao casamento com você? — pediu ela. — Quero dizer, é óbvio que eu sabia que você estava falando da boca pra fora quando disse que queria ir sozinho. Sabia que você nunca, jamais iria sem mim.

Mas ele teria ido. Em sua mente, quando Doug se imaginava dali a sete horas, no carro, estava sozinho, os vidros das janelas abaixados, cantando com o rádio.

— Pauline — disse ele. Mas engasgou. Não conseguiu dizer as palavras em voz alta. Todos os clientes que já representara haviam passado por uma versão daquela conversa. Doug ouvira sobre centenas delas, em detalhes minuciosos, sabia que palavras dizer, mas não conseguiu se obrigar a dizê-las. Era coragem que lhe faltava, ou convicção?

Pauline pousou a mão sobre o peito dele, na altura do coração.

— Você precisa dormir um pouco. Vamos ter que levantar cedo — disse.

O CADERNO, PÁGINA 17

Hors d'Oeuvres – Recepção

Nada com espinafre (fica preso no dente) e salmão defumado também não (mau hálito).
　Confie em mim.
　Todos adoram um bar de mariscos. Ligue para Spanky, ele inventou o bar de mariscos em Nantucket, e é tão procurado que deve ser a primeira pessoa a ser contatada assim que você aceitar o pedido de casamento.
　Seu pai adora qualquer coisa envolvida por massa filo. Simplesmente não consegue resistir a um triângulo dourado de massa, fofo como um travesseiro. Morder um desses para ele é tão bom quanto a chegada do Natal. O que vai escolher para ele?
　Qualquer coisa, menos espinafre!

MARGOT

Do lado de fora do Chicken Box, havia uma fila que parecia reunir um milhão de pessoas. Margot sentiu o desespero dominá-la. Todas as pessoas na frente delas eram jovens na casa dos 20 anos, e os pés de Margot estavam começando a doer nos saltos 10. Além do mais, não conseguia parar de se preocupar com a possibilidade de Rhonda ou Autumn deixarem escapar sua história com Edge.

Onde estava com a cabeça quando contou para as duas?

— Esta fila está enorme — comentou Autumn.

— Eu sei — disse Margot. Ela se perguntou se não seria melhor desistirem e voltarem para casa. Já passava das onze àquela altura, e todas tinham um fim de semana cheio à frente. Já havia perdido Jenna e Finn; estava navegando apenas com metade da tripulação, pensou Margot. O vestido estava coberto de pintas cor-de-rosa; parecia que a roupa sofria de urticária. Mesmo assim, Margot sentia que ainda poderiam se divertir se estivessem determinadas. Ah, merda, elas entrariam e dançariam!

— Vamos para a porta dos fundos. Conheço uma pessoa... — falou Margot.

— Estou dentro — disse Autumn.

Elas atravessaram o chão de cascalho do estacionamento até chegar aos fundos do bar, passaram pela lata de lixo e por uma torre prateada de barris de cerveja vazios. Margot subiu os degraus em seu salto altíssimo e bateu à porta.

Ela se virou para Rhonda e Autumn, e começou a dizer:

— Eu costumava...

A porta se abriu e um homem de pele escura, usando óculos de aro fino, ficou olhando para elas.

— Pierre? Sou Margot. Margot Carmichael.

Pierre sorriu.

— Margot. — E a envolveu em um abraço de urso. — Eu a reconheceria em qualquer lugar.

Ele só a reconheceria ali, meio bêbada, tentando burlar a fila na frente do bar. Afinal, aquele era o único lugar onde Margot já o vira, aproximadamente uma vez por ano, desde 1995, quando haviam saído juntos.

Os dois só tinham saído três vezes, então Margot conhecera Drum e largara Pierre como uma batata quente. Ela se sentira péssima a respeito disso até descobrir que, durante todo o tempo em que estivera se encontrando com Pierre, ele tinha uma namorada.

— Está aqui para passar o fim de semana? Ou vai ficar por todo o verão? — perguntou ele.

— Só durante o fim de semana — respondeu Margot. — Alguns de nós precisam trabalhar.

Pierre riu.

— Eu trabalho, amiga — argumentou ele. — Acredite em mim, casa cheia toda noite é trabalho duro. — Ele as fez entrar pela porta dos fundos e pegou três cervejas Corona de uma geladeira. — Divirtam-se, moças!

— Obrigada! — agradeceu Margot. — Minha irmã vai...

Mas as palavras foram abafadas pelo som da banda e pelo barulho da massa humana se contorcendo na pista de dança.

— Uhu! — comemorou Autumn. — Arrasou, garota! Isso aqui é incrível!

Era mesmo, de certo modo. Margot acabara de capitalizar seu quase romance de muito tempo atrás com o proprietário do bar para conseguir entrar. A banda tocava "Champagne Supernova", do Oasis. Margot deu um grande gole na cerveja gelada.

— Vamos dançar! — chamou Autumn.

— Preciso ir ao banheiro — disse Margot. — Encontro com vocês lá.

Autumn agarrou a mão de Rhonda e as duas foram abrindo caminho pela multidão, em direção ao palco.

Margot seguiu devagar até a parte de trás do bar, onde havia três mesas de bilhar e a multidão parecia menor. O Chicken Box costumava ser o lugar onde dançava todas as noites do verão. Quando tinha apenas 19 anos, Margot entrou usando a identidade da prima para ver Dave Matthews tocar. Ela também assistira ao show da Squeeze, da Hootie and the Blowfish, da Hell's Belles — uma banda só de garotas que fazia um tributo ao AC/DC —, e de um grupo de funk americano chamado Chucklehead, que frequentava a mesma cafeteria que ela em Nova York. Margot não conseguia se decidir se estar no Chicken Box a fazia se sentir mais nova ou mais velha.

Ela entrou no banheiro feminino. As meninas esperando na fila, na frente de Margot, pareciam ser todas universitárias ainda, com logos cabelos, umbigo de fora e jeans apertados. Mesmo quando era garota, Margot nunca se vestira daquele jeito. Ela gostava de usar saias hippies desbotadas e regatas justas, ou vestidos de praia, com flores grandes, de cores fortes. Na época, seus cabelos estavam sempre presos em um coque, porque ela costumava aparecer no bar tendo vindo direto de algum luau, em que teria sido jogada no mar por um de seus irmãos bêbados, ou por um dos amigos bêbados dos irmãos bêbados.

Sim, sentia-se com 100 anos de idade. Lamentava a perda da juventude e da inocência. *Sou uma mãe de três filhos, divorciada, com um amante de 59 anos*, pensou.

Imagine só!

Do cubículo em que estava no banheiro, Margot ouvia uma garota que estava na pia falar ao telefone.

— Você tem que vir para cá. A banda é demais! Venha agora mesmo...

Margot pegou o celular na bolsa. Como odiava aquele aparelho maldito! Mas estava se sentindo bem; havia sobrevivido à noite, ou à maior parte dela. Apenas checaria suas mensagens e, então, não importando se Edge tivesse respondido ou não, iria dançar.

Margot se repreendeu: não importava se havia uma mensagem de Edge ou não; ela o veria no dia seguinte, à noite. Eles passariam o fim de semana no mesmo lugar, embora não fossem ficar juntos. Seria estressante manter o relacionamento escondido de Doug e de todos os outros. Na última conversa que haviam tido, na segunda-feira, às **onze da noite**, Edge dissera:

— Estou preocupado; acho que você não vai conseguir lidar com a situação.

Aquilo enfurecera Margot. Ela não seria capaz de lidar com a situação porque seus sentimentos por Edge eram mais fortes do que os dele por ela? Ou porque ela não era tão emocionalmente madura quanto ele, que acumulava 59 anos, três casamentos e três divórcios?

— Vou ficar bem. — Fora só o que respondera.

Ele comentara então, um tanto misterioso:

— Bem, vamos esperar que sim.

Margot checou o celular.

E lá estava, cintilando como uma única pepita de ouro entre as pedras cinzentas do rio, o nome dele.

Edge. Mensagens de texto (2)

Não apenas uma mensagem, mas duas! O coração de Margot subitamente ganhou asas. Ela sentiu uma onda de energia percorrer seu corpo como um rio de prata, que não poderia ser confundido com mais nada: era amor. Ela fizera o impensável e se apaixonara por John Edgar Desvesnes III.

Margot não saberia dizer como deixou o telefone cair. Em um instante ele estava nas mãos dela, e no instante seguinte ele se fora. A alça da bolsa escorregou e, como Margot havia encaixado a cerveja entre o cotovelo e as costelas, acabou soltando o telefone para evitar que a cerveja caísse. Ela esticou a mão para pegar o aparelho, mas era tarde demais. Ele fora parar dentro do vaso sanitário. Splash!

Margot enfiou a mão na água e pegou o celular, que havia ficado submerso por menos de um segundo. Menos de um segundo! Ela tentou secar a tela com o vestido de seda manchado, então a esfregou com um punhado de papel higiênico amassado. E passou a apertar repetidamente o botão de ligar, como uma pessoa fazendo massagem cardíaca. Mas sabia que não adiantaria. O telefone continuava morto, apagado, inerte.

As duas mensagens de Edge estavam perdidas.

O que ele havia dito? Ah, droga, o que ele *havia dito?*

Margot jogou o telefone sem vida na bolsa, saiu do cubículo, lavou as mãos e se examinou no espelho. Deveria ter pressentido que um desastre assim aconteceria, tudo dera errado naquela noite, desde que Jenna percebera que havia perdido o Caderno.

Agora Margot compreendia a reação histérica da irmã: as palavras de uma pessoa, uma mensagem pessoal para você, perdidas para sempre. O que poderia ser mais devastador?

Margot saiu do banheiro feminino. Encontraria Rhonda e Autumn e avisaria a elas que estava voltando para casa. Seu bom humor desaparecera; sentia-se acabada. Algumas noites tinham um bom carma, outras estavam amaldiçoadas. Aquela era um ótimo exemplo do último caso.

Ela abriu caminho pela multidão perto das mesas de bilhar, até que viu seu caminho bloqueado por um homem de camisa polo listrada.

— Com licença — pediu Margot.

Mas o homem não se mexeu.

Margot olhou para cima.

— Oi, Margot — disse o homem.

Ela engoliu em seco. Era Griffin Wheatley, rei do baile.

Ele riu.

— Você deveria ver a sua cara — brincou ele. — Sou assim tão feio? São meus olhos, não é? Eles ainda te assustam.

— Nunca disse que eles me assustavam — defendeu-se Margot. — Não foram essas as minhas palavras.

— Você disse que eles a inquietavam.

Inquietavam. Ele estava certo, fora o que ela dissera. Talvez porque todos sempre haviam comentado sobre o impressionante azul glacial dos olhos de Margot, ela prestava ainda mais atenção aos olhos das outras pessoas. No caso de Griff, Margot achara difícil desviar o olhar dos dele assim que os notou. O azul intenso na borda e o verde na parte interna a atraíam e a faziam se sentir como se a Terra estivesse girando na direção errada.

— Tenho que ir — disse Margot. E soou rude, até para ela mesma. — Desculpe. Deixei meu celular cair dentro do vaso e não sei bem o que fazer.

— No vaso — falou Griff. — Mesmo?

Margot assentiu. E fez uma anotação mental para não contar a mais ninguém que havia deixado o celular cair dentro do vaso sanitário. Era nojento.

— Deixe-me ver — pediu ele.

— Não, não há nada que você possa fazer.

— Por favor — insistiu Griff. — Deixe-me ver.

Margot pegou o telefone dentro da bolsa. Era gentil da parte dele se oferecer para ajudar. Essa era uma das coisas de que Margot sentia falta em sua vida: alguém que a ajudasse. No casamento com Drum Sr., fora ela quem tomara conta de tudo. E Edge estava ocupado demais apagando incêndios com suas três ex-esposas e quatro filhos; não tinha tempo ou energia de sobra para resolver os problemas de Margot que, por isso mesmo, não pedia nada a ele.

Griff olhou para o celular, balançou-o, pressionou todos os botões em várias combinações.

— Está morto — declarou, por fim.

— Eu sei — disse Margot. Doeu fisicamente ouvir outra pessoa dizer aquilo. — Eu o afoguei.

— Bem, posso lhe pagar um drinque? — perguntou Griff. — Podemos fazer um brinde ao celular falecido.

— Não, obrigada — respondeu Margot. — Estou indo embora.

— Ah, o que é isso? — insistiu Griff. — Só um drinque? Meus amigos foram embora, e as outras mulheres neste bar são jovens demais para mim.

Que ótimo, pensou Margot. Ele estava lhe oferecendo um drinque porque ela era velha.

Rei do baile. Só ficar parada tão perto dele já a fazia se sentir culpada. Se ele soubesse o que ela fizera contra ele, e por que fizera, nunca mais se ofereceria para lhe pagar um drinque. Ou teria comprado uma bebida e jogado no rosto de Margot. Era o que ela merecia.

— Sinto muito, Griff — disse Margot, e lamentava mesmo. *Perdãoperdãoperdão.* Ela pegou o celular de volta e o enfiou na bolsa. Mesmo que não tivesse mais uso, ela gostava de saber que o aparelho estava guardado em segurança.

— Ei — disse ele. — Não quero que se sinta constrangida sobre aquela história... de não ter me aprovado...

Margot ergueu a mão. Não conseguiria aguentar ficar ali nem mais um segundo.

— Essa noite, não — disse. *Em nenhuma noite.* Ela irrompeu em uma gargalhada histérica. Estava ficando louca. — Sinto muito mesmo, Griff. Tenho que ir.

— Eu pediria o número do seu celular — brincou ele —, mas algo me diz que você não atenderia quando eu ligasse.

Ela riu mais um pouco, então calou a boca. Não podia encorajá-lo.

— Fique com o meu cartão, então — pediu ele. — E quando estiver com um celular novo, pode me ligar. O que acha? Não há razão para que não possamos ser amigos.

Margot olhou para o cartão na mão dele: Griffin Wheatley, vice-presidente de marketing, Blankstar. *Amigos?* Não, não poderia aceitar, mas ele estava estendendo o cartão para ela, e Margot não poderia *não* pegar. Assim, pegou o cartão e o enfiou na bolsa.

— Estou falando sério — insistiu ele. — Ligue para mim. Na verdade, por que não me liga esta noite, quando chegar em casa?

— Esta noite quando eu chegar em *casa*? — repetiu Margot.

— Do telefone fixo. Ouvi dizer que as casas em Nantucket são tão estranhas que ainda usam essas coisas.

— Do telefone fixo? — repetiu ela, de novo. — Para quê?

Ele deu de ombros.

— Não sei. A única coisa de que sinto falta da época de casado é ter alguém para ligar tarde da noite. Alguém para contar todas as coisas bobas que me passam pela cabeça.

— Ah — disse Margot.

— Tenho certeza de que estou parecendo um idiota.

— Não — falou ela. — Não está. Está parecendo muito são, na verdade. — Margot teve vontade de dizer que concordava com ele. Afinal, muitas vezes, mais do que poderia contar, ela ficara deitada na cama, sozinha, desejando que Edge fosse o tipo de namorado para quem pudesse ligar e conversar sobre os detalhes ridículos do seu dia. Mas ele não era esse tipo de namorado; aliás, nem sequer era realmente um namorado. No entanto, confessar isso a Griff seria apenas outra dupla falta. Ela levantou os olhos para ele, que a encarava com aqueles olhos azuis e verdes de rei do baile, ansiosos para agradar, bondosos, e tudo em que conseguiu pensar foi que a injustiça final daquela noite era que Griff fosse Griff, e não outra pessoa. Qualquer outra pessoa.

— Não vou ligar para você, Griff — disse Margot. — Não posso, você sabe que não posso.

— Você não me aprovou — falou ele. — Por que não começamos do zero?

Ela sorriu com tristeza, então atravessou o bar em direção à porta.

— Tenha uma boa noite! — disse o segurança.

Rá!, pensou Margot. Era tarde demais para isso.

Quando Margot chegou em casa, estava tudo escuro e silencioso. Jenna provavelmente mandara Emma Wilton para casa. Margot foi dar uma olhada nos filhos. Os garotos pareciam duas trouxinhas nos beliches do sótão, mas ela logo viu uma terceira trouxa em outra cama, uma trouxa de tamanho adulto, roncando alto. Ela afastou as cobertas e encontrou os desgrenhados cabelos dourados de seu irmão Nick.

Nick!

O irmão, em geral, era completamente inútil, a não ser no que dizia respeito a conseguir ingressos para jogos de beisebol. Era advogado corporativo do time de beisebol Washington Nationals, solteiro assumido; saía muito e devorava mulheres como Margot devorava seus sanduíches. Nunca oferecera um único conselho sentimental, pelo que Margot podia se lembrar, mas, ainda assim, naquele instante, ela se sentiu tentada a acordar o irmão e desabafar. Ele talvez pudesse lhe dar algum conselho útil, era possível que ela ainda não houvesse lhe dado crédito o bastante.

Mas não. Nick não era a resposta.

No andar de baixo, no próprio quarto, ela deu uma espiada em Ellie, que estava espalhada, de braços e pernas abertas, em uma cama que deveria ser para as duas. Ainda usava as mesmas roupas de antes (já que não colocara pijamas na mala), e a boca estava manchada de chocolate por causa dos picolés que Margot comprara. Ellie provavelmente não escovara os dentes. Sobre a cômoda, estava uma pilha de galhos, pedras, bolotas de carvalho e três gerânios perenes azuis cortados bem curtos. Aquelas eram as flores que Beth Carmichael tivera medo que os homens da tenda pisoteassem. As flores haviam sobrevivido aos homens da tenda, mas não a Ellie, a acumuladora, que sentira necessidade de acrescentar flores à sua coleção de detritos do quintal.

Margot colocou as pedras, galhos e flores na palma da mão, esperando que pela manhã Ellie já houvesse se esquecido delas e não acordasse aos berros por causa do tesouro perdido. Então Margot checou o quarto de Jenna — luzes apagadas — e desceu as escadas, jogou a coleção de Ellie pela porta de tela dos fundos, serviu-se de um copo d'água e pegou o telefone fixo.

Margot discou o número; havia ligado com tanta frequência no último mês que já o decorara. Sabia que era tarde, mas o assunto não podia esperar.

Ele atendeu no segundo toque. É óbvio que atenderia.

— Aqui é Roger.

— Roger, é Margot Carmichael — disse ela. — O galho precisa ser cortado.

— Sim — retrucou ele. — Sei que precisa. Estava esperando a sua ligação.

— Estava? — perguntou Margot.

— Você está fazendo a coisa certa — disse ele. — Não há outro modo.
— Não há outro modo — repetiu ela. — Tem certeza?
— Vejo você pela manhã — falou Roger.

BASTIDORES

Jim Graham (pai do noivo): Sou um homem que viveu e aprendeu. Casei com a mulher certa, mas não me dei conta; casei com a mulher errada e logo me dei conta; casei com a mulher certa uma segunda vez. Meu conselho para todos os meus quatro filhos foi: "Preste atenção antes de saltar." Pode ser um clichê, mas como a maioria dos clichês, tem um fundo de verdade. Gosto de pensar que foi esse conselho que impediu Stuart de cometer um erro há alguns anos. Mas ele agora vai fazer a coisa certa. Jenna é uma linda moça e traz à tona o que há de melhor em Stuart. Sinceramente, o que mais se pode pedir?

H.W. (irmão do noivo, cavalheiro de honra): Bar liberado durante todo o fim de semana.

Ann Graham (mãe do noivo): Nasci e fui criada em Alexandria, na Virgínia, frequentei a Universidade de Duke e trabalho na assembleia legislativa da Carolina do Norte há 24 anos. Quando Jim e eu tiramos férias, vamos para Savannah, na Geórgia, para as ilhas Outer Banks, na Carolina do Norte, ou para Destin, na Flórida. Fomos uma vez a Londres, e outra vez fizemos um cruzeiro pelas ilhas gregas. Mas não saberia dizer a última vez que atravessei a Linha Mason-Dixon, que divide o Norte e o Sul dos Estados Unidos. Talvez tenha sido em 2011, quando Jim e eu fomos a Nova York para o enterro de um dos seus irmãos de fraternidade que trabalhava para Cantor Fitzgerald, o banco de investimento que tinha escritórios em uma das torres do World Trade Center. Vai ser bom voltar ao norte, desta vez para uma ocasião mais feliz.

Jethro Arthur (namorado do padrinho): Ao contrário de Martha's Vineyard, Nantucket não é lugar para um homem negro. Disse isso a Ryan e ele respondeu que o abolicionista e escritor negro Frederick Douglass discursou nos degraus do Nantucket Atheneum, em 1841. Frederick Douglass?, falei. É isso o que tem para mim? Sim, respondeu Ryan. E sabe quem mais passou algum tempo em Nantucket? Quem?, perguntei. Pip e Dagoo, disse. Pip e Dagoo?, repeti. Está se referindo aos personagens de *Moby Dick*? Sim!, respondeu ele, todo orgulhoso e animado, porque referências literárias costumavam ser o meu território. Eu lembrei a Ryan que Pip e Dagoo eram personagens fictícios. Não contavam.

SEXTA-FEIRA

ANN

Havia poucos males na vida que um hotel cinco estrelas em um dia claro e ensolarado não pudesse curar. Foi isso o que Ann Graham disse a si mesma às dez horas de uma manhã de sexta-feira, quando ela e Jim chegaram ao resort White Elephant, na ilha de Nantucket. Ann se certificara pessoalmente de que eles pudessem fazer o check-in de imediato; nada a teria enlouquecido mais do que ter que ficar sentada por ali, talvez por horas, esperando que o quarto ficasse pronto. Assim, menos de meia hora depois de terem chegado a Nantucket, Ann estava parada na varanda da suíte, apreciando a vista para a baía, que era tão bela quanto imaginara. Os barcos, os cabos, as boias vermelhas e brancas oscilando, os dois adolescentes louros em um barco a remo, com varas de pescar, o farol ao longe. Aquilo era autêntico. Era a elite ianque privilegiada de sangue azul da Costa Leste em seu esplendor.

Jim apareceu atrás dela e pousou as mãos nos ombros da esposa.

— Que tal pedirmos champanhe e ficarmos nus?

Ann se controlou para não se afastar do marido. Ele estava sendo engraçado, queria que ela relaxasse. Não queria que Ann se tornasse quem ela estava perigosamente próxima de se tornar: uma mulher que manifestava alternadamente amargura ou histeria porque o filho se casaria em um lugar onde ela não exercia influência alguma.

Ela aprendera, ao longo dos últimos treze meses, que o lado do noivo da família era como um cidadão de segunda classe no que se referia ao planejamento e execução do ritual de casamento nos Estados Unidos. Talvez fosse diferente em alguma tribo remota em Papua-Nova Guiné, ou em Zâmbia, e se fosse esse o caso, ela se mudaria alegremente para lá. Era mãe de três filhos homens. Teria que suportar essa posição social humilhante ao menos duas vezes: agora com Stuart, e mais tarde com H.W. Não tinha ideia do que aconteceria com Ryan.

Ela e Jim não estavam organizando sequer o jantar de ensaio que, no ritual de casamento nos Estados Unidos, costumava ser atribuição dos pais do noivo. Jenna insistira em realizar o jantar de ensaio do casamento no Nantucket Iate Clube – ao que parecia, seguindo uma sugestão diretamente extraída do esquema que sua falecida mãe deixara. Como os Carmichael eram sócios do iate clube desde sempre, e Ann e Jim não eram, teria sido complicado conseguir pagar pelo jantar, mesmo se quisessem. No entanto, a princípio, eles haviam se oferecido para fazer exatamente isso – Doug Carmichael poderia informar aos Graham o custo do jantar no iate clube e Jim entregaria um cheque a Doug para cobrir o valor. Doug recusara graciosamente a oferta, e Ann ficou aliviada, não por causa da despesa – com a qual ela e Jim poderiam arcar com tranquilidade –, mas porque se Ann fosse oferecer um jantar, desejaria colocar sua marca nele. Queria escolher o local, as flores e o cardápio. Se o jantar tinha que acontecer no clube dos Carmichael, ela concordava que eram os Carmichael que deveriam pagar. Depois da insistência de Ann para que ela e Jim fizessem *alguma coisa*, Jenna sugerira que os Graham organizassem o *brunch* de domingo. Ann achou que aquilo não passava de um prêmio de consolação. O *brunch* de domingo? Metade dos convidados nem ficaria na ilha para a refeição por causa do horário dos voos e das barcas, e a outra metade apareceria exausta e de ressaca. Ela quase rejeitou a ideia, mas então percebeu que, se fizesse isso, acabaria parecendo uma criança mimada, fazendo birra porque as coisas não correram como queria, em vez da senadora estadual no sexto mandato pela Carolina do Norte, católica devota e mãe de três filhos que era. Por isso, Ann aceitou e se convenceu de que o *brunch* de domingo seria a melhor parte de todo o fim de semana. Ela conseguiu que o White Elephant montasse uma tenda no gramado, de frente para o mar, e sob essa tenda ofereceria uma pequena amostra da Carolina do Norte. O cardápio incluiria churrasco vindo diretamente do Bullock's, em Durham, assim como dois tipos de canjica, os bolinhos de milho conhecidos como *hush puppies*, couve, repolho, pãezinhos de leitelho e torta de noz-pecã. Ann pedira ao chefe dos barmen do White Elephant, um homem chamado Beau que na verdade era nativo de Charleston e trabalhara no Husk, que preparasse quase quarenta litros de chá e encomendasse bourbon de Kentucky para os drinques. Ann contratara um grupo de jazz dixieland, que usaria chapéus de palha e roupas listradas em vermelho e branco. Eles mostrariam à nova família de Stuart um pouco do requinte da hospitalidade sulista.

No entanto, Ann sentia-se como a vice-colocada naquele concurso de beleza em particular, e isso trazia à tona o que havia de pior nela, muito semelhante ao efeito que uma campanha política suja provocava. Durante seu terceiro mandato, quando o escândalo do fim de seu casamento com Jim estava estourando, Ann disputara o cargo com o deplorável Donald Morganblue. Ela tivera certeza de que perderia a eleição. A disputa foi acirrada; Morganblue cobrou de Ann explicações sobre certo projeto de desenvolvimento fracassado, perto de Northgate Park, que custara milhões de dólares ao condado de Durham e quase quinhentas vagas de emprego prometidas. Ann passara alguns meses convencida de que tanto a sua vida pessoal quanto a profissional seriam consumidas pelas labaredas. Na época, chegara muito perto de se tornar dependente do sedativo Quaalude. Os comprimidos haviam sido a única maneira que ela encontrara de atravessar aquele período da vida – marcado pela vitória de margem mais estreita na história dos estados das Carolinas (exigindo duas recontagens) e pelo divórcio. Ann se lembrou de como os comprimidos a haviam feito se sentir como uma libélula deslizando sobre a superfície desses problemas. Lembrou-se também de como, em mais de uma ocasião, havia segurado o vidro do medicamento na mão suada e visualizado uma descida fácil em direção à doce eternidade.

Agora, em Nantucket, Ann disse a si mesma que não havia considerado seriamente a ideia de suicídio então. Stuart tinha 10 anos na época, os gêmeos mal tinham completado 6 e Jim havia se mudado para o loft em Brightleaf Square, os meninos precisavam que Ann preparasse as merendas e os levasse aos jogos da liga infantil. Naquele ano, à noite, ela lia *A fantástica fábrica de chocolate* para os filhos. A obsessão pelo livro (a pedido deles, Ann chegara a ler a história três vezes seguidas) foi a única reação visível à partida do pai. Ou talvez os meninos fossem obcecados por aqueles minutos tranquilos com ela, aconchegados no sofá, a voz de Ann sempre calma e modulada, apesar do tumulto interno que a dominava.

Ela não poderia ter se matado. Além do mais, Ann era católica, e suicídio era um pecado para o qual não havia perdão.

No entanto, eventualmente ela ainda ansiava por um Quaalude.

Agora, por exemplo. Ficaria feliz em tomar um comprimido do sedativo naquele instante.

Ela deixou que Jim beijasse a lateral do seu pescoço, um movimento que sempre precedia o sexo. E se eles simplesmente fizessem o que ele sugerira? E se pedissem champanhe, morangos e chantilly? E se vestissem os roupões brancos macios, desfizessem aquela cama fantástica, deitassem sobre os lençóis de dez mil fios e aproveitassem seus corpos? Mesmo passados quinze anos da reconciliação, a atenção sexual de Jim era preciosa para ela, como algo que poderia ter sido, e fora, roubado dela. E se eles tomassem champanhe — quanto mais caro, melhor — e depois pedissem outra garrafa? E se acabassem bêbados ao meio-dia, então caíssem em um sono lânguido com as portas da varanda abertas e os raios de sol se refletindo sobre eles, na cama? E se tratassem aquele momento não como o fim de semana do casamento do filho mais velho, mas como uma escapada romântica?

— Vamos lá — declarou Ann, se virando para beijar o marido em cheio nos lábios. — Peça champanhe.

— Sério? — perguntou ele, as sobrancelhas erguidas. Jim estava com 56 anos, era vice-presidente sênior da GlaxoSmithKline, mas logo abaixo da superfície, era o mesmo garoto com quem Ann se casara a primeira vez: presidente da fraternidade Beta, na Universidade Duke, um verdadeiro *bad boy*, para quem a diversão viria na frente da responsabilidade sempre que possível.

E Ann acabara de surpreendê-lo. Jim pensara que ela estaria no modo Ann-obsessiva, louca com as centenas de coisas que acreditava ter que fazer, com milhares de pensamentos girando na mente. Em vez disso, ela desabotoou a camisa branca engomada que usava, comprada na Belk's para a chegada a Nantucket. E despiu as calças capri, da marca Tory Burch, de xadrezinho azul-marinho e branco. Então, só de sutiã e calcinha, Ann se jogou na cama.

— Uau! — exclamou Jim.
— Peça! — falou ela.
Estava surpreendendo a si mesma.

Só mais tarde, depois de eles terem aproveitado o tipo de sexo característico dos bons quartos de hotel — Jim tivera que colocar a mão sobre a boca de Ann para abafar seus gritos —, foi que ela se permitiu admitir a verdadeira razão para seu nervosismo. Não se importava realmente com a hierarquia do casamento, ou com sua posição nesse ranking; era uma mulher muito importante e ocupada demais para se preocupar com essas coisas. Estava apenas preocupada com o modo como seria vista, e como ela e Jim seriam vistos como casal, porque Helen estaria presente ao casamento.

Helen Oppenheimer... que, por um período de 29 meses, fora esposa de Jim.

A melhor amiga de Ann, Olivia Lewis, quase engasgara ao telefone quando Ann lhe contara que Helen estava na lista de convidados.

— Mas *por quê?* — perguntara Olivia. — Por que, por que, *por quê?* Por que deixou que Jim a convencesse? Você é forte, Ann. Porque não se manteve contra?

— Jim foi absolutamente contra o convite — informou ela. — A ideia foi minha.

— O quê?

— Stuart convidou Chance para ser um dos cavalheiros de honra — explicou Ann.

— *E daí?* — perguntou Olivia. — Isso *não* exige que você convide Helen para o casamento.

Ann não sabia como explicar a Olivia, a Jim ou a qualquer pessoa, porque, quando estava sentada em seu solário no verão anterior, organizando uma lista de convidados para o casamento, simplesmente acrescentara o nome de Helen Oppenheimer, e isso parecera... certo. Parecera *cristão* — mas se ela dissesse isso a Olivia, ou a Jim, eles argumentariam que era bobagem. Quando Jim vira o nome de Helen, dissera no mesmo instante:

— Não. Nem fodendo.

— Mas Chance está no grupo de padrinhos e cavalheiros de honra de Stuart — argumentara Ann.

— Não me importo — insistira Jim. — Isso não tem importância.

— De qualquer modo, ela não irá — garantira Ann. — Convidá-la pode ser bom para a nossa imagem; vamos parecer pessoas melhores, e ela declinará do convite.

Jim encarara a esposa por um instante.

— Não entendi bem o que você está tentando fazer.

O que Ann *estava* tentando fazer? Quando ela era muito jovem, a mãe lhe explicara o motivo da grafia de seu nome: Ann era a santa, e Anne, com "e" no final, era a rainha. Ann carregou o peso do seu nome desde então. Ansiava por ser régia, em vez de santa. Afinal, ninguém gostava de uma santa. Santas não eram divertidas nas festas, não eram boas de cama. Santas eram as meninas que ajudavam no altar, nas igrejas, como Ann fizera. Santas devotavam a própria vida a servir. Ann passara toda a vida adulta servindo, primeiro a Jim, Stuart e os gêmeos, depois à população de Durham, na Carolina do Norte. As atitudes abnegadas irritavam profundamente Jim, Olivia e os filhos, e, ainda assim, Ann não conseguia se conter. Seu espírito ansiava por fazer a coisa certa, generosa, admirável, de valor.

Convidar Helen Oppenheimer para o casamento seria apenas outro exemplo da exibição da bondade inata de Ann?

Ela achava que não. Bem no fundo, sentia que era o oposto. Bem no fundo, Ann desprezava Helen Oppenheimer; odiava a mulher com uma força intensa e sombria. Helen Oppenheimer seduzira Jim enquanto ele ainda estava casado com Ann. Helen se permitira ficar grávida e forçara Jim a tomar uma atitude. Jim se divorciara de Ann e se casara com Helen Oppenheimer. A mulher massacrara a família de Ann como se houvesse entrado na sala de estar deles com um fuzil AK-47 e atirado em todos. Ela transformara a família Graham – que até então era um modelo para a comunidade – em motivo de zombaria.

Portanto, Ann precisava admitir: a razão pela qual acrescentara o nome de Helen Oppenheimer àquela lista fora porque queria provar alguma coisa. Jim voltara para Ann meros três anos depois, e se casara novamente com ela. Desde então, os dois vinham sendo muito, muito mais felizes. Eles cuidavam do casamento, se preocupavam em guardar a santidade dos votos. Ann queria que Helen assistisse de camarote ao casamento renovado, quase perfeito, que tinha com Jim. Queria forçar Helen a testemunhar os dois funcionando em uníssono naquela ocasião feliz, o casamento do filho mais velho de ambos.

Ann queria tripudiar.

Jim acabara cedendo. Sabia ser incapaz de convencer Ann depois que ela tomava uma decisão. Dissera apenas:

— É *melhor* que ela recuse. A última pessoa que quero ver em Nantucket, no dia 20 de julho, é Helen Oppenheimer.

Ann pensara: "Ora, então você não deveria ter ido para a cama com ela, camarada."

Ainda mais chocante do que Ann mandar o convite foi Helen Oppenheimer aceitá-lo. Apesar de todas as fantasias de Ann de se exibir para Helen, ela não acreditara nem por um segundo que Helen realmente *iria* ao casamento. Mas ela aceitara. Chegaria a Nantucket para passar o fim de semana, vinda de Chattanooga, no Tennessee, onde vivia atualmente com um homem dez anos mais novo. Mas iria a Nantucket sozinha.

— Merda! — gritara Jim. — Ainda dá tempo de retirar o convite — dissera ele.

— Não podemos retirar o convite — retrucara Ann, embora se sentisse tentada. Deus, só a ideia de Helen Oppenheimer entre eles durante todo o fim de semana, e *sozinha*, era o bastante para fazer com que Ann se sentisse fisicamente doente. E não podia culpar ninguém que não ela mesma.

— Deixe comigo — ofereceu-se Jim. — Ligarei para ela e direi que você estava sofrendo de insanidade temporária.

— Não — dissera Ann. — Se ela se sente confortável com a situação, então eu também me sinto.

Jim balançara a cabeça e ficara andando de um lado para o outro na sala; ela percebera que o marido travava uma batalha mental. Fora ele quem criara aquela situação insuportável, e nos milhares de vezes em que o assunto fora abordado ao longo dos últimos quinze anos, Jim jamais negara a culpa.

Finalmente, ele tomara Ann nos braços e dissera:

— Você é incrível, sabia?

Agora chegara a hora do show. Nem Ann, nem Jim haviam entrado em contato com Helen a fim de discutir os planos para o casamento, mas ela confirmara presença no jantar de ensaio, no casamento e no *brunch*. Eles a veriam naquela noite.

Ann desejava muito que Helen pudesse vê-la com Jim naquele exato momento: jogados contra os travesseiros da cama, cobertos apenas por um lençol branco, bebendo champanhe às onze da manhã.

— A Stuart — disse Ann.

— A Stuart e Jenna — completou Jim, e eles encostaram os copos um no outro.

Ann experimentava uma mistura de sensações sobre o iminente casamento do filho mais velho. Soubera desde o princípio que Stuart seria o primeiro a se casar, não apenas porque era o mais velho, mas porque ele sempre parecera mais do tipo que se casava, doce e devoto. Stuart tivera uma namorada no ensino médio — a querida Trisha Hamborsky —, e na faculdade e alguns anos depois, namorara Crissy Pine, a quem agora a família se referia como "Aquela Que Não Deve Ser Nomeada" (como Voldemort). Stuart chegara muito perto de se casar com Crissy. Ann ainda lastimava a perda do anel de diamante de dois quilates e meio, da Tiffany, que fora da avó, embora, ao longo dos anos, houvesse lembrado a si mesma que era apenas um anel, um objeto material, um pequeno preço a apagar pela liberdade de Stuart e pela futura felicidade do rapaz. Ele e Jenna eram muito melhores juntos. Jenna era uma jovem maravilhosa, embora talvez um pouco liberal demais em sua devoção pela Anistia Internacional e em sua consciência ecológica extrema (uma vez repreendera Ann por jogar fora o copo de café de papelão da Starbucks). Jenna jamais teria usado o anel da avó de Ann, de qualquer modo, dissera Stuart. Ela o teria chamado de diamante de sangue.

Diamante de sangue?, pensara Ann. Santo Deus...

— Estamos perdendo nosso garotinho — disse Ann para Jim.

— Calma, calma... — Jim pegou a taça de champanhe da mão da esposa e pousou-a na mesa, ao lado da dele. E foi para cima dela novamente.

Ann teve a intenção de protestar, mas não conseguia resistir ao marido. Não queria pensar em Helen Oppenheimer ou "Naquela Que Não Deve Ser Nomeada". Ann não deixaria que nenhuma das duas lhe tirasse mais nada. Ann brilharia.

O CADERNO, PÁGINA 14

Toalhas de Mesa

Há dez toalhas de mesa antigas no sótão da casa de Nantucket, em uma caixa com a etiqueta "Toalhas de Mesa Antigas". Essas são as toalhas de mesa que a vovó usou no casamento dela com o Vozinho, em 1943. São cor de marfim, com preciosas heras delicadas bordadas ao redor da bainha. Seu bisavô, J. D. Bond, trouxe-as da Irlanda, de presente para a vovó. São feitas à mão, clássicas e elegantes, uma relíquia de família. Já as vi, toquei, amei, sonhei com elas. Objetos inanimados não podem expressar desejos, mas sei, no fundo do meu coração, que, se esses conjuntos de mesa pudessem falar, pediriam para ser arejados e usados novamente.

MARGOT

O humor no pátio dos fundos era de um funeral. Às 8h45, Margot estava de pé, usando o pijama improvisado – uma antiga camisa azul de Drum Sr. e uma bermuda cinza feita de uma calça de moletom cortada – e segurando uma xícara de café que Rhonda preparara atenciosamente às sete, antes de sair para sua corrida de vinte quilômetros. Margot estava descalça, como todos os outros – Jenna, as três crianças, e Nick. Estavam reunidos em um semicírculo a uma distância segura de onde os homens cortavam as cordas do balanço. Ellie chorava.

Os rapazes responsáveis por montar a tenda eram belos jovens salvadorenhos. O que se chamava Hector cortou as cordas, e a placa de madeira do balanço caiu no chão. Margot sentiu o coração afundar no peito.

Jenna escondeu o rosto nas mãos.

– Ah, meu Deus – disse. – Mal consigo olhar. É tudo minha culpa.

Nick usava apenas um calção de banho vermelho, com estampa havaiana. Seus cabelos estavam compridos, clareados pelo sol, e o torso bronzeado. Ele tinha um *emprego*, não tinha? Porque, na verdade, parecia que acabara de passar dois meses na Califórnia, surfando com Drum Sr.

Nick se virou para Margot.

— Não sei se devemos fazer isso, Marge — disse ele. "Marge" era o apelido que ele usava para ela, desde 1989, quando fora ao ar a primeira temporada de *Os Simpsons*. Margot detestava o apelido, o que só fazia com que Nick o apreciasse ainda mais.

— É de Alfie que estamos falando. Essa árvore provavelmente deve estar listada no registro histórico. Tem duzentos anos.

— Eu sei — retrucou Margot. Estava impaciente com Nick e com qualquer outra pessoa que falasse disso agora. Ela já atravessara aquele caminho emocional na véspera. — É só um galho! Não há outra maneira, acredite em mim.

Ellie soluçava, colada à perna de Margot, que viu Nick pegar o balanço do chão e enrolar a corda ao redor do próprio braço. A prancha de madeira que fazia as vezes de assento estava desbotada e lisa. Margot tinha 40 anos e o balanço estivera no mesmo lugar desde que conseguia se lembrar. Quem o pendurara? Ela achou que devia ter sido Vozinho, mas teria que perguntar ao pai. *Quarenta por cento de chance de chuva*, pensou. Mas agora Margot não tinha dúvidas de que, só porque o galho fora cortado, não haveria uma única nuvem no céu durante o dia seguinte.

Hector e os outros rapazes fizeram gestos para que todos que assistiam recuassem um pouco mais. Ele apoiou uma escada na árvore e um dos outros homens pegou a serra elétrica.

— Não vou conseguir olhar — disse Jenna.

Realmente parecia mórbido: todos eles parados ao redor, observando com admiração, como testemunhas de uma execução. Margot lembrou a si mesma que poderia ser pior. Alfie poderia ter sido atingido por um raio. Do jeito que estavam as coisas, ele ainda poderia proteger a propriedade, dar sombra a eles. Os passarinhos ainda cantariam empoleirados nos galhos mais altos. Eles estavam amputando apenas um membro – e Roger estava certo, aquele galho parecia estranhamente baixo. Poderia acabar caindo sozinho na próxima tempestade.

Eles ouviram o som de uma buzina e, quando se virou, Margot viu uma minivan prateada estacionar na entrada de carros.

– É o Kevin! – disse Jenna. – Ah, graças a Deus!

Margot fez uma careta. Havia passado toda a vida ouvindo a frase: "Graças a Deus por Kevin!" O irmão era onze meses mais novo que Margot, um "acidente", tinha certeza, embora nem o pai, nem a mãe jamais houvessem admitido. Mas, como era menino, Kevin frequentemente fora tratado como o mais velho. Além disso, nascera com a calma inabalável e a autoridade inquestionável de um estadista idoso. Fora representante de classe durante todo o ensino médio, então frequentara a Universidade da Pensilvânia, onde estivera à frente da Sociedade de Estudantes de Engenharia. Na época da faculdade, fizera respiração boca a boca em um homem que havia desmaiado na plataforma do metrô da 30th Street, e lhe salvara a vida. Tinha recebido uma medalha do prefeito da Filadélfia, Ed Rendell. Kevin Carmichael era, literalmente, um salvador.

Ele esticou o corpo que estava apertado na minivan – Kevin não tinha vergonha alguma de dirigir aquela coisa, apesar das provocações cruéis tanto de Margot quanto de Nick – e ficou parado ao sol, em todos os seus quase dois metros de altura, sorrindo para eles.

– Chegamos! – falou. – A festa pode começar!

Beanie se materializou ao lado do marido, em todo o seu um metro e sessenta, e passou o braço ao redor da cintura de

Kevin para que os dois pudessem ficar congelados na memória de todos por um segundo, posando, como em uma fotografia intitulada "Casal feliz", antes que os três meninos saíssem em disparada da traseira do carro e o inferno começasse.

Kevin se adiantou, protegendo os olhos do sol enquanto olhava para árvore, para a escada, e para Hector com a serra na mão.

— O que está acontecendo aqui? — perguntou.

Meu Deus, aquele tom deixava Margot *maluca*! Era normal, se perguntou, que seus irmãos a cumprimentassem dessa forma? Por mais que temesse a amputação do galho de Alfie, ela agora desejava que já houvesse acontecido, assim não teria que ficar parada ali, vendo Kevin avaliar a situação. Ele era arquiteto e engenheiro mecânico; havia fundado uma empresa que consertava problemas estruturais em prédios grandes, em prédios importantes... Como a Coit Tower, em São Francisco. Como a Casa Branca.

— Eles precisam cortar o galho — explicou Margot. — Caso contrário, não conseguirão montar a tenda.

Kevin examinou o galho, então os outros mais acima, e depois o quintal como um todo.

— Sério? — perguntou ele.

— Sério.

Naquele momento, Roger apareceu, segurando sua prancheta. Margot não ouvira o caminhão chegar; devia estar estacionado na rua. Aquilo era bem típico de Roger: ele aparecia, como um gênio da lâmpada, quando mais se precisava dele. Roger poderia explicar a Kevin sobre o galho.

Margot voltou a atenção para Beanie, e deu um abraço na cunhada. Beanie tinha exatamente a mesma aparência desde os 14 anos de idade, quando ela e a família haviam se mudado para Darien, direto da zona rural da Virgínia. Os cabelos castanhos estavam presos em um coque desarrumado, o rosto era uma explosão de sardas, e ela usava óculos com armação de tartaruga. Ela nunca envelhecia, nunca mudava. Suas roupas eram todas saídas do catálogo de 1983 da L.L. Beans — naquele dia, usava uma camisa polo branca com a gola levantada, uma saia evasê xadrez e um par de sapatos dockside muito usados.

Beanie provavelmente vestira exatamente aquela roupa em seu primeiro encontro com Kevin, no nono ano. Ele a levara para ver *Sociedade dos poetas mortos*.

— Você está ótima, Margot — disse Beanie.

Beanie era realmente uma boa pessoa. Sempre começava qualquer conversa com um elogio. Margot adorava essa característica da cunhada, embora soubesse que o elogio era uma mentira. Ela *não* estava ótima.

— Estou parecendo um pão dormido — retrucou Margot.

— A noite passada foi divertida? — perguntou Beanie.

Margot ergueu as sobrancelhas.

— Divertidíssima! — respondeu. E lembrou por um instante do celular afogado, das mensagens perdidas de Edge e do reaparecimento de Griff. Nossa! Era uma história e tanto, mas Margot não podia confidenciá-la a ninguém, nem mesmo a Beanie.

Os garotos Carmichael — Brandon, Brian e Brock — corriam pelo quintal, perseguindo e acuando Drum Jr. e Carson. Ellie estava empoleirada nos ombros do tio Nick, acima da confusão. Nick se aproximou para dar um beijo em Beanie, e Margot voltou a atenção para Roger e Kevin, que conversavam muito concentrados. Então Kevin começou a falar com Hector em um espanhol fluente — que exibido! — e apontou para cima, para os galhos da árvore.

Roger se aproximou de Margot com um sorriso de verdade no rosto, e ela estremeceu. Nunca vira Roger sorrir antes.

— Seu irmão tem uma ideia — disse ele.

Margot assentiu, cerrando os lábios. *É claro que tem*, pensou ela.

— Ele acha que podemos suspender o galho com algumas cordas que amarraríamos aos galhos de cima — explicou Roger. — Acha que podemos conseguir levantar o bastante para abrir espaço para a altura da tenda.

— E como ele está planejando alcançar os galhos mais altos? — perguntou Margot. Os galhos acima do que seria cortado eram muito altos, mais altos do que Kevin em pé no topo da escada.

— Um amigo meu tem um guindaste móvel — respondeu Roger.

É claro que tem, pensou Margot.

— Vou ligar para ele agora mesmo — avisou Roger. — Ver se ele pode vir até aqui.

— Um guindaste móvel vai caber aqui? — perguntou Margot. Alfie dominava a metade leste do pátio. Mais adiante, ficava o canteiro de plantas perenes de Beth Carmichael e a cerca branca que os separava dos Finleys, os vizinhos. Qualquer tipo de veículo grande acabaria passando por cima do canteiro de flores. — Minha mãe deixou bem frisado que ninguém deveria amassar seus gerânios perenes azuis.

Mas Roger já não a ouvia mais, estava falando ao celular.

— Não é *fantástico*? — disse Jenna. — Kevin encontrou um modo de resolver a situação! Não teremos que cortar o galho de Alfie.

— Talvez — disse Margot. Ela se perguntou por que não se sentia mais feliz com as últimas notícias. Provavelmente, porque fora Kevin que encontrara a solução. Provavelmente, porque agora ela parecia uma amputadora de galhos compulsiva, que teria arrancado um pedaço da história da família Carmichael se Kevin não houvesse chegado a tempo de salvar o dia.

Margot sorriu.

— Graças a Deus por Kevin — comentou.

Sabia que soara azeda, e Jenna gentilmente a ignorou.

Margot ouviu a porta de tela dos fundos bater e se virou, esperando ver Finn, ou Autumn, emergindo — mas a pessoa que passou pela porta foi o pai. E atrás dele estava Pauline.

— Papai! — disse Margot.

Doug Carmichael usava uma calça de golfe verde, uma camisa polo rosa-pálida e o cinto que Beth bordara para ele durante todo um verão, em Cisco Beach. A roupa dizia "profissional pronto para um dia de boas mentiras e tacadas precisas", mas a expressão no seu rosto dizia outra coisa.

Pela primeira vez na vida, pensou Margot, o pai parecia velho. Era um homem alto e esguio, careca, a não ser por uma coroa de cabelos grisalhos e saudáveis, mas naquele dia os ombros estavam curvados para a frente, e os cabelos pareciam quase brancos. O rosto tinha a mesma expressão derrotada que fora comum durante os dois anos seguintes à morte de Beth, e Margot sentiu o coração se partir.

Quando ele chegou mais perto, Margot estendeu os braços, e os dois se abraçaram, ela o apertando com força. Doug ainda tinha o corpo sólido e forte, graças a Deus.

— Oi, minha querida — cumprimentou ele.

— Você conseguiu chegar — comentou ela. — Está tudo bem?

Ele não respondeu. Não poderia; precisava falar com Beanie e Nick — e com Jenna, que ele levantou do chão ao abraçar. Margot sentiu uma antiga pontada de ciúme voltar a incomodá-la. Quantas vezes desejara que fosse ela, Margot, a irmã caçula, em vez de ser a mais velha? Nunca fora mimada, nunca fora *levantada* daquele jeito. Jenna era a versão dos Carmichael das filhinhas perfeitas da ficção, como Franny Glass, Amy March e Tracy Partridge. Era a boneca e a princesa. Margot costumava se consolar com a ideia de que fora ela a confidente da mãe, seu braço direito. Nas semanas anteriores à morte de Beth, antes que as coisas ficassem realmente feias e o atendimento domiciliar e a morfina tivessem que ser acionados, Beth dissera para Margot:

— Você precisa tomar conta das coisas, querida. Essa família vai precisar se apoiar em você.

Margot prometera que tomaria conta das coisas. E ela tomara, não tomara?

— Olá, Margot.

Margot estourou rapidamente sua bolha de autoindulgência ao ver Pauline parada diante dela. Normalmente, Pauline era animada e solícita, como se Margot fosse uma convidada em um coquetel que ela sabia que precisava cumprimentar e entreter por cinco minutos antes de se misturar ao restante dos convidados. E Margot gostava das coisas daquela maneira. Nunca discutira nada pessoal com Pauline. Quando Doug e Pauline se casaram na prefeitura de Manhattan, Margot dera um beijo no rosto de Pauline e a parabenizara. Também tivera a intenção de dizer: "Bem-vinda à família." Mas não conseguira formular a frase. Sempre se referia a Pauline como "a esposa do meu pai", nunca como "minha madrasta".

Mas, agora, algo na atitude e no tom de voz de Pauline estava diferente. Parecia tímida, quase humilde.
Pauline não irá ao casamento.
Margot percebeu que Doug e Pauline deviam ter tido uma briga séria o bastante para que ele mandasse aquela mensagem. Margot nunca pensara no pai e em Pauline como um *casal* que poderia ter *problemas*. Ela presumira que, na idade deles, o drama já teria se esgotado. Não gostava de pensar na vida íntima dos dois — sexual ou emocional.

— Oi, Pauline — cumprimentou Margot. Ela deu um abraço em Pauline, sentiu o aroma do perfume familiar e se perguntou se Doug quisera que Pauline ficasse em casa, ou se fora Pauline que não quisera ir ao casamento. O que teria acontecido?

— O que está acontecendo aqui? — perguntou Doug.

Naquele segundo, Margot sentiu o peso da hora em que fora dormir na véspera e dos drinques que tomara. O fim de semana acabara de começar e ela já estava exausta. Não queria explicar sobre a árvore para mais ninguém, deixaria que Kevin o fizesse. Ela agora precisava subir e se deitar, bastariam quinze minutos e ficaria bem.

Mas quando chegou à relativa paz do próprio quarto, sentiu-se pouco à vontade. Era de conhecimento geral que quando alguém deixava um cômodo — ou naquele caso, o pátio — o restante da família começaria a falar sobre quem saíra. Margot ficou deitada na cama, sentindo-se como se a cabeça estivesse cheia de cascalho. Podia ouvir as vozes e risadas no quintal, e pensou que aquela era realmente a melhor parte de qualquer casamento, não a cerimônia, o bolo ou a dança, mas o tempo ocioso, em que estavam todos juntos, sem as luzes dos holofotes sobre eles. A mãe, se estivesse viva, estaria tirando fotos, pedindo às crianças que fizessem pose, podando flores, arrancando ervas daninhas. A mãe teria um prato de ovos com bacon pronto, uma jarra de suco e caixas de donuts da Nantucket Bake Shop.

Margot se deu conta de que o problema de ter tido uma mãe maravilhosa era a impossibilidade de manter os padrões que ela estabelecera.

Não conseguiu dormir. Sabia que estavam todos lá embaixo, no pátio, chamando-a de assassina de árvores.

Ela se levantou e, vendo que a porta do quarto de Jenna estava aberta e que o quarto estava vazio, entrou e foi até a varanda. Daquele ponto privilegiado, conseguia ver tudo. Nick estava com os braços passados ao redor de Finn e de Autumn. Muito bem, aquilo era perigoso: Autumn e Nick haviam tido um flerte não tão secreto durante o fim de semana da formatura de Jenna na faculdade, oito anos antes (eles quase haviam quebrado a cama no Williamsburg Inn; todos tinham escutado, incluindo Margot e Drum Sr. e, no dia seguinte, no bufê do café da manhã, Drum Sr. batera a palma da mão na de Nick em um cumprimento).

A seguir, a atenção de Margot foi desviada para Pauline e Jenna, longe do restante, sozinhas. Elas pareciam estar envolvidas no tipo de conversa séria que Margot evitava cuidadosamente ter com a esposa do pai. Pauline era quem falava mais, e Margot se perguntou o que ela estaria dizendo. Então, Pauline pegou o Caderno de dentro da enorme bolsa de mão que carregava e o entregou a Jenna. As duas se abraçaram e Margot pensou: *Ahhhhhh. Pauline estava com o Caderno.* E Margot pensou também: *Ahhhhhhh. Ih, caramba...* Pauline teria pegado o Caderno durante o jantar da noite de quarta-feira? Será que ela *roubara* o Caderno? Talvez esse tivesse sido o motivo da briga com Doug. Ele a banira do casamento. Ou ela dissera que não queria ir.

Margot ficou corada com a intensidade de suas emoções. Ela se perguntou se Pauline lera o Caderno. E se enfureceu com a ideia. Pauline só encontrara com a mãe delas uma ou duas vezes, milhares de anos antes. O Caderno não era de sua conta.

Jenna aceitou o Caderno com graciosidade, e logo o abraçou. Não parecia nem um pouco aborrecida com a situação. Era como a mãe reencarnada. Provavelmente agradecera a Pauline por devolvê-lo, em vez de perguntar, antes de mais nada, por que a outra mulher o pegara, que seria o que Margot teria feito.

Naquele momento, cabeças se viraram e Margot percebeu que alguém acabara de entrar no pátio, mas não tinha como saber quem. Era Rhonda, de volta de sua meia maratona. Pauline correu em direção à filha e, em meio ao caos dos Carmichael, as duas Tonelli se abraçaram, os ombros de Pauline se sacudindo. Ela estava chorando. Doug não percebera, nem Nick, ou Kevin, ou Beanie, ou qualquer uma das crianças. Estavam todos distraídos, ou concentrados demais no galho de Alfie, ou, ainda, ignorando propositalmente a cena lacrimosa. Rhonda teve o bom senso de guiar Pauline para dentro de casa. Um instante mais tarde, Margot ouviu as duas na cozinha. Não conseguia escutar o que estavam dizendo, só o som da voz delas. Se Margot fosse até o patamar da escada, teria conseguido ouvir cada palavra da conversa, e por mais que fosse tentador bisbilhotar, ela se controlou. No que se referia a casamentos, nem todas as pessoas tinham a mesma importância. Havia os mais íntimos e os intrusos. Pessoas como Finn, que era amiga de Jenna desde que as duas usavam fraldas, mas também um casal que Stuart e Jenna haviam acabado de encontrar no curso de noivos. Jenna admitiu que mal conhecia o casal, mas que tinha a sensação de que eles seriam amigos no futuro, por isso quisera incluí-los. Edge compareceria, mas também haveria amigos de Doug da escola de Direito, que tinham sido convidados mesmo sem conhecer Jenna.

Pauline e Rhonda também deviam se sentir como intrusas, embora Pauline fosse esposa de Doug, e Rhonda, dama de honra. Ou talvez não se sentissem como intrusas, mas tampouco íntimas. Eram da família... mas não eram. Não era segredo que Pauline não gostava da casa de Nantucket; ela só deixava Doug visitar a ilha uma ou duas vezes a cada verão. Pauline achava a casa empoeirada, com cheiro de mofo e decrépita; não apreciava o charme do lugar, não se dera ao trabalho de conhecer seus cantos e frestas, não tivera o lugar como um refúgio de verão, como acontecera por décadas com o restante dos Carmichael. Talvez ela sentisse que, embora a casa fosse um patrimônio ancestral da família de Doug, na verdade fora a casa de Beth. Fora Beth quem plantara o canteiro de flores perenes e cultivara as trepadeiras de rosas. Também fora ela quem escolhera as peças de arte, os trabalhos de agulha e as capas dos móveis espalhados pela casa. Pauline não daria a menor importância ao galho de Alfie ou ao balanço. Ao mesmo tempo, ansiava por um vínculo, queria *ser* uma Carmichael. Provavelmente, achara que o Caderno lhe daria alguma pista secreta, uma chave para que compreendesse. *Como me encaixo aqui? Como posso me tornar um deles?* O que Margot sabia e Pauline já devia ter descoberto era que aquele clube não estava aceitando mais sócios. Pauline chegara tarde demais para o jogo. Os Carmichael eram incapazes de formar qualquer lembrança nova significativa, porque as velhas lembranças — as que incluíam Beth — eram preciosas demais para serem substituídas.

Aquele fim de semana seria difícil para Pauline. Realmente difícil. Margot resolveu perdoá-la por ter pegado o Caderno.

Margot, Jenna, Finn, Autumn e Rhonda tinham hora marcada no salão RJ Miller às dez da manhã, para manicure, pedicure e tratamento de pele, mas estava um dia tão esplêndido que Margot decidiu cancelar o compromisso. Ficaria em casa por mais algum tempo e depois levaria os filhos à praia, a Fat Ladies Beach. Margot achou que Jenna talvez ficasse decepcionada — na verdade, ela estava se saindo a dama de honra principal mais incompetente da história dos casamentos —, mas Jenna apenas havia sorrido com malícia e dito:

— Ótima ideia. Também vou cancelar. Vou andar de caiaque com Stuart nos córregos de Monomy Creeks.

— Espere — falou Margot. — *Você* não pode cancelar. É a noiva.

— E daí? — perguntou Jenna.

— Não quer fazer as unhas? — lembrou Margot. — Não quer a pele brilhando? Amanhã todos os olhos estarão em você, meu anjo.

— Não dou a menor importância para isso — disse Jenna. — Se incomoda de ligar para o salão e desmarcar para mim?

Margot não se importava nem um pouco de ligar para o salão. Mas, antes, falou com as outras damas do casamento para saber se haveria outras desistências.

Autumn quis manter a hora dela no salão.

Rhonda também. E perguntou se eles tinham câmara de bronzeamento.

— Câmara de bronzeamento? — perguntou Margot. Ela examinou o tom de pele uniforme de Rhonda... um pouco alaranjado até, se Margot fosse ser bem crítica. Rhonda provavelmente costumava usar uma câmara de bronzeamento artificial em Nova York. Margot achou a ideia divertida. Achava que as câmaras de bronzeamento haviam saído de cena nos anos 1980, junto com o permanente nos cabelos e a banda Loverboy. — Se quiser pegar um pouco de sol, venha para a praia comigo e com as crianças — convidou Margot.

— Não, está tudo certo — disse Rhonda, rapidamente. — Eu só queria saber.

Finn optou por também cancelar a hora no salão. Não porque planejasse curtir a própria infelicidade em seu quarto, tampouco porque fosse sair com Jenna e Stuart na expedição de caiaque. Ela cancelou porque iria à praia com Nick, que a ensinaria a praticar stand up paddle.

Ai, droga, pensou Margot.

— Nick vai para a Fat Ladies conosco — avisou Margot. — Então podemos ir todos juntos.

Beanie, Kevin e os filhos também iriam à praia, então seriam ao todo onze pessoas a caminho da Fat Ladies.

— Vou fazer sanduíches — avisou Margot.

— Desde quando *você* faz sanduíches? — perguntou Kevin. — Ligue para o Henry Jr.'s e encomende sanduíches. Nick e eu vamos ao Hatch's para pegar batata frita, refrigerantes e cerveja.

— Sou capaz de preparar sanduíches, Kevin — retrucou Margot. — Não pedimos comida pronta o tempo todo na minha casa, sabia?

Beanie deu um tapinha carinhoso no braço da cunhada.

– Você tem um emprego – disse Beanie. – Não tem problema.

– *O que* não tem problema? – perguntou Margot. – Posso fazer sanduíches! Fiz compras na delicatéssen ontem, comprei pão português na Something Natural. Posso usar manteiga de amendoim e creme de marshmallow. Comprei creme de marshmallow *fofinho!* Posso cortar as crostas do pão.

– Você não precisa provar nada – disse Kevin. – Sabemos que é capaz de fazer sanduíches, mas será mais fácil para nós se os encomendarmos. – Ele estendeu um bloco para ela. – Aqui, anote os pedidos de todo mundo.

– Por que *você* não anota? – retrucou Margot. Estava inexplicavelmente furiosa. Não se importava se eles fizessem o almoço, ou se o encomendassem no Henry Jr.'s, mas não gostou da insinuação de Kevin de que ela era incapaz de fazer sanduíches, nem da insinuação seguinte, de que ao se oferecer para preparar os sanduíches, Margot estava tentando provar alguma coisa. Provar o quê? Que ela não sobrevivia apenas graças à pizza do Lombardi's e às entregas do restaurante tailandês? Provar que era como a mãe deles... que podia ter uma carreira *e* fazer sanduíches?

Naquele momento, o pai de Margot enfiou a cabeça pela porta dos fundos.

– Margot? – chamou.

Ela pensou que o pai também opinaria sobre a decisão dos sanduíches. Todos tinham uma opinião. Até mesmo Beanie dissera: *Você tem um emprego. Não tem problema.* Qual era o significado *daquilo?* Beanie costumava ficar do lado de Margot, mas ao que parecia, não era o caso.

– O que é? – perguntou Margot ao pai, irritada.

— Posso conversar com você um segundo? — pediu Doug.

Margot marchou pela porta dos fundos. Roger estava orientando o guindaste portátil na lateral do pátio. Por um milagre, a máquina enorme se manteve afastada do canteiro de plantas perenes. Os cinco rapazes estavam parados a alguns metros de distância, olhando boquiabertos enquanto o guindaste se erguia e Hector subia com as cordas até os galhos mais altos de Alfie.

Quando todos tivessem voltado da praia, o galho mais baixo de Alfie já teria sido levantado e a tenda estaria montada. Todos aqueles serviços extras e com urgência custariam uma fortuna ao pai, mas, embora a família Carmichael tivesse toneladas de problemas, dinheiro não era um deles.

— Temos um problema com os carros — disse Doug.

— Com os carros?

— Você e Kevin vão precisar dos carros para levar todo mundo para a praia — explicou Doug. — Pauline vai precisar do meu carro para levar as moças ao salão.

— Ah — disse Margot. A logística da questão tinha lhe escapado. — O que Pauline vai fazer?

— Ela também vai ao salão — respondeu Doug. — Quer ficar com Rhonda.

— Certo — concordou Margot. — Pauline pode ficar com o meu horário.

Doug assentiu e disse:

— Obrigado. É muita gentileza. Mas o que realmente preciso de você é que me leve ao campo de golfe.

— Está bem — disse Margot. Estava mesmo bem? Ela não acabara de se comprometer a fazer onze sanduíches, ou fora voto vencido? Estava tão confusa que não conseguia se lembrar de como terminara a discussão. — Quando?

Doug consultou o relógio, o mesmo Rolex Submariner que Beth lhe dera de presente quando ele fizera 50 anos.

— Agora mesmo.

— Agora?

— A minha hora de saída está marcada para as 10h30. Vou jogar no Sankaty.

Margot quase perguntou: *Kevin não pode levá-lo? Ou Nick?* Mas era uma ideia absurda. Os irmãos nunca eram chamados para tarefas chatas como levar o pai ao jogo de golfe. Kevin provavelmente achava que tinha que ficar ali para supervisionar a suspensão do galho, ou para pedir sanduíches. Nick, por sua vez, ou estava exibindo os músculos para Finn, ou passando cera na prancha de stand up paddle. O humor de Margot ficou ainda pior. Mas então lhe ocorreu que aquilo era exatamente o que ela queria: um tempo a sós com o pai. Ele também devia querer a mesma coisa, e por isso havia pedido que ela o levasse.

— Tudo bem — disse Margot. — Vamos.

Margot seguiu com o Jaguar de Doug pelo centro da cidade, contornou o trevo e saiu em Milestone Road. Todo ano, quando crianças, ela e os irmãos iam de bicicleta até o vilarejo de Sconset para tomar sorvete no mercado e para atravessar a ponte de pedestres.

— Você e a mamãe foram pais tão bons — comentou Margot. — Nos deram lembranças maravilhosas.

Doug não disse nada. Quando virou a cabeça, Margot viu que ele olhava pela janela.

— Kevin deve estar certo — disse ela. — As únicas lembranças que meus filhos terão de mim envolvem chegadas tarde do trabalho e encomendas de samosas do Mumbai Palace pelo telefone.

Margot ouviu o pai suspirar.

— Sua mãe sempre se preocupou por você ser dura demais consigo mesma. A maldição da primogênita — disse ele.

— Às vezes fico feliz por ela não poder ver como fracassei.

— Ah, Margot, você não fracassou.

— Eu me divorciei.

— E daí? — perguntou Doug. — O casamento não deu certo, não é culpa de ninguém.

— Carson está correndo o risco de repetir o quarto ano — confessou Margot. — Drum Jr. está com 12 anos e tem medo do escuro. Ellie é uma acumuladora.

Doug riu e até mesmo Margot se viu sorrindo. Mas não queria aproveitar aquele tempo sozinha com o pai para lamentar os próprios tropeços.

— Então, o que está acontecendo com você? — perguntou a ele. — Aquela mensagem que me mandou foi bem preocupante.

Doug apoiou a cabeça no encosto do banco e suspirou novamente.

— É uma longa história.

— Temos alguns minutos — disse Margot. Era fácil acelerar acima do limite naquele Jaguar, por isso ela se forçou a diminuir a velocidade. — Descobri que Pauline pegou o Caderno.

— Ela não o *pegou* — retrucou Doug. — Ou ao menos diz que não fez isso. Segundo ela, Jenna deixou o Caderno sobre a mesa, no Locanda Verde, e Pauline o guardou. E esqueceu de devolver.

— Ah — comentou Margot. Era uma pessoa terrível por não acreditar muito naquela história?

— Decidi acreditar nela — continuou Doug. — É mais fácil.

— Está certo — concordou Margot. — Você perguntou a Pauline se ela leu algum trecho?

— Ela leu — respondeu Doug. — Alega que estava enlouquecendo sem saber o que havia nele.

— Espere — falou Margot. — Ela leu a última página?

— Não sei — disse Doug. — Acho que sim?

— *Você* leu a última página?

— Não — respondeu Doug.

— Bem, deveria — recomendou Margot. — Não deixe de fazer isso. Hoje, quando voltar do golfe, peça a Jenna.

— Não sei se consigo, querida — disse Doug.

— Não acredito que *Pauline* leu. Tenho certeza de que você ficou furioso.

— Fiquei furioso — confirmou Doug. — Se Jenna quisesse que Pauline lesse o Caderno, teria oferecido.

— Você ficou furioso o bastante para dizer a Pauline para não vir ao casamento?

— Não queria que ela viesse — confessou Doug.

— Ah.

— Mas, como você deve ter percebido, ela veio assim mesmo.

— Sim, percebi.

— Ela achou que eu estava só zangado. Achou que eu mudaria de ideia.

— Você não estava só zangado? — perguntou Margot. — Não mudou de ideia?

— Não — respondeu Doug. — Não queria que ela viesse... por uma variedade de razões. Mas Pauline insistiu e eu não estava zangado o bastante para manter minha posição.

— Ah.

— É o fim de semana de Jenna — comentou Doug.

— Certo, eu sei. Mas o quê...? Qual era a variedade de razões? O que você não está dizendo?

— Não amo Pauline — falou Doug. — Quando voltarmos para Connecticut, vou pedir o divórcio.

Margot arquejou.

— Mentira!

— Verdade.

Margot apertou com força o couro branco que envolvia o volante. O pai tinha 64 anos. Ela achara que ele já estava velho demais para esse tipo de reviravolta na vida. Quando pensava na vida de Doug, ela o imaginava se aposentando do escritório e fazendo trabalho voluntário nas horas vagas. Imaginava-o jogando golfe, ou com Pauline, almoçando ou jantando no country club, ou os dois tirando férias em Maui todo fevereiro. Mas ele talvez vivesse mais uns trinta anos. E esse era um tempo longo demais para ficar preso a uma mulher que não amava.

— Uau! — exclamou Margot.

— Agradeceria se você não comentasse nada.

— É claro que não — garantiu ela. — O que você vai fazer? Onde vai morar?

— Ah, talvez no centro — respondeu Doug. — Venho brincando com a ideia de ter uma suíte no hotel Waldorf Astoria, como Arthur Tonelli. Ou talvez eu vá viver no Upper West Side, perto de Edge. Poderia caminhar para o trabalho, ter uma assinatura da filarmônica, passar mais tempo com você e com as crianças.

A ideia do pai como um homem de 64 anos alarmou Margot. A ideia do pai e Edge vivendo na mesma vizinhança e saindo para bares, ou mesmo para assistir à filarmônica, juntos, deixou sua boca seca. Não conseguia falar. E, por sorte, não precisou: ali estavam eles, no Sankaty Head Golfe Clube.

Margot estacionou em frente à sede. A família do pai era sócia do Sankaty desde a fundação do clube, em 1923, mas atualmente o pai era o único que jogava ali. Nick detestava golfe e Kevin não tinha tempo. Stuart jogava golfe – o título de sócio talvez passasse para Stuart e Jenna, e para os filhos que teriam algum dia.

– Pense só – disse Doug. – Quando eu estiver solteiro, posso vir passar todo o verão em Nantucket. Posso jogar golfe todo dia.

– Pense só! – repetiu Margot. Ela tentou sorrir enquanto pegava os tacos na mala.

Quando ele estivesse solteiro.

Doug acenou para Margot e ela pensou: *Sim, agora deveria ir embora, carregando o peso de um enorme segredo.* Margot abaixou o vidro da janela do passageiro.

– Preciso vir pegar você? – perguntou.

– Pauline virá – disse Doug.

– Ah. Está certo. Ela sabe como chegar aqui?

– Não – falou ele. – Mas vai usar o GPS.

Margot assentiu e observou o pai subir as escadas e entrar na sede do clube. Ela ficou parada onde estava por um longo tempo depois que ele se foi, pensando. *Muito bem... caramba... quem poderia imaginar? Uau.*

Margot sentiu um desejo avassalador de mandar uma mensagem para Edge. Ainda bem que seu telefone estava quebrado.

Alguém bateu na janela do lado do motorista e Margot deu um salto, apertando a buzina sem querer. Parado ao lado do Jaguar, usando uma calça branco-gelo, camisa de golfe azul--marinho e aquela maldita viseira branca, estava Griff.

Margot pensou: *Isto não pode estar acontecendo.*

Ela teve vontade de sair com o carro sem dizer uma palavra, mas não sabia ser rude. Antiprofissional e sem princípios, sim, mas rude? De forma alguma.

— *Achei* que fosse você — disse ele —, mas então me perguntei "Qual seria a probabilidade?" Três vezes em 24 horas?

— Oi — cumprimentou Margot.

— Acho que ambos sabemos o que isso significa — falou Griff.

Margot pensou: *Significa que estou destinada a ser assombrada por meu pior erro.*

— Significa que você está me perseguindo — completou ele.

Margot sorriu. O cara era charmoso, não havia como negar.

— Vim deixar o meu pai — explicou ela.

— Acabei de acabar a minha primeira rodada. Começamos às seis da manhã, e acho que ainda estava bêbado.

— Legal.

— Fiquei no Chicken Box até fecharem. Afogando as minhas mágoas depois de você me rejeitar.

— Eu não *rejeitei* você — defendeu-se Margot. Então percebeu que precisava ser cuidadosa com o que dizia. — Estava apenas cansada, e aquela história com o meu celular me desanimou. Precisava sair de lá.

— Você pode me compensar agora — falou ele. — Venha.

— Ir *aonde*? — perguntou Margot.

— Tomar um drinque comigo no bar.

— São dez e meia — argumentou Margot. — Da manhã.

— E daí? Você está de férias, não está? É o fim de semana do casamento da sua irmã, não é mesmo? Não vai me dizer que não tem uma parte sua que está morrendo de vontade de tomar um drinque. Não vai conseguir me convencer de que não adoraria uma oportunidade para desabafar a frustração causada pela família com um conhecido simpático.

— Não me sinto nem um pouco frustrada com a minha família — disse Margot.

— Agora você está mentindo para mim.

Margot sorriu.

— E se eu estiver? Não posso passar a manhã bebendo. Meus filhos querem ir à praia. Estão em casa, esperando.

— Drum... Carter... e Ellie?

Margot ficou atônita.

— Carson — corrigiu ela. — Mas caramba! Que boa memória! — Margot se lembrava de ter perguntado sobre os filhos de Griff, na primeira entrevista que fizera com ele. Os filhos de Griff tinham idade próxima dos dela, mas Margot nunca seria capaz de lembrar o nome deles. Griff, por sua vez, perguntara sobre os filhos de Margot, o que não era exatamente o protocolo padrão, afinal era ela quem o estava entrevistando, não o contrário. Mas ela dissera a ele os nomes dos filhos e as idades. Era impressionante que Griff ainda se lembrasse. Se pressionado, Edge provavelmente não seria capaz de lembrar o nome de nenhum dos filhos dela, à exceção de Ellie, porque estava na turma de balé de Audrey. Margot falava dos meninos o tempo todo, mas Edge nunca parecia ouvir.

— Ora, não sou o tipo de homem que negaria a três crianças a companhia da mãe — disse ele. — Você deve ir, embora eu desejasse que ficasse.

— Não posso ficar.

— Mas estou conseguindo me aproximar, certo? — perguntou ele. — Admita, você está começando a gostar de mim.

— Eu gosto de você, Griff.
— Estou dizendo *gostar* mesmo. Vamos lá, sou um cara legal.

Margot se permitiu observá-lo. Era um cara legal. Se as coisas fossem diferentes; se ela não tivesse aquela história horrorosa com ele, ela estaria disposta, provavelmente até bem animada, a tomar um drinque com ele. Griff era um homem atraente, inteligente e agradável, e se lembrara dos nomes dos filhos dela. Mas ela o prejudicara. E como.

— Tenho que ir — disse Margot.
— O que vai fazer hoje à noite? — perguntou ele.
— Ensaio na igreja às cinco. Jantar de ensaio às seis, no iate clube.
— Estarei na Boarding House esta noite — avisou ele.
— Você vai gostar de lá — falou ela. — A comida é fantástica.
— Me encontre lá — pediu Griff.
— Estarei ocupada me sentindo frustrada com a minha família — brincou Margot. — Mas obrigada pelo convite.
— Diga-me — disse Griff. — Você tem um acompanhante para esse casamento?

Margot foi pega de surpresa. Não era de sua conta se ela já tinha um acompanhante ou não. Então parou e pensou na pergunta. Ela *tinha* um acompanhante para o casamento? Edge compareceria naquela noite, no dia seguinte e no domingo, mas Margot não poderia beijá-lo, ficar de mãos dadas com ele, nem dizer que ele era nada além de um amigo do pai. Margot perguntara a Edge se eles poderiam dançar juntos ao menos uma música, e ele respondera que não achava uma boa ideia.

— Não exatamente — respondeu Margot.
— Não exatamente?
— Não — confirmou.

Griff desviou os olhos para o campo de golfe a distância, então se agachou diante da janela de Margot, de modo que ficassem cara a cara. Ela experimentou uma sensação estranha no estômago. Os olhos azuis e verdes eram encantadores. O que *estava acontecendo* ali? Aquilo não era nada bom.

– Não acredito mais em amor – disse Griff em voz baixa. – E nunca me casarei novamente... mas estou livre amanhã, se precisar de mim. – Ele levantou as palmas das mãos. – Estou só avisando.

Margot não saberia dizer se o homem a estava perseguindo com determinação ou se a estava emboscando, como um gato fazia com um rato, porque ela o dispensara. Margot, com seus instintos tão perfeitos, não saberia dizer.

– Está certo, obrigada – agradeceu ela. – Vou manter isso em mente.

BASTIDORES

Autumn Donahue (dama do casamento): Unhas das mãos: *Mademoiselle*. Unhas dos pés: *Chutney de cereja preta*. Eu precisava de alguma coisa instigante para contrabalançar o verde-gafanhoto.

Rhonda Tonelli (dama do casamento): Unhas da mão: francesinha. Unhas dos pés: francesinha. Algumas pessoas usam uma cor de esmalte nas mãos e outra nos pés, mas acho vulgar.

Doug Carmichael (pai da noiva): O buraco dezesseis me deu trabalho, mas, no geral, fiquei feliz com meu jogo curto. Cheguei ao final com oitenta tacadas. Depois de alguns drinques esta noite, direi a todos que perguntarem que foram 79.

Pauline Tonelli (madrasta da noiva): Usarei uma roupa azul meia-noite no jantar; nada exuberante demais, apenas um terninho St. John que comprei na Bergdorf's e que faz um bom trabalho em camuflar a barriga. Deixei a manicure, no salão, me convencer a pintar minhas unhas da mão de uma cor chamada *Merino Cool*, que é uma espécie de cinza arroxeado. Ela disse que está muito na moda. Mal conseguem manter o esmalte no estoque, disse a moça. Acho que parece a cor que minhas unhas terão naturalmente depois que eu morrer.

Kevin Carmichael (irmão da noiva): Galho da árvore erguido! Não consigo acreditar que Margot iria permitir que o cortassem...

Nick Carmichael (irmão da noiva): Acho que Finn ficou ainda mais gostosa depois que se casou. Já vi isso acontecer antes. Mulheres se casam e ficam mais gostosas. Então têm filhos e... (movimento com o dedo indicando uma espiral descendente). E aí, algumas delas se recuperam. São essas que têm casos com os personal trainers... ou com algum cara de sorte que, por acaso, esteja no lugar certo, na hora certa.

O CADERNO, PÁGINA 10

Leituras

Quando seu pai e eu estávamos chegando aos 30 anos, houve um período de seis meses em que comparecemos a oito casamentos, e isso quase nos levou à falência. Fui dama de três, e seu pai foi o acompanhante dos convidados em dois. Em quase todos esses casamentos, as leituras eram Coríntios 13 e um trecho do livro O profeta, *de Khalil Gibran.*

Imploro a você que evite essas escolhas. Se usar Coríntios 13, vai ouvir todo mundo resmungando.

Sou, como você sabe, fã de letras de música. Você é a única dos meus filhos que herdou meu gosto musical. Sua irmã e seus irmãos escutam aquele negócio punk — Dead Kennedys, Violent Femmes, Sex Pistols, Iggy and the Stooges, Ramones — ah, eu já não aguentava mais os Ramones! Mas você é fã dos Rolling Stones desde bem novinha; amava Springsteen, Clapton e Steppenwolf, principalmente "Magic Carpet Ride". Lembra-se daquele Halloween no seu sexto ano, quando todas as suas amigas se vestiram de Courtney Love, ou da garota vestida de abelha no vídeo de Blind Melon, e você foi vestida de Janis Joplin? Elas riram de você, que voltou para casa um pouco chorosa depois do "travessuras ou gostosuras", mas eu lhe expliquei que você não tinha como evitar.

Isso tudo foi para dizer que letras de música costumam dar ótimas leituras. Tente os Beatles. Ninguém consegue errar com os Beatles.

MARGOT

Quando Margot estacionou na entrada de carros às 16h45, com os três filhos cobertos de areia sentados no banco de trás, deixou escapar um gritinho de espanto e prazer. O pátio dos fundos da casa fora transformado na terra encantada dos casamentos.

— Olhem! — disse aos filhos.

Não houve resposta. Quando ela se virou, viu que as três crianças estavam entretidas com suas iBugigangas. Mas Margot sabia que não podia reclamar. A tarde na praia havia sido mágica, igual às tardes de que ela se lembrava quando criança. Drum Jr. e Carson haviam feito bodyboarding a tarde toda com os primos, como se estivessem possuídos; Margot mal conseguiu tirá-los da água para comerem os sanduíches do Henry Jr.'s. Ellie recolhera conchas em um baldinho, então se sentara à beira da água e construíra um elaborado castelo de areia. Margot, que estava exausta, cochilou sob o guarda-sol. Quando acordou, Beanie estava sentada com Ellie, ajudando a menina a fazer um mosaico com conchas na parede do castelo. Margot as observou e, embora sentisse uma pontada de culpa, sabia que Beanie adorava ficar com Ellie porque tinha apenas filhos meninos, e uma garotinha era como um presente para ela. Além do mais, Margot não queria sentar na areia; nunca fora o tipo de mãe que se ajoelhava no chão para brincar com os filhos e se, naquele momento, deixasse a sombra do guarda-sol, teria que lidar com a questão das sardas. Margot se achou vaidosa e preguiçosa; não era protetora e acessível como Beanie. Mas então lembrou a si mesma que a própria mãe também nunca construíra um castelo de areia com ela. Beth costumava ficar sentada em uma cadeira de lona listrada, bordando, distribuindo palitos de pretzels e servindo ponche de frutas de uma garrafa térmica.

Margot aproveitou imensamente a ida à praia, mesmo quando relembrou as conversas com o pai e com Griff. Ela chegou à conclusão de que era uma benção ter afogado o celular, porque isso a libertou da preocupação quanto a se receberia ou não alguma mensagem de Edge. E decidiu não se preocupar sobre o conteúdo da mensagem que Edge enviara na noite da véspera. Perguntaria a ele naquela noite, quando o visse no iate clube.

Só quando saiu do carro e, já em casa, viu os preparativos adiantados para o casamento, foi que Margot se deu conta do quanto o dia seguinte seria especial. Ela e Jenna haviam conversado sobre o casamento no pátio dos fundos por um ano, mas nada a tinha preparado para a empolgação que sentia agora.

O galho da árvore fora erguido de um modo que as cordas mal ficaram visíveis. E sob a árvore estava a tenda grande e circular, que era maior em metros quadrados do que o apartamento em Manhattan onde Jenna e Stuart morariam. O interior da tenda estava decorado com galhos de hera entrelaçados e luzes decorativas brancas, além de cestos pendurados com hortênsias claras e vasos redondos de vidro, também pendurados, cheios de areia e uma vela cor de marfim. Havia quinze mesas, dez delas já arrumadas com as toalhas de mesa antigas, de linho, com heras verdes bordadas na bainha, que a avó usara no *próprio* casamento, e as outras cinco toalhas eram réplicas que Margot e Jenna haviam encomendado a uma costureira irlandesa excepcional do Brooklyn. Margot mal conseguia perceber a diferença entre as originais e as réplicas. Ela e Jenna haviam deixado as toalhas novas abertas sob o sol por três semanas, para que parecessem mais antigas. A costureira irlandesa, Mary Siobhan, também fizera 150 guardanapos verdes de linho combinando, que eram amarrados por fios de hera. Os centros de mesa eram brancos, e hortênsias claras e rosas-trepadeiras pink, cortadas da casa, estavam arrumadas em grandes vasos de vidro encaixados em um suporte de galhos entrelaçados. A porcelana branco-osso estava arrumada sobre sousplats de ratã escuros, e Roger encontrara 120 cálices Waterford no padrão Lismore, que era o padrão que Beth e Doug haviam colecionado, e que agora Stuart e Jenna colecionariam. O efeito geral era de simplicidade e beleza, o branco e o verde evocando a casa e o quintal, e os galhos entrelaçados e cestos de madeira evocando Alfie. O pink das rosas-trepadeiras era o toque mais delicado de cor. Tudo aquilo era resultado da visão da mãe, e Margot havia duvidado; ela havia amaldiçoado os vestidos verde-gafanhoto, mas agora via como os vestidos verdes das damas e madrinha, e o vestido branco de Jenna, fariam perfeito sentido estético quando estivessem sob aquela tenda.

— Você é genial — sussurrou Margot.

Ela levantou os olhos para o cume afunilado da tenda, onde imaginou que o espírito da mãe estaria residindo naquele momento. Então ouviu alguém pigarrear e se voltou para ver Roger entrar na tenda.

— Está lindo — comentou Margot.

Ele ajeitou um garfo em uma fração de centímetro.

— Já fiz muitos casamentos — disse Roger. — Mas este é um dos mais bonitos. Sempre digo à minha esposa que gosto não se discute. Mas vocês, meninas, arrasaram aqui.

— Ah... — retrucou Margot. Por que sempre que ouvia palavras gentis sentia vontade de chorar? — Não fomos nós.

Quando entrou na cozinha, Margot se viu diante do caos. Havia pessoas por toda parte. Os filhos e os garotos Carmichael ainda estavam de roupa de banho, espalhando areia a cada passo.

— Achei que tinha dito a vocês para usarem o chuveiro do lado de fora! — reclamou Margot.

— Não, você não disse — respondeu Ellie.

Margot reconheceu que talvez houvesse se esquecido de dar aquela orientação, mas os filhos não sabiam que sempre deviam tomar uma ducha no chuveiro do lado de fora, depois que voltavam da praia?

— Vão agora — disse Margot. — E sejam rápidos.

Autumn, Rhonda e Pauline estavam sentadas no cantinho da cozinha onde costumavam tomar café da manhã, comendo biscoitos salgados com patê de anchova defumada. O pessoal da empresa tentava trabalhar ao redor do trio, movendo-se entre a ilha da cozinha, onde preparavam comida; a sala de jantar, que servia como depósito temporário; e o caminhão refrigerado da empresa, estacionado na rua.

Então Margot percebeu um rosto novo.

— Stuart! — gritou.

Stuart estava parado do lado de fora da porta de tela, com outros três homens, todos usando paletó e gravata.

Margot saiu para cumprimentá-los.

– Oi, Margot – disse Stuart.

Ele estava horrível. Pálido, com olheiras escuras, e havia cortado o cabelo curto demais. Stuart trabalhava demais, em um ramo muito estressante. Era analista de alimentos e bebidas para a Morgan Stanley; nunca tinha tempo livre. Passara doze meses sem tirar um dia de folga para poder tirar *aquele* dia de folga, e mais as duas semanas de lua de mel que passariam em St. John. Parecia mesmo que ele não saía do escritório havia doze meses – ou melhor, parecia que só saíra uma vez, para visitar um barbeiro muito incompetente.

Ainda assim, Stuart era de uma bondade tão pura que Margot ficava maravilhada. Ele não era exibido; não estava arrasando com o mercado, como Scott Walker, marido de Finn; jamais compraria um terno de mil dólares e provavelmente nunca teria um carro tão sofisticado quanto o Jaguar do pai de Margot, mas Stuart era devotado a Jenna. Ele mandava flores para ela na escola em que Jenna trabalhava só porque "sentira vontade"; acendia velas para o banho da noiva, e esperava por ela com chá quente e um muffin na linha de chegada sempre que Jenna participava de uma corrida no Central Park. Nos cinco segundos que passou observando o cunhado, Margot se sentiu terrivelmente mal por todas as vezes em que tentara convencer Jenna a não se casar com ele.

– Você se lembra dos meus irmãos – falou Stuart. – H.W. e Ryan, e... Chance.

Margot examinou os outros três homens. H.W. e Ryan eram gêmeos idênticos, impossíveis de diferenciar até que dissessem alguma coisa. H.W. era o eterno garotão popular e Ryan, gay. Margot detestava estereótipos, mas soube imediatamente que o mais bem vestido era Ryan, que logo se adiantou para lhe dar um beijo no rosto. Ele tinha um perfume divino: usava Aventus, o perfume masculino preferido de Margot, que havia comprado um frasco para Edge. Mas, até onde sabia, Edge jamais sequer abrira o perfume.

— Como está, Margot? — perguntou Ryan. — Não esconda nada.

Ela riu.

— Ah, acredite em mim, você não vai querer saber de tudo.

Ryan passou um braço ao redor da cintura de Margot e a inclinou para trás. Ele era um desses homens em que qualquer movimento parecia suave e elegante.

— Venho me gabando da sorte que tenho de acompanhar a madrinha.

Ryan era o padrinho de Stuart. Margot se perguntou se teria sido difícil para Stuart escolher entre os irmãos, mas Jenna dissera que eles haviam jogado pedra papel e tesoura para decidir.

H.W. ergueu a garrafa de cerveja que segurava na direção de Margot.

— Oi — disse.

Margot encontrara algumas vezes com os gêmeos: na comemoração do aniversário de 30 anos de Stuart, na Gramercy Tavern, e, mais recentemente, na festa de noivado, em um salão particular do MoMa. Mas ela nunca havia encontrado com aquele outro irmão. Chance. Enquanto os outros irmãos Graham tinham o maxilar quadrado, cabelos escuros e a constituição saudável e vigorosa de lavradores de tabaco, Chance era alto, esguio e tinha cabelos louro-avermelhados. Na verdade, os cabelos pareciam quase cor-de-rosa, e o tom da pele era semelhante. Margot se lembrou de uma música do programa Vila Sésamo: *Uma dessas coisas não é como as outras...* Chance era meio-irmão de Stuart, fruto de um caso amoroso que o pai deles tivera nos anos 1990. Tinha 19 anos e cursava o segundo ano em Sewanee, a Universidade do Sul. Ao que parecia, era um gênio da matemática e um bom garoto, apesar de um pouco tímido socialmente.

Bem, pois é, pensou Margot. Já era ruim o bastante que ele fosse fruto de um caso extraconjugal, produto de uma crise de meia-idade, mas então alguém — o pai? A outra mulher? — pensara que seria aceitável batizá-lo de "Chance". Não era de admirar que o garoto fosse retraído. A outra mulher — Margot nunca soubera o seu nome — havia sido casada por alguns anos com o pai de Stuart, e então os dois haviam se separado e o homem se casara uma segunda vez com a mãe de Stuart. Era o tipo de história na qual as pessoas custavam a acreditar, a não ser pelos filhos da família Carmichael, que tinham ouvido histórias bizarras de divórcio e casamento ao longo de toda a vida.

Jenna achava a história dos pais de Stuart romântica.

Margot achava... sim, romântica; a não ser por aquela lembrança viva de mais de um metro e noventa de quando as coisas não haviam sido assim tão românticas.

Mas aquilo era um casamento, e o que havia acontecido no passado não poderia ser desfeito, portanto todos tinham que simplesmente lidar com a situação — rir, jogar conversa fora — e então, mais tarde, fofocar sobre a realidade mais sombria.

— Oi, Chance — cumprimentou Margot. Ah, como ela adoraria rebatizá-lo com algum nome normal, como Dennis ou Patrick. — Sou Margot Carmichael, irmã de Jenna.

— Prazer em conhecê-la — disse Chance. Ele tinha um sotaque sulista elegante, soava como... e, aliás, ele se parecia com... Ashley Wilkes, de ...*E o vento levou*. O rapaz trocou um aperto de mão forte com Margot. A linha de trabalho dela a fazia examinar o aperto de mão e o contato visual de todos a quem conhecia. *Nota oito*, pensou ela. *Nada mal.*

— Posso pegar uma cerveja para você? — perguntou Margot.

— Eu... — começou a dizer Chance. Então terminou em um rompante. — Só tenho 19 anos.

— E daí? — gritou H.W., mostrando-se momentaneamente animado por seu tópico favorito. H.W. tinha um sotaque fanhoso que parecia diretamente saído da série *Os gatões*. — Aceite a cerveja, Chancey, vamos!

Chance ficou ainda mais ruborizado. Margot nunca conhecera alguém com um colorido tão fora do comum. Era quase um defeito de nascença, talvez indicando as circunstâncias nebulosas de sua concepção. Ao pensar nisso, Margot sentiu-se subitamente protetora em relação ao rapaz. Obviamente, era um garoto gentil e escrupuloso. Não era culpa dele que Jim Graham tivesse cometido um erro atroz de julgamento.

— Que tal uma Coca? — perguntou Margot.

Chance assentiu.

— Uma Coca seria ótimo, obrigado. — Ele puxou a gola da camisa. — Está, hã, meio quente aqui fora.

— Está quente — concordou Margot. — E olhe só para vocês, rapazes, todos arrumados. — Ela voltou a entrar na cozinha para pegar uma Coca-Cola para Chance na geladeira, e por pouco não esbarrou em uma mulher que carregava uma bandeja com *vol-au-vents* ainda sem recheio. Na mesa de café da manhã, Autumn, Rhonda e Pauline contavam histórias sobre massagistas incompetentes que haviam conhecido; as três estavam se dando muito bem. Jenna ficaria satisfeita com isso, onde quer que estivesse. Provavelmente no andar de cima, vestindo o vestido pêssego de costas nuas de parar o trânsito.

Margot estendeu o refrigerante para Chance. E disse:

— São quase quatro e meia da tarde. — *Quatro e meia!* Margot se perguntou se Edge já estaria na ilha. Ela sentiu um frio na barriga. — Tenho que começar a me mexer!

O CADERNO, PÁGINA 3

O Vestido

Você não deve se sentir obrigada a usar meu vestido de noiva. No entanto, ele está à sua disposição. Temo que talvez possa achá-lo "tradicional" demais – atualmente, com 21 anos, você usa basicamente roupas feitas por você mesma, ou que conseguiu em bazares de caridade. Imagino que seja uma fase. Também passei por ela. Usei a mesma saia rodada de babados por cinco semanas, na primavera de 1970.

O vestido deve caber em você, ou quase. Você parece que tem perdido peso. Gostaria de acreditar que é porque está longe do refeitório da faculdade, mas temo que seja por minha causa.

Minha mãe e eu compramos esse vestido na Priscilla, de Boston, que era onde todas as noivas da Costa Leste queriam comprar seus vestidos de noiva naquela época – como acontece hoje com Vera Wang. Minha mãe e eu discutimos, porque eu queria um vestido com uma saia reta, enquanto mamãe achava que eu deveria escolher um com a saia mais armada. Você não vai querer que todos fiquem olhando para o seu traseiro, disse ela. Mas sabe de uma coisa? Eu queria!

O vestido foi lavado por profissionais e está pendurado no fundo do meu armário de cedro. Se precisar que seja ajustado, procure a Monica, na Pinpoint Bridal, na West 84th Street.

Preciso parar de escrever. Está me entristecendo demais pensar em como você vai ficar encantadora naquele vestido, e em como vê-la com ele vai abalar seu pai.

Estou chorando, agora. Mas são lágrimas de amor.

DOUG

Ele queria poder dizer que o golfe o havia acalmado. Jogara com um casal mais ou menos da sua idade, chamados Charles e Margaret, e com um amigo deles, Richard, que era uma década mais novo e tinha uma tacada de longo alcance muito, muito boa. Doug passou ótimos momentos conversando sobre campos de golfe de elite em que todos eles haviam jogado: Sand Hills, em Nebrasca; Jay Peak, em Vermont; e Old Head, na Irlanda. Eles passaram quatro horas deliciosas, apenas falando sobre golfe, e Doug não poderia pedir por um campo mais agradável do que o Sankaty Head em um 19 de julho. O sol iluminava as colinas verdejantes, o oceano Atlântico, a lagoa Sesachacha e o farol Sankaty, com suas listras vermelhas e brancas. Doug se juntara aos companheiros para o almoço, em que bebeu cerveja gelada, tomou uma sopa fria de pepino e comeu um sanduíche de salada de lagosta. Eles conversaram sobre o formidável vento de pradaria nas Sand Hills. Depois do almoço, Doug retomou o jogo para dar cabo dos nove últimos buracos.

Ele saboreou outra cerveja para comemorar quando terminou o jogo, acertando o buraco 18. Então, como não queria aborrecer Pauline (o que realmente significava que não queria ouvir Pauline reclamar do GPS — ela nunca conseguia fazer a geringonça funcionar e encarava isso como uma ofensa pessoal, como se a mulher cuja voz lhe dava orientações fosse uma inimiga), pegou um táxi e voltou para casa. Até mesmo a corrida de táxi fora relaxante. Doug abaixou os vidros das janelas e observou os belos chalés com seus lindos jardins, telhas cinzentas com bem-feitas barras brancas, sacadas altas e robustas. Ele se sentia melhor do que vinha se sentindo havia meses. Passar o dia sozinho, jogando golfe, era exatamente do que precisava.

Doug acreditou, durante os quinze minutos da corrida de táxi, que tudo se ajeitaria. Ele não precisava realmente fazer nenhuma mudança drástica. Estava esgotado na véspera, uma versão particular de nervosismo pré-nupcial. Nada mais.

Mas no segundo em que entrou na suíte principal da casa — um quarto onde se lembrava de ver os avós dormindo, depois os pais, então ele e Beth — e viu Pauline sentada na banqueta diante da penteadeira que fora da avó, ajeitando os cabelos, pensou, *Ah, não, não, não. Está tudo errado.*

Ela deve ter percebido a expressão dele, porque comentou:
— Você odiou o terninho.
— O terninho? — perguntou ele.
Pauline se levantou e puxou a bainha do paletó.
— Eu não queria nada muito chamativo. As pessoas no iate clube são muito conservadoras. Todas aquelas velhas tagarelas com suas pérolas e sapatos sem salto.

Doug examinou a esposa no terninho azul. Tinha um ar matronal, era verdade, quase reminiscente de Barbara Bush ou Margaret Thatcher; nem em um milhão de anos Doug conseguiria imaginar Beth usando um terninho daquele...

mas aquilo não era o problema ali. O problema era a mulher dentro da roupa.

— Ele me parece ótimo — disse Doug.

— Então por que a tromba? — perguntou Pauline. — Tacadas ruins?

Ele se sentou na cama e descalçou os sapatos. Tinha a casa cheia de pessoas no andar de baixo, e mais pessoas iriam direto para o iate clube. Precisava estar no estado de espírito certo para fazer o papel de anfitrião. Precisava seguir o conselho que ele mesmo já dera tantas vezes a vários de seus clientes: *finja*.

— Minhas tacadas foram ótimas — respondeu. Pauline costumava perguntar coisas do tipo "você acertou suas tacadas?" para parecer que entendia de golfe e que se preocupava com o jogo do marido, mas isso não era verdade. Ele nunca errara uma tacada na vida, era um jogador com controle da bola. — Joguei muito bem, na verdade.

— Quantas tacadas?

— Setenta e nove — respondeu ele. Não sabia exatamente por que mentira em relação ao número, poderia muito bem ter dito que haviam sido 103 tacadas e ela ainda teria dito:

— Que maravilha, querido.

Pauline se sentou ao lado de Doug na cama e começou a massagear os músculos dos ombros dele. Ela provavelmente percebera que algo estava muito errado, porque toques não solicitados vindos de Pauline eram uma raridade. Mas Doug não estava com disposição para ser tocado pela esposa. E achava que jamais estaria disposto novamente.

Ele se levantou.

— Preciso me arrumar — falou.

Seria apenas o ensaio, mas, quando estavam todos parados na entrada da igreja, a sensação era de um grande momento. Todos haviam entrado pela nave antes deles. Primeiro Autumn, de braço dado com um dos gêmeos; então Rhonda e o meio-irmão alto, quase albino, de Stuart; depois Kevin e Beanie, que estavam no lugar de Nick e Finn que, ao que parecia, ainda estavam na praia – embora várias pessoas já houvessem mandado mensagens e telefonado para cada um deles quarenta vezes na última hora –, então o outro gêmeo e Margot. A seguir, foi a vez do filho mais novo de Kevin e Beanie, Brock, como pajem, ao lado de Ellie, que era a daminha.

Ellie ainda estava de roupa de banho. Doug, que tinha como regra jamais interferir na criação dos netos, dissera para Margot:

– Você a trouxe mesmo para a *igreja* de biquíni?

Como Doug já esperava, no mesmo instante, Margot se exaltou.

– Estou fazendo o melhor que posso, papai – retrucara. – Ellie se recusou a mudar de roupa. Acho que é uma reação ao D-I-V-Ó-R-C-I-O.

Sério?, pensou Doug. Margot e Drum Sr. já estavam divorciados havia quase dois anos. Aquilo se parecia muito com uma desculpa.

Roger, o cerimonialista, era o diretor daquele espetáculo particular de pompa e circunstância, apesar da presença do pastor da igreja de St. Paul e do pastor que eles haviam levado, o reverendo Marlowe, que celebrariam juntos a cerimônia. Roger estava com sua prancheta na mão e um lápis número 2 atrás da orelha, e usava bermudas cáqui Tevas e uma camiseta de uma empresa de reciclagem local, a Santos Rubbish Removal.

Doug sentia uma afinidade com esse camarada, Roger, que beirava um sentimento fraternal. Apreciava o senso de ordem e a lógica que prevaleciam na organização daquele casamento. Independentemente do quanto Doug estava pagando ao homem: ainda não era o bastante.

Roger tinha levado um toca-fitas antigo, do qual fluía o Cânone em Ré Maior, de Pachelbel; no dia seguinte, haveria dois violinistas e um violoncelista. O Cânone em Ré Maior de Pachelbel era uma peça musical que Beth amara ainda mais do que Eric Clapton ou Traffic. Ela amava tanto a música que pedira a Doug que a colocasse para tocar vezes sem conta nos dias antes de sua morte – dizia que facilitaria a passagem. Naturalmente, também fora essa peça musical que Beth sugerira para o cortejo de entrada. Ela não se dera conta de que, ao ficar parado ali, de braços dados com a filha mais nova, Doug seria dominado pela lembrança de estar sentado ao lado da cama da esposa, impotente, assistindo a sua morte.

Ele sentiu os olhos marejados, esfregou-os com o dedo e respirou fundo algumas vezes. Ao lado dele, suave e adorável como uma pétala de rosa, Jenna disse:

– Ah, papai... – E tirou de algum lugar um lenço branco, que pressionou contra a mão dele.

Foi o que bastou: Doug começou a chorar. Era demais para ele – entregar a filhinha caçula, a confusão a respeito de Pauline, a saudade de Beth. Ela deveria estar ali. *Ela deveria estar aqui, maldição!* Nos sete anos desde a morte da esposa, Doug sentira uma saudade terrível, mas nunca como naquele exato instante. Sua ausência doía fisicamente. E percebeu que havia esquecido de ler a última página do Caderno, embora houvesse decidido, ao terminar o buraco 11 em Sankaty, que aquele seria o dia em que faria isso. Agora se sentia feliz por não ter lido. Não conseguiria suportar.

Doug passou o lenço no rosto, secando as lágrimas que agora corriam livremente. Ele viu que Roger o observava com preocupação. Doug não tinha nenhum problema com homens adultos chorando; via isso acontecer toda semana em seu escritório – o reitor de uma universidade chorara, um cirurgião ortopédico chorara, um famoso chef que comandava um programa de TV chorara. A perda do amor era capaz de derrubar qualquer um.

Então, quando a música mudou para Trumpet Voluntary, de Jeremiah Clarke, e ele e Jenna deram os primeiros passos na nave da igreja, todos que se levantaram o viram chorando.

Doug não tentou se controlar. *Beth*, pensou ele, *veja a nossa menininha.*

Como era apenas um ensaio, as únicas pessoas que estavam assistindo eram os membros do cortejo nupcial, além de Pauline e dos pais de Stuart, Ann e Jim Graham, os três sentados na primeira fila. Doug achou melhor mesmo se entregar a todos os pensamentos e lembranças comoventes naquele momento; assim, no dia seguinte, talvez tivesse alguma chance manter a compostura.

Ele se permitiu lembrar do primeiro momento em que Jenna fora colocada em seus braços. Ela fora a menor dos quatro filhos ao nascer – apenas três quilos – e cabia confortavelmente nas palmas de suas mãos. Doug se lembrou dos olhos da filha, redondos e azuis, e da cabeça coberta pela penugem arrepiada de bebê.

– Ela é um amorzinho – dissera Beth. – Querida e preciosa. Nossa raspa de tacho.

Jenna fora exatamente isso. Os outros três filhos haviam nascido em rápida sucessão — Margot primeiro, Kevin passados onze meses e Nick catorze meses depois — e acabaram crescendo misturados. Então sete anos se passaram, e tanto Beth quanto Doug presumiram que não teriam mais filhos. Os três mais velhos já davam bastante trabalho na maior parte do tempo. Margot era mandona, Kevin, brigão e Nick, bagunceiro. Beth relaxara no controle de natalidade; algumas noites simplesmente se sentia cansada demais para colocar o diafragma, e na maioria das vezes os dois faziam amor com pressa, aproveitando os raros momentos de privacidade que tinham, e Doug também acabava não se lembrando de gozar fora. Eles ficaram grávidos de novo, e se surpreenderam por se sentirem tão felizes a respeito. Tiveram Jenna, então, uma bebê que puderam curtir de modo mais relaxado. Ela fora a única que os dois haviam podido mimar. E Jenna retribuíra cada gota do amor que recebera. Gostava de abraçar e de beijar e, de vários modos, era uma força de união entre os irmãos. Doug se lembrava de que no sétimo ano do colégio, Jenna estava aprendendo caligrafia e fizera uma placa com os dizeres: *Só a família importa*. Beth insistira para que Doug levasse a placa para o trabalho e a colocasse em um lugar onde todos pudessem ver. Ele pendurara a placa na parede atrás da mesa onde trabalhava. Então, quando Beth morrera, Doug levara a placa para casa e a colocara sobre a mesa de cabeceira da esposa.

Lágrimas, lágrimas. Doug não conseguia encontrar o olhar de ninguém: nem de Pauline, nem de Kevin, nem de Margot. Ele manteve o olhar à frente, para o altar, para os magníficos vitrais Tiffany a leste e a oeste. Conseguia lembrar do peso de Jenna em suas mãos na primeira vez em que a segurara no colo e, naquele momento, a filha segurava firme o braço dele, como se *ela* estivesse conduzindo *o pai* pela nave da igreja, e não o contrário. Aquela era uma das últimas vezes em que Doug podia mantê-la junto de si. Naquele momento, Jenna ainda era dele.

O reverendo Marlowe estava parado diante dos dois. Haviam chegado ao fim da jornada.

Doug não queria soltar a filha.

Seu pai será motivo de preocupação.

Ele beijou Jenna e encarou Stuart.

Você é um sortudo desgraçado, pensou.

Tome conta dela, ele pensou. *Jenna é tão preciosa para nós...*

Então Doug se afastou.

O reverendo Marlowe ergueu as mãos e, em sua voz melodiosa, disse:

— Caros irmãos...

O CADERNO, PÁGINA 21

Meus Primos

Você vai precisar convidar todos os primos Baileys e os filhos deles. Sinto muito! Mas você sabe como os Baileys são unidos e como se sentiriam insultados se você não convidasse a todos. E talvez não se lembre, mas a mãe de Beanie, Pat, só permitiu que eu e seu pai convidássemos quarenta pessoas ao todo, por isso apenas cinco primos Bailey chegaram à lista final, o que causou um enorme problema. Minha prima Linda AINDA guarda mágoa por isso. E, depois, NINGUÉM foi convidado para o casamento de Margot em Antígua. Assim, como pode ver, esses convites para o seu casamento não são negociáveis. Sinto muito, meu amor.

A lista completa está abaixo.

ANN

A imagem de Doug Carmichael chorando abertamente enquanto conduzia Jenna pela nave da igreja foi a única coisa naquele dia que conseguiu distrair Ann dos próprios pensamentos. Pobre homem, pensou ela; perdeu a esposa e agora está entregando a filha que claramente adora. Um homem tinha uma relação com as filhas diferente da que tinha com os filhos meninos. Ann se perguntou por um segundo como Jim teria se dado com uma filha. Ela esperava que tivesse se comportado exatamente como Doug Carmichael. Mas, lógico, nunca saberiam.

O ensaio não foi nada demais, a não ser por aquele arroubo de emoção. O papel de Ann no processo era pequeno e logo foi realizado – ela entraria depois que os outros convidados estivessem acomodados, acompanhada por Ryan.

Ótimo.

"Caros irmãos...", seguido pelas leituras. Kevin, o irmão de Jenna, leu a letra de "Here, There and Everywhere", dos Beatles. E a cunhada de Jenna, Beanie, leu o poema de Edna St. Vincent Millay, "O Amor Não É Tudo":

*Posso ser capaz
de vender teu amor por minha paz
ou trocar-te a lembrança pelo pão.
Bem pode ser que o faça. Acho que não.*

Ann fechou os olhos. Jenna e Stuart disseram seus votos, então o reverendo da infância de Jenna faria uma pequena homilia, embora naquela noite, felizmente, eles houvessem sido poupados disso. O ministro era da igreja episcopal. Teria sido bom se Jenna fosse católica, mas Ann não podia reclamar. Os episcopais eram próximos do catolicismo, e a maior parte das moças com quem Stuart namorara antes eram batistas do Sul, inclusive "Aquela Que Não Deve Ser Nomeada". Então houve um momento de silêncio em homenagem à memória da mãe de Jenna, Beth Carmichael, durante o qual Ann abaixou a cabeça e lembrou a si mesma que deveria se sentir grata por estar ali, inteira, presente e saudável para ver o filho se casar. Agora, o beijo. E logo depois "Eu vos declaro marido e mulher". Nesse momento, o cerimonialista apertou o botão de seu toca-fitas antigo e engraçado; a melodia de Mendelssohn começou a tocar e todos saíram da igreja na ordem contrária à que haviam entrado, só que dessa vez Ann foi conduzida por Jim.

Bem pode ser que o faça. Acho que não.

No bar do iate clube, Ann pediu um vodca martini duplo.

Jim a olhou de soslaio.

— Você? — comentou. — Vodca?

— Me avise no instante em que pousar os olhos nela — pediu Ann. — E, por favor, não saia do meu lado.

Jim segurou o rosto da esposa entre as mãos grandes e fortes, e a beijou nos lábios: um beijo de verdade, o tipo de beijo que, mesmo passados todos aqueles anos, ainda conseguia deixá-la fraca de desejo, ainda mais porque os lábios tinham o gosto do primeiro gole de bourbon. Durante os quatro anos de separação e divórcio, Ann saíra com sete homens e dormira com dois, mas nenhum deles a deixara zonza de desejo como acontecia com Jim. Mesmo agora, em público, sob circunstâncias tão estressantes, ela sentiu o corpo esquentar e o pulso acelerar. Não era justo.

— Bela festa — elogiou Jim.

E Ann não pôde fazer outra coisa que não concordar. O Nantucket Iate Clube era o tipo de lugar que exalava discrição e privilégio. Os veleiros ancorados, as quadras de tênis gramadas, a localização espetacular na baía, a mobília antiga e refinada, as estantes de troféus exibindo a mesma dezena de nomes de peregrinos do *Mayflower*.

O coquetel era servido no pátio. Os garçons (todos alunos de universidades como a Mount Holyoke e a Williams, todos com nomes como Lindsley e Talbot) passavam bandejas com escalopes enrolados em fatias de bacon e massa filo recheada com queijo brie e compota de damasco. Eles provavelmente haviam usado, para aquela ocasião, receitas saídas diretamente do livro de culinária oficial WASP (ou seja, brancos, anglo-saxões e protestantes).

Tudo exatamente como Ann imaginara.

No salão de baile, mesas redondas estavam postas com toalhas azul-marinho e brancas, e os guardanapos haviam sido dobrados no formato de veleiros. O cardápio do jantar era o de um tradicional piquenique na praia: lagosta, batata e milho, servidos em um bufê. Os convidados podiam se sentar onde quisessem. Ann teria preferido lugares marcados, com Helen Oppenheimer acomodada no outro extremo do salão, de preferência no corredor do lado de fora do banheiro feminino. Como não era assim, Ann se apressara — depois de tomar três bons goles do vodca martini — em reunir Olivia e o marido, Robert, os Cohens e os Shelbys, e se certificara de que todos se sentariam à mesa com ela e Jim.

— Com certeza — disse Olivia. — Jamais a abandonaria. A vaca já chegou?

— Não que eu tenha visto — respondeu Ann. Olivia era a única pessoa que sabia sobre Helen. Os Cohens e os Shelbys haviam se tornado amigos próximos de Ann e Jim depois que os dois se casaram de novo. A irmã de Jim, Maisy, estava presente com o marido, Sam. Ann e Maisy nunca haviam sido próximas; para dizer a verdade, Ann nunca a suportara. Maisy vivia em Boone, na Carolina do Norte; usava vestidos antiquados e educara os cinco filhos em casa. Quando Jim fora morar com Helen, Maisy o incentivara. Ela e Helen haviam se tornado amigas. Maisy ajudara Helen com Chance, quando ele era bebê. Ann fez questão de não convidar Maisy e Sam para se sentarem à mesa com ela e Jim. Maisy poderia se sentar com Helen na Sibéria social.

Ann terminou o drinque e pegou outro. Um jovem chamado Ford, que frequentava a universidade de Colgate (a informação estava no crachá, devia ser uma tradição do iate clube deixar evidente como a equipe era bem-instruída) ofereceu ovos recheados a Ann, mas ela recusou. Duvidava de que conseguiria comer algo.

Queria encontrar Jim, descer até o píer e admirar os veleiros, mas o marido estava socializando em algum lugar. Ele não dera atenção ao pedido de Ann para que ficasse por perto. Ela sabia que deveria se apresentar aos outros convidados em vez de passar a noite toda dentro do círculo confortável de seus amigos de Durham. Os seis estavam juntos, rindo, conversando e se divertindo muito, e não se sentiam inclinados a conhecer os primos da mãe de Jenna, ou o chefe de Stuart, que estava ali com a esposa e o filho bebê.

Mas Ann era uma mulher da política e fazia parte de sua natureza interagir com o máximo de pessoas humanamente possível. Tinha talento para se apresentar aos outros e era exatamente o que deveria fazer. Helen chegaria quando chegasse, Ann não poderia desperdiçar a noite toda se preocupando com a chegada da outra mulher.

Ela decidiu que começaria conversando com Doug Carmichael, e diria a ele como havia achado o ensaio comovente. Mas Doug estava perto do canhão e do mastro da bandeira, conversando com uma jovem de dreadlocks nos cabelos, que Ann imaginou ser uma das colegas de Jenna na pré-escola sustentável. Então Ann viu a esposa de Doug sentada sozinha em uma das mesas do pátio, segurando um copo muito grande de Chardonnay e atacando uma tigela com castanhas de caju. Ann se aproximou. O nome da mulher era Pauline, embora Ann sempre sentisse vontade de chamá-la de Paula.

— Oi, Pauline — cumprimentou Ann. — Se importa se eu me juntar a você?

— Por favor — convidou Pauline. A postura era a de alguém sentada sozinha em casa, e não no meio de uma festa, mas Pauline se endireitou rapidamente ao ouvir as palavras de Ann e tirou a mão da tigela de castanhas de caju.

— Uma festa adorável — comentou Ann. — O clube é tão lindo!

— É? — disse Pauline. — Detesto este lugar.

Ann tentou não demonstrar o espanto que sentiu com o comentário.

— Ah...

— Odeio Nantucket de um modo geral, eu acho — continuou Pauline. — Tão querida, tão... não sei, presunçosa.

Ann estivera pensando exatamente a mesma coisa ainda naquela manhã, sentia tão pouco amor pelo norte quanto o general Lee, da Guerra Civil Americana. Mas acabara se afeiçoando a Nantucket no decorrer do dia. Primeiro fora a manhã preguiçosa no hotel, depois ela e Jim haviam passeado pela cidade e feito compras em galerias e lojas de antiguidades. Ann comprara um quadro do oceano, todo em turbilhões azuis e verdes, que não combinaria muito com a enorme casa vitoriana — outrora a propriedade de um sobrinho do barão do tabaco W. T. Blackwell, que Ann tinha decorado, meticulosamente, com a ajuda da revista *Southern Living* —, mas que seria uma bela recordação do casamento de Stuart. Também comprara um chapéu de palha com uma fita preta de gorgorão, a um preço exorbitante, mas que, quando experimentara, Jim havia insistido que precisava levar. Os dois almoçaram sopa de mariscos e salada Caesar no cais, e Ann tomara sol nas pernas.

— As pessoas parecem amar esse lugar — disse Ann, em um tom neutro. Ela desejou não ter se convidado a sentar. Deu uma olhada na festa, procurando por mais alguém que conhecesse, algum outro lugar para onde pudesse ir. Viu Ryan com o namorado, Jethro; os dois tão juntos um do outro que as testas quase se tocavam. Ann era uma republicana em um estado do sul, mas ser mãe de Ryan lhe garantira um grau avançado de tolerância e aceitação. Jethro se tornara uma de suas pessoas favoritas. Ele crescera no conjunto habitacional Cabrini-Green, na parte sul de Chicago, fato que, a princípio, deixara Ann chocada. Jethro tinha os modos elegantes de quem fora criado no Palácio de Buckingham. Era inteligente e divertido, falava italiano e francês fluentemente, e era editor-chefe da revista *Chicago Style*. Mas, naquele exato instante, Ann desejou que Ryan e Jethro não se mostrassem tão abertamente gays. Eles estavam no Nantucket Iate Clube, afinal. O lugar era tão puritano quanto um evento da Liga de Senhoras no clube Washington Duke, em Durham. Mas Jethro nunca fora do tipo que se escondia. Orgulhosamente negro, a única pessoa que não era branca em toda festa, à exceção de uma menina coreana que frequentara a universidade com Jenna. E orgulhosamente gay.

Ann se virou para Pauline e sorriu. O nariz da mulher estava enfiado dentro do copo de vinho. Ann procurou mais alguma coisa para dizer, algo que permitisse que saísse dali naturalmente.

Pauline pousou o copo com força na mesa.

— Você já teve a sensação de que seu casamento talvez não fosse exatamente o que você achava que era? — perguntou Pauline.

Ann ficou boquiaberta. Estava usando um tubinho sem mangas rosa-pálido, mas naquele momento se sentiu completamente nua. Exposta. Ela virou o rosto — não conseguiria encarar o olhar intenso e questionador de Pauline — e nesse exato instante viu Helen Oppenheimer entrar na festa. O restante dos convidados pareceu se calar; algo na presença de Helen parecia exigir isso. Ela era uma loura de 1,83 metro, ainda tão escultural quanto antes, e usava um vestido fluido de um ombro só, do amarelo mais forte que Ann já vira. Era amarelo-canário, o amarelo de um alqueire de limoeiros; um amarelo suculento de uma explosão solar. Estava ofuscante e linda. Ann percebeu então o terrível, terrível erro que cometera.

Ela voltou o olhar para Pauline.

— Sim — disse. — Às vezes me sinto assim.

Ann se levantou. Onde estava Jim? Quando já estava prestes a começar a amaldiçoá-lo, sentiu uma pressão no cotovelo. Ele estava bem ao lado dela.

— Muito bem — disse Jim. — Vamos acabar logo com isso.

— Acabar logo com *o quê?* — perguntou Ann.

— Temos que cumprimentá-la — retrucou ele.

É claro que tinham que cumprimentá-la, mas Ann não queria fazer isso. Queria que a outra mulher ficasse sozinha, isolada, observada — porque logo as pessoas descobririam quem era ela. Ann já havia ensaiado um cumprimento mentalmente. Poderia dizer: "Olá, Helen! Estou *tão* feliz por você ter podido vir." Ou: "Ah, Helen, olá. Prazer em vê-la." Ambos os cumprimentos seriam mentiras: Ann não estava feliz por Helen ter ido, pois tivera certeza de que a outra mulher declinaria do convite. E *não* era um prazer vê-la; na verdade, era como ter uma unha encravada. Ann não se preparara para a possibilidade de Helen estar com uma aparência tão... incrível. Era devastador admitir, mas Helen Oppenheimer parecia melhor do que nunca. O vestido era magnífico, e ela usava um par de sapatos de couro de salto muito alto, em um tom nude, que fazia suas pernas parecerem ter um quilômetro de comprimento. Era tão injusto. Helen era a destruidora de lares. Como ela *ousava* exibir toda aquela beleza e altura *ali*, no casamento do filho de Ann! Ann apertou a mão de Jim até estar certa de que o estava machucando. Também era muito injusto que a pessoa que ela precisava que lhe desse apoio fosse a mesma que causara aquela catástrofe.

Do outro lado do pátio, Ann encontrou o olhar de Olivia, que articulou as palavras: *Ah, merda.*

– Está certo – disse Ann. Aquilo tudo era culpa sua, afinal tivera a intenção de tripudiar. Agora entendia por que o orgulho era um pecado capital. – Vamos lá.

– Rápido e rasteiro – completou Jim.

Juntos, eles se aproximaram da Helen amarela. A mandíbula de Ann estava cerrada. Chance apareceu do nada para beijar a mãe e dar o braço a ela. Helen sorriu para o rapaz e tocou seu rosto. Com a altura e a compleição transparente, Chance era todo Helen. Não havia quase nada de Jim no rapaz.

Helen estava tão embevecida com a visão do filho que pareceu não perceber a presença de Ann e Jim até eles estarem aos seus pés. Helen se elevava acima de Ann como uma rainha sobre uma súdita, e Ann se arrependeu profundamente da decisão de usar sapatilhas.

– Olá, Helen – disse Ann. Tinha pensado em acrescentar mais alguma coisa, mas as palavras pareciam lhe escapar. Ann se pegou a examinando agora que estava mais perto. A pele era lisa e queimada de sol. Ela fizera algum procedimento? Estava quase sem maquiagem: apenas um pouco de rímel e algo para dar brilho aos lábios.

– Ah, oláááá – respondeu Helen, pronunciando as palavras lentamente. Ela agia como se a presença de Ann e Jim na festa a houvesse pegado de surpresa.

Então seguiu-se o dilema de como cumprimentá-la fisicamente. Ann estendeu a mão, mas Helen se inclinou para a frente e lhe deu dois beijinhos no rosto. Ann pensou, *Meu Deus, que pretensiosa! Ali era Nantucket, não Antibes.*

— Helen — falou Jim. Foi tudo o que ele disse: apenas o nome dela, o mais raso reconhecimento da presença da ex-esposa. Eles não se beijaram ou trocaram um aperto de mão.

— Eu adorariiiiia um drinque — comentou Helen. Ann vivera em Durham desde seu ano como caloura, na Duke; ouvira uma grande variedade de pronúncias sulistas e até chegara a desenvolver ela mesma um leve sotaque. Mas aquele tom adocicado a la Scarlett O'Hara de Helen irritou-a profundamente. Helen era de Roanoke, na Virginia. Pintava as unhas e usava rolinhos no cabelo desde os 6 anos.

— Estamos felizes por você ter podido vir — disse Ann.

Helen sorriu. Ann esperou por uma resposta; esperou que Helen dissesse: *Vocês foram tão gentis por me convidar. Obrigada.* Mas, em vez disso, ela disse apenas:

— Que tal vocês me mostrarem onde é o bar?

Ann ficou sem fala.

— Não se incomodem, Chance me ajudará a encontrar. Não é mesmo, Chancey?

— Com certeza, mamãe — respondeu o rapaz.

Helen deu o braço ao filho e os dois se afastaram.

— Pronto — disse Jim. — Não precisamos mais falar com ela pelo restante do fim de semana.

— Acho que não — falou Ann. Ela sabia que deveria ficar aliviada pelo contato com Helen ter acabado, mas, na verdade, estava se sentindo enganada. Onde estava o "muito obrigada"? Onde estava o reconhecimento de Helen pela grandeza de Ann?

O CADERNO, PÁGINA 24

A Fotógrafa

Abigail Pease. Não aceite substitutos.

MARGOT

Por alguma razão, foi Margot a escolhida para voltar para casa e esperar que Nick e Finn retornassem da praia, enquanto todo o grupo seguia para o iate clube. Margot entendia que o pai, Pauline, Jenna e Stuart tinham que chegar logo ao clube, mas por que Kevin e Beanie não poderiam voltar para casa e esperar por Nick? A premissa de Kevin foi que, já que Ellie tinha que ser levada de volta para casa, deveria ser Margot a voltar com ela.

— Brock também tem que ser levado para casa — argumentara Margot.

— Vamos levar os Graham e os padrinhos para o clube — anunciara Kevin. — Ah, os prazeres de ser dono de uma minivan: ela acomoda oito pessoas. — Ele deu um tapinha no ombro de Margot do modo mais condescendente possível e disse: — Veremos você em poucos minutos.

Todos sabiam que seria mais do que uns poucos minutos, porque depois que Nick e Finn voltassem, eles teriam que tomar banho e se arrumar. Margot queria ir logo para o iate clube ver Edge. Fora paciente, levara na esportiva o acidente fatal com o celular, não ficara bêbada com Griff às dez e meia da manhã... mas agora queria uma recompensa. Queria ver Edge.

O GRANDE DIA ⚓ 211

Em casa, Emma Wilton estava à espera. Margot deu dinheiro à moça para que levasse todas as seis crianças ao Strip, para uma pizza, e em seguida ao Juice Bar, para tomarem sorvete. Depois poderiam brincar no playground da praia.

— Por favor — disse Margot —, tente convencer Ellie a mudar a roupa de banho. Ela deve escutar você, já que não é a mãe.

Às oito da noite, Emma deveria levar as crianças de volta para casa a fim de assistirem a um DVD. Com as tendas do casamento montadas, não poderia haver absolutamente nenhuma brincadeira agitada no quintal da casa.

Depois que Emma e as crianças desceram a Orange Street, Margot ficou em casa sozinha, refletindo. E percebeu que talvez fosse bom que ela não estivesse no iate clube no começo da festa. Se Edge chegasse lá primeiro, ficaria imaginando onde ela poderia estar, seria *ele* a esperar enquanto *ela* faria uma entrada triunfal. Esse pensamento acalmou Margot por alguns minutos, até ela começar a ficar angustiada novamente. Então se permitiu ficar furiosa primeiro com Kevin, depois com Nick. O irmão mais novo tinha 37 anos; era um adulto, tinha um diploma avançado, negociava contratos de jogadores no valor de milhões de dólares, era citado o tempo todo no *Washington Post* e, de vez em quando, até na ESPN. Como podia se permitir *perder* completamente o ensaio? — e não apenas ele, mas Finn também. Quanta irresponsabilidade!

Passara pela cabeça de todos que alguma coisa pudesse ter dado errado. Nick e Finn estavam a pelo menos cem metros da praia em suas pranchas. Quando Margot reunira as crianças para partir, gritara, chamando Nick, e ele acenara e apontara para o pulso — indicando, ela achou, que iria dali a alguns minutos. Talvez ele ou Finn tivessem caído da prancha, talvez tivessem caído no mar e se afogado. Jenna tentou ligar para Finn e deixou mensagens para a amiga, e Kevin fizera o mesmo com Nick. Nenhum dos dois teve retorno. Mas é claro que os celulares estariam na praia, na areia. Margot tinha uma forte intuição de que eles não estavam em perigo. Nick era um cretino competente demais para esbarrar com alguma tragédia.

Não vai conseguir me convencer de que não adoraria uma oportunidade para desabafar a frustração causada pela família com um conhecido simpático.

O par de relógios de pé anunciou o quarto de hora em uníssono. Margot fechou os olhos e tentou se entregar a um momento zen. Sempre amara o som suave e doce daqueles relógios, era o som particular da casa de Nantucket. Era o som do verão, da infância.

Eram seis e quinze da noite. Margot era a pessoa menos zen da face da Terra. Ela foi até a geladeira e se serviu de um copo de vinho.

Então pensou em Griff. Ele fora até os escritórios da Miller-Sawtooth na segunda semana de março. A primeira entrevista de Griff com Margot – para o cargo de chefe de desenvolvimento de produto de uma empresa de tecnologia chamada Tricom, que estava prestes a fazer o pré-IPO, o lançamento de suas ações no mercado – fora tão bem que ela teve certeza de que ele estaria entre os candidatos finais. A terceira entrevista de Griff com os poderosos da Tricom, incluindo Drew Carver, o CEO, acontecera na manhã seguinte à primeira e única noite que Margot passara no apartamento de Edge. Ela se sentia apaixonada, exausta pelo sexo e aturdida. Passara algum tempo no banheiro da empresa, tentando se arrumar um pouco – corretivo sob os olhos, perfume para disfarçar o cheiro dos feromônios, enquanto uma vozinha interior refletia sobre o que Edge lhe pedira. *Realmente significaria muito para mim*, dissera ele, passando o dedo pelo maxilar de Margot. Quando saiu do banheiro feminino, Harry Fry, seu sócio-diretor, perguntara se ela estava bem. Harry fora o defensor de Margot dentro da empresa; ele acreditava que ela havia sido abençoada com "instintos perfeitos". Harry provavelmente percebera ao olhar para Margot naquele dia que ela *não* estava bem, mas ela o encarara bem nos olhos e dissera "Sim, estou bem", porque ser uma mulher naquele tipo de negócio já era uma desvantagem, mas ser uma mulher vulgar, baixa, que talvez estivesse disposta a comprometer seus princípios pelo amante, era inaceitável. O primeiro mandamento de Harry Fry – na verdade, o primeiro mandamento da Miller-Sawtooth – era que vidas pessoais não entravam na sala de entrevistas. Sem preconceitos individuais. Jamais.

Edge pedira um favor a Margot.

"Edge, você sabe que não posso", dissera ela.

Mas quando Margot entrara no escritório e lembrara da noite no Picholine, do quanto fora delicioso acordar na cama de Edge, decidira que faria qualquer coisa por aquele homem. Teria lutado com um crocodilo, teria tatuado o nome dele na lombar.

Mas fizera pior.

O par de relógios agora anunciou que eram seis e meia, e Margot pensou: *Pra mim já chega, estou indo embora. Eles não merecem uma motorista particular. Podem ir andando até o iate clube.* O vinho animara um pouco Margot, que pensou ainda: *Vou ver Edge!*

Ela, então, desejou que pensar em Edge provocasse mais felicidade e menos autoquestionamentos.

Quando se levantou para sair, pegando o xale e a bolsa pequena, ouviu vozes e risadas. Um instante depois, Nick e Finn entravam em casa. Nick carregava Finn nas costas; ela estava com a cabeça apoiada no ombro dele.

Margot, incapaz de deixar seus preconceitos fora daquela sala em particular, disse:

— Ah, puta que pariu!

Os dois a encararam estarrecidos. Haviam sido descobertos. Margot sentiu-se como uma diretora de colégio feia e má, que acabara de pegá-los em flagrante.

Nick pousou Finn no chão. Ela estava... uau... muito queimada de sol. O rosto, o peito, as costas — estava *torrada*. Margot pensou no dia seguinte, quando Finn teria que usar o vestido verde-gafanhoto. Ela ficaria péssima nas fotos, como um sapo que caíra no liquidificador, e maquiagem alguma conseguiria disfarçar aquilo. Aquele era o pior lado de Finn, tola e indiscreta; ainda a mesma garota de 17 anos que deixara a família Worthington na mão, sem babá, depois de ficar com eles por apenas 36 horas. Mas a fraqueza de caráter de Finn não era a preocupação primordial de Margot.

— Onde vocês se enfiaram, porra? *Perderam* o ensaio! — disse ela.

Nick ergueu a mão.

— Marge — começou ele. — Não fique assim.

— Assim *como*? — perguntou Margot, embora soubesse que ele estava querendo dizer estridente e arrogante. Ela odiava ter sido deixada para fazer o papel de má. Como irmã mais velha, *sempre* desempenhara esse papel: babá, distribuidora de tarefas, disciplinadora. Nunca fora a preguiçosa ou a princesa. — São seis e meia! O ensaio começou às cinco da tarde! Ficamos todos na igreja *esperando* vocês!

— Fomos deixados na praia sem carro para voltar — defendeu-se Nick.

— Poderiam ter chamado um táxi! — argumentou Margot. — Poderiam ter pegado o ônibus!

— Acabei encontrando com um amigo — falou Nick. E sorriu. — Você se lembra do Tucker? Porque ele se lembra de você.

Margot encarou o irmão com raiva. Não se importava com ninguém chamado Tucker. O homem provavelmente era um dos imbecis que costumava jogá-la no mar de roupa e tudo nos luais de Dionis.

— Tucker disse que nos daria uma carona — explicou Nick. — Mas ele quis parar para tomar uma cerveja antes.

É claro, pensou Margot.

— E quando estávamos saindo da cervejaria, Tucker recebeu um telefonema da esposa, algo sobre o filho. A esposa estava surtando, por isso Tucker teve que ir correndo para casa. E ele mora em Sconset. Teve que nos deixar na rotatória.

— Não me importo nem um pouco com isso — disse Margot.

— Finn perdeu os sapatos — continuou Nick. — E a calçada estava quente, por isso tive que carregá-la. Viemos devagar.

Margot encarou Finn. Ela perdera os *sapatos*?

— Vou tomar uma chuveirada — disse Finn. E desapareceu pela porta de tela dos fundos.

Nick encarou a irmã.

— Desculpe, Marge.

— Você é um idiota — falou Margot. — Esse é o fim de semana de Jenna. Ela e Stuart pediram a você para apoiá-los e você os decepcionou.

— Foi só o *ensaio* — defendeu-se Nick. — Estarei lá amanhã, é óbvio.

— E que diabos está acontecendo entre você e Finn?

— Ahn... nada — respondeu Nick. — Ela é só, você sabe, Finn, nossa vizinha, a melhor amiga de Jenna, que conhecemos desde sempre.

— Ela é casada, Nick.

— Sei disso, Marge.

Margot balançou a cabeça. Podia lê-lo como um livro aberto.

— Estou indo — disse ela. — Já perdi tempo demais com vocês. Vão ter que ir andando para a festa.

— Está certo — concordou Nick. — Tudo bem.

— Sim, aposto que você acha ótimo. Afinal, ficarão com a casa só para vocês.

— O que aconteceu com você? — perguntou Nick. Ele balançou a massa de cabelos dourados e sacudiu a areia do peito sobre o piso de madeira... sem se importar com o fato de que estariam recebendo 150 convidados ali no dia seguinte. — Costumava ser tão legal. Agora é só... não sei o que você é, mas não é mais como costumava ser.

— Eu cresci — retrucou Margot. — Sou adulta.

Nick examinou a irmã por um instante. Ele pegara bastante sol; o rosto estava muito queimado, e os olhos pareciam mais verdes. Dos quatro filhos Carmichael, Nick era o único com olhos verdes. Dos quatro, Nick era o espírito livre. Ele fora um palhaço na escola. Certa vez, matara aula para ir para a praia em um ônibus cheio de garotas. Outra vez, fora suspenso por correr nu durante um jogo de futebol, em uma sexta-feira à noite. Ele conseguira terminar a faculdade e o curso de Direito enquanto fechava bares todo fim de semana e, Margot tinha certeza, dormia com centenas de mulheres.

A mãe sempre intercedera quando Nick estava prestes a ser punido. Margot se lembrava de Beth dizendo constantemente ao marido: *Doug, por favor, não corte as asas do menino.*

— Você cresceu — disse Nick a Margot. Ele balançou a cabeça, e subiu as escadas. — Isso é horrível.

Quando Margot chegou ao iate clube, a festa estava a todo vapor. A banda tocava, vários casais já dançavam — os amigos de Doug da East Brunswick, os Appelbaums, assim como os Riggs e os Mitchell, que eram amigos de longa data da família, de Nantucket. Todos os outros ainda estavam do lado de fora, no pátio, aproveitando o coquetel, enquanto o sol começava a tingir o céu de cor-de-rosa.

Os ombros de Margot estavam rígidos e seu estômago fazia barulhos estranhos. *Edge.* Ela *não* beberia demais. *Não* diria nada tolo ou impróprio. *Não* tocaria em Edge sob a mesa, não importava o quanto quisesse fazer isso. Permaneceria calma, talvez até mesmo um pouco arredia. Usava um vestido devastador, ao menos na própria opinião — de seda, cor de lavanda, muito curto, de alcinhas —, com sandálias prateadas de salto alto amarradas nos tornozelos, com tiras que certa vez Edge soltara com os dentes. Ela também usava longos brincos de prata e um toque de perfume. Parecia bem, era a madrinha, uma adulta, uma mulher madura. Nick que fosse para o inferno. Ele e Finn que fossem juntos para o inferno.

Margot examinou a multidão. Viu o pai conversando com Everett e Kay Bailey, primos da mãe. Viu Kevin e Beanie com Autumn e as duas Carolines (chamadas Caroline asiática e Caroline branca pelas costas), que também haviam frequentado a Universidade William and Mary. Viu, ainda, Ryan, irmão de Stuart, com um homem negro muito bonito. Ele e a Caroline asiática acrescentavam a diversidade étnica muito necessária a um evento como aquele. Margot viu uma loura escultural em um vestido amarelo da cor de um ranúnculo. E Pauline, sentada sozinha diante de uma das mesas, acabando com uma tigela de castanhas de caju. Viu um bando ruidoso de feministas comedoras de granola, colegas de Jenna na Little Minds — Hilly, Chelsea e Francie. Ela notou alguns homens de beleza sutil, tipos de Wall Street, vestindo bons ternos, que deviam ser os colegas de Stuart na Morgan Stanley. Viu os pais de Stuart com vários outros casais, obviamente sulistas, a julgar pelos penteados e pelas meias-calças das mulheres. Margot viu H.W. entregar um *shot* a Autumn. *Um* shot *durante um coquetel*, pensou Margot. *Sério?* E parecia ser bourbon. Autumn virou o copinho sem hesitar e, em seguida, tomou um gole de vinho. *Mantenha a compostura, Autumn*, advertiu Margot mentalmente. Ela viu Stuart e Jenna, de braços dados, passeando entre a multidão. Jenna estava espetacular no vestido pêssego, e Stuart parecia finalmente relaxado. O rosto estava um pouco ruborizado. Ele usava uma gravata de seda pêssego, que Jenna comprara para combinar com o seu vestido.

Margot não viu Edge.

Ela voltou a esquadrinhar todo o lugar, checou cada rosto. Edge tinha apenas 1,78 metro, com cabelos bem curtos, grisalhos. Um nariz romano, lindos olhos cor de avelã e uma certa elegância — ternos sob medida, sapatos Gucci bem engraxados, um relógio de pulso Girard-Perregaux. Seus trejeitos exalavam importância e autoconfiança. E era incrivelmente sexy. Se ele estivesse ali, Margot o teria avistado em uma questão de segundos.

Ela checou a hora: eram sete e meia da noite.

Ele não estava ali.

Talvez as mensagens que ele havia mandado na véspera fossem para avisar que não iria. Era normal Edge cancelar compromissos. Mais da metade das vezes em que eles haviam planejado sair juntos, surgira algum compromisso: Audrey pegara uma gripe, ou um dos filhos tivera o carro apreendido, ou uma cliente fora ameaçada pelo futuro ex-marido, ou seu cliente mais famoso – um astro do rock – acabara de sair da reabilitação e precisava que Edge negociasse o esquema de custódia dos filhos. Mas nunca ocorrera a Margot que Edge poderia faltar ao *casamento* de Jenna.

Só havia uma pessoa a quem ela poderia perguntar.

Não, não poderia. Seria como levantar uma bandeira vermelha.

Mas precisava perguntar.

Margot abriu caminho entre os convidados e chegou junto ao pai bem no momento em que ele pedia licença a Everett e Kay Bailey. Margot teria gostado de conversar com Ev e Kay – todos os primos da mãe eram pessoas boas e divertidas –, mas ela não queria papo naquele momento. Conversaria com eles no dia seguinte, no casamento. Ela esperou até Doug se afastar dos Baileys, então deu o braço ao pai.

– Ah, que bom, você está aqui – disse ele. – Onde estão Nick e Finn?

– Em casa – respondeu Margot. – Se arrumando.

– Achei que você esperaria por eles para trazê-los de carro.

– Eles preferiram vir andando – mentiu Margot.

– Ora, é melhor se apressarem, ou acabarão perdendo o jantar – comentou Doug. – Vão servir em cinco minutos.

– Certo – disse Margot. E respirou fundo. Disparar? Ou abortar a missão?

Mas precisava saber.

— Então — comentou ela. — Parece que há poucos representantes da Garrett, Parker e Spence. Edge não vem?

— Ele achou que conseguiria vir esta noite — contou Doug. — Mas recebeu uma ligação uma hora atrás. Acho que hoje a situação foi um desastre no tribunal, e ele e Rosalie ainda estão terminando a papelada. Edge não quis enfrentar o trânsito da I-95 numa sexta-feira à noite. Não posso culpá-lo por isso.

Edge e Rosalie terminando a papelada, pensou Margot. Ou Edge e Rosalie se agarrando em cima da mesa de sócio dele. Ou Edge e Rosalie aproveitando a cidade vazia para sentar no bar do Café Boulud.

— Então, acha que ele vem amanhã? — perguntou Margot. E soou em pânico, até para os próprios ouvidos.

Doug olhou para a filha sem compreender.

— Foi o que ele me disse, querida — respondeu.

O CADERNO, PÁGINA 2

Os Convites

Envie os convites com seis semanas de antecedência (você não precisa que sua mãe lhe diga isso, mas, aparentemente, foi o que acabei de fazer). Branco clássico ou marfim — talvez com um detalhe sutil, de bom gosto, no topo, como uma estrela do mar, um ouriço-do-mar ou um veleiro. Talvez uma pequena ilha? Escolha uma fonte tradicional... Eu costumava saber o nome de algumas delas, mas não me recordo agora. Cartão de resposta combinando, envelope selado.

Tenho a impressão de que você talvez não concorde muito com essa visão. Eu a vi mandando alguma correspondência em papel reciclado. Também a ouvi alegando que a papelaria Crane's mata árvores. Eu a imagino mandando seus convites por e-mail. Por favor, querida, não faça isso!

Meu texto preferido é: "Jennifer Bailey Carmichael e Futuro Marido Inteligente e Sensível, e famílias, convidam para a cerimônia de seu casamento."

Na minha época era costume citar os parentes da noiva pelo nome, mas meus pais, como você sabe, eram divorciados. Mamãe se casou novamente com o terrível major O'Hara e papai estava vivendo com Barbara Benson, por isso a história toda virou uma confusão. Optei, então, por usar o texto assim, o que resolveu a questão toda.

E-mail, não, por favor.

ANN

Ela estava parada atrás de Chance no bufê quando aconteceu. Havia se posicionado ali de propósito, como uma atiradora de elite, esperando por Helen. Ao contrário das próprias expectativas, Ann queria tentar conversar mais um pouco com a outra mulher; queria um agradecimento, cacete.

Ann deu um tapinha no ombro de Chance.

— Oi, querido.

— Oi, senadora — respondeu Chance.

Ann sorriu. Ele sempre a chamava de "senadora", o que era bom, neutro, melhor do que "Sra. Graham" ou "Ann". O relacionamento de Ann com Chance sempre fora um ponto sensível, uma interrogação. O que *era* o relacionamento deles, exatamente? Tecnicamente, Ann era madrasta do rapaz, e era mãe dos seus três meios-irmãos. Chance era filho de outra união do marido. Ann acabara conhecendo e amando o garoto, mas havia certa barreira entre os dois.

O bufê incluía sopa de mariscos, mexilhões, linguiça grelhada, espigas de milho e uma pilha de lagostas vermelhas, servidas inteiras. Ann tinha dúvidas sobre a própria habilidade para abrir lagostas; temia que as entranhas do bicho sujassem a frente do seu vestido. Havia babadores de plástico sobre a mesa, mas a última coisa que Ann queria era ser vista usando um babador daqueles.

Na frente dela na fila, Chance se servia de mexilhões. Ele se virou para Ann e comentou:

— Nunca experimentei mexilhões antes.

— São muito gostosos, você vai adorar — disse Ann, em um comentário um tanto leviano. Afinal, morando a três horas do litoral, ela comia mexilhões uma vez a cada década.

Chance tirou um mexilhão da concha e colocou-o na boca. Então assentiu com a cabeça.

— Textura interessante — falou.

Ann procurou pelo amarelo do vestido de Helen na festa. E viu a outra mulher no pátio, conversando com Stuart.

Ann fora forçada a engolir vários fatos desagradáveis nos últimos vinte anos, mas a pior coisa fora, por um tempo, ter Helen como madrasta dos filhos. Helen e Jim ficavam com eles a cada três fins de semana. Ann costumava interrogar os garotos sempre que chegavam em casa, depois de um desses fins de semana: O que haviam feito? O que tinham comido? Haviam saído ou ficado em casa? Helen cozinhara? Helen lera para eles à noite? Helen deixara que ficassem acordados até tarde, ou que vissem filmes proibidos? Helen lhes dera um beijo de despedida antes que se apertassem no carro de Jim às sete da noite do domingo?

O que Ann conseguira descobrir fora que, naqueles anos, Jim assumira a maior parte dos deveres referentes aos três garotos mais velhos, enquanto Helen cuidava de Chance. Quando bebê, ele sofrera muito com cólicas, e Helen o carregava para toda parte em um sling. Chance não dormia em um berço, e sim na cama, com Helen e Jim. Chance andara cedo, e

Helen estava sempre correndo atrás dele. Ela fizera pãezinhos de frango uma vez, mas os quitutes haviam queimado (Ann sabia que, em Roanoke, Helen havia sido criada com uma governanta negra que fazia toda a comida). Jim costumava levar os garotos para almoçar no McDonald's, o que era um prazer especial para eles, já que Ann apoiava uma iniciativa de incutir hábitos alimentares mais saudáveis nos estudantes da Carolina, portanto não permitia que os filhos comessem fast food. Helen comprava bolo de café da confeitaria Entenmann's para os garotos, e deixava que comessem direto da caixa, em frente à TV, nos sábados de manhã. Helen às vezes gritava com os meninos – ou até mesmo com Jim – para que a ajudassem. Jim levava os garotos para comer comida mexicana no Flying Burrito, nas noites de domingo, antes de levá-los de volta para Ann, e Helen e Chance sempre ficavam em casa.

Ann guardava as mínimas informações. Para seu crédito, jamais demonizara Helen para os filhos. Mas vivia com um medo mortal de que eles algum dia chegassem em casa anunciando que prefeririam Helen a ela.

Exatamente como Jim anunciara um dia que preferia Helen a ela.

Levou algum tempo para que Ann percebesse que Chance estava se sentindo mal. Ele deixou o prato cair no chão, onde este se quebrou, espalhando mexilhões por toda parte. Ann deu um salto para sair do caminho. Então viu Chance com a mão na garganta, o rapaz estava com o rosto inchado, da cor de um bife cru.

– Socorro! – gritou Ann. E se virou, esperando encontrar Jim, mas atrás dela estava um homem corpulento e careca,

com óculos de armação quadrada e um pescoço de sapo-boi.
— Ajudem ele!
Teve início uma comoção. Chance caiu de joelhos. O homem atrás de Ann correu para o lado do rapaz.
— Precisamos de epinefrina, uma seringa de adrenalina! — gritou o homem. — Ele está tendo uma reação alérgica!
Ann sacou o celular da bolsa e ligou para a emergência.
— Nantucket Iate Clube, rapaz de 19 anos, grave reação alérgica. Por favor, mandem uma ambulância. A glote está se fechando!
Chance continuava segurando a garganta, arfando em busca de ar; parecia estar se afogando bem na frente deles. Ele procurou o rosto de Ann com os olhos esbugalhados. Ann se sentia febril de pânico. Trêmula, pensou: *Meu Deus, e se ele morrer?* Mas, então, seu instinto maternal falou mais alto e ela se ajoelhou ao lado dele.
— Já chamei a ambulância, Chance — disse a ele. — A ajuda está a caminho.
Um dos gerentes do clube saiu em disparada das portas duplas da cozinha, segurando um kit de primeiros socorros, do qual tirou uma seringa, que no mesmo instante espetou na coxa de Chance.
De repente, Jim apareceu.
— Jesus Cristo! — exclamou. — Que diabos está acontecendo?
— Ele comeu um mexilhão — explicou Ann. — Deve ser alérgico, inchou na mesma hora. — A situação lembrou a ela a cena do filme *A fantástica fábrica de chocolate,* em que Violet se transforma em um mirtilo e os Oompa Loompas têm que rolá-la para fora.
Então Ann viu um clarão amarelo.
— Chancey! — gritou Helen.

A epinefrina pareceu ajudar. A cor no rosto de Chance não melhorou, mas também não piorou, e ele ainda se esforçava para respirar. Uma multidão havia se reunido ao redor, e começaram a circular perguntas preocupadas de *O que aconteceu?* e *Quem é ele?* Ann ouviu alguém dizer: "É o meio-irmão de Stuart," enquanto outra pessoa comentou, "É o filho da outra mulher." Ann se virou e disse a ninguém em particular: "O nome dele é Chance Graham e ele é o meio-irmão do noivo."

Jim e o gerente do iate clube continuavam a implorar para que as pessoas se afastassem, abrissem espaço para Chance respirar. Helen estava ajoelhada perto da cabeça do filho, acariciando os seus cabelos e o rosto inchado e vermelho. Ela parecia elegante e glamorosa, até mesmo de joelhos. Helen levantou os olhos para Ann.

— O que ele comeu? — indagou.

A pergunta foi feita em um tom quase acusatório, como se *Ann* fosse a culpada. Ann se sentiu como a madrasta má que dera uma maçã envenenada ao garoto.

— Um mexilhão — respondeu Ann.

Helen voltou a atenção novamente para Chance, e Ann se sentiu terrivelmente envergonhada. Chance nunca comera mexilhões e Ann dissera a ele: *São muito gostosos, você vai adorar.* Ela não *dissera* a ele que comesse os mexilhões; Chance os experimentara por vontade própria. Mas ela também não o alertara sobre a possibilidade de alergias. Aliás, ela sequer *pensara* na possibilidade de uma alergia. Chance fora intolerante a leite quando criança? Ann pensou ter ouvido qualquer coisa a respeito, mas não tinha certeza. Afinal, ele não era filho *dela.*

Mas muitas pessoas eram alérgicas a frutos do mar. Ela deveria ter alertado o rapaz, em vez de encorajá-lo?

Os paramédicos entraram como tufões, todos de uniforme preto, carregando radiotransmissores que deixavam escapar barulhos estridentes. A paramédica-chefe era uma mulher na casa dos 20 anos, com quadris largos e um rabo de cavalo castanho.

— O que ele comeu?

— Um mexilhão — respondeu Helen.

Houve mais conversa e agitação, outra injeção de alguma coisa, uma máscara de oxigênio. Chance foi colocado em uma maca.

— Posso ir junto na ambulância? — pediu Helen.

— A senhora é a mãe? — perguntou a paramédica.

— E eu sou o pai — disse Jim. Ele e Helen agora estavam parados um ao lado do outro, unidos no papel de pais de Chance.

— A família não pode ir na ambulância. Vocês podem nos seguir de carro até o hospital.

— Ah, por favor — pediu Helen novamente. — Ele é só um adolescente. Por favor, me deixem ir na ambulância.

— Sinto muito, senhora — disse a paramédica. Eles saíram com Chance pelo saguão e passaram pelas portas da frente.

Helen olhou para Jim — de salto, era quase tão alta quanto ele — e desatou a chorar. Ann observou Jim lutar contra o que parecia ser uma dezena de emoções conflituosas. Será que ele queria dar apoio a Helen?, se perguntou.

Jim deu um tapinha carinhoso no ombro da ex-esposa.

— Ele vai ficar bem — disse.

— Temos que ir para o hospital — falou Helen. — Posso pegar uma carona com vocês?

— Está certo — concordou Jim. E passou o braço pelo ombro de Ann. — Vamos.

Ann hesitou. Uma emoção antiga e sombria pareceu emergir, densa e viscosa como piche. Não queria ir a lugar algum com Jim e Helen. Seria uma estranha, afinal, *ela não era* a mãe de Chance. Amava o rapaz e estava morta de preocupação, mas não pertencia à cena do hospital na companhia de Jim e Helen. No entanto, também não queria que o marido fosse sem ela, com a outra mulher. Não conseguia decidir o que fazer. Era uma situação impraticável.

De repente, Stuart, Ryan e H.W. estavam ao seu lado.

— Mamãe? — disse Ryan. E passou o braço ao redor dos ombros dela.

— Ele vai ficar *bem?* — quis saber Stuart.

— Sua mãe e eu vamos para o hospital com Helen — avisou Jim.

— Na verdade, vou ficar aqui — decidiu Ann. E voltou-se para Jim — Vá você. E, por favor, me mantenha informada.

— *O quê?* — perguntou ele.

Helen mudava o peso do corpo de um pé para o ouro, inquieta.

— Podemos ir, por favor?

— Vá — repetiu Ann. E empurrou o braço de Jim.

— Você poderia parar de agir como uma criança? — sussurrou ele.

— Preciso ficar aqui — retrucou Ann. — É o jantar de ensaio. O casamento de Stuart. — As palavras pareceram razoáveis aos ouvidos dela, mas será que *estava* agindo como uma criança? Não queria ser um estepe com Jim e Helen. Não queria ter que ver os dois juntos no papel de mãe e pai. Naquele momento, odiava os dois; odiava o que haviam feito a ela. Não conseguia acreditar que em algum momento lhe passara pela cabeça que seria uma experiência curativa ter Helen no casamento de Stuart. Na verdade, estava se tornando o oposto.

— Ann — pediu Jim. — Por favor, venha. Preciso de você.

Ann colocou seu sorriso de senadora no rosto.

— Vou representar você aqui. Vá e me dê notícias de Chance.
— Ela pegou o braço de Ryan e voltou para a festa.

Ryan pôs a mão nas costas da mãe e sussurrou no ouvido dela:

— Bom trabalho, mamãe. Como sempre.

Ann se serviu de um prato de comida e foi se sentar com os Lewis, os Cohens e os Shelbys. No caminho, parou em todas as mesas — a maior parte cheia de pessoas que não conhecia — e assegurou a todas que Chance ficaria bem, que ele estava a caminho do hospital para ser examinado. Como política, Ann passara toda a carreira gerenciando crises. Assim, os sorrisos, as palavras e os gestos tranquilizadores lhe eram naturais. Não se permitiria pensar em Helen e Jim sentados um ao lado do outro, no carro alugado. Ou em como o perfume intoxicante de Helen ficaria por muito tempo no carro, para que Ann e Jim o sentissem toda vez que abrissem a porta e entrassem.

Violet, você está ficando violeta. Em todas as noites em que Ann lera *A fantástica fábrica de chocolate* para os filhos, Jim continuava morando na Brightleaf Square, fazendo amor com a mulher que naquele momento levava para o hospital.

Ann fechou os olhos para afastar aquela imagem, mas tudo o que viu foi um amarelo forte.

Ann se sentou ao lado de Olivia, que apertou o braço da amiga e não disse nada além de:

— Tenho certeza de que ele vai ficar bem.

— É claro que ele vai ficar bem — retrucou Ann. Ela deu um sorriso vago para os amigos, todos usando babadores de plástico e atacando suas lagostas. A conversa se voltou para reações alérgicas que as pessoas haviam testemunhado ou de que apenas tinham ouvido falar. Um homem que entrara em coma em cima da tigela de sopa de mariscos da Nova Inglaterra. Uma menina de 15 anos que morrera porque beijara o namorado que comera manteiga de amendoim no almoço. Enquanto isso, ao fundo, a orquestra tocava "Mack the Knife" e "Fly Me to the Moon". Casais dançavam. Stuart e Jenna se levantaram para dançar e receberam uma salva de palmas. Os dois formavam um casal tão doce, bonito, sincero, saudável e de boa aparência. Graças a Deus por Stuart haver terminado com "Aquela Que Não Deve Ser Nomeada". Quando Ann observava Stuart e Crissy Pine, na época em que os dois estavam juntos, tinha visões de férias caríssimas e filhos mal-educados. Imaginava Stuart preso em uma mansão sem alma, igual a várias outras, com uma esposa permanentemente infeliz. A união de Stuart e Jenna seria significativa e forte, eles viveriam com consciência social, participando de conselhos sem fins lucrativos. Seriam um casal modelo, invejados pelos amigos e vizinhos.

Ann partiu um pedaço de batata cozida de casca vermelha. Sim, naquele momento tudo parecia bem para os dois, mas quem sabia o que aconteceria?

Os Cohens se levantaram para dançar, e Ann passou manteiga em um pãozinho que não tinha intenção de comer. Checou, então, o celular: nada. Àquela altura, Jim e Helen já estariam no hospital, sentados na sala de espera, aguardando notícias. As pessoas os veriam e pensariam que eram um casal.

Ela sentiu uma batidinha no ombro. Jethro.

— Dance comigo — convidou ele.

— Não estou com disposição para dançar — disse ela.

— Você precisa dançar — respondeu Jethro. — Precisa mostrar a esse pessoal do Norte que não me trouxe como um bem móvel.

Ann fez uma careta.

— Por favor, poupe-me desse humor ácido autodepreciativo. — Mas ela teve que admitir que era incapaz de resistir a Jethro sob qualquer circunstância. — Só você mesmo... — disse.

Ann aceitou a mão que ele oferecia e o acompanhou à pista de dança, onde ele a conduziu com habilidade. Ann e Jim haviam feito aulas de dança logo depois de se casarem pela segunda vez — fora uma dessas coisas que eles haviam se esforçado para fazer juntos, assim como os estudos da Bíblia em um grupo de casais, procurar antiguidades em Asheville e pescar truta no rio Eno, em um barco a remo de fundo plano que Jim comprara. Eles haviam sido felizes na segunda vez. Ao menos até trinta minutos antes. Agora Ann podia se sentir rasgando por dentro, como se uma ravina se abrisse em seu peito.

A música terminou. Ann e Jethro bateram palmas e ela deu um beijo no rosto dele. Ryan havia contado a Ann e Jim que era gay durante um feriado de Ação de Graças, em seu primeiro ano na faculdade. Ann podia dizer que havia lidado bem com a situação. Não era exatamente o que desejava para o filho, mas apenas porque temia que a vida dele pudesse ser mais difícil por isso — e é claro que havia também a questão dos netos. Jim aceitara com tranquilidade a notícia. Dissera:

"Não estou em posição de julgá-lo, filho. Mas cuidado ao falar sobre isso por aí." Na época, Ann não poderia prever o quanto iria adorar o futuro namorado do filho. Ela se sentia ainda mais próxima de Jethro do que de Jenna.

Ann o encarou com sinceridade.

— Eu não deveria ter convidado Helen para essa porra de casamento.

Jethro sorriu; Ann viu os dois dentes da frente superpostos e o imaginou como um adolescente em Cabrini-Green, economizando para comprar edições da *Esquire* e da *GQ*.

— Amo você, Annie — disse ele.

Ela o abraçou.

— Também amo você — retrucou. — Nunca nos deixe.

Aquele foi um momento maravilhoso, talvez o momento preferido de Ann no fim de semana de casamento até ali. Ela se perguntou o que os outros achariam do seu clã — Ryan com o namorado negro, Jim com a esposa, a antiga amante e ex-esposa, e o filho do caso extraconjugal. Ann parou na mesa dos Carmichael, onde Doug estava sentado com Pauline e com a filha de Pauline, que era uma cópia exata da mãe, apenas trinta anos mais jovem. Os três pareciam profundamente infelizes.

Ann se lembrou das palavras de Pauline e do hálito quente de castanha de caju da outra mulher. Você já teve a sensação de que seu casamento talvez não fosse exatamente o que achava que era?

— Festa maravilhosa! — comentou Ann.

Doug checou o relógio. A banda estava começando uma música de Neil Diamond, e alguns convidados mais jovens se levantaram para dançar.

Jethro a acompanhou de volta à mesa, e Ann checou o celular. Nada.

— Coma alguma coisa, Ann, por favor — pediu Olivia.
— Não consigo — disse Ann.

Olivia encarou a amiga com uma expressão compreensiva — um olhar que Ann vira pela última vez vinte anos antes, quando Jim saíra de casa, e ela, Ann, chegara aos 43 quilos.

— Vou caminhar um pouco — avisou Ann.
— Quer companhia? — perguntou Olivia.

Ann balançou a cabeça, negando. Então envolveu o xale no corpo e saiu pela porta dos fundos. Ela atravessou o pátio e desceu o caminho de cascalho que passava entre os gramados verdes.

Ann imaginou a cena no hospital. Helen e Jim parados lado a lado no balcão da recepção, respondendo a perguntas sobre Chance.

Data de nascimento?

Três de abril de 1994.

Ann se lembrava muito bem do dia. Fora em um domingo de Páscoa, e Ann se dedicara com afinco a seguir todas as tradições. Insistira para que os três meninos usassem blazers azul-marinho e passara suas calças cáqui. Foram à missa na Igreja da Imaculada Conceição, onde ela sorrira e cumprimentara a todos, apesar de saber o que as pessoas falavam sobre ela.

Ann Graham, senadora do estado; o marido a largou por uma das mulheres do grupo de degustação de vinhos deles, ele engravidou a mulher... E há, ainda, Donald Morganblue, que está determinado a ficar com a vaga dela no senado, ele está se dedicando como louco à campanha...

Ann havia preparado seu menu especial de Páscoa: presunto assado com mel, pudim de milho e bolinhos de ervas conhecidos como *popovers*. Os meninos haviam devorado a refeição, mas Ann ficara apenas olhando para o próprio prato. Jim sempre adorara aqueles bolinhos, e Ann se perguntou se ele estaria sentindo falta deles. Sentindo falta dela.

O telefone tocara às sete horas daquela noite, quando Ann estava lavando os pratos, guardando as sobras de comida e ouvindo a algazarra dos filhos brincando na sala. Eles estavam agitados com o excesso de açúcar, depois de terem comido tantos coelhos de chocolate.

— Alô — dissera Ann ao telefone.

— Ann? — Era Jim ligando. O som da voz do ex-marido ainda fazia o coração dela disparar de ansiedade. Ela continuava a esperar pela ligação em que ele diria que estava voltando.

— Oi — respondera Ann. — Feliz Páscoa. — Ela era sempre civilizada ao telefone. Apesar de toda a raiva e sofrimento, não conseguia odiar aquele homem. Estava condenada a amá-lo.

— Páscoa? — dissera Jim.

— Sim, Jim. É Páscoa. — Seria possível que ele não lembrara? Helen já provara ser uma pessoa sem a menor civilidade, mas será que havia feito uma lavagem cerebral em Jim também?

— Estou ligando para contar aos meninos que eles têm um novo irmão — falara Jim. — Chance Oppenheimer Graham. 3,850 quilos, 58 centímetros. Pode acreditar? 58 centímetros!

Ann começara a soluçar, então desligara o telefone. Não conseguia acreditar que Jim tinha lhe dado a notícia daquele modo descuidado. Ele não se lembrava de quando *ela* estivera na sala de parto. Aquela primeira vez, quando os batimentos cardíacos de Stuart haviam caído dramaticamente depois que os médicos deram uma injeção de Pitocina em Ann. A segunda vez, quando ela tivera não apenas um menino, mas dois. Ao todo, quatro quilos e cem gramas; dois quilos e novecentos gramas; dois quilos e setecentos gramas. Stuart nascera com 51 centímetros, e os gêmeos com 48 centímetros cada.

Jim não se dera conta de que era Páscoa porque Helen entrara em trabalho de parto e tivera o bebê. Jim tinha outro filho. Uma nova família.

Chance, pensou Ann. Era um nome bizarro, para não dizer inadequado. Aquele bebê não nascera por uma chance do acaso, ele estivera nos planos de Helen por muito tempo.

Ann ouviu a banda começar a tocar "Witchcraft" e decidiu voltar, encontrar os filhos e aproveitar a festa. Aquele era o jantar de ensaio de Stuart, não passaria o tempo todo deprimida.

Ann dançou como uma mulher sem um único problema no mundo, primeiro com Ryan, depois com H.W., então com Devon Shelby e, finalmente, com Stuart. Foi até o banheiro feminino se refrescar e voltou bem a tempo de testemunhar a chegada de Jim, Helen e Chance. Os três pareciam ter acabado de compartilhar uma piada, Helen estava rindo. Ann sentiu uma ânsia de encher os bolsos de pedras e se afogar na baía... mas, então, Jim a viu.

— Ann! Ann, estamos de volta!

Ann deixou que eles se aproximassem. E olhou apenas para Chance.

— Você está bem, meu querido?

— Sim — respondeu ele, envergonhado. — Desculpe.

— Não foi sua culpa — falou Ann. — Você não sabia.

— Mas agora sabemos — disse Jim. — Frutos do mar, nunca mais.

— Eu podia ter morrido — comentou Chance.

— Mas não morreu — disse Ann. — Embora com certeza tenha sido apavorante.

— Apavorrrrrrrrrrante — repetiu Helen em sua voz cantada. — E agora Chance está com fome. Ele está *faminto!* Vocês podem pegar um hambúrguer para ele?

Ann pensou: *Pareço uma atendente de fast-food?* Como Chance ficara bem, Ann agora podia permitir que os pensamentos nada generosos aflorassem. Odiava Helen. Queria apunhalar Helen no coração com aquele seu salto agulha. O dia do nascimento de Chance fora um dos piores dias da vida de Ann. Ela se ressentia por ter sido forçada a testemunhar Jim e Helen paparicando o filho *deles*, quando, naquele fim de semana, o foco deveria estar em Jim, Ann e no filho *deles*. Ann era uma mulher forte, mas Jim Graham era a sua criptonita. Quando ele voltara para ela, rastejando, implorando perdão, ela deveria ter lhe dado um chute nos dentes. Mas na época sentira apenas amor e gratidão. Era uma santa, não uma rainha. Helen era uma rainha: altiva, exigente, arrogante. Pedira a Ann para arranjar um hambúrguer. *Por que você não consegue um hambúrguer para ele?*, pensou Ann. *Ele é seu filho!* Ann nunca, jamais, em tempo algum, deveria ter convidado Helen para aquele casamento. O que pensara? Ela estivera pensando que queria aquele "obrigada", cacete. E, nesse meio tempo, um grande e gordo pedido de desculpas também seria bom.

Ann disse:

— Um hambúrguer? Ora, sim, é lógico. — Ela olhou ao redor no salão em busca de um garçom, alguém a quem pudesse pedir. Onde estava Ford, da Colgate, quando se precisava dele? Ann viu Olivia encarando-a, os olhos tão arregalados que pareciam prestes a saltar e cair no ramequim de manteiga derretida diante dela. Viu Pauline Carmichael tomar um bom gole de Chardonnay. E viu Jethro lhe assoprando um beijo. Então decidiu que pegaria o hambúrguer para Chance. Resolveria a situação.

O CADERNO, PÁGINA 37

O Jantar de Ensaio

O jantar de ensaio costuma ser responsabilidade da família do noivo, e não há motivo para eu acreditar que será diferente no seu caso. No entanto, presumindo que seu Futuro Marido Inteligente e Sensível não tenha passado todos os verões da vida, enquanto crescia, em Nantucket, aqui vão minhas ideias para um perfeito jantar de ensaio.

Faça-o no Iate Clube. Ambas sabemos que não há localização mais bela na ilha. Comece com canapés e aperitivos servidos no pátio, então siga com um bufê em estilo piquenique na praia (certifique-se de que o milho seja conseguido localmente, na fazenda Moors End). Contrate uma banda. Vou sugerir aqui que se toque APENAS CLÁSSICOS, porque agradará aos convidados mais velhos. Você pode esperar a recepção do casamento para mandar tocar "Honky Tonk Woman", a música dos Rolling Stones de que tanto gosta, e para fazerem a dancinha típica para "Electric Slide". Sirva bolo de mirtilo de sobremesa. Termine a festa às dez e meia da noite. Resista à vontade de ir ao Chicken Box depois (agora realmente estou falando como uma mãe)! Vai querer estar descansada para o seu grande dia.

MARGOT

Nada de Edge.

O Nantucket Iate Clube era um dos últimos lugares na Terra onde ainda havia um orelhão, e Margot se sentiu tentada a usá-lo para ligar para o celular de Edge e descobrir exatamente o que estava acontecendo.

No entanto, ela foi distraída de seus pensamentos quando Chance, irmão de Stuart, teve um violento choque anafilático. Margot estava bem longe do centro da ação, mas apurou rapidamente que Chance havia comido um mexilhão e a garganta começara a se fechar. Alguém da equipe do iate clube aparecera com epinefrina injetável, os paramédicos surgiram, Chance foi levado para o Cottage Hospital, e o pai de Stuart e a mulher de vestido amarelo – que Margot descobriu ser a *mãe de Chance* – seguiram a ambulância de carro.

A mãe de Chance estava ali. Isso era bem interessante.

Um burburinho se seguiu, como costumava acontecer depois de emergências e imprevistos, mas assim que ficou claro que Chance estava fora de perigo, as pessoas retornaram ao que estavam fazendo antes. Pedindo drinques! Entrando na fila do bufê! Margot se serviu de um copo de vinho branco e de um prato de comida. Sabia que devia interagir com os convidados, que devia conversar com os primos da mãe ou com as professoras, colegas de Jenna na Little Minds, mas não sentia a menor vontade de fazer nada disso naquela noite. Queria comer com alguém tranquilo e conhecido.

Havia uma cadeira livre perto de Ryan e do seu namorado. A conversa ali seria boa, mas ela se sentaria junto de Ryan na noite seguinte. Também havia lugares vazios ao lado de Pauline e de Rhonda... mas não, nunca.

Então Margot viu Beanie acenando para ela. Perfeito — a não ser pelo fato de que Kevin logo apareceria. Mas indigentes não tinham escolha. Margot sentou-se com Beanie.

— Nick e Finn vieram com você? — perguntou Beanie.

— Não — respondeu Margot. — Os dois só apareceram muito tarde, e ainda precisavam tomar banho e trocar de roupa, por isso vim sem eles. Acho que virão a pé.

— Ainda não vi nenhum dos dois — comentou Beanie.

Margot examinou o salão.

— Está brincando! Que horas são?

— São quinze para as oito... — disse Beanie.

Margot atacou a lagosta que pegara, rasgando o corpo ao meio, puxando a carne da cauda, quebrando as patas e enfiando as cascas vazias na tigela que estava no meio da mesa. O bufê em estilo piquenique na praia no iate clube fora sugestão da mãe. Margot entendia a razão por trás disso: era uma especialidade regional, extravagante, porém casual. Mas era uma bagunça para comer. Todos aqueles sulistas estavam arrumados demais. Talvez não sentissem vontade de lutar com o jantar.

Margot enfiou uma pata de lagosta na manteiga derretida. Hmmmm. Ora, não havia como discutir com aquele sabor.

Nick e Finn, pensou. Ainda sumidos. Só havia uma suposição a se fazer, mas nem mesmo Margot conseguia conceber algo assim. Nick não faria isso. *Não* faria. Tinha um código moral. E se manteria fiel a ele.

Margot conseguiu acabar com toda a lagosta e comer metade de uma espiga de milho antes de Kevin aparecer, pairando acima do ombro esquerdo de Beanie.

— Vamos — disse ele —, temos que sentar com nosso pai.

— O quê? — perguntou Beanie. — Estou sentada aqui.

— Eu sei, mas temos que mudar de mesa. Papai quer que sentemos com ele.

— Estou sentada com Margot — falou Beanie. — E estou no meio da minha refeição, querido. Sente-se aqui, conosco.

— Papai nos quer lá — insistiu Kevin. E apontou para a mesa onde Doug estava sentado com Pauline e Rhonda.

Margot jogou o guardanapo amassado e sujo de manteiga sobre o prato.

— Está tudo bem — disse para Beanie. — Pode ir. Já acabei.

— Tenho certeza de que você também é bem-vinda — falou Kevin. — Acho que papai quer a família ao redor. Esta situação é difícil para ele.

Margot deixou escapar uma gargalhada.

— Sim, Kev, sei que é difícil para ele. É difícil para todos nós.

— Mas principalmente para o papai — falou Kevin.

Margot encarou o irmão com uma expressão de incredulidade, que ele fingiu não ver. Ela adorou o modo como Kevin avaliava a temperatura emocional de toda a família e elegia quem estava melhor ou pior. *Mas principalmente para o papai.* E quanto a Jenna, que se casaria no dia seguinte sem a presença da mãe? E quanto a ela, Margot, que estava tentando fazer o papel de filha, de irmã e também de mãe substituta? E quanto à pobre Pauline — ali estava uma frase que Margot nunca imaginara articular —, que testemunhara toda a idolatria a Beth Carmichael e mostrava grande espírito esportivo para lidar com isso? E, nesse meio tempo, o marido queria se divorciar dela.

Margot afastou a cadeira da mesa e se levantou.

— Vou ao banheiro. Com licença — disse.

Margot ficou parada diante da pia, lavando os sumos da lagosta das mãos. Provavelmente era melhor que Edge não estivesse ali, pensou. Já havia drama o bastante transpirando da forma como estavam as coisas. Margot não conseguia imaginar como lidaria com o fato de ver Edge, mas não poder estar com ele; de ter que ignorá-lo, de ter que fingir na frente do pai e de todos os outros que eles eram apenas amigos casuais. Edge estava certo quando dissera: Margot não conseguiria lidar com aquela situação.

A descarga soou em um dos cubículos e Jenna apareceu.

Quando Margot viu a irmã pelo espelho, sorriu. Parecia que não via Jenna havia semanas.

— Oi! — disse Margot. — O vestido foi uma sacada de gênio.

O vestido do jantar de ensaio fora um dos poucos itens em que Jenna e Margot haviam ignorado abertamente o conselho que a mãe deixara no Caderno. Beth Carmichael sugerira uma roupa conservadora: um tubinho de linho ou um vestido com estampa floral.

— Tubinhos de linho e estampas florais são o que uso para trabalhar — declarara Jenna. — Quero algo mais sexy.

Margot e Jenna haviam comprado o vestido no SoHo, e Margot tinha que admitir que aquela fora quase a melhor parte dos preparativos do casamento, provavelmente porque a tarefa foi marcada por uma sensação de transgressão. Estavam desafiando o Caderno!

As duas encontraram o vestido pêssego na butique Rebecca Taylor. Era um vestido frente-única, amarrado no pescoço, com delicadas pétalas enfeitando a saia curta. Jenna tinha um corpo perfeito, e o vestido mostrava isso.

Jenna não retribuiu o sorriso da irmã. Em vez disso, abriu a carteira de palha e pegou o brilho labial.

– O que está acontecendo com papai? – perguntou.

Margot pegou quinze folhas de papel toalha de uma vez, em um gesto nervoso.

– Papai?

Jenna se inclinou na direção do espelho e começou a passar o brilho em toques suaves.

– Sei que você sabe – insistiu. – Por favor, me conte.

– Acho que não sei do que está falando – desconversou Margot.

– Não venha com essa mentirada para cima de mim! – gritou Jenna, acenando com a embalagem do brilho em uma das mãos e o aplicador na outra, como um maestro irado. – Estou de saco cheio disso!

– De saco cheio do quê? – perguntou Margot.

– De você, Kevin e Nick sempre *escondendo* as coisas de mim, tentando me *proteger*. Tenho 29 anos, posso lidar com as coisas, Margot. Por favor, me conte que diabos está acontecendo com papai.

Aquele era o momento na saga familiar do casamento em que Margot precisava avaliar o peso de suas lealdades. Mas ela ainda tinha uma chance de se esquivar.

— Acho que ele está melancólico por causa de amanhã — explicou Margot. — Entregar a garotinha dele, passar por esse casamento sem a mamãe. Eu sugeri a ele que finalmente lesse a última página do Caderno. Você acha que ele fez isso?

— Margot — falou Jenna.

— O que foi?

— Desembuche.

Margot examinou a si e a irmã no reflexo do espelho, e Jenna fez o mesmo.

Irmãs, pensou Margot. Onze anos de diferença, mas ainda assim não havia laço mais forte do que aquele.

— Ele me pediu para não contar a ninguém.

— Conte assim mesmo.

Margot suspirou. O banheiro feminino do iate clube não era o melhor lugar para contar um segredo. Ainda assim fora naquele mesmo banheiro que Margot contara à mãe que estava grávida. Foi durante o Baile do Comandante, no fim de semana do Dia do Trabalho, em 2000, no fim do segundo verão de namoro de Margot com Drum. O pai de Drum conseguira um estágio para o filho na Sony, mas Drum decidira não aceitar. Queria voltar para Aspen e esquiar mais uma vez, dissera. Margot havia acabado de aceitar um cargo como iniciante na Miller-Sawtooth, estava prestes a começar sua vida adulta em Nova York. Parecia que um rompimento entre os dois era iminente.

Mas então Margot começara a se sentir esquisita: cansada, zonza, nauseada. Tivera que deixar a mesa abruptamente durante o Baile do Comandante depois que foi servido um tomate recheado com salada de caranguejo. E a mãe, sentindo que havia alguma coisa errada, seguira Margot até o banheiro feminino, entrara no cubículo com a filha e lhe segurara os cabelos enquanto ela vomitava.

Margot, os olhos lacrimejando, olhara para a água suja no vaso e dissera:

— Acho que estou grávida.

Beth concordara.

— Sim, acho que está.

Minha nossa. Margot sentiu a presença da mãe com tamanha força naquele momento que precisou apoiar as duas mãos na porcelana fria da pia.

Ainda olhando para Jenna pelo reflexo no espelho — era muito mais fácil do que encará-la diretamente — disse:

— Papai vai pedir o divórcio a Pauline.

Jenna fechou os olhos e abaixou a cabeça.

— Por favor, me diga que está brincando.

— Ahn, não... Não estou brincando. Ele disse que não a ama. Acho... acho que na verdade ele ainda está apaixonado pela mamãe.

Os olhos de Jenna se encheram de lágrimas, e Margot ficou confusa. Jenna tinha uma ligação forte com Pauline e Margot não sabia? Jenna *amava* Pauline? A atual esposa do pai era legal, boa pessoa... em um bom dia podia até ser divertida... No Halloween, ela costumava se vestir de bruxa e dar doces às crianças de Silvermine. Mas Margot não tinha nenhuma ligação com Pauline e presumira que os irmãos também não.

— Ei — disse Margot, dando tapinhas nas costas da irmã.

— É só que... — começou Jenna.

A porta do banheiro feminino foi aberta de repente, e a música invadiu o lugar. A banda estava tocando *mais* Sinatra.

"I've Got the World on a String" (a sugestão da mãe de "apenas clássicos" fora acatada). Àquela altura, pensou Margot, o bolo de mirtilo já fora servido. Ela levantou a cabeça para ver quem estava entrando.

Por pura justiça poética, Margot meio que esperou que fosse Rhonda, ou talvez até mesmo a própria Pauline. Por isso, ficou surpresa ao ver... Finn.

Finn usava um vestido bandagem prateado Herve Leger que Margot sabia que havia custado 1.500 dólares. Os cabelos estavam uma bagunça e o rosto parecia afogueado. As bochechas estavam muito vermelhas por causa do sol, e os olhos, brilhantes e frenéticos.

Margot pensou: *Ah, Deus, não. Ele não fez isso.*

– Oi! – disse Finn. Estava radiante. Pareceria radiante mesmo com um saco de papel enfiado na cabeça.

Nick ultrapassara o sinal.

Jenna se virou tão rapidamente que a saia flutuou, como em um movimento coordenado de um show de dança, e Margot teria rido se não fosse pelo tom de voz da irmã. Nos 29 anos em que conhecia Jenna, nunca a ouvira ser grosseira com ninguém, mas naquele momento a voz soou como uma adaga reluzente.

– Onde diabos você estava?

Finn mordeu o lábio inferior e Margot percebeu que a moça estava tentando não ceder a uma explosão de bolhas de sabão e pétalas de rosa.

Jenna consultou um relógio imaginário.

– São oito e meia. Você supostamente deveria estar na igreja para o ensaio às cinco. Três horas e meia atrás. Onde estava?

– Ahn... – balbuciou Finn.

— Você é a minha *melhor amiga!* — gritou Jenna. — Eu precisava de você ao meu lado. Quando precisou de mim na noite passada, o que eu fiz?

Silêncio da parte de Finn, que agora parecia devidamente arrependida.

— Fui para casa com você! — berrou Jenna. — Deixei a *minha própria* despedida de solteira, que Margot vinha planejando há *meses*. Voltei para casa e deixei você chorar no meu ombro, reclamando de como o Scott é babaca. Ah... e ele é *mesmo* um babaca!

Margot observava a irmã com um interesse quase antropológico. Estava assistindo à primeira briga entre Jenna e Finn. Jenna podia ser brutal. Quem diria?

O rosto de Finn pareceu se dissolver. Ela iria fazer tipo e chorar — isso era algo que Margot podia ter previsto. Aliás, também previa que, ao ver as lágrimas da amiga, Jenna se acalmaria e pediria perdão pelo tom que usara. No entanto, em vez disso, Jenna ficou ainda mais raivosa.

— Me responda — exigiu Jenna. — Onde você estava?

— Com Nick — respondeu Finn. — Fazendo stand up paddle na praia, e, então, tentando voltar para casa, da praia. — Nesse momento, ela olhou de esguelha para Margot. — Então tomamos banho e nos vestimos em casa, depois viemos direto para cá.

Não, Margot pensou. Eles não haviam levado duas horas para tomar banho, se vestir e caminhar menos de um quilômetro até ali.

— Aconteceu alguma coisa? — perguntou Jenna. — Aconteceu alguma coisa entre você e Nick?

Margot não suportaria ouvir a resposta. Não queria que Finn admitisse a verdade, e não queria ouvi-la mentir. Por isso, ergueu a mão.

— Estou saindo — disse. — Vocês duas podem terminar esta conversa em paz.

— Obrigada — sussurrou Finn.

Quando Margot já empurrava a porta para sair, ainda ouviu Jenna dizer:

— Me conte a *verdade!*

Do lado de fora, no corredor, Margot observou o que acontecia no restante do clube. Estava sendo, ao que parecia, uma festa adorável. A banda agora tocava "One for My Baby (and One More for the Road)". O pai de Margot dançava com Beanie, Kevin com Rhonda, e o namorado de Ryan com Pauline. Nick, parado à porta da cozinha, comia o que parecia ser um *club sandwich* em um prato de papel. Ao contrário de Finn, Nick não irradiava êxtase e raios de luar; parecia o mesmo de sempre: despreocupado, imperturbável, até um pouco apagado. Talvez estivesse decepcionado por ter perdido o bufê de lagosta, ou se sentisse culpado pelo sexo recém-feito com a vizinha de infância recém-casada.

Mas quem Margot estava enganando? Nick não sentia culpa.

Precisava sair dali.

Não vai conseguir me convencer de que não adoraria uma oportunidade para desabafar a frustração causada pela família com um conhecido simpático.

O maldito Griff, rei do baile, estava certo. Ela adoraria uma oportunidade dessas.

Margot disse a si mesma que a Boarding House ficava no caminho de casa. Disse também que apenas enfiaria a cabeça pela porta e, se não visse Griff no mesmo instante, iria embora.

Ela entrou na energia convidativa do bar Boarding House; o ar cheirava a alho assado, pão quente e perfume caro. A luz era baixa; os clientes de boa aparência garantiam uma agitação animada, e estava tocando "You Can't Always Get What You Want".

Rá! Era isso mesmo, pensou Margot, ao ouvir a letra da música que dizia "você nem sempre consegue o que quer".

Ela subiu até o bar, onde havia uma banqueta de couro disponível. Não viu Griff e pensou em ir embora. Mas a banqueta parecia confortável e talvez fosse bom apenas sentar e tomar um drinque sozinha. Sentia-se solitária quase o tempo todo, mas raramente estava *sozinha*.

Margot pediu um martini. E tentou não parecer constrangida, embora a palavra a descrevesse com precisão. Sentia-se muito consciente de estar sentada sozinha, tomando um drinque mais forte do que deveria estar tomando àquela hora, esperando por...

Sentiu um tapinha no ombro.

Margot se virou. Griff.

— Você veio — disse ele. E parecia encantado como um menino, como se houvesse descoberto a presença do Papai Noel na manhã de Natal.

Margot tomou um gole do martini. Não deixaria que ele a desconcertasse. Seria ela mesma. Mas foi atingida pelo oceano de cores contidas naqueles olhos, sentia-se prestes a se afogar.

— Estava voltando para casa — falou Margot.

Ele usava uma camisa social branca, jeans e um blazer azul-marinho. Agora, exibia uma barba de três dias, que era ainda mais sexy do que a de dois dias.

— Você veio me ver — acusou Griff. — Admita que veio.

Lá estava a confiança presunçosa que Margot havia esperado. Ela cogitou uma dezena de possíveis desculpas, mas acabou optando pela verdade.

— Você estava certo — admitiu. — Essa manhã.

Griff arregalou os olhos.

— Sobre o quê?

— Eu *adoraria* uma oportunidade para desabafar minhas frustrações familiares com um estranho simpático. Gostaria de contar detalhadamente os vários modos como os membros da minha família estão acabando com a minha energia.

Griff ergueu as mãos.

— Sem dúvida — disse ele. — Conte os detalhes.

— Você já perdeu alguém? — perguntou Margot.

— Quer dizer, além do fato de a minha ex-esposa ter me abandonado? — retrucou Griff.

— Sim. Estou querendo saber se alguém próximo a você já morreu?

— Meu irmão mais novo — respondeu Griff. — Acidente na estrada. Eu tinha 25 anos, ele 21.

Margot parou por um segundo. E pensou, *Meus irmãos me levam à loucura, no momento desprezo dois dos três.* Mas e se um deles morresse? Era impossível imaginar. Eram seus irmãos, sua irmã. Não conseguiria seguir em frente sem eles.

— Ah... — disse. — Nossa. Que horror. Sinto muito.

Griff assentiu.

— Mas não devíamos estar falando sobre mim. E sim sobre você.

— Você é um cara legal, não é? — comentou Margot.

Ele deu de ombros.

— Minha filha parece pensar que sim, mas ela tem só 12 anos. O que sabe da vida?

A culpa manteve Margot em silêncio. E pensou em como era dolorosamente irônico que a única pessoa com quem errara feio naquele ano fosse a mesma pessoa em quem agora estava prestes a confiar. Griff a odiaria se soubesse o que ela fizera. E estaria certo. Ela devia ir embora. Não podia ficar sentada ali, fazendo confidências a ele com aquele segredo terrível atormentando-a, mas também não podia confessar.

— *Você* já perdeu alguém? — perguntou Griff.

— Minha mãe — respondeu Margot. — Há sete anos, câncer no ovário.

Ela sentiu os olhos dele em seu rosto, mas não conseguiu encará-lo.

— Minha mãe deixou um caderno para a minha irmã, cheio de instruções para o casamento. Ela escreveu tudo porque sabia que não estaria por perto para ver.

Griff apertou a ponte do nariz.

— Caramba — disse. — É duro...

— É duro — concordou Margot.

A música mudou para "Watching the Detectives". Griff acompanhou o ritmo tamborilando na própria coxa.

— Gosta de Costello? — perguntou.

Margot assentiu.

— Adoro.

— "Ela está lixando as unhas enquanto dragam o lago" – citou Griff.

O verso favorito de Margot.

— Meu pai se casou de novo com uma mulher chamada Pauline. Uma boa mulher. Não tenho reclamação alguma a não ser pelo fato de não ser a minha mãe — contou Margot.

— Eles estão casados há cinco anos. Essa manhã, quando eu

estava levando papai para o Sankaty, ele me contou que vai pedir o divórcio.

— Porque... — começou a dizer Griff.

Então os dois disseram ao mesmo tempo:

— Porque ela não é a minha/sua mãe.

Margot pensou: *Este cara entende.*

E disse:

— Também tenho dois irmãos. Kevin é onze meses mais novo do que eu, mas age como se fosse mais velho. Ele tem um jeitão superior; está sempre certo, sempre no comando. — Ela se deteve. Como Griff havia perdido um irmão, talvez fosse de mau gosto ficar reclamando com ele sobre o dela. Então perguntou: — Como era o seu irmão?

— Lembre-se de que esta conversa não é sobre mim.

— Mas me conte assim mesmo — pediu Margot.

Griff suspirou.

— Bem... ele era rebelde. Andava de moto, tinha um monte de tatuagens, começou a fumar antes de entrar no ensino médio e, quando entrou, bebia. Mas era brilhante. Cursou três semestres no MIT, então trancou um semestre e foi para a escola de mecânica aprender a consertar carros potentes, como os Plymouth Barracudas, Shelby Cobras, Corvette Stingrays. — Griff tomou um gole do drinque e respirou fundo. — Ele conseguia tocar piano de ouvido. Nas bodas de ouro dos meus avós, fez com que todos ficassem cantando juntos até bem depois da meia-noite.

A música mudou para "Lawyers, Guns and Money".

— Gosta de Warren Zevon? — perguntou Margot.

— "Fui para casa com uma garçonete" — citou Griff, novamente. — "Do modo como sempre faço."

— "Como eu poderia saber... que ela também estava com os russos?" — completou Margot. Mais uma vez, seu verso favorito. — E há ainda meu irmão Nick, o devasso — continuou ela. — Adora mulheres e parece não conseguir ter qualquer autocontrole.

Griff assentiu.

— Conheço o tipo.

Margot não entendia por que o comportamento de Nick a surpreendera. Ele sempre fora daquele jeito. Levara duas garotas ao baile de formatura. Ficara com mulheres de todas as fraternidades femininas da Universidade Penn State. Margot ouvira rumores de que ele dormira até com uma das professoras da Escola de Direito. Mas *Finn?* Por que Finn? Havia tantas convidadas solteiras no casamento... Qualquer uma das professoras hippies colegas de Jenna, ou ele ainda poderia ter tido uma reprise com Autumn.

— Então, esta noite... — começou Margot, mas se deteve. Não estava com vontade de falar sobre o que Nick fizera naquela noite.

— Esta noite, o quê? — perguntou Griff.

— Meu filho de dez anos, Carson, mal conseguiu passar de ano; ele estava no quarto. E minha filha, Ellie, é uma acumuladora — falou Margot.

Griff riu. E Margot se lembrou de que ele tinha mesmo uma bela risada.

E pediu:

— Refresque a minha memória quanto aos nomes de seus filhos. Sei que me falou, mas não fui abençoada com uma memória como a sua. — Várias vezes, um candidato ou uma candidata incluía uma frase em seu currículo que dizia algo como *Casado/a há 14 anos, pai/mãe devotado/a de quatro*. E Margot sempre os orientava a apagar aquela parte. Todos amavam os próprios filhos, e metade amava o cônjuge. Mas essa informação não pertencia a um currículo e não deveria ser discutida com um empregador em potencial, a menos que afetasse diretamente o histórico profissional do candidato... como fora o caso de Griff.

– Minha filha, Colby, de 12 anos, me acha um deus – respondeu ele. – Os meninos, Ethan e Tanner, têm 10 e 8 anos. Eles acham Robinson Canó, o jogador de beisebol, um deus. Não os vejo o bastante... nem perto disso. Só em fins de semana alternados.

– Os meus voam para a Califórnia todo último fim de semana do mês para visitar o pai – falou Margot. – Que me informou, há dois dias, que vai se casar de novo com uma instrutora de pilates chamada Lily.

Griff agitou o gelo no copo. Estava bebendo alguma coisa com Coca-Cola, talvez bourbon, como todos os sulistas no jantar de ensaio, e Margot pensou por um segundo em como o sabor seria bom se ela o beijasse. Doce, com gosto de caramelo. Mas logo se repreendeu por pensar em beijar Griffin Wheatley, rei do baile, e então se viu obrigada a admitir para si mesma que estivera pensando em beijá-lo desde que o vira na barca.

– Minha ex-esposa, Cynthia, deve dar à luz nas próximas semanas. A um bebê de Jasper – contou Griff.

Margot terminou o drinque que tomava e esperou o barato bater. Griff contou que sua esposa se apaixonara pelo melhor amigo dele, Jasper, que também era o chefe direto de Griff, o que explicava a súbita saída do rei do baile do Masterson Group, e ainda era a razão pela qual Margot o conhecera. Ele não quisera contar a Drew Carver, ou aos outros executivos da Tricom, sobre Jasper e a ex-esposa. Margot compreendia. Os candidatos nunca queriam dividir o modo complicado como sua vida pessoal se misturava à vida profissional. Mas isso não importava: a Tricom quisera Griff para o cargo. Até que...

— Mas. Que. Merda.

— Exatamente — concordou Griff. Ele fez sinal para o barman, pedindo a conta. — Você realmente precisa ir para casa. Está tarde.

Margot endireitou o corpo no que esperava ser um movimento gracioso, como os de ioga. O álcool, em vez de tornar tudo mais suave e nebuloso, aguçara seu campo de visão. Griff estava tentando se livrar dela? Ela o *entediara?* Os problemas dela pareciam pequenos e óbvios, típicos de uma mulher branca, de certa idade, bem-instruída e de classe média alta? Os filhos eram saudáveis e ela estava empregada, tinha dinheiro e amigos. Era divorciada. E daí? Perdera a mãe. E daí? Todos perdiam a mãe eventualmente. Havia pessoas no mundo com problemas de verdade. Havia crianças na ala de câncer dos hospitais, homens em Bangladesh recebendo doze ou quinze centavos de dólar por dia para desmantelar velhos navios de cruzeiro para o ferro-velho, milhões de pessoas ao redor dos Estados Unidos que precisavam trabalhar três turnos. Margot não tinha motivos para reclamar.

— Você está certo — disse ela. — Preciso ir. — Margot pegou o xale e a bolsa, e deixou trinta dólares sobre a bancada do bar. Griff empurrou o dinheiro de volta para ela.

— Por favor — falou ele. — É por minha conta.

— De forma alguma — recusou Margot.

— Eu insisto.

Ela pegou o dinheiro e disse:

— Bem, obrigada pelos drinques. E obrigada por ouvir. — Ele fora atencioso e não tentara oferecer conselhos, nem fizera comentários superficiais. Fora um Ouvinte, com O maiúsculo. Todo casamento precisava de um Ouvinte, percebeu Margot.

— O prazer foi meu — disse Griff.

Margot desceu do banquinho de couro. Sentia-se ainda mais confusa do que quando entrara ali. No topo da avalanche de emoções que sentia, estava a tristeza por ter que deixar Griffin Wheatley, rei do baile.

— Margot, você está saindo com alguém? — perguntou ele.

— Ah... mais ou menos — respondeu ela. Então riu, porque aquelas três palavras precisavam descrever uma situação tão complexa que ela não tinha como começar a explicar.

— Imaginei que eu teria algum tipo de competição — disse ele. — Mas não sabia exatamente que forma ela assumiria.

Ele acompanhou Margot até em casa, segurando o braço dela enquanto atravessavam os paralelepípedos da rua principal. Quando subiram a Orange Street, Margot começou a pensar no restante da família. Já estariam em casa? Estariam acordados? Ela basicamente desaparecera, e seu celular não funcionava, por isso ninguém teria conseguido entrar em contato. Margot jamais poderia imaginar como era libertador se desconectar.

Quando se deu conta, ela e Griff estavam parados na calçada, a poucos metros de casa. Uma lua gorda, quase cheia, pairava no céu acima deles, e o relógio da torre da igreja unitarista estava iluminado.

— Sinceramente, não tenho como lhe agradecer o bastante... — começou a dizer Margot.

Griff segurou o pescoço dela entre as mãos, manteve-a daquele jeito por um segundo, então a beijou delicadamente nos lábios. E mais uma vez, e outra, com mais avidez, agora com a língua, e uma onda de desejo percorreu o corpo de Margot. Ela estava sem ar. E pensou: *Este é o melhor primeiro beijo que já tive e, ao mesmo tempo, o pior primeiro beijo, exatamente porque foi tão bom. Porque assim que ele descobrir o que eu fiz, nunca mais vai me beijar de novo.* Portanto, ela precisava se agarrar àquele momento. Margot beijou e beijou Griff, língua, lábios, mãos, cabelos, ela o puxou para si, não conseguia se *saciar*. O pensamento agora era: *Quem é Edge?* Beijar Edge nunca fora daquele jeito. Beijar Edge era como beijar um homem mais velho: às vezes os dentes se esbarravam, às vezes ele estava com mau hálito. E mesmo assim tinha um enorme domínio sobre ela, a mantinha cativa; tanto que ela estivera disposta, ansiosa até, a prejudicar o homem diante dela. Era o segredo que tornava Edge tão viciante, assim como os ternos muito bem cortados e o relógio caro. Era também o fato de que ele deveria tratar Margot como um tesouro, mas a tratava com negligência. E quanto mais descuidado era com ela, mas obcecada Margot se tornava.

Griff se afastou e Margot pensou: *Não!* Ela ficou preocupada com a possibilidade de ele não estar apreciando o beijo tanto quanto ela. Um desejo insano, uma eletricidade como aquela, poderiam ser apenas unilaterais?

— Tenho uma confissão a fazer — disse Griff.

Margot achou que ele estava prestes a admitir que tinha uma namorada, ou até mesmo uma noiva, embora a houvesse perseguido com determinação, para dizer o mínimo. E pensou: *Não me importo se ele for casado, noivo, ou se estiver saindo com alguém há um ano, há três meses, ou há uma semana.*

— O que é? — perguntou ela.

— Tenho uma queda por você desde a segunda vez que a vi — falou ele.

Os pés de Margot pareceram se transformar em gelo nas sandálias prateadas. De repente, pareciam tão frios que chegavam a doer. Ela não conseguia mover os dedos dos pés.

— No instante em que você apertou pela primeira vez a minha mão — continuou Griff. — Achei você tão bonita ali. Mas bonita era o menos importante. Você era inteligente, capaz e... foi tão dura comigo. Fez as perguntas mais precisas. Foi muito excitante. Obviamente, não podia pedir o número do seu telefone na época. Pensei em ligar para você no trabalho, depois que fui recusado, mas não tinha certeza se... bem, achei que talvez pudesse ser constrangedor para você. Não esperava voltar a vê-la, ainda mais na barca de Nantucket.

— Ah — disse Margot. E se sentiu dominada pela vergonha, pelo pânico. *Inteligente, capaz, dura... perguntas mais precisas... excitante.* Jesus!

— E, por favor, não se preocupe com o resultado final de tudo aquilo — pediu Griff. — Tenho certeza de que o outro cara foi uma escolha melhor.

— Eu... eu não posso falar sobre isso — balbuciou Margot.

— É claro que não — disse Griff. — Óbvio. Desculpe.

Desculpe!, pensou Margot.

— Posso ver você amanhã? — perguntou Griff.

Amanhã?, pensou Margot. Amanhã era o dia do casamento. Ela estaria ocupada dia e noite, e Edge estava a caminho. Gostara de beijar Griff, gostara muito, mas se odiava pelo que fizera. Griff era um cara tão legal. Margot sempre pensara em si mesma como uma pessoa legal... até aquela conversa telefônica com Drew Carver, quando se tornara uma pessoa não legal. Margot jamais poderia confessar o que fizera. Mas também não poderia se encontrar novamente com Griff, ou beijá-lo novamente, *sem* confessar o que fizera.

— Não — disse ela. — Sinto muito.

— Não? — repetiu ele. — Mas...

Ela acenou em despedida e desceu a rua, apressada, em direção à casa da família, pensando mais uma vez em como algumas noites tinham um bom carma e outras estavam amaldiçoadas. Por algum tempo, aquela noite pareceu ter um bom carma, mas acabara amaldiçoada.

E, como se Margot precisasse de mais alguma prova, quando ela se aproximou da casa, viu Jenna sentada no degrau mais alto da entrada principal, que ninguém, a não ser o carteiro, usava. Jenna tinha o rosto enfiado nas mãos. Estava chorando.

O CADERNO, PÁGINA 26

O Buquê da Noiva

Amo flores, você sabe disso. Certo verão, durante a faculdade, trabalhei para um florista chamado Stems, na 77th Street — isso foi há muito tempo. Eu fazia entregas e, mais tarde, arranjos simples. Stems tinha uma linda geladeira expositora embutida, para guardar flores, com portas enormes de carvalho e vidro, e eu aproveitava qualquer oportunidade para abrir a geladeira e inspirar o aroma ali de dentro. Se o paraíso existe, é melhor que se pareça com a geladeira de flores de Stems, cheio de rosas, lírios, dálias e gérberas nas cores do arco-íris.

Buquê da noiva: hortênsias brancas, peônias brancas (botões, não desabrochadas), rosas brancas luxuriantes, rosas jade, lisianthus jade, hypericum verde. Essa combinação garantirá um efeito arredondado, suntuoso, com um equilíbrio perfeito de tons de branco e verde.

Damas: Hortênsias brancas e rosas jade. Amarre-as juntas com uma fita verde combinando.

Por favor, note que eu evitei acrescentar lírios orientais, copos de leite e orquídeas. Essas flores são estruturadas demais, urbanas demais; não podem coexistir com a delicadeza das peônias. Confie em mim.

DOUG

Na suíte principal, na cama king size, Pauline procurou por ele. As mãos da esposa, com a unhas recém-pintadas da cor de nuvens de tempestade, lhe envolveram o bíceps. Ela tomou impulso, se aproximando mais do marido, seu hálito na orelha dele. Então a mão aberta desceu pelo peito nu de Doug, passou sobre a barriga macia e pela frente da cueca. Nada.

Aquilo não era comum. Doug estava envelhecendo e nem sempre se excitava com a rapidez de antes. Chegara a cogitar marcar uma consulta com o Dr. Fraker e pedir algum remédio, mas aquilo seria como admitir a derrota. Recentemente, a única forma de ele conseguir manter uma ereção com Pauline era imaginá-la com Russell Stern, do Wee Burn Country Club. Doug sabia que aquilo era esquisito... fantasiar que a esposa estava com outro homem. E também não podia ser qualquer outro homem: não podia ser Arthur Tonelli ou George Clooney. Tinha que ser Russell Stern. Doug ficou preocupado se não estaria, de alguma forma, se sentindo atraído por Russell Stern. E se aquilo fosse a indicação de um impulso homossexual latente? Mas, depois de ponderar a respeito, chegou à conclusão de que se sentira mais atraído por Pauline quando desconfiara que Russell Stern a estava perseguindo. Isso tornara Pauline mais desejável. E era ainda melhor que Pauline e Russell Stern já houvessem se relacionado anteriormente. Às vezes, Doug fantasiava sobre Pauline com a saia curta e pregueada de líder de torcida, e Russell, com o uniforme acolchoado de futebol americano, pegando-a por trás, no que Doug imaginava ser o ar fétido do vestiário da New Canaan High School.

Mas a fantasia não estava funcionando naquela noite. Nada estava funcionando naquela noite. Nada, pensou Doug com tristeza, jamais funcionaria de novo. Sua vida sexual com Pauline estava acabada.

Doug segurou a mão com que ela o acariciava e a apertou entre as dele. Queria ser gentil com ela, mas com frequência gentileza era confundida com condescendência.

— Pauline — disse ele.

— Está tudo bem — garantiu ela. — Eu entendo, eu sei, é natural que você esteja pensando nela.

— Pensando em quem?

— Em Beth.

— Eu não estava pensando em Beth.

Pauline se virou de lado e ficou de costas para ele.

— É óbvio que estava.

Doug teve vontade de dizer: *Não me diga no que eu estava ou não estava pensando. Você não lê mentes.* Mas ele não queria começar uma briga. Não queria agir como um de seus clientes. As pessoas que estavam passando por um divórcio encaravam emoções alteradas todos os dias. Ainda na semana anterior, Doug recebera um e-mail cujo assunto era "Manhã difícil". A mensagem consistia em uma descrição detalhada de como se tornara beligerante a rotina na casa de Fulano antes que as crianças saíssem para o colégio. A mãe e o pai moravam no mesmo prédio, e a pequena Sofia e seu irmão Daniel, um pouco mais velho, subiam e desciam de elevador várias vezes, em busca de roupas limpas, café da manhã e dos deveres de casa, enquanto o pai e a mãe trocavam impropérios, aos berros, no celular. Doug lera e respondera a milhares de e--mails como aquele; assistira de camarote a todo tipo imaginável de desavença doméstica. Odiava a ideia de qualquer pessoa — outro advogado, um terapeuta, Rhonda — a par da intimidade do seu relacionamento com Pauline. Doug só queria que o casamento terminasse tranquilamente. Queria que fosse como uma bolha de sabão que ele pudesse estourar com o dedo.

— Eu não estava pensando em Beth — sussurrou Doug.

— Em que estava pensando, então? — perguntou Pauline.

Ele não respondeu. A insistência de Pauline de que ele estava pensando em Beth o levara a pensar na esposa falecida. Doug se lembrou do seu casamento com Beth, que acontecera na cidade de Nova York. A cerimônia na igreja de St. James, na 71th Street, a recepção no restaurante Quilted Giraffe, a noite de núpcias no hotel Pierre, onde os dois haviam chegado, zonzos e exaustos, às três da manhã, depois de uma excursão a Chinatown tarde da noite, porque Beth estivera tão ocupada conversando e sendo fotografada na recepção do casamento que não comera nada. Quando saíram da recepção, ela se pegou com uma vontade insana de comer bolinhos chineses.

Doug lembrou-se de estar sentado a um dos lados de uma mesa minúscula — o tampo grudento de molho de soja —, segurando a mão de Beth, enquanto ela atacava os bolinhos. Beth ainda usava o vestido de noiva. As velhinhas chinesas que os atenderam a paparicavam sem parar, ajeitavam seus cabelos, admiravam a aliança... Doug se lembrava de querer enxotá-las como se fossem moscas.

No caminho de volta ao Pierre, Doug perguntara a Beth quantos filhos ela achava que teriam.

– Quatro – respondera ela. – Dois meninos e duas meninas.

Aquilo parecera uma tarefa desafiadora para Doug, mas tudo o que ele queria naquele momento, e em todos os momentos a partir dali, era fazer Beth feliz.

– Você os terá – garantira ele.

No instante seguinte, Doug vira todos os semáforos de Park Avenue ficarem verdes de uma só vez, até onde alcançava a vista. Fora um momento de sincronismo incrível.

Ele pensou, então, na última página do Caderno. O que diria?

O CADERNO, PÁGINA 40

Cardápio do Jantar

Carne, mas não filé mignon. Alguma carne com mais sabor. Filé de costela? Contrafilé?

Peixe, não frango. Peixe-espada, talvez, ou robalo riscado, mas só se você os conseguir localmente, com Bill Sandole, na peixaria East Coast.

Batatas assadas com recheios diversos – um bom queijo cheddar, creme azedo, bacon crocante, cebolinha picada. Quando eu me for, uma das coisas de que mais sentirei falta será de uma batata assada bem recheada...

Legumes grelhados ou fritos, não cozidos.

Pãezinhos quentes para acompanhar.

Uma salada realmente saborosa, com os ingredientes comprados na fazenda Pumpkin Fond.

Faça de um modo diferente do que as pessoas esperam. Faça melhor.

ANN

— Ela parecia bem – comentou Ann. – Não acha que ela parecia bem?
– Quem? – perguntou Jim. Ele estava parado diante do espelho, tirando a gravata.
– Helen – disse Ann. – Estava linda, melhor do que nunca.
– Ela odiava dizer aquelas palavras, mas era verdade, maldição. Era verdade. Ann decidira que deveria ser ela a dizer aquilo, para que a ideia fosse ventilada, não ficasse fermentando na cabeça de Jim. Estava assustada. Apavorada com a possibilidade de Helen lhe roubar Jim novamente.

Jim se aproximou de Ann com os braços abertos e puxou-a contra o peito. Então lhe acariciou as costas, do jeito que Ann adorava. Ele cheirava a manteiga derretida.
– Como foi no hospital? – perguntou Ann.
– O que quer dizer?
Ann se afastou.
– Você ficou sentado com ela na sala de espera?
– Eu fiquei sentado na sala de espera, e ela ficou sentada na sala de espera – falou Jim. – Mas eu *com* ela? Não exatamente.
– Você se sentou perto dela? – quis saber Ann.
Jim suspirou.

— Sim — respondeu. — Para ser mais preciso, ela se sentou perto de mim. Não teria nada a ver eu simplesmente me levantar e mudar de lugar, teria sido muito rude.

Ann não conseguia apagar a cor amarela de seu campo de visão.

— Sobre o que vocês dois conversaram?

— Mal falamos alguma coisa — disse Jim. — Um pouco sobre Chance. Ambos ficamos impressionados por não termos percebido que ele tinha alergia a frutos do mar em dezenove anos.

Ann não gostou das frases "ambos ficamos impressionados" ou "não termos percebido".

— Tive a sensação de que Helen me culpou por eu estar com Chance quando ele comeu o mexilhão — comentou Ann.

— Não seja boba — disse Jim. — Não foi sua culpa. Não foi culpa de ninguém.

Ann se sentou na beira da cama, descalçou os sapatos e os chutou para o meio do quarto. Sentia-se pequena, insignificante e feia. Helen Oppenheimer vinha fazendo com que se sentisse assim havia vinte anos, desde o grupo de degustação de vinhos, desde o passeio de balão de ar quente. Ann estava atormentada pela imagem de Jim e Helen sentados um ao lado do outro, na sala de espera do hospital. Fazia com que ela se lembrasse demais de Jim no hospital, naquele domingo de Páscoa, alardeando ao telefone como seu filho recém-nascido era grande e saudável.

— Vocês conversaram sobre mais alguma coisa? — perguntou Ann.

— Na verdade, não. Eu li a *Sports Illustrated*. Helen ficou trocando mensagens com alguém.

— Com quem será que ela ficou fazendo isso? — se perguntou Ann em voz alta. — Com o amante mais novo?

— Não. Eles terminaram.

— Eles *terminaram*? — repetiu Ann — Como você sabe?

— Ela me contou — falou Jim. Ele abriu o cinto, despiu a calça e jogou-a, sem dobrar, dentro da mala aberta. Ann, é claro, havia arrumado todas as roupas dela nas gavetas, bem dobradas, a não ser pelas peças que tinha pendurado no armário. Ann, a organizada; Ann, do colégio católico; Ann, Santa Ann.

— Quando ela lhe contou? — indagou Ann.

— No carro, a caminho do hospital — explicou Jim. — Perguntei como estava Brad, e ela disse que eles haviam rompido. Disse que se cansou dele.

— *Ela* se cansou *dele*? — disse Ann. Brad, o amante, era dez anos mais novo do que Helen, um médico bem-sucedido, e *ela* se cansara *dele*? Ann não gostou nem um pouco daquilo. Helen estava solteira, livre, e todos, principalmente Ann, sabiam que Helen não gostava de ficar só. — E ela te contou isso? No carro?

— Ann — falou Jim. — Se quisesse saber o que Helen e eu conversamos, deveria ter nos acompanhado ao hospital. Eu queria que você fosse. Praticamente implorei.

— Era o jantar de ensaio de Stuart! — exclamou Ann. Estava começando a falar em voz alta, o que não era um bom sinal. Ela ficou um momento em silêncio, para se recompor, mas os vodca martinis que tomara pareciam chacoalhar em seu cérebro, como uma máquina de lavar roupas. Por vinte anos fora uma mulher bastante razoável ao lidar com Jim e aquela situação. Mas não nesta noite. — Stuart é *meu* filho, e vai se casar amanhã! Não achei que deveria perder o jantar de ensaio do seu casamento porque Chance ficou doente. Chance... não é *meu filho, Jim*. Ele é seu filho, e filho de Helen.

— Por favor, se acalme, Ann — pediu Jim. — Você está cem por cento certa.

— *Sei* que estou cem por cento certa! — retrucou ela. Então foi até onde o marido estava e se virou de costas automaticamente, porque precisava que ele abrisse o zíper do vestido. Jim fez isso e a ajudou a afastar o vestido dos ombros, mas ela se desvencilhou. O vestido caiu no chão, em uma poça cor-de-rosa, e Ann o deixou onde estava. Então pegou o roupão branco e o vestiu sobre a calcinha e o sutiã. — Eu a odeio.

— Ann...

— Eu. A. Odeio.

— Muito bem, então — disse Jim. Ele começou a andar de um lado para o outro enquanto desabotoava a camisa. — Muito bem, então não deveria tê-la convidado.

Ann pensou: *E você não deveria ter trepado com ela. E não deveria tê-la engravidado. E não deveria ter se casado com ela.*

Convidá-la fora apenas um modo generoso, atencioso de lidar com a situação embaraçosa e terrível em que Jim os colocara.

Ann apontou para a porta.

— Saia — disse.

— O quê? — perguntou ele.

— Saia! — repetiu. — Quero que saia!

Jim deu um, dois, três passos na direção de Ann, mas ela não abaixou o dedo.

— Estou falando sério, Jim. Saia deste quarto. Não quero você aqui esta noite.

— Mas Stuart...

— E você se importa com Stuart? — perguntou Ann. — Se importa com qualquer um de nós?

— Então vou deixar as coisas bem evidentes — falou ele. — Você decidiu, por algum motivo ignorado por mim, ou por qualquer pessoa, convidar Helen para o casamento. A decisão foi *sua*, Ann Graham, apenas sua. Fui radicalmente contra e acho que deixei isso bem claro. E agora, porque Helen está aqui, e porque Chance teve uma reação alérgica imprevista, devido à qual, devo dizer, o garoto quase morreu, *eu* estou pagando o preço.

— Pagando o *preço*? — repetiu Ann. Jim não "pagara o preço" do modo como Ann pagara, não mesmo. Ele voltara para Ann profundamente arrependido, chorara, mandara flores, se aconselhara com o padre Art, que estava à frente da paróquia dos dois; fora a todos os eventos esportivos e do colégio dos meninos com o proverbial chapéu na mão, implorando perdão, fizera tudo menos alugar um outdoor renegando seus pecados... mas realmente pagara algum preço? Ann achava que não.

Ela abaixou o braço.

— Saia — pediu em voz baixa.

— Annie? — disse ele.

— Por favor.

O CADERNO, PÁGINA 19

O Bolo

Pela minha experiência, as pessoas não comem o bolo, ou, quando comem, já estão tão bêbadas que não se lembram dele. Portanto, minhas sugestões no que se refere ao bolo serão desperdiçadas. Você vai querer um bolo bonito; ele será registrado em fotos. Eles fazem um bolo em padrão de cestaria que é muito a cara de Nantucket. Use cobertura de creme de manteiga – NÃO USE FONDANT. Fondant é impossível de comer. Decorado com flores? Com frutas cristalizadas? Encomendar cupcakes combinando para as crianças?

Apenas insisto que, quando você e o Futuro Marido Inteligente e Sensível cortarem o bolo e derem pedaços na boca um do outro, façam isso de um modo elegante. Talvez o que estou dizendo denuncie a minha idade, mas não gosto de brincadeiras com o bolo, um sujando o rosto ou o cabelo do outro. Eca!

SÁBADO

MARGOT

Margot acordou na cama, apertada entre Ellie e Jenna, com o braço esquerdo dormente. Lá embaixo, o telefone estava tocando.

Ela saiu da cama escalando por cima de Ellie, que não acordaria por nada, a menos que houvesse um terremoto seguido por um tsunami. Margot balançou a mão, na tentativa de fazer o sangue circular novamente. E percebeu que, do lado de fora, o céu estava azul e os pássaros cantavam.

Desejo a você um lindo dia.

Ao menos teriam isso.

Margot desceu as escadas correndo e quase escorregou no penúltimo degrau. O piso estava tão desgastado depois de tantos anos de subidas e descidas de pés descalços que ficara sedoso e escorregadio. *Estou indo, estou indo,* pensou. Uma casa cheia de gente e, por algum motivo, ela era a única que estava ouvindo o telefone tocar? Ou era a única estúpida o bastante para sair da cama às — ela checou o relógio — seis e quinze da manhã para atendê-lo.

— Alô — disse Margot.
— Margot? É Roger.
— Bom dia, Roger — respondeu Margot.

— Presumo que esteja ciente de que sua irmã me deixou uma mensagem de voz às onze e meia da noite passada, dizendo que o casamento havia sido cancelado? Desculpe, eu estava dormindo quando ela deixou o recado.

— Sim — disse Margot. — Estou ciente.

— O casamento está cancelado?

— Não tenho certeza — respondeu Margot.

— Muito bem — disse Roger. Houve uma pausa e um som suspeito de ar exalado. Roger estava fumando? O telefonema de Jenna o mandara direto para a Lucky Express, comprar um maço de Newport? — Vai me avisar quando *tiver* certeza?

— Com certeza — confirmou Margot. — Eu com certeza o avisarei.

— Obrigado — agradeceu Roger. — Eu provavelmente não precisaria acrescentar, mas... quanto mais rápido, melhor. Tchau.

Margot desligou. Não conseguira voltar a dormir de jeito nenhum, por isso preparou um bule de café. E disse para si mesma: *Não vou pensar em nada até tomar meu café e ficar sentada por um minuto ao sol.* Ela teria gostado de se sentar no balanço, mas o balanço não estava pendurado por enquanto. Assim, decidiu levar a xícara de café e o Caderno para o banco que dava vista para a baía, o mesmo em que o pai pedira a mãe em casamento em 1968, que agora todos chamavam de "banco do pedido". Margot ficou olhando para a vista — a baía de Nantucket pontilhada de veleiros, as cercas brancas e treliças carregadas de rosas-trepadeiras New Dawn. E abriu o Caderno.

Convites, vestido de noiva, vestidos das damas, sapatos pintados para combinar, pérolas, cardápio de piquenique na praia para o jantar de ensaio (até mesmo o bolo de mirtilo, mas Margot não provara um único pedaço), tendas, pista de dança, flores, toalhas de mesa antigas bordadas, porcelana, cristais, prataria, canapés e aperitivos, vinho, cardápios do jantar, bolo, lembranças, quartos de hotel, bandas *versus* DJs, lista de músicas, ordem das danças, presentes das damas, lugares para passar a lua de mel. Havia muitas referências ao pai, inclusive a linda última página. E havia muitas referências a Margot. "Margot é a mulher mais competente que você ou eu conhecemos. E parodiando a letra da música de Irving Berlin: 'Qualquer coisa que eu possa fazer, ela pode fazer melhor'." Margot já lera aquelas linhas centenas de vezes; estavam entre as suas favoritas do Caderno. Mas elas deixavam de lado uma diferença importante: Margot poderia fazer as coisas que Beth faria, mas Margot não poderia ser Beth. E o que Jenna precisava naquele momento, mais do que qualquer coisa, era de Beth.

Margot folheou as páginas até o final do Caderno, onde estava o material de apoio – a lista dos primos de Beth, o folheto de Caneel Bay, em Saint John, nas Ilhas Virgens Americanas, o nome e o telefone do paisagista que deveria ser chamado caso o canteiro de perenes acabasse precisando ser transplantado se os caras da tenda o pisoteassem sem querer.

Não havia menção ao Medo.

Ao organizar o Caderno, a mãe deixara de fora algumas poucas coisas realmente importantes.

Diga-nos o que fazer quando a dúvida surgir, pensou Margot. *Diga-nos o que fazer quando sentirmos raiva. Diga-nos como lidar com a nossa tristeza, mamãe. Estamos, todos nós, paralisados de tristeza porque você não está aqui conosco hoje, não esteve aqui ontem, não estará amanhã.*

Quando Jenna e Margot conheceram Roger, Margot havia declarado abertamente: "Somos uma família sem a nossa mãe."

Roger assentira daquele modo inabalável característico, como se não houvesse nada que elas pudessem dizer que conseguisse chocá-lo, como se já houvesse visto de tudo.

Jenna então erguera o Caderno de modo triunfal. "Mas temos isto!"

Mas aquilo, pensou Margot, fechando o Caderno e voltando para dentro de casa, não era o bastante.

Margot serviu uma xícara de café para Jenna, acrescentou leite na mesma quantidade e três colheres de chá de açúcar. Jenna, é claro, gostava do café doce e leve, enquanto Margot bebia o dela quente, amargo e puro. Lá em cima, no quarto de Margot, Ellie pulava na cama e cantava: "Tia Jenna vai se casar hoje! Casar hoje! Casar hoje!"

O lado de Jenna na cama estava vazio.

— Eleanor, pare agora mesmo — repreendeu Margot. — Essa cama é antiga e você vai quebrá-la!

Ellie se atirou de cima da cama e aterrissou ruidosamente sobre o tapete trançado.

— Bem, agora a casa toda está acordada — disse Margot.

— Posso subir para acordar os meninos? — perguntou Ellie.

— Não. Preciso que você faça alguma coisa tranquila. Pegue seu iPod e vá lá para baixo.

— Meu iPod é chato — reclamou Ellie.

— Não estou nem aí — disse Margot. — Preciso conversar com a sua tia Jenna.

Ellie cruzou os braços. Ainda estava de roupa de banho, a pele ainda encrustada de sal e areia do passeio na praia da véspera. O Conselho Tutelar provavelmente chegaria a qualquer momento...

– Quero ficar e ouvir – disse Ellie.

– É papo de adulto – falou Margot. Havia uma parte dela que acreditava que Ellie *devia* ficar e ouvir. Afinal, a filha um dia cresceria, seria uma mulher. Talvez não fosse uma má ideia que ela aprendesse agora, na tenra idade de 6 anos, que o mundo era um lugar complicado, que as mentes das outras pessoas não podiam ser lidas, que as emoções não podiam ser previstas, que o amor era efêmero e caprichoso, que quando achávamos que havíamos entendido tudo, algo acontecia para provar que estávamos errados. A vida era um mistério e ninguém sabia o que acontecia quando morríamos.

– Não me importo – insistiu Ellie. – Quero ouvir.

– Já para baixo – ordenou Margot.

– Não – teimou Ellie.

Margot fechou os olhos. Estava sentindo o efeito dos drinques da noite anterior, o que trouxe lembranças do beijo de Griff, da própria traição e da chegada iminente de Edge. As mãos de Margot tremiam. Ela pousou a xícara de café sobre a cômoda e suspirou.

– Está certo. Vá lá para cima com os meninos, então.

Ellie deixou escapar um grito de alegria e fez uma pirueta. Graças a Deus pelas aulas de balé de madame Willette. Eram a única coisa que impedia Ellie de se transformar em uma selvagem.

– Para onde foi a tia Jenna? – Margot perguntou à filha.

– Ao banheiro – respondeu Ellie.

Margot pegou a xícara de café e se recostou na cama, acomodando-se contra os travesseiros. Os lençóis estavam cheios de areia.

O que vou dizer?, ela se perguntou.

Quando se sentara ao lado de Jenna na escada da frente, na noite anterior, e perguntara por que ela estava chorando, Jenna respondera que tinha cancelado o casamento.

— O quê?

— Não vou me casar — disse Jenna.

— Por que não? — perguntou Margot.

— Stuart mentiu para mim.

— Ele *mentiu* para você? — Aquilo não combinava com Stuart, que era a pessoa mais careta que já existira. Ele sequer quisera uma despedida de solteiro. Que homem não queria uma despedida de solteiro? A despedida de solteiro de Drum Sr. na Cidade do Cabo tivera mais convidados do que o casamento em si, e durara mais tempo do que a lua de mel dos dois.

O lábio inferior de Jenna tremia e ela o mordeu como costumava fazer quando era uma garotinha.

— Ele já foi noivo antes — contou ela.

— O quê?

— De Crissy Pine — falou Jenna. — Sua namorada da faculdade. Foram noivos por *cinco semanas*! Helen me contou, Helen foi madrasta de Stuart. A mulher de vestido amarelo da noite passada.

Margot teve a sensação de que seu cérebro entraria em curto-circuito. Não sabia como processar aquela informação.

— Cinco semanas não é muito tempo, Jenna. Não é nada, na verdade. É insignificante.

— Ele mentiu pra mim! — disse Jenna. — Já foi noivo antes! E nunca *me contou*!

— Você descobriu por intermédio de Helen? — perguntou Margot. — A mãe de Chance?

— Foi a primeira vez que a encontrei — explicou Jenna. — Helen e Stuart não são próximos, ele ficou chocado com o fato de a mãe tê-la convidado. Mas praticamente a primeira coisa que Helen me disse foi que estava feliz por tudo ter corrido bem para Stuart *desta vez*. E eu devo ter feito uma cara de quem não entendia nada, porque, então, ela disse, "Ora, você sabe sobre o noivado rompido com Crissy Pine, não é?" Eu disse que não sabia, e ela se inclinou para a frente com um ar conspiratório, como se fôssemos *amigas*, e disse: "Stuart foi noivo de Crissy Pine por cinco semanas, e, depois que ele rompeu o compromisso, ela se recusou a devolver o anel de diamante da bisavó do rapaz". – Jenna agora chorava abertamente. – Ele deu a ela o *anel da bisavó*!

Margot fechou os olhos por um instante. Por que as pessoas não conseguiam manter a boca fechada? Que bem Helen achava que resultaria de contar aquilo a Jenna na noite anterior ao casamento? A mulher sentira alguma satisfação mórbida?

– Helen é uma fonte duvidosa – contemporizou Margot. – Ela pode estar mentindo. Ou exagerando.

– Eu confrontei Stuart! – disse Jenna. – Ele admitiu que era verdade. Stuart pediu, sim, Crissy em casamento; deu a ela o anel da bisavó, rompeu o noivado cinco semanas depois, e ela ficou tão furiosa que não devolveu o anel. Ainda está com ela!

Deve ter vendido no eBay, pensou Margot.

– Por que ele nunca te contou?

– Ele disse que queria me proteger! Disse que achava que eu não precisava saber! Que percebeu que estava cometendo um erro no instante em que pediu Crissy em casamento! Falou que só pediu porque ela o ficava pressionando, e assim conseguiu que ela parasse.

Ah, caramba, pensou Margot.

– Tenho certeza de que ele *realmente* queria proteger você – argumentou Margot. – Como alguém que a conhece melhor do que qualquer um, posso dizer que você é uma pessoa que não aceita bem notícias ruins. É uma idealista; acredita na bondade da humanidade além do ponto em que o restante de nós, mortais, já teria desistido. É claro que ele não quis te contar. Durante todo o relacionamento de vocês, Stuart fez de tudo para tentar fazê-la feliz. Ele comprou um carro híbrido por você! Se registrou como democrata! Querida, acredite em mim, um noivado anterior não é nada demais.

Jenna fungou.

— Jenna — disse Margot. — Isso *não é* nada demais.

— O restante da família de Stuart sempre foi tão *esquisito* a respeito de Crissy — comentou Jenna. — Ninguém jamais fala sobre ela. Há fotos de família na casa dos Graham em que Crissy aparece, mas Ann cortou pedaços de papel preto e colou sobre o rosto da garota!

Margot não conseguiu conter um sorriso ao ouvir isso. E se perguntou se a mãe de Drum, Greta, havia coberto o rosto dela, Margot, com pedaços de papel preto — por exemplo, nas fotos do batizado de Drum Jr.

— Não é engraçado! — reclamou Jenna. — Nós esbarramos com ela uma vez, no aeroporto de Newark. Ela estava indo em uma direção, na esteira rolante, e nós estávamos vindo na outra. Crissy chamou o nome de Stuart, e ele se virou. Eu me virei também, e ela fez um gesto feio para Stuart. Ela mostrou o *dedo do meio* para ele! Era bonita... cabelos escuros, pele pálida, uma beleza meio espanhola... e eu fiquei, tipo, "Quem era essa e o que foi *isso*?" Quem na face da Terra faria um gesto feio para Stuart? Meu Stuart incrível, bondoso, o homem que todos adoravam e admiravam? Eu disse, "Ahn... você *conhece* aquela garota?" Ele *claramente* não queria me contar, mas acabou admitindo que era Crissy. E eu o arrastei até o bar do aeroporto, nós pedimos margaritas e eu exigi que ele me contasse o que acontecera exatamente com Crissy. E tudo o que ele me disse foi que gostava de fingir que ela nunca existira.

Margot assentiu. Se todos contassem as próprias histórias com ex-namorados, ex-namoradas, ex-noivos, ex-noivas, ex-maridos e ex-esposas — ou com as outras pessoas cujos caminhos houvessem cruzado os deles física ou emocionalmente —, haveria milhões e milhões de capítulos. Era um tema difícil, para dizer o mínimo.

— Você também teve relacionamentos sérios antes — lembrou Margot. — E quanto a Jason? Você *amou* Jason. Praticamente se entregou a um transtorno alimentar e foi parar na enfermaria da faculdade por causa dele. Já contou isso a Stuart?

— Não tive nenhum transtorno alimentar — contestou Jenna.

— Na primeira vez que ele terminou o namoro, você começou uma greve de fome! — argumentou Margot. — Vou precisar acordar Autumn para confirmar o que estou dizendo? Você vivia de torrada e vodca.

— Desde que Stuart me pediu em casamento, você vem me dizendo para reconsiderar a ideia — alegou Jenna. — Você me disse que todos se divorciam. Que o amor morre. — Jenna piscou e mais lágrimas caíram. A maquiagem estava toda borrada, e havia manchas pretas na saia do vestido cor de pêssego. Ela vinha usando o traje como lenço. — E você está certa! O amor realmente morre, as pessoas mudam, todos são infiéis, votos são quebrados, a traição é uma realidade. Stuart Graham, que eu pensei estar *acima de qualquer suspeita*, mentiu para mim sobre ter sido noivo de outra pessoa.

— Stuart tem crédito nesse caso. Perdoe-o.

— Quem tem que decidir isso sou *eu* — retrucou Jenna —, e já decidi. Não vou me casar com Stuart amanhã.

E com isso ela se levantou, descalça, e entrou em casa.

Margot continuou plantada no degrau, os cotovelos apoiados nos joelhos. Ela descalçou as sandálias prateadas e mexeu os dedos dos pés doloridos. Jenna precisava de tempo para se acalmar, para recuperar o bom senso. Precisava dormir.

O engraçado, percebeu Margot, era que ela havia ganhado a discussão. *O amor morre.* Mas não sentiu a menor satisfação com a vitória.

Jenna estava demorando muito no banheiro. Margot saiu da cama e checou o corredor. O banheiro estava escuro e vazio. Nada de Jenna. *Merda*, pensou Margot. Ela realmente queria ter uma conversa com a irmã antes que a casa acordasse.

A porta do quarto de Jenna, que ela dividia com Finn e Autumn, estava fechada, assim como as portas para a suíte principal e para o quarto de Kevin. Margot ouviu passos acima de sua cabeça — as crianças. Mas isso era de esperar.

Ela desceu até a cozinha; precisava de mais café. E devia comer alguma coisa. Talvez ela e Jenna pudessem descer a rua até a Bake Shop e comprar donuts. Tinham tempo para isso. Margot repassou a agenda do dia na cabeça. Se Jenna pudesse perdoar Stuart por ter feito o que qualquer futuro marido bom, porém imperfeito, talvez fizesse (mentir por omissão sobre um noivado superbreve, irrefletido, em um passado distante), a ordem dos acontecimentos seria a seguinte:

As damas, a madrinha e Jenna tinham hora no salão RJ Miller para fazer os cabelos às onze da manhã.

O serviço de bufê chegaria ao meio-dia.

O florista deixaria os buquês às duas da tarde.

O fotógrafo chegaria às três.

Os músicos — dois violinistas e um violoncelista — chegariam na igreja às quatro.

O Ford Modelo A, do filho de Roger, Vince, que também serviria de motorista, chegaria às quatro e meia para pegar as garotas. Então seria a grande hora. Igreja às quinze para as cinco. Os pais seriam conduzidos a seus lugares — Pauline primeiro, então Ann e Jim.

O cortejo começaria às cinco da tarde. Roger fora muito objetivo, ele era capaz de tolerar qualquer coisa, menos um atraso no início da cerimônia. Se Jenna ou qualquer outra pessoa do cortejo matrimonial fizesse os músicos, os hóspedes e o reverendo Marlowe esperarem, Roger cobraria uma multa de dez mil dólares.

Ele informara a regra com a mesma expressão calma de sempre, embora Margot estivesse certa de que estava brincando.

Margot entrou na cozinha esperando encontrar Jenna. Mas quem estava ali, espremidos juntos no cantinho do café da manhã, eram Nick e Finn. Nick tinha os braços passados ao redor de Finn e estava com o rosto enfiado nos cabelos dela.

— Jesus Cristo! — exclamou Margot, em grade parte pelo choque que levou, mas também por nojo.

— Marge — disse Nick em um tom cansado que parecia muito com o que Kevin costumava usar. — Por favor, cuide da sua vida.

Margot ficou encarando os dois. A visão de Nick e Finn, juntos, era *profundamente* perturbadora. Era incestuoso! Finn era parte da família Carmichael havia 25 anos; passava o tempo todo na casa deles, nos almoços de domingo, ao redor da árvore, nas manhãs de Natal. Finn fora com eles ao Disney World nas férias — Margot, Kevin e Nick haviam andado na Space Mountain um total de onze vezes, enquanto Jenna e Finn vestiam vestidos azuis de Cinderela para que Beth as levasse ao castelo, onde tinham tomado café da manhã com as princesas.

Agora Nick e Finn estavam envolvidos em um rolo romântico. E Finn era *casada*. Eles tinham noção disso, não tinham? Tanto Margot quanto Nick haviam comparecido ao casamento Sullivan-Walker em outubro do ano anterior. Nick fora como substituto de acompanhante de Margot, até se enganchar com a bartender de seios fartos e cabelos frisados. Eles também se lembravam disso, não lembravam?

— Onde está Jenna? — perguntou Margot, incapaz de dizer qualquer outra coisa.

— Não tenho ideia — murmurou Nick. Ele estava acariciando o braço nu e queimado de sol de Finn de um modo que Margot achou muito terno, ainda mais para Nick.

— Não sei o que vocês dois estão fazendo — falou Margot —, mas posso garantir que é uma péssima ideia.

— Cale a boca, Marge — disse Nick. — Você não sabe de nada.

Não quero saber de nada a esse respeito!, pensou Margot. O que ela não daria para ser cega, surda e burra, ou para estar tão absorta na própria vida amorosa incrível que não conseguisse ter energia para se preocupar com mais ninguém.

— Finn, Jenna está no quarto de vocês? — perguntou.

— Não — respondeu Finn. Ela não foi capaz de encarar Margot, a cara de pau.

— *Autumn* está no quarto de vocês? — perguntou Margot, já adivinhando a resposta.

— Não — disse Finn. — Ela voltou com H.W. para a casa onde estão os cavalheiros de honra.

Margot assentiu. Portanto, Nick e Finn haviam dividido o quarto de Jenna, e era por isso que Jenna havia se enfiado na cama com Margot e Ellie. Autumn fora para casa com H.W. Isso era ÓTIMO porque tanto Autumn quanto H.W. eram SOLTEIROS. Todos entenderam a diferença, *não entenderam?*

— Bom para Autumn — comentou Margot. Ela deixou Nick e Finn na cozinha e subiu as escadas novamente para ir ao quarto de Jenna.

No corredor, esbarrou com o pai, que já havia tomado banho e se vestido. Ele estava usando bermudas jeans, de 1975 aproximadamente, e uma camiseta listrada de laranja e azul-marinho que o deixava parecido com o Ênio, de *Vila Sésamo*. Margot quase comentou sobre a roupa esquisita, mas Doug já parecia mal-humorado.

— Oi, meu bem — cumprimentou ele. — Como estão as coisas?

Margot respirou pausadamente. Sentiu-se tentada a contar ao pai que ele perderia mais de cem mil dólares em despesas com o casamento porque Stuart não fora capaz de ser sincero com Jenna a respeito do próprio passado.

Ela abriu um sorriso tenso. O pai provavelmente estava indo para a cozinha. O que ele diria quando visse Nick com Finn? Será que sequer *perceberia?*

— Está tudo bem — disse Margot.

Doug desceu as escadas e Margot girou a maçaneta da porta do quarto de Jenna — ela sentia muito, mas não iria nem bater; a situação se tornara urgente demais para que se preocupasse com boas maneiras — e entrou. Encontrou o quarto escuro e vazio. A cama de Jenna estava desfeita, mas a cama de baixo estava muito bem arrumada. Margot viu a luz do sol tentando se infiltrar pelas frestas das portas da varanda. Ela as abriu, imaginando que Jenna talvez estivesse sentada no deque, bebendo café com leite muito doce, observando os preparativos para o seu lindo casamento.

Nada.

Margot ficou parada sozinha na varanda, olhando para o topo pontudo da tenda, com as fitas verdes e brancas que haviam sido presas ali, e para o galho artificialmente erguido de Alfie. Ela se lembrou de quando sua maior preocupação havia sido com a possibilidade de chuva no casamento.

Lembrou também de quando suas aflições haviam envolvido os próprios problemas: Edge, o telefone afogado, o reaparecimento de Griff na vida dela.

Margot subiu as escadas até o sótão. As seis crianças estavam bem no meio do que parecia a Primeira Guerra Mundial de travesseiros – penas caíam como gigantescos flocos de neve, e Brock, o filho mais novo de Kevin, chorava. Margot puxou Drum Jr. pela gola da camiseta.

– Você viu a tia Jenna?

– Não – respondeu ele. E franziu o cenho, arrependido. – Desculpe pela bagunça.

Penas podiam ser limpas. Novos travesseiros (de espuma) podiam ser comprados. Brock pararia de chorar em um ou dois minutos, já que ele, como Ellie, era uma criança durona.

Margot desceu as escadas novamente. E pegou Beanie a caminho do banheiro. A cunhada usava um pijama masculino branco, com o próprio monograma no bolso.

– Viu Jenna? – perguntou Margot.

Beanie balançou a cabeça, negando. E perguntou, a voz ainda grogue de sono:

— Tem café pronto?

— Lá embaixo — respondeu Margot.

Beanie entrou no banheiro. O único cômodo que Margot ainda não checara fora o quarto de hóspedes, onde estava Rhonda. Quais eram as chances de Jenna estar com *Rhonda*? Margot deveria checar? É óbvio que deveria checar. Mas, naquele exato momento, a porta do quarto de hóspedes foi aberta e Rhonda saiu, usando short e um top de corrida que mostrava seu abdômen perfeito, embora levemente alaranjado.

— Você não viu Jenna, viu? — perguntou Margot.

— Não, por quê? — respondeu Rhonda. — Ela sumiu? Tipo... noiva em fuga?

— Não — disse Margot. — Não, não.

— Quer que eu ajude você a procurá-la? — se ofereceu Rhonda. E prendeu os cabelos em um rabo de cavalo. — Ficarei feliz em ajudar.

Rhonda era legal, decidiu Margot. E se deu conta, talvez pela primeira vez, de que Rhonda era uma espécie de *meia-irmã*. Mas provavelmente não por muito mais tempo.

— Está tudo bem — disse Margot, descendo apressada as escadas. — Mas obrigada por oferecer! E aproveite a corrida!

Para evitar a cozinha — e Nick, Finn e o pai —, Margot cortou caminho pela sala de jantar formal, onde a mesa estava cheia de panelas de uso profissional e bandejas para a recepção. O par de relógios de pé anunciou a hora em sinfonia. Sete horas da manhã. Margot passou pela pouco usada porta que ficava espremida entre o lavabo e a lavanderia, e saiu no quintal.

Ela checou o "banco do pedido", onde estivera sentada pouco tempo antes — vazio. Então entrou na tenda, que parecia ainda mais com uma terra de conto de fadas naquele momento, iluminada pelo sol. Margot procurou a irmã entre as mesas e as cadeiras. Jenna estaria se *escondendo* em algum lugar? Margot levantou os olhos para o poste no centro da tenda, onde imaginara o espírito da mãe pairando.

Nada de Jenna.

Ela foi para o lado de fora, atrás da tenda, além do canteiro de perenes ainda intacto, até a entrada de carros. Todos os carros estavam ali, Margot contou. Então caminhou até a calçada da frente, onde mal conseguiu ver o fantasma dela e Griff se beijando. Estava tão cedo que a rua continuava silenciosa: não havia uma alma ao redor, o que era uma das coisas que Margot amava em Nantucket. Em Manhattan, não existia rua silenciosa.

E nada de Jenna.

Ela sumira.

O CADERNO, PÁGINA 21

Banda ou DJ

Banda! De preferência uma que possa tocar tanto "At Last", de Etta James, QUANTO "China Groove", dos Doobie Brothers.

ANN

Ela acordou atravessada na enorme, macia e confortável cama do hotel. Sozinha. Ergueu a cabeça. Ressaca. E os olhos ardiam. Havia caído no sono enquanto chorava.

— Jim? — chamou Ann. Sua garganta estava ressecada, e a voz, rouca. Jim vestira uma calça cáqui e uma camisa polo, e saíra quando ela pedira. Ann imaginou que ele desceria para tomar um drinque no bar, e então subiria novamente, depois que ela estivesse dormindo.

Mas ele não estava no quarto.

— Jim? — chamou Ann novamente. Ela checou o banheiro (havia espaço suficiente na Jacuzzi para três pessoas dormirem confortavelmente), mas estava vazio. Checou também o closet e abriu a porta que levava à varanda.

Nada de Jim.

A cabeça começou a latejar, e a respiração se tornou difícil. Ann perdera H.W. uma vez, quando ele tinha 9 anos, na Feira Estadual da Carolina do Norte, em Raleigh. Ela estava com os três filhos, a caminho da barraca de produtos agrícolas para ver a maior abóbora e os tomates mais bonitos, e experimentar os bolinhos de milho e as ervilhas com endro. Mas Ann parara para conversar com um de seus eleitores e, em algum momento durante a conversa, H.W. se afastara. Ele ficou desaparecido por 72 minutos antes de Ann e dos seguranças da feira o encontrarem no Vilarejo do Passado, observando uma mulher vestida com uma roupa colonial tecer em um tear. Ann passara aqueles 72 minutos dominada pelo mais absoluto pânico; era como se alguém a houvesse virado de ponta-cabeça e a sacudisse.

A sensação agora, no quarto do hotel, era semelhante. Talvez Jim tivesse voltado para o quarto para dormir, e, então, voltado a sair. Talvez ele estivesse tomando café no restaurante do hotel, lendo o jornal. Mas não, Ann não achava que ele havia voltado. Não havia a impressão do corpo dele na cama; ela com certeza dormira sozinha.

Ann escovou os dentes, lavou o rosto, tomou algumas aspirinas e vestiu a roupa que tinha escolhido especialmente para usar naquele dia – uma saia evasê de algodão vermelho-cereja, uma camiseta branca de decote redondo e um par de sandálias de dedo vermelhas, da marca Jack Rogers, que machucava um pouco entre os dedos, mas que ela vira meia dúzia de mulheres usando em Nantucket. A roupa era alegre demais para a agitação que sentia.

Onde ele estava? Para onde fora?

Ann checou o telefone celular, com apenas doze por cento de bateria. Nada de Jim, apenas uma mensagem de texto de Olivia dizendo: *A festa estava maravilhosa. Madame X que se foda.*

Típico de Olívia.

Para onde Jim havia ido? Ann procurou se concentrar. Era uma solucionadora de problemas e conseguiria resolver aquilo. Os Lewis, os Cohens e os Shelbys estavam hospedados em uma pousada, a Brant Point Inn. Nenhum deles teria espaço para acomodar Jim em seus quartos.

Será que ele havia imposto sua presença aos Carmichael e dormira no sofá dos anfitriões? Deus do céu, Ann esperava que não. Como encarariam aquilo? O pai do noivo chutado para fora do próprio quarto de hotel... Ann não conseguia acreditar que o havia expulsado. Mas estava tão furiosa na noite da véspera, mais do que se lembrava de ter ficado em todos aqueles anos. Jim estava certo: era culpa da própria Ann que Helen estivesse ali.

Então uma ideia lhe invadiu a mente: Jim teria passado a noite com Helen? Mais coisas teriam transcorrido entre eles no hospital do que ele admitira? Eles pareciam bem íntimos quando voltaram ao iate clube.

Ann correu até o banheiro. Estava enjoada. O corpo estava em rejeição, exatamente como acontecera vinte anos antes. Por semanas, depois do passeio de balão, ela fora incapaz de manter as refeições no estômago.

Ann tentou vomitar no vaso sanitário, mas não conseguiu. Em que bela situação a mãe do noivo se encontrava na manhã do casamento do filho.

Um dia, é claro, Chance se casaria, e Ann teria que se sujeitar à humilhação de ver Helen e Jim como "pais de Chance" de novo. Ela conseguira com sucesso evitar a formatura de Chance, na Baylor School, porque tivera uma sessão no Senado à qual não poderia faltar. Mas Chance se formaria na Sewanee em poucos anos. Haveria os batizados dos futuros filhos de Chance e, então, as formaturas e casamentos desses filhos.

Ann jamais se livraria de Helen. Estavam unidas para sempre.

Ann bochechou e fez uma tentativa apressada de se maquiar, embora tivesse hora no salão para fazer cabelo e maquiagem à tarde. Enquanto passava rímel, os olhos arregalados e os lábios formando um grande "o", se deu conta de que Jim provavelmente fora ficar com os filhos.

Ela pegou a bolsa e, cheia de alívio, saiu correndo.

Jim levara o carro que haviam alugado – não estava mais estacionado do outro lado da rua –, por isso Ann pegou um táxi. Não tinha problema, ela não sabia mesmo andar por ali, e talvez acabasse furando um pneu nos paralelepípedos. Ann tinha o endereço da casa que Stuart havia alugado para ele, o padrinho e os cavalheiros de honra. Tinha todas as informações importantes sobre o casamento anotadas. Ann, a aluna católica. Ann, a organizada.

– Surfside Road, 130, por favor – disse ao motorista de táxi.

O táxi seguiu pelas ruas da cidade, sacolejando pela rua principal, e Ann viu, encantada, as imponentes casas construídas graças às fortunas geradas pela pesca baleeira, no século XIX. Ela teria amado sair para passear naquela manhã, espiar os pequenos jardins, admirar as belas janelas de vitrais e ler as placas com os nomes dos proprietários originais. *Barzillai R. Burdett, Construtor de barcos, 1846.*

Em vez disso, estava à procura de Jim.

Até ali, o fim de semana do casamento fora marcado por Ann tomando uma atitude, se arrependendo do que fizera e tentando consertar o erro. Analisando o seu comportamento, ninguém acreditaria que ela realmente servia à cidade e ao condado de Durham, representando 1,2 milhão dos cidadãos mais informados e cultos do estado, havia 24 anos. Conforme o táxi se afastava do centro da cidade, as casas iam ficando mais esparsas. Eles passaram por um cemitério, depois a paisagem se abriu, dando lugar a alguns pinheiros, alguns arbustos baixos, o aroma insistente do oceano. Havia uma ciclovia em um dos lados da estrada, onde famílias pedalavam a caminho da praia, dividindo o espaço com corredores, com pessoas e seus cachorros, e com um grupo de crianças compartilhando um skate. Então o táxi sinalizou e desceu por uma entrada de areia. Mais adiante, entre os pinheiros, erguia-se um chalé de dois andares, com águas-furtadas e telhas cinzentas. Havia dois carros estacionados na frente do chalé, mas nenhum deles era o que Ann e Jim tinham alugado.

— É aqui? — perguntou Ann. — Tem certeza? — Ela checou o pedaço de papel que trazia na bolsa. — Surfside Road, 130.

O motorista tinha cerca de 20 anos, usava uma camisa social azul e óculos Ray-Ban estilo aviador. Parecia um gêmeo idêntico de Ford, de Colgate, seu garçom no iate clube.

— Sim, senhora — disse ele. E escreveu alguma coisa na prancheta. — Este é o 130.

Ann desceu do táxi, pagou a quantia astronômica de 25 dólares ao rapaz (a mesma distância para qualquer lugar dentro da imensa área de Research Triangle Park ficaria em 7 dólares), então se sentiu profundamente abandonada quando o táxi foi embora.

Ela caminhou até a porta da frente, as malditas sandálias Jack Rogers torturando o ponto sensível entre os dois primeiros dedos dos pés, e bateu.

Logo depois, H.W. atendeu.

Henry William, batizado em homenagem ao pai de Ann. Ela ficou quase tão feliz ao vê-lo quanto ficara ao achá-lo naquela feira, dezessete anos antes.

— Oi, mãe — disse H.W.

Dos três filhos, H.W. era o menos complicado. Quando criança, Ann e Jim o haviam apelidado de Pup, porque era o nome que teriam dado a um filhotinho de cachorro, e H.W. era quase tão fácil de agradar quanto um filhotinho. Enquanto Stuart era o primogênito cumpridor de seus deveres e Ryan era o esteta emocionalmente complexo, tudo de que H.W. precisava era ser entretido, alimentado e colocado na cama. E receber um cafuné de vez em quando.

— Oi, querido — cumprimentou Ann. — Seu pai está aqui?

— Papai? — perguntou H.W. Ele se virou e perguntou para dentro da casa. — Ei, papai está aqui?

— Não — respondeu uma voz. Ryan apareceu, cheirando a loção pós-barba, os cabelos molhados. — Oi, mãe.

Ann entrou na casa alugada. Fedia a mofo, cigarros e cerveja. Sobre a mesa de centro, ela viu um cinzeiro sujo, garrafas vazias de Stella Artois e copos plásticos com restos de bebida no fundo. Havia um sofá de xadrez verde e aparência triste, e uma poltrona reclinável de vinil amarelo-mostarda, além de um relógio na parede que imitava um timão de navio. Nas paredes estavam penduradas algumas pinturas náuticas verdadeiramente atrozes. O canal *SportsCenter* estava mudo na enorme TV de tela plana, que parecia tão improvável no meio da sala de estar quanto uma nave espacial.

— Seu pai não está aqui? — perguntou a Ryan.

— Não — repetiu ele.

— Não passou por aqui? Na noite passada? Ou essa manhã?

— Não — disse Ryan mais uma vez. Então inclinou a cabeça. — Mãe?

Ann disfarçou a preocupação. E acenou na direção das paredes.

— Gostei daqui — comentou.

— É como se tivéssemos voltado trinta anos no tempo e estivéssemos em um chalé decorado por Carol Brady, a mãe daquela série *Days of Our Lives*, depois do divórcio e do vício em anfetaminas — comentou Ryan. — Jethro quer queimá-lo até as cinzas apenas em nome do bom gosto.

— Posso apostar que sim — falou Ann. Na parede no outro extremo, havia uma gravura de Thomas Kinkade.

— Mas bebemos e fumamos como estudantes rebeldes — comentou Ryan. — Fui para a cama tão bêbado que as persianas de plástico pareciam lindas.

Naquele momento, Chance desceu as escadas, usando apenas cuecas boxer. Era tão alto, esguio e pálido que parecia indecente vê-lo apenas de roupa de baixo. Ann desviou os olhos.

— Olá, senadora — disse Chance.

— Oi — respondeu Ann. — Como está se sentindo, meu bem?

Ele deu de ombros.

— Bem, eu acho — respondeu ele. — Consigo respirar.

— Ótimo — disse Ann. Ela achou que Jim estaria ali, mas ele não estava e isso era ruim, péssimo mesmo. E agora ela ainda precisava se explicar ou inventar uma história. Helen, pensou Ann. Onde Helen estava hospedada? Ann ousaria perguntar a Chance?

De repente, sentiu mãos em seus ombros.

— Olá, moça bonita — disse Jethro. E deu um beijo no topo da sua cabeça.

— Oi — baliu Ann. Sentia-se como um cordeiro perdido. Para evitar mais perguntas, ela começou um tour pela casa. E estacou ao passar pela porta da cozinha. Uma jovem estava sentada diante da mesa de fórmica retangular, fumando um cigarro. Ela usava uma camiseta enorme da N.C. State e pouco mais. A camiseta era de H.W. Então Ann entendeu.

— Ah — disse. — Olá. Sou Ann Graham.

A mulher se levantou no mesmo instante, deixando o cigarro em uma concha que fazia as vezes de cinzeiro, e estendeu a mão.

— Autumn Donahue — apresentou-se a moça. Os cabelos eram cor de cobre, as pernas longas e adoráveis. — Sou uma das damas de honra. Fui colega de quarto de Jenna na William and Mary.

Ann assumiu o modo senadora e apertou a mão da moça.

— Prazer em conhecê-la, Autumn.

Ryan entrou na cozinha.

— Não entendo por que está procurando papai às oito e meia da manhã.

— Ele se levantou cedo e saiu — disse Ann. — Achei que poderia ter vindo para cá.

— Você mente muito mal — acusou Ryan. E virou-se para Jethro. — Ela não mente mal?

— Muito — concordou Jethro.

— E também queria preparar o café da manhã para vocês — acrescentou Ann. Ela abriu a geladeira, esperando poder levar o blefe adiante, e respirou aliviada ao ver ovos, leite, manteiga e um pedaço de queijo cheddar (Ryan e Jethro provavelmente haviam feito as compras), além de um pacote de mirtilos e uma embalagem de dois litros de suco de laranja.

— *Eu* estou com fome! — anunciou Autumn.

Ann pegou uma tigela e quebrou os ovos, acrescentou leite, sal, pimenta e um punhado de cheddar ralado. Então derreteu a manteiga em uma frigideira. E pensou: *Onde diabos está Jim? Na manhã do casamento de Stuart, pelo amor de Deus!* Ann sentiu a irritação fervilhando dentro de si, como a manteiga na frigideira. Ao mesmo tempo, como poderia ficar zangada se fora ela quem pedira ao marido que fosse embora? Dissera a ele para sair...

Um dos seus antigos sedativos lhe faria bem naquele momento, pensou.

Ann despejou os ovos batidos na frigideira, enfiou duas fatias de pão integral com grãos na torradeira enferrujada e foi preparar o café. Havia grãos da Starbucks guardados na geladeira. *Obrigada, Deus, por essas pequenas bênçãos.*

— Mamãe, você *não* precisa fazer isso — disse Ryan. — Tenho certeza de que você preferiria estar tomando café da manhã no seu hotel.

— Estou ótima! — retrucou Ann, em uma voz cantada. — Esta é a última manhã em que poderei fazer isso por Stuart. Amanhã ele pertencerá a Jenna.

— Opa! — falou Ryan. — Alerta de sentimentalismo!

— Aliás, onde está Stuart? — perguntou Ann.

— A porta do quarto dele está fechada — disse Ryan. — Eu bati mais cedo, com medo de que ele houvesse sido asfixiado pela roupa de cama de tecido sintético, e ele me mandou embora. — Ryan abaixou a voz. — Acho que ele e Jenna tiveram uma briga ontem à noite por causa "Daquela Que Não Deve Ser Nomeada".

— Uma briga? — repetiu Ann. Uma briga na noite da véspera do casamento não era uma boa coisa. Uma briga sobre "Aquela Que Não Deve Ser Nomeada" era pior ainda. Por que o amor precisava ser tão agoniante?, Ann se perguntou. Ela mexeu a mistura de ovos na frigideira, lentamente, sobre o fogo baixo, para que ficassem bonitos e cremosos. — Isso me lembra de quando eu costumava visitar Stuart na casa da fraternidade dele na faculdade, a Sig Ep. Lembra-se de quando fazíamos isso?

— A casa da Sig Ep era melhor do que esta — comentou Ryan.

— A casa da Sig Ep *era* melhor do que esta — concordou Ann, e os dois riram.

Poucos minutos depois, Ann conseguira servir ovos mexidos, torradas, suco, café e mirtilos com um pouco de açúcar na louça barata descombinada. Eles se apertaram ao redor da lamentável mesa de Formica: H.W., Ryan, Jethro, Chance e Autumn.

— Precisamos de Stuart — disse Ann. — Este café da manhã supostamente é para ele.

— Acabei de bater na porta do quarto dele — falou Chance. — Stuart me disse que desceria em um minuto.

— Em um minuto já teremos devorado tudo isto — disse H.W., servindo-se de uma segunda fatia de torrada. — Não tem canjiquinha?

— Canjiquinha? — repetiu Ryan. — Por favor, não me diga que você ainda come isso.

— Todo santo dia — confirmou H.W.

— Ai, meu Deus — lamentou-se Ryan. — Meu irmão gêmeo é Jeff Foxworthy, o comediante dos anúncios de salgadinhos de canjiquinha...

— Ora, então seu namorado é André Leon Talley, aquele velho editor da *Vogue* — retrucou H.W., e sorriu para Jethro. — Sem ofensas, cara.

— Não me ofendi — disse Jethro. — Adoro o cara, o velho A.L.T.

Autumn apontou o garfo para H.W.

— Estou impressionada por você saber quem é André Leon Talley.

— Qual o problema? – perguntou H.W. – Todo mundo sabe que de vez em quando eu leio uma edição da *Vogue*.

— Ah, até parece... – comentou Ryan.

— Mulheres gostosas seminuas – argumentou H.W. Ele assobiou e bateu a mão na de Chance.

— Mamãe, você não está comendo? – perguntou Ryan.

— Ah, não – disse Ann. – Eu não conseguiria.

Ela saiu da cozinha para pegar a bolsa que deixara no sofá esfarrapado da sala e para checar o celular. Nenhuma mensagem nova, apenas três por cento de bateria. Ela foi para o lado de fora da casa usar o restinho de bateria para ligar para o celular de Jim. Deveria ter ligado para ele do táxi, mas tivera *certeza* de que ele estaria ali, com os filhos.

O telefone tocou e tocou e tocou. A ligação caiu na caixa postal de Jim, mas Ann não pôde deixar nenhuma mensagem porque a bateria acabou de repente.

Onde está você?, pensou ela. *Para onde diabos você foi?*

Ann e Jim haviam se juntado ao grupo de degustação de vinhos em 1992. O convite fora feito por uma mulher chamada Shell Phillips, que tinha se mudado para Durham havia pouco tempo, vinda da Filadélfia, quando o marido aceitou um emprego no Departamento de Física da Duke. Shell Phillips era do norte, o que – embora a Guerra Civil dos Estados Unidos houvesse acabado 125 anos antes – ainda a fazia ser vista como uma inimiga em potencial. Ela era da Main Line, informara – em Haverford, um subúrbio da Filadélfia –, e Ann balançara a cabeça, fingindo saber do que se tratava. Shell Phillips havia se apresentado a Ann na Kroger. *Olá, senadora Graham, venho querendo conhecê-la. Alguém a apontou para mim uma noite dessas, no clube Washington Duke.*

Shell Phillips tinha cabelos escuros e brilhantes, que usava em um chanel preso atrás das orelhas; estava sempre com um fio de pérolas no pescoço e brincos também de pérolas. Claramente ela estava tentando se enturmar, porque Ann já ouvira dizer que a maior parte das mulheres do norte ia ao mercado com roupas de ioga.

Shell Phillips perguntou se Ann e Jim gostariam de se juntar a um grupo de degustação de vinhos que ela estava organizando. Apenas para se divertirem, eles haviam feito isso em Haverford, cinco ou seis casais, uma vez por mês. A cada mês, um casal diferente ficava responsável por receber o grupo, e escolhia entre uma variedade de rótulos para que todos pudessem comparar e perceber os contrastes. E serviam aperitivos para acompanhar o vinho.

Apenas um pequeno evento social, dissera Shell Phillips. *Como um coquetel, na verdade. Nós nos divertíamos tanto em Haverford. Seria maravilhoso se você e seu marido se juntassem a nós.*

É lógico, respondera Ann. *Adoraríamos fazer parte do grupo.*

Ela se comprometera sem perguntar a Jim porque, apesar de seu ceticismo natural em relação a quem vinha do norte, achara que um grupo de degustação de vinhos acrescentaria certo estilo à vida social dos dois. Ela e Jim poderiam aproveitar e aprender um pouco sobre vinhos – quando Ann ia ao Washington Duke, ou a algum outro lugar para jantar, normalmente se mantinha fiel às escolhas de sempre, um copo de Zinfandel branco ou o Chablis da casa. Shell Phillips talvez houvesse presumido que todos os sulistas faziam o *pró-*

prio vinho. De qualquer modo, Ann se sentiu lisonjeada por alguém a haver procurado por razões que não tinham nada a ver com a política local.

Sim, sim, sim, poderia contar com eles no grupo.

Eram seis casais. Além de Ann e Jim, Shell e o marido, Clayton Phillips; havia os Lewis, Olivia e Robert, de quem Ann e Jim já eram amigos; e também mais três casais que eles não conheciam: os Greenes, os Fairlees, e Nathaniel e Helen Oppenheimer.

O grupo de degustação de vinhos fora um sucesso desde o início. Eles começaram com Chardonnays na residência dos Phillips: uma linda casa antiga, de pedra, no West Club Boulevard. Tinha sido uma das melhores reuniões sociais a que Ann já comparecera. Ela bebera oito copos de Chardonnay e petiscara queijos maravilhosos, pasta de salmão defumado e patês (onde Shell Phillips conseguira aquelas delícias? Em Charlotte, dissera ela). A noite terminara com todos dançando ao som de Patsy Cline, no salão de baile dos Phillips. Quem imaginaria uma diversão tão sofisticada acontecendo naquela pequena cidade? No carro, quando voltavam para casa, Ann falara sem parar a respeito do evento. Era bom expandir o círculo de amigos; a vida social dos dois precisava mesmo de um impulso. Ann reparara nas roupas das outras mulheres: tanto Shell Phillips quanto Helen Oppenheimer pareciam mais glamourosas do que Ann, que optara por usar uma saia de linho que chegava quase aos tornozelos. Ann decidiu que faria compras em Charlotte antes do próximo encontro do grupo.

Merlots na casa dos Lewis.

Sauvignons Blanc na casa dos Greenes.

Ann estava louca para ser a anfitriã, e queria servir champanhes. *Escolha cara*, comentara Jim. Sim, era caro, mas isso era parte do charme. Ann comprara duas caixas de champanhe e tivera que encomendar a maior parte delas em uma loja especializada: Veuve Clicquot, Taittinger, Moët et Chandon, Perrier-Jouët, Schramsberg, Mumm, Pol Roger. Ann se matou para fazer os aperitivos. Ela tostou e temperou nozes de macadâmia, preparou triângulos de massa filo com três recheios. Comprou dois quilos e meio de camarão para coquetel.

Gastara mil dólares, no fim das contas, embora jamais fosse admitir.

A noite deveria ter sido um grande sucesso, mas desde o princípio nada saíra como Ann esperara. Helen Oppenheimer aparecera sozinha, dizendo que Nathaniel estava doente. E se dedicara a ficar muito bêbada. Na verdade, lembrou Ann, todos haviam ficado muito bêbados. Tinha alguma coisa a ver com a natureza do champanhe, ou com os aperitivos delicados e minúsculos (que não alimentavam) que Ann havia preparado. A noite chegara a um ponto em que Helen desabara no sofá de Ann e Jim, e dissera: "Menti para todos vocês. Me desculpem. Nathaniel não está doente. Nós nos separamos."

As expressões de choque logo deram lugar à simpatia, seguida por conversas em tom confessional, tudo íntimo demais para a natureza do grupo. No entanto, Ann participara de tudo com disposição. Tinha achado a notícia da separação de Helen empolgante. Eles ficaram sabendo que Helen, que trabalhava no gabinete de planejamento da Fuqua, a Escola de Negócios da Universidade Duke, era louca para ter filhos. E Nathaniel, que era curador no Museu de Arte da Carolina do Norte, se recusava. A vida sexual dos dois era uma piada, confidenciara Helen. Na verdade, ela desconfiava de que Nathaniel fosse gay.

— É uma diferença irreconciliável — havia dito ela. — Na verdade, é *A* diferença irreconciliável. Por isso o deixei.

Ann e as outras mulheres haviam concordado que Helen fizera o certo. Era nova, e tão linda. Encontraria outra pessoa. Teria os filhos que desejava.

Quando a noite já caminhava para o fim, Helen estava... Bem, se não fosse pela trágica revelação, Ann poderia tê-la chamado de bêbada desleixada. O fato era que Helen não poderia dirigir até em casa. Ann sugeriu que Jim a levasse.

Ann se lembrava de Olivia fuzilando-a com os olhos, como se indagasse: *Qual é o problema com você?* Mas Ann estava bêbada demais para entender.

Ela se lembrava, também, de Jim ter voltado para casa assobiando.

Mas, na época, Ann não dera importância ao fato. Estava feliz por Helen se sentir próxima do grupo o bastante para revelar a verdade. Isso significava que a noite fora um sucesso. E, no dia seguinte, todos haviam ligado para agradecer a Ann e dizer que fora a melhor degustação de vinhos até então.

Cabernets na casa dos Fairlees.

Finalmente foi a vez de Helen ser a anfitriã. Ela se mudara da casa que dividia com Nathaniel e estava morando em um dos lofts recém-construídos na Brightleaf Square. Helen convidou a todos para uma degustação de vinhos do Porto. E serviria apenas sobremesas, avisara, e charutos para os homens.

Ann se animara para a reunião. Estava louca para ver como eram aqueles lofts, e queria apoiar Helen em sua nova vida. Devia ser difícil permanecer no grupo de degustação de vinhos sendo a única solteira entre os casais. Mas então Ryan pegara catapora. No sábado da degustação de vinhos do Porto, ele estava com 39,5 °C de febre. Jim se oferecera para ficar em casa enquanto Ann ia ao loft de Helen. Mas ela não permitiria isso. De qualquer modo, não gostava muito de vinho do Porto mesmo, e Helen falara tanto sobre os charutos cubanos que conseguira de um amigo que morava em Estocolmo. Jim devia ir. Além do mais, Ryan era muito agarrado a ela, o filhinho da mamãe, uma característica que ficava ainda mais acentuada quando estava doente. Ann não conseguia imaginar Jim ficando em casa para cuidar do filho.

– Vá você – dissera ela.
– Tem certeza? – perguntara Jim. – Podemos ficar os dois em casa.
– Não, não e *não!* – se recusara Ann. – Assim vai parecer que estamos rejeitando Helen.
– *Não* vai parecer que estamos rejeitando Helen – argumentara Jim. – Vai parecer que nosso filho está com catapora.
– Vá você – repetira Ann. – Eu insisto.

Na casa dos padrinhos e cavalheiros de honra, o café da manhã foi devorado e todos cumprimentaram Ann por seus esforços na cozinha. Especialmente Autumn, que parecia surpreendentemente à vontade, considerando-se que a moça não estava usando calça e que passara a noite com o filho de Ann, após conhecê-lo por apenas seis horas. Ann limpou os pratos e começou a lavá-los na pia até que Ryan e Jethro a afastaram do caminho e disseram para ela relaxar.

Relaxar?, pensou Ann.

Ela subiu as escadas para encontrar Stuart.

Ann sempre se perguntava: se Jim houvesse ficado em casa para tomar conta de Ryan, com catapora, e Ann tivesse ido à degustação de vinho do Porto no apartamento novo de Helen, será que as coisas teriam seguido o mesmo rumo?

Jim acabara indo à reunião no loft de Helen e voltara para casa às três e vinte da madrugada. Ann adormecera logo depois das dez da noite, depois de dar um banho de bicarbonato de sódio em Ryan, mas abrira um olho ao ver Jim chegar, e checara o relógio quando ele se juntara a ela na cama. O cheiro do marido parecia diferente — fumaça de charuto e alguma outra coisa.

Na manhã seguinte, Ann perguntara:

— Como foi a reunião?

Jim assentira.

— Bem. Foi boa.

À tarde, Olivia ligara para Ann.

— Helen Oppenheimer é problema — dissera Olivia. — Ela *deu em cima* de todos os homens na reunião. — Então hesitara. — A que horas Jim chegou em casa?

— Ah — respondera Ann. — Não muito tarde.

O caso entre os dois havia começado naquela noite, ou ao menos foi o que Jim admitiu mais tarde. Ann desconfiava de que alguma coisa já tivesse acontecido quando Jim levara Helen em casa, depois da reunião do champanhe. Mas havia continuado inocente durante toda a primavera, até o verão.

Tinha sido em julho que Shell Phillips telefonara com a ideia do passeio de balão. Existia um lugar perto de Asheville, no oeste do estado, a cerca de quatro horas de distância. O grupo embarcaria no balão às cinco da tarde e aterrissaria pouco antes do pôr do sol em uma campina, onde haveria um piquenique gourmet à espera, com vinhos harmonizando. Havia uma pousada próxima onde os casais poderiam passar a noite.

— Perfeito para o nosso grupo — dissera Shell.

Ann ficara empolgada com a perspectiva de andar de balão, e aceitara na mesma hora. Não estava certa de como Jim reagiria à ideia. Ele andava taciturno nos últimos tempos, às vezes até mesmo ríspido com Ann e com as crianças. Comprara uma bicicleta de dez marchas e começara a dar longos passeios sozinho no fim de semana. Às vezes ficava fora por três horas. Ann achava que os passeios de bicicleta provavelmente eram uma boa coisa. E comentara com Olivia:

— Ele deve ter assistido àquele filme, *Correndo pela vitória*, uma noite dessas na TV. Está *obcecado* com a bicicleta.

Ann começara a chamá-lo de "Cutter", por causa de uma brincadeira que havia no filme.

Ela se preocupara com a possibilidade de Jim não querer passar um dia inteiro em uma aventura de balão com o grupo de degustação de vinhos. Mas quando ela perguntara, ele tinha aceitado na mesma hora. Era quase como se ele já soubesse, pensara Ann.

Tudo acontecera tantos anos antes que certos detalhes haviam se perdido. O que Ann se lembrava do passeio de balão? Lembrava que Jim estivera muito quieto durante toda a viagem de carro até Asheville. Normalmente, em uma viagem tão longa, ele colocaria para tocar uma fita de Waylon Jennings ou da Marshall Tucker Band, e ele e Ann cantariam juntos, felizes e desafinados. Mas naquele dia, Jim permanecera em silêncio. Ann perguntara a ele qual era o problema e Jim havia respondido laconicamente: "Não é nada."

Jim gostava de parar na estrada, no Bob's Big Boy para almoçar. Ele *adorava* o Bob's Big Boy; sempre pedia sanduíche de filé de bagre e torta de morango. Mas daquela vez, quando Ann tinha sugerido que parassem, ele dissera apenas:

— Não estou com fome.

— Ora, e se *eu* estiver com fome? — perguntara Ann.

Jim balançara a cabeça e continuara a dirigir.

Ann se lembrava de encontrar o grupo em um enorme campo verdejante; lembrava-se do crescente senso de antecipação que sentira. E, assim como ela, Helen Oppenheimer parecia muito animada. Estava literalmente *radiante*.

Ann se lembrava do fogo sendo aceso, do calor, do balão ondulando, da sensação de frio na barriga quando deixaram o solo. Lembrava-se da beleza incrível dos campos abaixo, que pareciam uma colcha de retalhos. As fazendas, as florestas, os rios, riachos e açudes. Sentira-se profundamente orgulhosa. A Carolina do Norte era o estado mais lindo do país — e ela o representava.

A cesta do balão tinha seis metros quadrados. O grupo ficou espremido ali dentro. Em determinado momento, Ann se viu imprensada entre Steve Fairlee e Robert Lewis enquanto todos se inclinavam na borda e acenavam para as crianças que jogavam bola lá embaixo. Foi pura falta de sorte que Ann se virasse para ver como estava Jim. Ela acabou percebendo um gesto mínimo: Jim pegando a mão de Helen e apertando-a discretamente. Ann ficara surpresa. E tinha pensado: *O que é isto?* Ela torcera para ter sido apenas imaginação, mas sabia que não havia sido. Esperava que houvesse sido um gesto inocente, mas conhecia Jim Graham. Ele não era do tipo que ficava de mãos dadas com ninguém – ou não fora até então –, com exceção da própria Ann. Jim costumava dar a mão a ela o tempo todo: quando namoravam, quando ficaram noivos, nos primeiros anos de casamento. Era um gesto de afeto, era a forma de o marido demonstrar amor.

E naquele momento, no balão, Ann finalmente se dera conta de tudo. A reunião do champanhe, Jim chegando em casa às três da manhã, os passeios de bicicleta longos demais. Ann soube, então, que ele pedalava até o loft de Helen e eles passavam a tarde trepando.

Ann chegou muito perto de se jogar da cesta do balão. Morreria colidindo com o solo da Carolina do Norte; o corpo deixaria uma marca no solo no formato de Ann, como no desenho do Papa-Léguas.

Mas, em vez disso, ela se virou novamente. O fogo estava quente o bastante para chamuscá-la. Ann gritara:

– Ei, Cutter!

Tanto Jim quanto Helen se viraram para olhá-la. *Culpados*, pensou Ann. Eles eram culpados.

Quando já estavam de volta ao chão, Ann bebera o vinho excepcional que Shell havia selecionado, mas não comera nada. Ela tentara se manter a par da conversa ao redor, mas continuava a divagar. Jim... e Helen Oppenheimer. É claro, era tão óbvio. Ann fora tão *estúpida*.

Ela puxara Olivia de lado, afastando-a das toalhas de piquenique, até a borda da floresta. E dissera:

– Acho que meu marido está tendo um caso com Helen.

Olivia a encarara com simpatia. Ela sabia. Provavelmente todos sabiam.

Depois de comerem e de consumirem todas as garrafas de vinho do piquenique, o grupo havia se apertado dentro de uma van que os levara de volta ao lugar onde tinham estacionado os carros. Quando chegaram lá, eram dez da noite. Os outros casais passariam a noite na pousada ali perto. Ann e Jim também tinham uma reserva, mas não havia como Ann passar a noite sob o mesmo teto que Helen Oppenheimer. Ela estava certa de que Jim e Helen haviam planejado se encontrar no quarto de Helen no meio da noite para transar.

Quando Jim e Ann chegaram ao carro, ela dissera:

— Jim. — O nome do marido parecera estranho em sua boca; ela vinha chamando-o de "Cutter" havia semanas.

— Sim, querida? — respondera Jim. O vinho havia visivelmente melhorado o seu humor, ou o encontro com Helen o fizera. Ann teve vontade de esbofeteá-lo.

— Você está dormindo com Helen Oppenheimer — acusara Ann.

Jim ficou paralisado, a mão sobre a chave na ignição. Os outros casais estavam indo embora. Helen, no Miata vermelho-carmim que comprara depois de deixar Nathaniel, também estava se afastando.

— Annie... — dissera Jim.

— Confirme ou negue — exigira Ann. — E, por favor, me diga a verdade.

— Sim — confessara ele.

— Você está apaixonado por ela?

— Sim. Acho que estou.

Ann quase engolira a língua. Sentia-se zonza por causa do vinho e da fumaça do balão.

— Vamos para casa — avisara Ann.

— Annie...
— Para casa! — repetira Ann.
— Ela está grávida — dissera Jim. — De um filho meu.

Ann começara a chorar, embora a notícia não fosse surpresa. Ann soubera que Helen estava grávida só de olhar para a outra mulher. O brilho.

Jim dirigiu por quatro horas até em casa, e eles chegaram às duas da manhã. Ann levara a babá para casa e, quando voltara, Jim já havia feito a própria mala. No dia seguinte, ele se mudara para Brightleaf Square com Helen e, quando Chance nascera, ele comprara uma casa em Cary. Ann estava certa de que Jim fizera isso para que ele e Helen não fossem mais eleitores da sua região.

Não fora intenção de Ann reviver tudo aquilo no fim de semana do casamento do filho. Mas como já havia tomado a decisão imprudente de convidar Helen, parecia inevitável que fosse exatamente nisso que estivesse pensando agora.

Ann bateu na última porta à esquerda, o quarto ocupado por Stuart.

— Meu amor? — chamou ela. — É a mamãe.

Não houve resposta. Ela pressionou o ouvido contra a porta e tentou a maçaneta. A porta estava destrancada, mas ela não a abriu. Uma das coisas que aprendera quando os filhos ficaram adolescentes era que jamais deveria entrar em seus quartos sem ser convidada.

— Stuart, querido? — disse Ann. — Preparei o café da manhã. Ainda sobrou alguma coisa, mas é melhor se apressar. Ou H.W. vai terminar com tudo.

Mais uma vez não houve resposta.

— Stuart? — Ann chamou de novo.

A porta foi aberta e lá estava Stuart, usando um short xadrez amassado e uma regata branca. Os cabelos estavam espetados e os olhos, inchados. Havia anos, Ann não flagrava o filho com outra aparência que não profissional e arrumada. Naquele momento, ele parecia muito mais novo do que era. Ann novamente se lembrou da visita a Stuart na casa da fraternidade Sig Ep, na Universidade Vanderbilt.

— Querido — disse ela —, você está bem?

Ele deu de ombros.

— Jenna está chateada.

Ann assentiu.

— Ouvi alguma coisa a respeito.

— Ela descobriu sobre Crissy — disse ele.

— Descobriu *o que* sobre Crissy? — perguntou Ann. Stuart havia se encontrado com "Aquela Que Não Deve Ser Nomeada"? Ele tivera uma recaída? Ah, meu Deus. Ann rezava toda noite para que os filhos não tivessem herdado do pai a infidelidade como traço de caráter. — Descobriu *o que* sobre Crissy, Stuart?

— Só que nós fomos... você sabe... noivos... — Ele engoliu em seco. — E, ahn, que ela ficou com o anel da *grand-mère*.

— Ah, meu bem... — disse Ann. — Você não havia contado a ela?

Stuart balançou a cabeça, negando.

— Não vi motivo. Não suporto falar sobre isso.

Ora, pensou Ann, a família toda compartilhava esse sentimento.

— Então ela não sabia nada sobre o assunto? — perguntou Ann. — Absolutamente nada?

— Ela sabia que Crissy tinha sido minha namorada. Mas não sabia sobre a parte do noivado... ou sobre o anel.

Como senadora do estado, Ann tivera várias lições sobre controle de danos. E, naquele momento, tentou descobrir a gravidade da situação. Por que, ah, por que, Stuart simplesmente não contara a Jenna sobre Crissy nos primeiros encontros dos dois, no período em que o casal trocava informações a respeito um do outro? Aquele noivado havia sido breve, uma questão de semanas. Uma péssima decisão desde o início! Ann jamais havia dito "Eu te avisei", mas sentira-se muito relutante em entregar o anel da avó, mesmo tendo planejado entregar a joia ao primeiro filho que ficasse noivo. Jamais achara Crissy Pine digna do anel; Ann tivera certeza de que o casamento não duraria. Crissy era o tipo de mulher que vivia reclamando (mandava voltar a comida em restaurantes, criticava o gosto de Stuart para roupas, e zombava de seu sotaque), e era uma perdulária (tinha um fraco por qualquer coisa francesa – champanhe, sabonetes, perfume, antiguidades). Ann se lembrava muito bem do dia em que Stuart rompera o noivado. Ele chegara em casa sorrindo pela primeira vez em meses, e contara que o eczema que o vinha atormentando havia muito tempo parara de coçar no instante em que Crissy fora embora. O único problema era o anel. Stuart se sentia culpado demais por romper o noivado para pedir o anel de volta.

Ann dissera: "Ora, o anel é uma relíquia de família, um diamante de dois quilates e meio em um engaste de platina da Tiffany. É valioso, Stuart. Temos que recuperá-lo."

Mas o anel jamais retornara. Jim dera um telefonema cavalheiresco para Thaddeus Pine, pai de Crissy. Thaddeus ouvira com atenção e dissera: "É muito feio dar e pedir de volta."

Depois disso, Ann e Jim haviam entrado em contato com um advogado. Eles haviam gastado quase um terço do valor do anel tentando forçar Crissy a devolver a joia, mas os recursos legais eram limitados e a carreira pública de Ann a deixava hesitante em seguir com um processo.

Atualmente, Ann estremecia cada vez que pensava em Crissy Pine. Quem iria querer manter um anel de diamante depois de um noivado rompido? Ninguém! Por algum tempo, Ann checou o eBay, com esperança de que o anel fosse anunciado no site, mas isso nunca aconteceu, o que deixava na mente de Ann a perturbadora imagem de Crissy com o anel da sua avó no dedo.

— Ah, meu bem — disse Ann. — O quanto ela está chateada?

— Muito chateada — contou Stuart. — Tipo... *muito*.

— A ponto de... — começou Ann a dizer. Subitamente ela imaginou o fim de semana do casamento em chamas, um incêndio tão dramático quanto o que consumiu Atlanta em 1864. Jenna cancelaria o casamento, Ann veria seu casamento com Jim naufragar novamente e perderia o marido para Helen *de novo*. Uma hipótese terrível demais, Ann se sentia tonta. *O calmante!*, pensou. *Por favor!*

O ponto entre os dedos do pé latejava de tanta dor. Ela odiava aquelas sandálias.

— Papai está aqui? — perguntou Stuart, esperançoso. — Acho que preciso conversar com ele.

— Seu pai não está aqui — respondeu Ann. — Não sei onde ele está. Eu o coloquei para fora do quarto na noite passada.

— Você fez isso? — disse Stuart.

Ann assentiu lentamente e sussurrou:

— Fiz.

Ela e o filho ficaram em silêncio por um instante. Se fosse Ryan, iria querer saber todos os detalhes, mas Stuart não perguntaria nada.

— Você não precisa do seu pai — falou Ann. — Talvez eu possa conversar com Jenna. — Ela estava certa de que aquela era a solução. Convenceria Jenna de que o fato de Stuart não ter contado a história toda sobre o brevíssimo noivado fora um erro bobo. Bobo! Ann diria: *E pode acreditar em mim, meu amor, sei do que estou falando.*

— Não — disse Stuart. — Não acho que seja uma boa ideia.

Naquele momento, Ann ouviu novas vozes na sala. A voz de Helen. Com certeza a voz de Helen.

— Helen está aqui! — Ann disse a Stuart. — Vou descer.

— Não tenho condições de lidar com Helen agora — falou Stuart. — Não me importo se H.W. comer meu café da manhã. — Ele fechou a porta, mas logo voltou a abrir uma fresta. — Mas obrigado, mamãe.

— Ah, meu anjo — disse ela. — Amo tanto você.

Ann desceu para a sala. Helen acabara de entrar pela porta com um homem bem mais alto do que ela, o que não era pouca coisa. O homem era um gigante; devia ter mais de dois metros. Era bem-apessoado, com uns 50 e poucos anos, cabelos grisalhos. Ele usava uma bermuda branca, bordada com baleias azul-marinho, que o faria ser ridicularizado em qualquer esquina ao sul da Linha Mason-Dixon.

— Olá a todos — cumprimentou Helen. — Chance está aqui? Vim pegá-lo para tomarmos café.

Chance saiu da cozinha, ainda apenas de cueca.

— Mamãe? — disse o menino.

— Meu bem, suas roupas.

— Ah — falou ele. — É. Eu acabei de levantar.

— Chance — falou Helen. — Este é Skip Lafferty, um amigo meu de Roanoke, dos bons tempos. Skip tem uma casa aqui em Nantucket. Ele vai tomar café conosco e nos mostrar a ilha.

Skip Lafferty estendeu a mão.

— Prazer em conhecê-lo, Chance. — Então ele acenou para todos na sala. — Prazer em conhecer a todos.

Ann estava tão aliviada que quase levitou.

Ela se adiantou e estendeu a mão.

— Sou Ann Graham — disse. — Encantada em conhecê-lo.

— Acabei de tomar café da manhã — informou Chance. — Ovos e tudo o mais.

— Mas meu amor — falou Helen —, eu lhe disse que passaria aqui às nove para pegá-lo.

— Eu sei — concordou Chance. — Mas acho que quero mesmo é ficar por aqui com o pessoal.

Helen abriu a boca para falar alguma coisa no momento em que Autumn saía da cozinha. Naquele momento, Ann reparou que a camisa de H.W. mal cobria o traseiro mínimo da moça. Dez minutos antes, isso teria aborrecido Ann, mas agora que Autumn estava se exibindo para o velho amigo de Helen, Skip Lafferty, cujos olhos pareciam prestes a saltar das órbitas, Ann teve vontade de cair na risada.

Jim não estava com Helen. É claro que ele não estava! Ann se sentia feliz como uma louca.

— Opa, com licença — disse Autumn. Ela piscou para Skip Lafferty antes de subir as escadas correndo.

— Não estou com fome — falou Chance. — Quero ficar aqui.

— Meu doce — insistiu Helen. — Skip está ansioso para nos

mostrar o lugar. Ele escolheu um restaurante que serve o melhor picadinho de carne em conserva daqui.

— Mas eu já comi — repetiu Chance.

Ryan se adiantou.

— Mamãe chegou há pouco, Helen, e preparou o café da manhã para todos nós.

Jethro veio da cozinha com um pano de prato sobre o ombro.

— Foram os melhores ovos que já comi na vida — disse.

Ann também se manifestou:

— Desculpe. Não sabia que Chance já tinha planos para o café da manhã.

Helen torceu o nariz, talvez porque seus sentidos tenham sido assaltados pelo miasma de cerveja e café que empesteava a casa, ou talvez porque as circunstâncias no momento fossem tão desfavoráveis a ela. Ann, entre todas as pessoas, havia feito o café de Chance.

— Bem, ele tinha planos, e ainda tem. E vai honrá-los. Chance, por favor, vá se vestir.

— Sinto muito, mamãe — disse o rapaz. — Mas eu não vou.

Houve um silêncio constrangedor na sala, tão revigorante que Ann sentiu uma onda de disposição percorrê-la.

Foi a vez de Skip Lafferty se adiantar:

— Está tudo bem, Helen. Podemos ir só nós dois, você e eu.

Helen colocou as mãos nos quadris.

— Chancey — falou.

— Tenho 19 anos, mamãe — lembrou o rapaz. — Não 9.

Helen manteve o olhar sério por mais alguns segundos. H.W. arrotou. Ann observou Helen debater consigo mesma se deveria ou não persistir na abordagem severa, ou passar a implorar, ou desistir. O rosto de Helen sempre fora um livro aberto. Houve uma vez, depois que Jim deixara Helen para voltar para Ann, em que Helen aparecera de repente no escritório de Ann, na assembleia legislativa, levando Chance com ela. O menino tinha 3 anos e era tão louro, com a pele tão pálida, que parecia albino. Aquela fora a primeira vez que Ann vira Chance pessoalmente.

Helen fizera um escândalo; chorara, tentara não chorar, guinchara, suplicara...

– Por favor – dissera ela. – Meu filho é mais novo. Preciso mais de Jim do que qualquer um de vocês.

Ann havia visto e reconhecido aquele tipo específico de dor que Helen sentia; conhecia muito bem a sensação de ver Jim Graham trocá-la por outra mulher.

– Não preciso dele, Helen – respondera Ann na ocasião. – Apenas o amo.

Agora, Helen finalmente capitulava.

– Ótimo. Fique, então – disse. A voz soava como a de uma amante rejeitada, ou talvez fosse apenas uma projeção de Ann. – Vejo vocês mais tarde, na cerimônia.

Se houver uma cerimônia, pensou Ann.

Helen pegou o braço de Skip Lafferty e se virou para sair, sem se despedir de ninguém.

Naquele exato momento, a porta da frente se abriu e Margot Carmichael entrou na sala; rosto ruborizado, testa brilhante de suor.

– Ei – perguntou logo. – Alguém viu Jenna?

O CADERNO, PÁGINA 32

Alguma Coisa Antiga: Meu Vestido de Noiva???

Alguma coisa nova: se você usar o meu vestido, todo o resto deve ser novo. Véu novo (na altura do cotovelo?), sapatos brancos de salto, forrados de cetim (usei um de salto médio, mas acabei descalça para dançar, o que fez as pessoas no Pierre franzirem o cenho, só que eu estava me divertindo muito para me importar), roupas de baixo novas, de renda; uma carteira de coquetel nova.

Alguma coisa emprestada: a maquiagem de Margot. Ela compra bons produtos. Você talvez até deva deixar que ela faça a sua maquiagem; lembre-se do trabalho incrível que Margot fez com a sombra verde.

Alguma coisa azul: os brincos de safira que vovó usou no dia em que se casou com Vozinho. Seu pai os guarda em segurança no cofre do banco.

MARGOT

Ela estava determinada a fazer aquilo sozinha. Encontraria Jenna e salvaria o casamento.

Margot deixou os filhos com Beanie, alegando que precisava resolver algumas pendências. Kevin, que estava lendo o *Times* sentado à mesa da cozinha, bufou.

— Por que seus filhos não podem ir com você? — perguntou ele.

— Porque não podem — respondeu Margot.

— Não vejo problema algum em tomar conta deles — falou Beanie. — As crianças ficam mais felizes quando estão todas juntas.

Kevin arqueou as sobrancelhas. Margot podia ouvir os pensamentos do irmão: *Margot está terceirizando os cuidados com os filhos de novo.*

— Que pendências? — quis saber Kevin.

— Preciso pagar meu traficante de cocaína — retrucou ela.

— Você poderia tentar fazer Ellie tirar a roupa de banho antes de ir — disse ele.

— Vá à merda, Kevin.

— Ótimo — comentou ele.

— Por que se importa com o que Ellie usa? — perguntou Margot. — Ela não é sua filha.

— Ela é menina — comentou Beanie. — Meninas são diferentes. Kevin não entende isso.

Kevin encarou a esposa por cima do jornal.

— Eu não entendo que meninas são diferentes?

— Você está tentando fazer com que eu me sinta uma mãe ruim — acusou Margot. — Está sendo passivo-agressivo.

— Além de, aparentemente, não entender que meninas são "diferentes", também jamais consegui compreender esse termo. "Passivo-agressivo." O que realmente *significa*? — perguntou Kevin.

— Significa que você é um imbecil — explicou Margot. Ela odiava agir daquela maneira. Bastava estar perto de Kevin e Nick para se comportar como uma criança de 12 anos.

Beanie fingiu procurar alguma coisa na geladeira. Margot precisava pedir a Kevin ou a Beanie um celular emprestado — não poderia empreender aquela busca sem um celular —, mas estava tão irritada com Kevin que não sentiu disposição para pedir nada a ele.

— Não vou demorar — disse Margot a Beanie, torcendo para que fosse verdade.

Ela saiu de casa pela porta lateral. *Obrigada, Deus, por Kevin!*, pensou, com raiva. Mas estava feliz por ter evitado o pai, Pauline, Nick e Finn. De repente, todos pareciam minas terrestres.

Margot lera todos os livros de mistério da série *Nancy Drew* quando era menina, e havia esperado trinta anos para ter ela mesma algum mistério para resolver. Como Jenna se deslocara? Todos os carros estavam na casa, ela contara. Será que a irmã saíra a pé? Se fosse assim, o único lugar lógico para procurá-la seria no centro da cidade. Jenna talvez estivesse andando entre as prateleiras da livraria, a Mitchell's Book Corner, ou talvez tivesse comprado um frapê de morango e sentado em um banco da rua principal, registrando a incidência de saídas-de-praia da marca Lilly Pulitzer.

Bicicleta?, perguntou-se Margot. Quando chegou o galpão, constatou que realmente o cadeado estava aberto e a porta, também. As bicicletas que ficavam guardadas ali era as mesmas da sua infância, da marca Schwinns, de cerca de 1983, todas enferrujadas e, Margot presumiu, impossíveis de serem usadas.

Mas Jenna fora de bicicleta a algum lugar.

Aonde?

Ora, se Jenna estava determinada a cancelar o casamento, havia apenas uma pessoa com quem ela teria que falar.

Enquanto Margot abria a porta do Land Rover, Rhonda saiu da casa, com fones de ouvido brancos nos ouvidos.

— Oi, Rhonda — disse Margot.

Rhonda tirou o fone de ouvido esquerdo e Margot pôde ouvir ao longe os guinchos de Rihanna.

— Vou correr — disse ela, alto demais.

— Teria como eu pegar emprestado seu celular por mais ou menos uma hora? — perguntou Margot. — Afoguei o meu na quinta-feira à noite. Ele está quebrado, e realmente preciso de um telefone esta manhã. — Ela fez uma pausa. — Missão secreta de casamento.

Rhonda olhou para o celular com uma expressão desconfortável.

— Não consigo mesmo correr sem música. E Raymond ficou de ligar...

— Ah — disse Margot. — Tudo bem, não tem problema. — Ela olhou para a casa e suspirou. Teria que entrar novamente e pedir o celular de Beanie.

— Não fique assim — disse Rhonda.
— Assim como? — perguntou Margot.
— Ah, quer saber? — Ela empurrou o celular para Margot. — Pegue.
— Não, não — recusou Margot. Quando abaixou os olhos para a tela do celular, viu que o papel de parede era uma foto de Rhonda e Pauline, tirada na noite da véspera, no Nantucket Iate Clube. As duas estavam paradas na frente da âncora gigantesca, uma envolvendo a cintura da outra. Pauline, em seu terninho azul, parecia emburrada, mas Rhonda estava com um sorriso que valia pelas duas, talvez percebendo que cabia a ela manter uma expressão animada pelo bem das Tonelli. — Está tudo bem, Rhonda. Vou pedir a outra pessoa.
— Você me pediu — insistiu Rhonda. — Agora pegue.
Margot não saberia dizer se Rhonda estava sendo passivo-agressiva (o que quer que isso significasse) ou sincera. E como não tinha tempo para joguinhos ou para ler mentes, aceitou o celular.
— Obrigada, Rhonda — agradeceu Margot. — Devolvo assim que voltar.
— Não se preocupe — retrucou Rhonda, dando de ombros. — Fico feliz em poder ajudar.
Margot considerou a possibilidade de pedir que Rhonda a acompanhasse. Aquela se transformaria, então, na história de uma mulher e sua quase meia-irmã — a quem a mulher nunca apreciara e que estava prestes a deixar de ser quase meia-irmã —, as duas em busca da noiva em fuga.
Mas não... Margot queria fazer aquilo sozinha.
— Obrigada mais uma vez — disse.
— Boa sorte — desejou Rhonda.

Margot virou a chave na ignição. O rádio do carro tocava "Alison", com Elvis Costello, e ela pensou em Griff na noite da véspera, no bar, e em como ele identificara com tanta facilidade seus versos favoritos na outra música. Ficou imaginando como seria estar com alguém que realmente desejasse compreendê-la, então se perguntou se alguém voltaria a beijá-la do jeito que Griff a beijara, e soube que a resposta era *não*. Margot estava condenada a ter experimentado o melhor beijo da sua vida com alguém que ela jamais voltaria a beijar.

Aquilo talvez fosse um problema, se ela não tivesse problemas bem maiores em mãos.

– Por quê? – perguntou Stuart, enquanto descia as escadas da casa reservada aos padrinhos e cavalheiros de honra; sua aparência estava péssima. – Ela sumiu?

– O que está acontecendo esta manhã? – Foi a vez de Ryan perguntar. – Todo mundo está sumindo.

– Margot! – disse Ann Graham. – Espero que esteja com fome. Temos ovos.

– Não temos mais ovos, mamãe – informou H.W. – Acabei de detonar os que haviam sobrado na frigideira.

– Se me der licença. – Essas palavras foram ditas por Helen, mãe de Chance, a responsável por toda aquela confusão em primeiro lugar. Margot sentiu-se tentada a confrontá-la naquele exato momento, mas não tinha tempo para isso, com todos os Graham como plateia. Helen passou por Margot e saiu pela porta da frente, seguida por um homem muito alto, que usava uma bermuda bordada com baleias que ele provavelmente comprara direto da vitrine da Murray's Toggery, ali mesmo em Nantucket.

Margot entrou na casa e observou Helen ir embora, pensando: *Intrometida!*

Stuart passou as mãos pelos cabelos mal cortados.

– Ela está sumida? – perguntou novamente. Parecia esverdeado... talvez por medo, talvez por nervosismo, talvez por ressaca. A casa estava um lixo; parecia que havia sido palco de uma noite com Jim Morrisson, John Belushi e os Hell's Angels.

– Ela foi andar de bicicleta – respondeu Margot. – E preciso encontrá-la. Roger tem uma dúvida urgente.

Era tudo verdade. Margot se parabenizou.

– Ela não esteve aqui – disse Ryan.

Chance afastou uma das horrendas cortinas de brocado e comentou:

– Graças a Deus minha mãe foi embora.

Agora Ann Graham parecia preocupada.

– Quando foi a última vez que você viu Jenna?

– Pouco tempo atrás – respondeu Margot. Não queria revelar mais nada. – Preciso ir.

– Quer que eu vá com você? – perguntou Stuart.

Margot olhou para o rapaz. Estava pálido e doente de amor. Se ele fosse também, aquela se tornaria a história de Margot e do noivo prestes a ser rejeitado em busca da noiva em fuga.

– Me acompanha até lá fora? – pediu Margot a Stuart.

Ele a acompanhou e Margot percebeu que Ann Graham parecia ansiosa para segui-los. Margot e Stuart pararam em meio ao capim alto demais do quintal da frente da casa. Estava quente ao sol e, por um instante, Margot se preocupou com as sardas, e então disse a si mesma para esquecer o assunto.

– Jenna estava muito aborrecida na noite passada – explicou Margot. – Ela ligou para Roger e cancelou o casamento.

Stuart abaixou a cabeça.

— Merda — sussurrou.

Aquela era a primeira vez que Margot ouvia o homem dizer um palavrão. Stuart era um rapaz tão bom...

— Ela está aborrecida por causa de Crissy.

Stuart levantou mão.

— Pare — pediu. — Não suporto nem ouvir o nome dela.

— Você provavelmente deveria ter contado a Jenna sobre o noivado — comentou Margot.

— Não foi nada demais — defendeu-se Stuart. — Durou apenas um mês. Assim que Crissy reservou o Angus Barn para a festa de noivado, rompi com ela. E, duas semanas mais tarde, me mudei para Nova York. Estava tudo acabado... acabado, acabado, acabado.

— Pareceu uma coisa importante para Jenna — disse Margot.

— Ela é... bem, você sabe como ela é.

— Sensível — falou Stuart.

— Sim — concordou Margot. — E, nesse caso, Jenna também está com ciúmes. Ela foi criada de um modo diferente do restante de nós. Você sabe, Kevin, Nick e eu estávamos sempre brigando pela atenção dos nossos pais. Sempre disputando o primeiro lugar. Mas Jenna, não. Ela teve a atenção exclusiva deles.

— Está dizendo que Jenna foi mimada? — perguntou Stuart. — Ela nunca me pareceu mimada.

— Jenna não é mimada — explicou Margot. — Mas provavelmente nunca sentiu esse tipo de ciúme, como outra pessoa teria sentido.

— Não contei a ela porque não *quis* contar. Só não queria que ela soubesse. Não significou nada; foi um erro monstruoso, e eu quis fingir que nunca havia acontecido.

— Jenna sentiu que você havia mentido para ela — explicou Margot mais uma vez. — Entendo o que aconteceu como uma mentira por omissão...

— Pedi perdão cinquenta, cem vezes. Se ela olhar de novo o celular, vai ver dezessete ligações minhas na noite passada, entre meia-noite e cinco da manhã. Não sei mais o que fazer. — Ele escondeu o rosto nas mãos. — Se ela me deixar, eu morro, Margot.

— Preciso encontrá-la — disse Margot. — Deixe-me conversar com Jenna.

— Quero ir com você — falou Stuart. — Mas tenho medo de piorar ainda mais as coisas.

— Talvez piore — concordou Margot. E sorriu para que ele percebesse que ela estava brincando. — Mas talvez *eu* piore, também.

Margot dirigiu até Surfside, esquadrinhando a estrada em busca de Jenna. Ela desceu na Nonantum Avenue e seguiu em direção a Fisherman's Beach. Ligou para o número de Jenna do celular de Rhonda. Jenna não atenderia se visse o número da irmã, ou o número de casa, mas será que atenderia se visse que a ligação era de Rhonda? Talvez.

Mas não. A ligação caiu direto no correio de voz.

Margot parou o carro na Fisherman's e caminhou até o topo das escadas que levavam à praia. Então procurou à esquerda, depois à direita. Nada de Jenna. Havia apenas dois homens pescando na beira da água.

Margot lembrou de si mesma como uma adolescente insatisfeita, andando exatamente naquela praia, com seu walkman tocando "I Wanna Be Free", dos Monkees, e "Against All Odds", de Phil

Collins. Muitas vezes a praia ficava envolta pela névoa, o que a tornava um lugar ainda melhor para que Margot refletisse, ressentida, sobre as suas angústias adolescentes: ela odiava o aparelho nos dentes, os pais não a compreendiam, e ela sentia saudades de Grady Mclean, que voltara para Connecticut e trabalhava como caixa em um supermercado da rede Stew Leonard's.

Margot também surfara vezes sem conta naquela praia, com o ex-marido. Na época, Drum Sr. era um deus do surf, muito queimado de sol, o rei daquelas ondas. Margot ficara encantada com a graça e a agilidade de Drum sobre a prancha. *É óbvio* que se apaixonaria por ele! Qualquer pessoa, homem ou mulher, menino ou menina, que visse Drum surfando, se apaixonaria por ele. Margot acreditara que a magia que ele demonstrava na água, e nas pistas de esqui, se transportaria para a vida real. Mas, como um marinheiro de primeira viagem, Drum Sr. tinha naufragado. Ele jamais conseguira demonstrar o mesmo tipo de confiança quando de fato importava.

Talvez agora, com a barraca de tacos de peixe e Lily, a instrutora de pilates... Quem sabe.

Mas aquelas eram ruminações que precisava deixar de lado, pensou Margot. Precisava começar a raciocinar como Jenna.

Margot checou as horas no celular de Rhonda. Quase dez. Ela se perguntou como seria a expressão de Roger quando ele perdia a calma. Precisava ser rápida.

Quando já se afastava da praia, percebeu que alguém acenava para ela. Era um dos pescadores. Acenando para *ela*? Alguém estaria se afogando em alto-mar? Ou seria um tubarão? Margot se encolheu. O homem estava usando uma viseira branca.

Era Griff.

Não era possível. Mas, sim, é claro. *É claro* que Griff estaria pescando ali. Ele mencionara pesca na noite da véspera? Margot não conseguia se lembrar. Talvez houvesse mencionado e agora parecia que Margot o estava perseguindo. Talvez aquela acabasse se tornando a história em que Margot e o homem que a beijara como nenhum homem jamais beijara antes, mas a quem ela jamais voltaria a beijar por causa do modo terrível como o prejudicara, partiriam em busca da noiva em fuga.

Margot acenou de volta, mas foi um aceno tímido, apesar do modo como o seu coração parecia estar pendurado na linha de pesca de Griff.

Ela correu para o carro.

Beth Carmichael havia pedido que suas cinzas fossem espalhadas em três pontos de Nantucket. Assim, sete anos antes, Margot, o pai, os irmãos e as irmãs haviam levado a urna com os restos mortais de Beth até os locais que ela especificara. O primeiro lugar onde Margot e a família haviam espalhado as cinzas de Beth fora no farol, o Brant Point Lighthouse. Brant Point era só uma quina de terra que se projetava na baía. O farol era uma coluna de tijolos pintada de branco, com a cobertura preta e a luz vermelha. Era mais bonito à noite, ou na neblina, quando a luz carmesim parecia cintilar com uma promessa de aconchego. O farol também era um charme na época de Natal, quando a Guarda Costeira pendurava uma guirlanda de sempre-vivas gigante ao redor da construção.

Uma velha lenda de Nantucket dizia que, quando um visitante deixava a ilha de barca, devia jogar duas moedas de um centavo pela amurada quando a embarcação passasse por

Brant Point Lighthouse. Isso asseguraria seu retorno. Beth Carmichael fora obcecada com a questão de jogar as moedas. No dia da partida dos Carmichael, a cada verão, Beth reunia os quatro filhos no deque de cima da barca, e lá eles jogavam seus centavos. Margot se recordava de que jogavam moedas até mesmo em dias de tempestade, com o vento os castigando. Quando Margot, Kevin e Nick eram adolescentes e se recusavam a participar do ritual, que consideravam "bobagem", Beth levava Jenna com ela. Jenna acreditara em jogar as moedas, assim como acreditara em Papai Noel e na Fada dos Dentes. Foi Nick quem disse: "Você sabe que isso não passa de bobagem, não é? Jogando moedas ou não, você ainda vai poder voltar para Nantucket. Este é um país livre."

Mas a mãe não abriria mão daquela superstição em particular. Ela até arriscaria certas coisas, mas jamais uma vida sem Nantucket.

Agora, uma parte de Beth estava ali para sempre. Enquanto caminhava em direção ao farol, Margot percebeu marcas de pneus de bicicleta no chão, e seus instintos de Nancy Drew lhe disseram que pertenciam à Schwinn de Jenna. Mas, quando Margot chegou à pequena praia na frente do farol, no ponto exato em que a família ficara para espalhar as cinzas de Beth, o lugar estava deserto. Havia areia com cascalho, pedrinhas, a carapaça vazia de um caranguejo-rei virada de ponta cabeça, e uma das mais arrebatadoras vistas da ilha: a baía extensa, os veleiros, a costa do primeiro ponto da praia de Coatue, visível a poucas centenas de metros, no outro lado da cintilante água azul.

De tirar o fôlego.

Mas nada de Jenna.

Margot voltou para o carro. E checou o celular de Rhonda para o caso de Jenna ter ligado. Nada. Eram dez e dezoito.

Madaket era o vilarejo na costa oeste da ilha, de certo modo o primo pobre de Siasconset, no leste. Sconset era um lugar da moda, popular, lá ficavam o Sconset Market e o Sconset Café. Tinha também a Summer House e o Sankaty Head Golfe Clube, e chalés cobertos de rosas, que já haviam pertencido a estrelas do cinema mudo da década de 1920.

Madaket era modesta para os padrões de Nantucket. Havia um único restaurante, que tinha mudado de mãos algumas poucas vezes — até onde Margot podia lembrar, o lugar já se chamara 27 Curves, depois Westender (quando servia um drinque popular chamado Mistério de Madaket). Agora era um restaurante popular de comida mexicana chamado Millie's, em homenagem a uma mulher famosa, mas de aparência assustadora, que trabalhara para a Guarda Costeira e se chamava Madaket Millie.

Beth amava Madaket; achava a simplicidade do lugar adorável. Nada de flashes ou símbolos de status, e muito pouco para ver a não ser a beleza natural do pôr do sol no esplendor tranquilo da Baía de Madaket, que era pequena, bela e cercada por plantas aquáticas.

Margot seguiu lentamente a estrada até Madaket, procurando por Jenna na ciclovia. Na verdade, havia 27 curvas na estrada que levava para além do depósito de lixo, passando pelas trilhas de Ram's Pasture, até o lago onde Beth costumava levar Margot e os irmãos para caçar tartarugas — quatro varetas firmes, um rolo de barbante e dois quilos de frango cru garantiam uma tarde de diversão. Tanto Kevin quanto Nick sempre terminavam dentro do lago com as tartarugas.

Margot não viu Jenna na ciclovia. Aquilo era impossível, certo? Ela tentou calcular o tempo. Se Jenna havia deixado a casa na hora em que Margot desconfiava, e se parara em Brant Point Lighthouse, então Margot teria visto irmã na ciclovia, indo ou voltando. Só havia uma entrada e saída. Havia alguns poucos grupos de árvore e umas duas pequenas colinas relvadas, mas, fora isso, nenhum lugar onde se esconder.

Margot parou o carro novamente, dessa vez na Madaket Beach. Ela foi caminhando devagar até a ponte de madeira que dava tanto para a Baía de Madaket quanto para o oceano.

Mistério de Madaket, pensou Margot. *Onde está a minha irmã?*

Subitamente ocorreu a Margot que ela talvez estivesse errada. Talvez Jenna *não tivesse* saído em uma jornada em busca da mãe. Talvez Jenna houvesse ido de bicicleta até o aeroporto e voado de volta para Nova York.

Margot pegou o celular de Rhonda e discou o número da casa. Cinco toques, seis toques... não havia secretária eletrônica. O telefone tocaria eternamente até alguém atendê-lo. Havia uma dúzia de pessoas na casa; *alguém* tinha que estar em casa. Mas atender o telefone era uma das coisas que o restante da família deixava para Margot. Quanto tempo demoraria até alguém perceber que ela não estava lá?

Finalmente o telefone parou de tocar. Margot ouviu sons abafados e alguém praticamente coaxou:

– Alô?

Margot ficou em silêncio por algum tempo. A voz parecia de Jenna. Será que a irmã havia voltado para casa? Talvez nunca houvesse saído? Teria achado um canto tranquilo para se esconder e voltar a dormir?

– Jenna? – perguntou Margot.

— Ahn — disse a voz. — Não. Aqui é Finn.
— Ah. Aqui é Margot.
— Ahã — falou Finn. — Eu sei.
— Jenna está aí? — perguntou Margot. — Ela está em casa?
— Não.
— Teve notícias dela desde a última vez em que a viu?
— Mandei seis mensagens para Jenna e deixei três recados — disse Finn. — E não recebi retorno. Acho que ela me odeia, porque...

Margot entendia porque Jenna devia odiar Finn naquele momento.

— Pare. Não posso ficar no meio dessa história — interrompeu Margot. — Estou só tentando encontrar Jenna.

— *Encontrar* Jenna? — perguntou Finn. — O que isso significa?

Margot fechou os olhos e respirou fundo. A baía de Madaket tinha um aroma característico, pantanoso, de fruta madura. Margot poderia voltar para casa e pegar Finn, e aquela se tornaria a história da irmã e da melhor amiga sem vergonha e irresponsável em busca da noiva em fuga.

"Quem tem que decidir isso sou eu", dissera Jenna. "E já decidi. Não vou me casar com Stuart amanhã."

— Tenho que ir — disse Margot. E desligou.

Ela tivera dificuldade em encontrar uma vaga para estacionar perto da igreja. Era o mês de julho, alto verão, as ruas estavam cheias de Hummers, Jeeps e Land Rovers, como o de Margot. Ela se sentiu indignada com todos os visitantes de verão, apesar de ela mesma ser um deles. Margot deu voltas e voltas na cidade — Centre Street, Gay Street, Quince Street, Hussey Street. Precisava de uma vaga. Eram cinco para as onze da manhã, a hora em que elas deviam estar no salão. Margot não conseguia suportar a lembrança de Roger. Estaria ele cuidando dos 168 detalhes daquele casamento que precisavam da sua atenção ou jogando dardos na garagem? Ou talvez pescando?

Surfcasting, Griff, o beijo. Margot precisava de uma vaga. Ela acenara de volta para Griff, mas sem entusiasmo. O que ele deduziria daquilo? O que estaria pensando? *A única coisa de que sinto falta da época de casado é ter alguém para ligar tarde da noite. Alguém para contar todas as coisas bobas que me passam pela cabeça.* Roger teria colocado uma foto de Jenna como alvo dos dardos? Estaria tentando acertar um dardo no meio dos olhos dela? Ele seria pago de qualquer maneira. O pai delas perderia muito dinheiro se Jenna cancelasse o casamento, mas é lógico que aquilo não era razão para seguir com o casamento. Edge chegaria naquele dia, ou fora isso que dissera Doug, mas Margot estava tentando não se importar com o fato. É óbvio que ela se importava, mas o sentimento fora soterrado sob a preocupação com Jenna e o desejo urgente que Margot sentia de salvar o casamento... além da necessidade de encontrar um lugar para estacionar.

À frente dela, alguém saiu de uma vaga.

Aleluia, Senhor!, pensou Margot. Ela estava, finalmente, indo para a igreja.

A Igreja Congregacional, normalmente conhecida como igreja do norte, ou igreja da torre branca (em oposição à igreja do sul, ou igreja do relógio da torre, que era Unitarista), fora o último lugar em que as cinzas de Beth haviam sido espalhadas. Beth era membro daquela igreja; ela era episcopal e frequentava a St. Paul com o restante da família. Beth pedira que suas cinzas fossem jogadas do alto da torre da igreja Congregacional porque de lá se via toda a ilha. Doug, com medo de que jogar os restos mortais da esposa da janela da torre pudesse aborrecer o pessoal da igreja, ou que talvez pudesse até ser ilegal, sugerira que eles subissem as escadas com as cinzas escondidas. Os Carmichael haviam esperado até o fim do dia, depois que todos os outros turistas já haviam ido embora, e a natureza clandestina da missão fizera tudo parecer uma travessura, divertida até, aliviando um pouco a melancolia da ocasião. Margot havia enfiado a urna com as cinzas em sua bolsa Fendi, e Kevin abrira uma fresta de uma janela no topo. As cinzas de Beth haviam caído lentamente de lá, como flocos de neve. A maior parte aterrissara no gramado verde da igreja, mas Margot imaginou que algumas poucas haviam sido carregadas mais adiante pela brisa. E agora descansavam no topo das árvores, nos telhados inclinados, na poeira das ruas, fertilizando os pequenos jardins.

Margot entrou na igreja e procurou por Jenna. O lugar estava deserto.

Os congregacionalistas normalmente pediam que um voluntário ocupasse o posto perto da escada que levava à torre. Mas, naquele dia, o lugar estava vazio. Havia uma mesa ali, com uma pequena cesta e um cartão pedindo doações de qualquer valor. Margot não levara dinheiro algum. Ela se desculpou silenciosamente e subiu as escadas.

Sobe, sobe, sobe. A escada não tinha ventilação, e Margot ficou tonta. Aqueles martinis, todo aquele vinho, apenas quatro pedacinhos de lagosta, Elvis Costello, Warren Zevon, o irmão de Griff morto em um acidente rodoviário. A mãe de Chance na casa dos padrinhos e cavalheiros de honra ao mesmo tempo que Ann Graham. Aquilo não era esquisito? Como seria para Ann ver a mulher com quem o marido tivera um caso tantos anos antes? Margot algum dia conheceria Lily, a instrutora de pilates... aliás, Margot provavelmente seria convidada para o casamento, já que ela e Drum Sr. ainda eram amigos. Margot costumava adorar ver Drum surfar; fora incapaz de resistir a ele. Todos os filhos tinham a magia do pai, se é que se podia chamar assim, apesar da quase reprovação de Carson e da mania de acumulação de Ellie. Todas as três crianças eram iluminadas por dentro, uma característica certamente herdada de Drum, não dela. Kevin era um idiota; Margot não entendia como Beanie conseguia suportá-lo, e, mesmo assim, era isso que Beanie vinha fazendo desde os 14 anos. *Pois é*, pensou Margot, *o amor podia durar*. Ela se perguntou se o pai teria lido a última página do Caderno. Precisava lembrá-lo de fazer isso.

Margot estava ofegante quando chegou ao último lance de escadas. Não conseguia pensar em mais nada, a não ser na dor que sentia nos pulmões. E em água – estava morrendo de sede.

No topo da torre, ficava a sala com as janelas. Parada na janela com vista para o leste – na direção da casa deles, em Orange Street – estava Jenna.

Margot arquejou. E se deu conta de que, na verdade, não esperava encontrar ninguém ali em cima, talvez menos ainda a pessoa que procurava.

– Oi – disse Jenna. Ela não parecia surpresa ou impressionada. Ainda usava o vestido pêssego frente-única que, àquela altura, estava em tal estado que a fazia parecer uma personagem de uma das histórias que liam quando crianças... um moleque de rua de Dickens, ou Sara Crewe, de *A pequena princesa*, ou, ainda, a pequena vendedora de fósforos. Jenna estava descalça.

Se alguém que não Margot a houvesse descoberto ali em cima, teria chamado a polícia.

— Oi — respondeu Margot. Ela tentou manter a voz terna. Não tinha certeza de que Jenna não havia enlouquecido completamente.

— Eu a vi subindo a rua — disse Jenna. — Sabia que você viria.

— Tive dificuldade em encontrar um lugar para estacionar. Você está aqui há muito tempo?

Jenna deu ombros.

— Há um tempinho.

Margot se aproximou da irmã. Os olhos de Jenna estavam inchados, o rosto marcado de lágrimas, embora ela não estivesse chorando naquele momento. Jenna apenas olhava pela janela, para as ruas da cidade, para o azul da baía. Margot seguiu o seu olhar. Algo naquela posição estratégica transportou Margot a um período 150 anos antes, para a época de Alfred Coates Hamilton e a indústria de caça baleeira, quando Nantucket fora responsável pela maior parte da extração de óleo de baleia do país. Era um tempo em que as mulheres ficavam de pé nos telhados, procurando no horizonte os barcos em que seus maridos, pais ou irmãos navegavam.

— Tenho uma pergunta — falou Margot.

— Qual? — perguntou Jenna.

— Você foi a Brant Point?

— Fui — respondeu Jenna.

— E a Madaket?

— É claro.

— Não vi você — disse Margot. — Se tivesse ido de bicicleta, eu a teria visto.

— Não fui de bicicleta — falou Jenna. — Pedi uma carona.

— Você pediu carona? Fico surpresa por alguém ter parado. Você está parecendo uma drogada de Alphabet City, em Manhattan.

— Peguei carona com quatro búlgaros em uma caminhonete vermelha — contou Jenna. — Foi bem divertido. Eles trabalham como ensacadores no mercado.

— Não tem nada de divertido, Jenna — repreendeu Margot. — Eles poderiam ter abusado de você. Quem a trouxe de volta para a cidade?

— O cara dirigindo o caminhão da empresa de reciclagem.

— Sério? — disse Margot

— Sério — confirmou Jenna.

— Mas você sabia que eu viria atrás de você, não sabia? — perguntou Margot. — Sabia que eu a encontraria.

— Imaginei que seria bem provável — confirmou Jenna.

Margot respirou fundo o ar fresco que entrava por uma janela parcialmente aberta. Estava suando e com muita, muita sede, e Roger, que representava 150 pessoas e mais de cem mil dólares, estava esperando por uma resposta, não importava qual fosse.

— Escute... — disse Margot.

— Não — interrompeu Jenna. — Escute você.

Margot fechou a boca e assentiu com vigor. Não sabia mesmo o que iria dizer...

— Pensei que Stuart fosse diferente — disse Jenna. — Achei que fosse a agulha no palheiro.

— Jenna — argumentou Margot. — Ele *é* a agulha no palheiro.

— Ele é exatamente como os outros — disse Jenna. Ela pigarreou e continuou: — Finn dormiu com Nick! Ela me contou que acha que está *apaixonada* por ele! Depois de uma tarde em cima de uma prancha, ela não achou nada demais deixar que Nick se juntasse a ela no chuveiro do pátio dos fundos, no instante em que você saía pela porta!

Margot levantou a mão para deter a irmã.

— Por favor — pediu. — Por favor, não me conte nenhum detalhe.

— E sabe qual é a desculpa de Finn? Scott foi infiel primeiro! Scott teve um caso com uma garçonete qualquer do Hooters, em uma viagem de golfe a Tampa, na Flórida, em abril. Scott e Finn estavam casados havia apenas seis meses, ela estava pensando em engravidar, então ele viajou para jogar golfe com os amigos, nada demais, porque Scott está sempre fazendo esse tipo de viagem. Só que dessa vez ele voltou para casa e passou uma doença venérea para Finn... por isso teve que confessar sobre a garçonete nojenta. Agora Scott está em Las Vegas e, em vez de se comportar da melhor maneira possível, contou a Finn que todos os caras estavam frequentando shows eróticos e festas particulares com *performers* lésbicas.

Margot suspirou.

— Ela com certeza ficou bem abalada por causa disso na quinta-feira à noite.

— Então Nick aparece e começa a ser todo doce e gentil com ela. — Jenna fungou e limpou o nariz na gola do vestido. Margot se encolheu. — E Finn começa a imaginar que eles têm toda uma *história*, que ela é apaixonada por Nick desde os 13 anos, quando ele vinha para casa da Penn State. Então, ontem, eles tiveram aquele dia mágico em Fat Ladies Beach, e...

— E eu fui embora para o iate clube — completou Margot. Porque ela estava ansiosa para ver Edge. Deveria ter esperado por Nick e Finn. Deveria ter ficado em casa e tomado conta dos dois.

— E Nick é desse jeito — comentou Jenna. — Ao que parece, ele não consegue se controlar. Não importa se Finn é *casada*; não importa que eu fui madrinha do casamento dela, ou que ela é dama de honra do meu casamento e minha melhor amiga.

— Você não pode deixar que o comportamento de Nick e as decisões equivocadas de Finn a influenciem, Jenna — argumentou Margot.

— Então temos papai e Pauline. Ele tem 64 anos e ela... quantos? Sessenta e um? O casamento deles supostamente deveria ser a segunda chance perfeita para o amor, eles deveriam envelhecer juntos. Mas não. O amor também morreu entre eles, e agora papai vai começar a sair com mulheres cada vez mais novas; primeiro da sua idade, depois da minha idade, então da idade de Emma Wilton...

— Jenna...

— E ainda tem os pais de Stuart. Eu costumava achar a história deles tão *linda*... ao menos a parte em que os dois se casavam pela segunda vez. Mas na noite passada, quando conheci Helen, me senti mal, e isso foi antes de ela abrir a boca para contar sobre Stuart e Crissy Pine. Ela é do tipo supermodelo sueca assustadora, e foi ao jantar com aquele vestido "olhem para mim, sou o centro das atenções", quando deveria perceber que teve sorte de sequer ser convidada. Ann só a incluiu porque é uma santa.

— Está certo — concordou Margot, pensando: *Ann, sua idiota.*

— E quando Chance passou mal, e Jim e Helen saíram para o hospital, ficou tão, *dãã*, óbvio para mim que Jim *traiu* Ann, e traiu feio. Ele teve um filho com outra mulher!

Margot queria dizer: *Ah, pelo amor de Deus, isso aconteceu na noite passada? Em que mundo Poliana Jenna vinha vivendo?* Mas o que ela acabou dizendo foi:

— Você não pode deixar que os erros de outras pessoas...

— Mas o pior de tudo — continuou Jenna —, o pior de tudo é você.

— *Eu?* — perguntou Margot. A mente dela pareceu virar de cabeça para baixo. Como *ela* poderia ser o pior de tudo? Pior do que *Nick?* Pior do que Helen no vestido amarelo? O que Jenna sabia sobre a vida pessoal de Margot, afinal? Será que Autumn contara sobre Edge? Ou ela vira Margot beijando Griff? E por que qualquer uma dessas coisas deveria importar para Jenna?

— De todos os casamentos que já vi, o seu era o meu favorito absoluto — falou Jenna. — E você simplesmente acabou com ele.

— *Meu* casamento? — disse Margot. — Está falando do meu casamento com Drum?

— Talvez tenha sido por causa da nossa diferença de idade — comentou Jenna. — Eu ainda estava no ensino médio quando você se casou e, como sabemos, sou uma romântica incurável.

— Não houve nada de romântico quando me casei — contestou Margot. — Ei! Foi praticamente um casamento forçado!

— Vocês dois eram as pessoas mais incríveis que eu conhecia — disse Jenna. — Quando vocês dois surfavam juntos, eram tão... lindos. Então você ficou grávida e Drum a levou para jantar no Blue Bistro e lhe deu aquela ostra com o anel de diamantes dentro.

— E eu vomitei — lembrou Margot. — Vi o anel no meio da mucosa da ostra, corri para o banheiro feminino e vomitei.

— E vocês tinham aquele apartamento sensacional no centro da cidade.

— Os pais de Drum compraram o apartamento para nós dois — falou Margot. — Eles escolheram e pagaram por ele. Não foi romântico ou legal, Jenna. Foi coisa de garoto mimado.

— E você tinha o seu emprego — continuou Jenna. — Drum tomava conta do bebê, preparava aqueles jantares gourmet e sempre tinha uma taça de vinho pronta quando você voltava para casa. Vocês tiravam aquelas férias longas na Costa Rica, no Havaí e em Telluride, no Colorado.

— Porque Drum queria surfar — disse Margot. — E esquiar. Eu sempre ficava presa no hotel, tomando conta das crianças.

— Eu queria a sua vida — confessou Jenna. E fungou mais um pouco. — Queria bebês lindos, o prédio com porteiro, as viagens para lugares exóticos. Queria alguém que me amasse tanto quanto Drum a amava. Ele a idolatrava, Margot. Você era uma deusa para ele.

Margot bufou uma risada. Era impressionante a imagem deturpada que a irmã tinha do seu casamento.

— Por favor.

— Recebi uma mensagem de Drum, ontem, sabe? — contou Jenna. — Ele disse que vai se casar no outono.

Margot sentiu uma pontada de culpa.

— Eu pretendia lhe contar.

Jenna passou a mão no vestido, o que não adiantou nada. Aquela roupa terminaria no lixo, assim como o vestido branco e manchado de vinho que Margot usara na quinta-feira à noite.

Margot pensou: *Somos duas garotas sem mãe.*

— Enfim, meu sonho de você e Drum se reconciliarem acabou.

— Espere um pouco — disse Margot. Ela decidiu citar a letra de uma música de Taylor Swift para talvez fazer Jenna sorrir. — "We were never, ever getting back together. Like ever." Entendeu? Nós nunca, jamais vamos nos reconciliar. Tipo... nunca.

A piada se perdeu. Jenna fez uma careta.

— Mas vocês dois eram perfeitos juntos!

— Sinceramente — falou Margot. — Você não tem ideia do que está falando. E esse é o problema do casamento. Ele pode parecer perfeito para quem está de fora, mas ser bem imperfeito para os envolvidos. E o contrário também é verdade. Ninguém sabe o que acontece em um casamento a não ser as duas pessoas envolvidas.

— Eu menti quando disse que você era a pior — falou Jenna.

— Você não era a pior.

Margot se sentiu tolamente aliviada. Ela cerrou os lábios e percebeu que estavam tão secos que pareciam prestes a rachar.

— O pior de tudo... — Jenna desviou o olhar para a janela e seus olhos ficaram marejados. — O pior de tudo foi mamãe e papai. No fim. Eu estava lá, vi os dois.

— Eu sei — falou Margot.

— Você *não* sabe! — Jenna se exaltou. — Não sabe porque não estava por perto. Estava morando em Nova York, com Drum e os meninos. Estava *trabalhando*. Kevin estava em São Francisco naquela primavera, e Nick em Washington. Eu estava em casa, sozinha com eles.

Sim, Margot se lembrou. Sete anos antes, Drum Jr. tinha 5 anos e Carson, apenas 3. Margot tentava desesperadamente se tornar sócia na Miller-Sawtooth, o que significava não apenas agir como uma pessoa sem dois filhos pequenos em casa, como também agir como uma pessoa cuja mãe não estava morrendo a uma hora de distância dali, em Connecticut.

Margot costumava usar os quinze minutos que tirava para o almoço naquela época para ligar para Beth. Elas conversavam sobre coisas normais — a professora do jardim de infância de Drum Jr., a mania de morder de Carson, as recolocações em que Margot estava trabalhando. Só no fim da conversa as duas se dirigiam ao elefante na sala. Margot perguntava como Beth estava se sentindo, Beth mentia, dizendo que estava se sentindo bem, que a dor era administrável, e que ela estava feliz, de qualquer modo, por ter terminado a quimioterapia. Qualquer coisa era melhor do que a quimioterapia. Margot prometia ir a Connecticut no fim de semana e levar as crianças, porém, mais de uma vez, não cumpriu a promessa. Drum Jr. tinha escolinha de futebol, ou Carson acabara dormindo mais do que Margot havia antecipado, ou Margot tivera que passar algumas horas no escritório... e os planos para a viagem a Connecticut eram deixados de lado.

Margot sabia que os irmãos também estavam ocupados na época. Kevin tentava salvar a Coit Tower, e Nick acabara de conseguir o emprego com o Washington Nationals. Eles estavam, os três, inconsoláveis com a ideia de perder Beth, mas não haviam estado *lá*, do modo como Jenna estivera. Jenna trancara um semestre na William and Mary para ficar em casa com Beth. Ela se mudara na mesma hora em que Beth começou a receber cuidados domiciliares.

— Sabe de uma coisa? — disse Jenna. Ela estava nervosa agora; a voz assumira uma intensidade assustadora que Margot quase nunca via. — Durante a maior parte da minha vida, me senti como se nem fizesse parte da família. Eram sempre vocês três, papai e mamãe. Quando nos sentávamos à mesa para jantar, vocês conversavam e discutiam, e eu não conseguia entender ou acompanhar. Vocês três iam a festas, tinham encontros, e você não respeitava a hora de voltar para casa e chegava com bafo de cerveja. Um de vocês acabou se perdendo depois de um show no Madison Square Garden, e a mamãe passou a noite toda ao telefone, falando com a polícia.

Fui eu, lembrou Margot. O show dos Rolling Stones, no verão antes do último ano no colégio.

— Nick bateu com o carro e depois foi pego plantando maconha no sótão. E mamãe tinha certeza de que Kevin acabaria engravidando Beanie. Mamãe e papai estavam tão absorvidos tomando conta de vocês que se esqueciam de mim.

— Isso não é verdade...

— *É* verdade, sim. Kevin quebrou a perna jogando bola, lembra? E eles me deixaram na casa de Finn por três dias inteiros.

— Ora — argumentou Margot. — Nós éramos mais velhos.

— E quando todos vocês saíram de casa, nós éramos como uma família de novo. Mas uma família diferente. Uma família formada por mim, mamãe e papai. Nós sentávamos para jantar e podíamos até conversar sobre vocês, mas era como falar sobre parentes que estavam na África, ou na China, distantes. E para mim era ótimo.

Margot fez uma careta. O que era aquilo? Décadas de ressentimento por ser a caçula?

— No fim da vida de mamãe, éramos só nós três de novo. Eu assisti de camarote à morte dela e ao que isso fez com papai. — Agora as lágrimas rolavam livremente pelo rosto de Jenna. — Foi *horrível*, Margot. Ele a amava tanto; queria ir com ela. Porra, ele queria ir com ela. — Jenna levou a mão aos cabelos louros, ainda presos em um arremedo de coque. — O amor morre. Eu vi o amor morrer com meus próprios olhos. Ela partiu, nós ficamos. E isso, *isso*, Margot, foi o pior de tudo.

— Você está certa — concordou Margot. — É claro que você está certa.

— Portanto, temos Finn e Nick, papai e Pauline, e Jim e Ann Graham e a horrível Helen, e você e Drum Sr. E se tudo isso não bastasse para me tornar cética, Stuart ainda mentiu para mim sobre um acontecimento importantíssimo da vida dele. Importantíssimo!

— Mas isso não é um empecilho, Jenna — argumentou Margot. — Quando você disse que ele revelou ser igual aos outros, estava certa. Stuart é um *ser humano*. Ele ficou com medo de contar a você sobre Crissy Pine. Queria fingir que aquilo nunca acontecera. Não estou dizendo que ele não errou. Errou, sim. Você tinha o direito de saber. Mas não cancele o casamento por causa disso. Não vale a pena.

— Ele deu o anel da bisavó para ela! — disse Jenna.

— E desde quando você se importa com coisas como anéis? — perguntou Margot. — Posso jurar que há centenas de milhares de anéis de diamante neste mundo que foram guardados, roubados ou jogados pela janela de um carro por pura raiva.

— Eu me importo porque ele deu o anel a *ela*... Era precioso, uma joia de família. Ele a amou o bastante para dar aquele anel a ela. — Jenna fungou. — Eu queria que ele *me* amasse tanto assim.

— Ele *a ama* tanto assim! — exclamou Margot. — Ama mais do que isso! Stuart a ama o bastante para ter ido procurar um anel com diamantes eticamente extraídos! Ele não *reciclou* algum anel antiquado que pertenceu a um ancestral morto. Encontrou um só para você, uma joia que você pudesse amar, da qual pudesse se orgulhar.

Margot achou que aquele era um ótimo argumento e deixou as palavras pairarem no ar por um instante. Então continuou:
— Vi Stuart esta manhã. Ele está um trapo.
— Espero que esteja — disse Jenna.
— Está — confirmou Margot. — Está com uma péssima aparência. Disse que se você o deixar, ele vai morrer... e não acho que tenha sido uma hipérbole.

Jenna começou a chorar novamente.
— Eu o amo tanto! Passei as últimas doze horas tentando me fazer *parar* de amá-lo. E não consigo, jamais conseguirei deixar de amá-lo. Vou amar Stuart para o resto da minha vida! Mas ele mentiu pra mim! É como se, de repente, ele houvesse se tornado uma pessoa completamente diferente... uma pessoa que foi noiva de outra e optou por esconder isso de mim.

Margot sabia que não era o momento de dizer mais nada. As duas estavam paradas diante da janela. A mesma janela que Kevin abrira para que eles pudessem jogar punhados das cinzas da mãe sobre a ilha que ela havia adorado. A brisa que entrava pela janela era a única coisa que impedia Margot de desmaiar.

Ela pegou o celular de Rhonda do bolso e o estendeu para Jenna.
— Ligue para Roger — disse. — Ligue para Roger e diga a ele que o casamento está *definitivamente* cancelado.
— Ok — respondeu Jenna. Ela aceitou o celular, ficou olhando para a tela por um instante e Margot pensou: *Ela não vai conseguir fazer isso*. Jenna ama Stuart, e eles vão acabar tendo um casamento como o de Beth e Doug... um casamento que será uma fortaleza para todos eles. Os instintos perfeitos de Margot lhe diziam isso.

Mas daquela vez, ao que parecia, os instintos de Margot estavam errados. Jenna discou o número e levou o celular ao ouvido. Margot teve vontade de arrancar o telefone da mão da irmã e falar ela mesma com Roger. Dizer: *O casamento continua de pé. Jenna está apenas assustada. Só assustada, é tudo.*

Qualquer um que ouvisse aquela lista de desastres matrimoniais ficaria assustado.

— Alô? — disse Jenna.

Ah, meu bem, por favor, não faça isso, pensou Margot. *Não é motivo para terminar um casamento. Stuart é como todo o resto da humanidade, mas você e ele, como um casal, são diferentes. Vocês dois vão fazer dar certo.*

Ela pensou: *Mamãe? Me ajude.*

— Stuart? — disse Jenna ao celular. — Te amo, Stuart. Seu idiota, eu te amo!

BASTIDORES

Finn Sullivan-Walker (dama de honra): Ela me odeia. Jenna Carmichael, que foi minha melhor amiga desde que comíamos biscoitos e tomávamos suco de maçã juntas, assistindo ao Barney na televisão, me odeia. Fui ao salão com Autumn e Rhonda às onze da manhã. Só nós três, porque Margot e Jenna continuavam desaparecidas. Perguntei a Autumn se tinha notícia de Jenna e ela fingiu pensar a respeito, então admitiu que não, não falava com Jenna desde a festa na noite anterior. Autumn fora para a casa onde estão os rapazes, com H.W., onde fizeram sexo selvagem, bêbados, descrito em detalhes chocantes e pornográficos a Rhonda, que ficou babando. *Fale mais, fale mais, foi amor à primeira vista?* Acho que talvez Autumn estivesse sendo cretina comigo porque estava com ciúmes – afinal, ela tivera um caso com Nick na formatura de Jenna na faculdade, vários anos antes. Tentei não me importar com Autumn, ou Rhonda, ou mesmo com Jenna. Se estar com Nick significa perder Jenna, então acho que terei que viver com isso, porque meus sentimentos por Nick são muito fortes. É como se já existissem antes, mas eu só houvesse me permitido reconhecê-los nesse fim de semana.

Eu estava sentada em uma cadeira do salão enquanto prendiam meu cabelo em um coque, quando Jenna e Margot entraram. Todos no salão começaram a aplaudir. *A noiva pródiga!* Francamente, não entendi essa encenação de sumiço de Jenna. Ela não costuma ser do tipo dramática.

Eu, por outro lado, sou um ímã para dramas. Minha mãe sempre me disse que eu era tão cheia de caprichos e tão difícil de agradar que ela tinha certeza de que eu acabaria me casando pelo menos umas quatro vezes. Mamãe me disse isso no dia do meu casamento, e praga de mãe sempre pega.

Quando Jenna entrou no salão de beleza, pensei que ela talvez fosse se desculpar, ou tentar se acertar comigo, mas ela não chegou nem perto da minha cadeira. Sequer olhou na minha direção. Eu pensei: *Ótimo, não me importo. Não vou ser a porra da sua dama de honra, não vou usar aquele vestido verde horrível, eu vou é para casa e você nunca mais vai me ver ou falar comigo de novo. Encontre outra melhor amiga, faça de Autumn sua melhor amiga, embora ela seja uma vagabunda de carteirinha. Faça de Rhonda sua melhor amiga, ou faça amizade com Francie, Chelsea, Hillie ou qualquer uma das feministas que trabalham com você na Little Minds. Não vou te dar apoio; meu lugar na igreja ficará vago, meu lugar à mesa principal na festa ficará vazio.*

Senti um toque em meu ombro. A cabeleireira.

— Meu bem — disse ela. — Por que está chorando?

Beanie (cunhada da noiva): Fui deixada a cargo de seis crianças durante a maior parte da manhã e, apesar de normalmente eles serem tranquilos — todos se divertem juntos, inventam as próprias brincadeiras e só me procuram quando estão com fome —, não é surpresa que alguma coisa tenha dado errado. Brock, meu filho mais novo, será o pajem que vai levar as alianças e, portanto, Kevin foi nomeado "O Senhor dos Anéis". Ele ficou responsável por guardar a aliança de platina de Stuart, bem como a aliança de Jenna, também de platina, decorada com catorze diamantes eticamente extraídos, representando o número de meses que os dois passaram juntos antes de Stuart pedi-la em casamento. As alianças estavam uma ao lado da outra, sobre a nossa cômoda, em caixas de veludo cor de chocolate. As caixas não pareciam ter sido tocadas, mas, quando Kevin as abriu, às duas e meia desta tarde – portanto duas horas e meia antes da cerimônia –, percebeu que a caixa com a aliança de Jenna estava vazia.

Autumn (dama de honra): H.W. é a versão adulta do universitário babaca, o que o torna exatamente o meu tipo. Ele gosta de tomar cerveja com um *shot* de uísque Jameson, o que eu poderia prever no segundo em que coloquei os olhos nele. Torce para o Carolina Panthers e tem uma tatuagem de pantera no tornozelo. Trabalha como vendedor para uma distribuidora de bebidas em Raleigh, o que significa que anda com donos de bar e consegue entradas de graça para tudo. Joga pôquer toda semana com um grupo de caras que foram seus colegas na NC State, e diz que as melhores férias que já tirou foram em Cancún – férias que ganhou por fechar os contratos mais lucrativos de venda de tequila Pátron da sua região. H.W. teve uma namorada por algum tempo, mas ela ficou muito carente e ele rompeu o relacionamento via SMS, enquanto estava em Cancún. A então ex-namorada começou a persegui-lo e tentou hackear a conta dele no Facebook. Tudo o que H.W. quer neste fim de semana é trepar muito e ter alguém com quem possa beber e dançar. Prometi a ele que, depois de domingo, às três da tarde, ele nunca mais me verá ou ouvirá falar de mim.

Nick (irmão da noiva): Nunca me meto em situações com as quais não possa lidar. Essa é a marca registrada de Nick Carmichael. Mas acho que Margot talvez possa estar certa desta vez. Acho que talvez tenha passado dos limites... Posso voltar no tempo, por favor?

DOUG

A fotógrafa estava agendada para as três da tarde, e Doug sabia que isso significava que ele deveria trajar seu smoking às quinze para as três. E ainda teria que ver Jenna.

Ela estava se vestindo com as outras moças. Do lado de fora da porta do próprio quarto, Doug podia ouvi-las tagarelando, a conversa girando em torno de modeladores e cílios postiços. Havia música tocando: "Katmandu", de Bob Seger, que fora outra das canções favoritas de Beth. Doug se perguntou se a música a ser tocada enquanto se arrumavam também fora prescrita no Caderno, ou se aquela era uma que Jenna costumava mesmo ouvir.

Ele ficou parado no silêncio do próprio quarto, hesitando em abrir a porta.

Pauline também estava se arrumando, mais uma vez sentada diante da penteadeira da avó dele, com a qual não combinava, passando um perfume que vinha fazendo Doug espirrar nos últimos cinco anos. Chamava-se Illuminum White Gardenia, e Pauline sempre o usava em ocasiões especiais. Era caro; ela o comprava na Bendel's, e Doug era alérgico a ele. No entanto, Pauline nunca se dera conta daquele detalhe.

O perfume era mais uma coisa à qual ele ficaria feliz em dizer adeus.

— Que cor estou usando? — perguntou Pauline.
— Como?
— Não se vire — pediu ela. Doug obedeceu e ficou olhando para a própria mão na maçaneta de vidro. E percebeu que era a mão de um homem velho. — Me diga que cor estou usando.

Azul, pensou Doug. Não, isso fora na noite da véspera. De que cor era o vestido que Pauline escolhera para o casamento? Com certeza ela dissera a ele dezesseis vezes, e provavelmente desfilara com o vestido para ele.

— Não sei — admitiu.
— Porque você não olha para mim — disse Pauline. — Ou, quando olha, parece estar olhando através de mim.
— Pauline — disse ele.
— Canela — falou ela. — Estou usando uma roupa cor de canela.

Doug se virou para encará-la. O vestido era longo e rendado... e, sim, cor de canela. Ele provavelmente teria chamado de marrom. Parecia um pouco outonal para um dia quente de julho, embora a cor combinasse com os seus cabelos escuros.

— Você está linda, Pauline — elogiou Doug.

Ela deixou escapar uma risada sem alegria, e Doug girou a maçaneta de vidro e abriu a porta.

O corredor era um frenesi de verde. Rhonda, Autumn, Finn, Margot. A filha mais velha lhe deu um beijo no exato instante em que a música mudou para "Teach Your Children", de Crosby, Stills e Nash. *You, who were on the road, must have a code, that you can live by.*

Uma música que falava de códigos de vida para quem estivesse na estrada. *Sem dúvida devia estar na lista de Beth*, pensou Doug.

— Você está ótimo, papai — disse Margot.

— Obrigado — respondeu ele. — Você também. Estou procurando por sua irmã.

Beanie apareceu no corredor, vestida em uma camisa polo cor-de-rosa e uma saia de brim, com uma expressão angustiada no rosto.

— Margot? — chamou ela. — Posso falar com você um instante?

— Claro — disse Margot. Ela se virou para o pai. — Jenna está no sótão, se vestindo.

— No *sótão?* — repetiu ele. — Onde estão as crianças?

— Nós as enxotamos de lá — falou Margot. — Jenna queria seu próprio espaço.

— Está certo — disse Doug, e seguiu em direção ao sótão.

— Estou subindo as escadas! — gritou ele. Não havia porta no sótão. — Espero que esteja decente!

— Estou vestida — disse Jenna. — Não sei quanto à decência.

Doug riu.

Ele subiu os últimos três degraus e entrou no sótão cavernoso e abafado, com as nove camas desfeitas. O cômodo se parecia muito com uma barraca de acampamento. Por alguma razão, havia penas por todo o chão, como se um ganso tivesse sido apanhado pelo ventilador de teto.

Parada no meio do sótão, como uma coluna perolada de luz, estava Jenna.

— Ah, meu Deus, querida! — exclamou Doug.

— Estou bem? — perguntou ela.

Era difícil engolir; doía, tamanho o nó na garganta de Doug. A sua garotinha... usando o vestido de Beth. O sótão estava tão quente que gotas de suor escorriam para dentro dos olhos de Doug e, mesmo assim, a filha estava parada diante dele, calma e composta, radiante.

A garota mais linda que ele já vira.

A segunda garota mais linda que ele já vira.

Ele estava parado no altar da St. James, em Nova York, ao lado do irmão, David, que era o padrinho. David, o irmão que morrera havia três anos de ataque cardíaco. Doug vira Beth de braço dado com o pai, no extremo da nave muito longa e, conforme ela foi se aproximando, pensou: *Não consigo acreditar no que estou vendo. Só não consigo acreditar.*

E a verdade era que o dia do casamento não fora o dia mais feliz da vida a dois. Nem de perto. Houvera o nascimento dos quatro filhos, o dia em que Doug se tornara sócio da Garrett, Parker e Spencer, houvera os aniversários... trinta, quarenta, cinquenta anos. Mas nenhum desses fora o dia mais feliz. Qual fora, então? Doug suspirou. Houvera tantos. Os longos dias de verão naquela casa, quando os filhos eram mais novos... horas passadas na praia; Doug e Beth sentados um ao lado do outro nas cadeiras de lona enquanto as crianças brincavam nas ondas. Doug e Beth costumavam dividir um sanduíche; Doug lia algum livro de Ken Follet, ou de Robert Ludlum, e Beth costurava ou bordava. Eles sempre davam uma caminhada juntos, de mãos dadas. Houve dias em que a maior preocupação dos dois era se deveriam ir para o lado esquerdo ou direito, na praia. Se deveriam preparar peixe-espada grelhado ou costela. Os dois costumavam ir para a cama às nove, trancar a porta do quarto e fazer amor doce, silenciosamente, enquanto as crianças brincavam de esconde-esconde com lanternas no quintal.

Houve dias de raios de luz cintilantes e prateados como agora, e dias dourados de outono, quando eles se agasalhavam em suéteres e Beth preparava uma panela de chilli, ou vários sanduíches, e eles se juntavam para ver um jogo de Yale x Columbia. Houve Natais, fins de semana esquiando, e viagens a Paris, a Londres, e para o Caribe. Havia os dias comuns de escola e trabalho, ele no tribunal, Beth no hospital, quando ela tentava constantemente esticar o orçamento; houve jantares de família quase todas as noites, algumas idas ao cinema, assistir à TV juntos, idas a eventos escolares, ou a um coquetel oferecido pelos vizinhos. E Doug tinha certeza de que, nesse último caso, as pessoas comentavam depois que eles saíam, perguntando umas às outras se os Carmichael podiam mesmo ser tão felizes quanto pareciam.

Sim.

Tudo, ele amara tudo.

E tudo começara oficialmente no dia em que ele vira Beth usando aquele vestido.

— Você está maravilhosa — disse Doug a Jenna. — Stuart é um desgraçado sortudo e, neste momento, eu o odeio um pouquinho.

— Ah, papai — disse Jenna. E o abraçou. Ele apoiou o queixo no topo dos cabelos perfumados da filha. — Ah, meu cabelo — falou Jenna, afastando-se.

— Ah, sim — concordou Doug, admirando o penteado. Os cabelos de Jenna estavam presos em um coque complicado, embora ela ainda tivesse que colocar o véu. Jenna usava os brincos de safira que haviam pertencido à mãe de Doug, Martha, que os usara no dia em que se casara com o pai dele, ali, naquela casa. Os brincos eram o "algo azul" de Jenna. O que Doug e Beth costumavam dizer quando Jenna era bebê? *Acorde e nos mostre as joias.* Seus olhos de safira.

— Se sua mãe pudesse vê-la... — comentou Doug.

— Papai... — disse Jenna, piscando rapidamente. — Por favor, não. Minha maquiagem. E está quente aqui. Devíamos descer.

— Eu sei — sussurrou ele. — Você está certa. Desculpe. Vamos.

— Mas espere. Primeiro... — Jenna abriu uma caixa de plástico que estava em cima da cômoda e pegou a *boutonniere*, a pequena flor que ele usaria na lapela. — Quero prender isto para você.

Doug olhou por cima da cabeça da filha, para as vigas empoeiradas, enquanto ela prendia a flor na lapela. Não conseguia falar. *Seu pai será motivo de preocupação.*

— E aqui — disse Jenna. — Deixe eu ajeitar a sua gravata. — Ela puxou a gravata borboleta, examinando o resultado, e ele ficou todo bobo. Havia deixado a gravata torta de propósito, exatamente para que ela pudesse ajeitá-la.

O CADERNO, PÁGINA 29

A Lista de Presentes, Parte I: A Cozinha

Eu a conheço bem o bastante para saber que talvez pule qualquer parte deste caderno com o título "Lista de Presentes", porque coisas materiais significam muito pouco para você e, se o casamento fosse amanhã, pediria a todos que fizessem uma doação para o Greenpeace, ou para a Anistia Internacional, em vez de comprarem um presente. No entanto, esse é outro ponto em que precisa confiar em mim!

Você e eu sabemos que Margot não sabe cozinhar, que ela tem dificuldade com qualquer coisa mais elaborada do que um sanduíche de geleia e manteiga de amendoim. E Margot está ocupada demais com o trabalho para fazer qualquer coisa — o que é uma pena, porque aquele apartamento está implorando por um belo jantar festivo. Mas você, minha querida, é uma cozinheira magnífica. Vem preparando coisas saudáveis, como aquelas bananas com flocos de aveia e aquele ensopado de frango. Só consegui comer um pouco, mas estava delicioso. O endro fresco fez toda a diferença.

Isso posto, segue uma lista de itens para a sua cozinha. Lembre-se, Jenna, as pessoas vão lhe dar presentes de casamento, não importa o que você diga. É melhor, então, que lhe deem coisas que você possa usar:
Panela de cozimento lento

Frigideiras antiaderentes de 25 cm e de 30 cm (All-Clad é a melhor marca)
Frigideira de saltear de três litros com tampa
Tábua de corte grande, de preferência Boos
Facas: não coloque "um conjunto" na lista. Facas são importantes demais. Você quer uma faca do chef de 25 cm, uma faca de pão serrilhada, uma Santoku com sulcos, uma faca de sanduíche e duas boas facas de descascar.
Caldeirão de oito litros
Mixer de mão
Batedeira KitchenAid (Tenho a minha há 35 anos e nunca tive problema)
Uma boa cafeteira
Processador de alimentos Cuisinart com capacidade de dois litros e meio
Moedor de pimenta grande, de madeira
Panelas com tampa de um, dois e três litros
Escorredor
Panela Le Creuset que pode ser levada ao forno
Tigela de salada grande, de madeira (cheque na Simon Pearce)

MARGOT

Abigail Pease, a fotógrafa, chegou quinze minutos adiantada, com Roger ao lado. Roger parecia calmo; não demonstrava raiva ou frustração pelo quase cancelamento, seguido pela ressurreição, do casamento. Provavelmente era algo que acontecia o tempo todo. Margot teve vontade de perguntar, mas havia sido pega de surpresa pela chegada da fotógrafa. As fotos na casa dos padrinhos e cavalheiros de honra haviam terminado mais rápido do que qualquer um imaginara.

— Por quê? — perguntou Margot.

— Eles já estão todos prontos — respondeu Abigail. Tinha cerca de 50 anos, cabelos louros, longos e cacheados, falava com um leve sotaque sulista e usava roupas Eileen Fisher, que lhe caíam maravilhosamente bem. — Na maior parte das vezes, os homens levam mais tempo para se arrumar do que as mulheres. Mas aqueles rapazes já estavam em seus smokings, bebendo cerveja e jogando bola.

— Bem, estamos quase prontas — avisou Margot. Aquilo não era exatamente verdade. Ela e Autumn estavam prontas. E, como um bom cavalheiro de honra, Autumn tomava cerveja no quintal.

Mas, quando Margot subiu para checar as duas outras garotas, descobriu que Rhonda não ficara satisfeita com o trabalho da maquiadora no RJ Miller e, por isso, refazia ela mesma a maquiagem. Esse processo envolvia todas as etapas, como limpar o rosto, hidratar e reaplicar a maquiagem com precisão cirúrgica, o que impedia o acesso de outras pessoas ao banheiro. Finn, parada em frente ao espelho de corpo inteiro, de mau humor, aplicava creme de babosa na pele queimada de sol, que já começava a descascar. A maquiagem não adiantara nada para ela, porque não fizera nada além de chorar desde que haviam voltado do salão, embora todos fingissem não perceber. O choro era o modo de Finn tentar fazer Jenna prestar atenção nela, mas Jenna não estava mordendo a isca, e Margot sentia-se orgulhosa da irmã.

Então Nick subiu as escadas, de smoking, pois acabara de tirar as fotos. Jenna pediu licença e foi para o terceiro andar, para terminar de se arrumar "em paz", o que realmente queria dizer que ela queria ficar longe de Finn e Nick. Os dois, por sinal, desapareceram escada abaixo, de mãos dadas, e Margot não os vira desde então.

Margot pensou: *Abigail Pease não vai conseguir de jeito nenhum reunir as damas de honra e a madrinha na mesma foto ainda neste século.*

Ela considerou a hipótese de descer e dizer isso à fotógrafa. A possibilidade de Abigail tirar fotos informais, não posadas, enquanto as damas e a madrinha se arrumavam havia sido discutida, mas como sairiam aquelas fotos? Autumn entornando uma Heineken, Rhonda com o rosto coberto de espuma do sabonete que usava para tirar a maquiagem, Finn soluçando nos braços de Nick. Abigail talvez acabasse tirando uma foto de Margot irritada com todas as coisas acima — ou talvez acabasse capturando a expressão de inveja de Margot ao ver Jenna usando o vestido que fora da mãe. A irmã estava deslumbrante e, apesar da onda de amor, orgulho – e alívio – que sentiu ao vê-la, também sentiu inveja. Margot desejou ter tido um casamento de verdade, com a oportunidade de usar o vestido de Beth, em vez do de chiffon cor de salmão, da loja para grávidas A Pea in the Pod que usara. Desejou ter se casado ali, na casa de Nantucket, em vez de em um penhasco em Antígua, onde jamais havia estado antes e para onde jamais voltaria. Desejou ter se casado com alguém diferente, alguém mais preparado para amadurecer com ela.

Alguém como Edge? Mas Margot não conseguia se imaginar casada com Edge. A história provara que ser casada com Edge significava um dia ser divorciada de Edge.

Alguém como Griff?, Margot se perguntou.

Acabou não chegando a descer para conversar com Abigail Pease, porque, naquele momento, o pai saiu do quarto também já de smoking, e Margot se distraiu. Então, dois segundos depois, Beanie enfiou a cabeça para fora do quarto dela e disse que as duas precisavam conversar.

– A aliança sumiu – disse Beanie. E estendeu a caixa de veludo marrom. Estava vazia.

– Espere – pediu Margot. – O que está querendo dizer?

– As caixas estavam aqui – explicou Beanie. Ela apontou para a cômoda Eastlake, que combinava com as duas camas de solteiro entalhadas; as mesmas que, muitos verões antes, haviam sido as camas de Kevin e Nick. As camas e a cômoda com o espelho combinando eram antiguidades que antecediam até mesmo os avós de Margot. Como os rapazes haviam terminado ocupando aquele quarto era outra misteriosa injustiça de família. Sobre a cômoda estava a segunda caixa de veludo marrom, com a aliança de Stuart. A aliança de Stuart estava ali, mas a de Jenna, não. A aliança dela era decorada com catorze diamantes eticamente extraídos, totalizando quase dois quilates, e valia vinte ou trinta vezes mais do que a de Stuart.

Alguém teria entrado na casa dos Carmichael e roubado a aliança? A casa estava cheia de gente. No andar de baixo, havia a equipe do bufê, os rapazes da montagem da tenda e, agora, o pessoal da produção da banda e os próprios componentes.

— As caixas estiveram aí o tempo todo? — perguntou Margot.

— O tempo todo. Foram entregues a Kevin ontem, por Stuart.

— A porta do quarto estava destrancada?

— Ah, pelo amor de Deus! — exclamou Beanie. — É claro que sim. Nunca imaginei que as alianças não estivessem em segurança aqui. Você teria pensando nisso?

— Não — admitiu Margot. — Não consigo acreditar nisso. Realmente não consigo acreditar. — Além de tudo o que já acontecera, ela agora estava lidando com roubo de joias? — Você já olhou em volta? Será que não caiu?

— Caiu? — repetiu Beanie. A ideia era absurda. Se a caixa tivesse caído, a aliança teria caído de dentro dela? Nunca, de jeito nenhum... Mesmo assim, um segundo depois, tanto Beanie quanto Margot, em seu vestido verde de madrinha, estavam de quatro no chão, esquadrinhando o piso empoeirado de madeira e o tapete, os dedos espalmados, atrás da aliança.

Elas acharam um brinco, mas aliança alguma.

Margot se levantou e arrumou o vestido.

— Mais alguém esteve no quarto? — perguntou.

— Não que eu saiba.

— Você viu alguém da equipe responsável pelo casamento aqui em cima? — Ela agora realmente se sentia como Nancy Drew, mas isso não lhe provocava a empolgação que tinha imaginado. Margot *não* queria descer e dizer a Roger que ele precisava começar a interrogar as pessoas que estavam trabalhando na preparação e recepção do casamento em busca de uma aliança de diamantes que desaparecera. Ainda assim, a verdade era que a aliança de diamantes havia sumido, valia muito dinheiro (na casa dos cinco dígitos, com certeza) e precisavam encontrá-la. As únicas pessoas com acesso ao segundo andar eram os membros da família e a equipe que estava trabalhando na recepção do casamento.

Família. E membros da equipe que estava trabalhando na recepção do casamento.

Margot se sentou na cama desfeita de Beanie. A cama de Kevin, naturalmente, estava feita com uma precisão militar.

Margot pensou: *Finn? Porque estava com raiva, magoada?*

Pensou: *Autumn? Porque precisa de dinheiro?*

Pensou: *Pauline? Pauline pegara o Caderno e não devolvera.*

Margot tentou imaginar a si mesma se aproximando de qualquer uma dessas pessoas para falar sobre a aliança desaparecida. Jamais conseguiria fazer isso. E, para ser sincera, não acreditava que poderiam ter sido elas. Margot fechou os olhos. Abigail Pease estava esperando.

Família. E membros da equipe que estava trabalhando na recepção do casamento.

Então ela soube.

Margot se levantou da cama e disse:

— Volto já.

No quarto dela, revirou a mala de Ellie... nada. Olhou dentro das gavetas da cômoda e na única gaveta da mesinha de cabeceira... nada. Procurou nos cantos mais apertados e escuros do armário... nada. Então desceu as escadas. Abigail Pease estava encarapitada no sofá com a câmera no colo. Ela se endireitou ao ver Margot.

— Está pronta? — perguntou, checando o relógio, como se para lembrar a Margot, como se Margot já não *soubesse*, que estavam com o horário apertado.

— Em um minuto! — disse Margot com uma voz falsamente animada.

Ellie e os meninos já estavam arrumados para o casamento e haviam aberto uma manta do lado de fora, em cima da qual colocaram um baralho, uma bandeja de fichas de pôquer e um pote com trocados. Margot meio que esperou ver os meninos jogando as fichas de pôquer uns nos outros, como se fossem alvos, mas, quando chegou mais perto, viu todos os cinco examinando suas cartas.

Drum Jr. dava as cartas.

— Brian, você vai apostar 25 centavos para ver o jogo dele, ou vai passar? — perguntou ele.

O conhecimento que o filho tinha do jogo assustou Margot. Tanto ele quanto Carson haviam passado tempo demais vendo uma série de programas sobre pôquer na ESPN. Ah, a culpa.

Ellie não tinha nenhuma carta nas mãos. Estava sentada na ponta da manta, empilhando moedas de dez centavos de um lado e moedas de cinco centavos de outro.

— Eleanor? — chamou Margot. — Poderia vir aqui, por favor?

Ellie levantou os olhos. Parecia culpada? Parecia cautelosa, mas não era exatamente a mesma coisa.

– Não estou me sujando – defendeu-se a menina.

Era verdade, reparou Margot. O vestido continuava de um branco imaculado. Até dez minutos antes, a maior preocupação de Margot era que Ellie deixasse o vestido imundo antes das fotos e antes de entrar pela nave da igreja. Todas as mulheres Carmichael estavam acabando com seus vestidos naquele fim de semana.

Margot abriu um sorriso tenso.

– Venha até aqui, por favor, meu bem?

Ellie levantou com relutância e foi arrastando os pés até onde estava a mãe.

– O que foi? – perguntou.

– Estou procurando a aliança da tia Jenna – explicou Margot. – É prateada e tem diamantes. Você sabe onde ela está?

Ellie abaixou os olhos para o chão e balançou a cabeça.

Margot tirou um segundo para se parabenizar por seus instintos perfeitos.

– Querida, precisamos daquela aliança, ou a tia Jenna não vai poder se casar.

Ellie cruzou as mãos na frente do corpo. E balançou novamente a cabeça com tanta força que todo o seu corpo tremeu, como se ela estivesse tendo uma convulsão.

– Ellie, cadê a aliança?

A menina levantou a cabeça, os olhos com uma expressão de puro desafio.

– Não sei – respondeu.

Margot ficou temporariamente sem ar. Se a filha conseguia olhar nos olhos dela e mentir daquele jeito aos 6 anos, o que aconteceria quando tivesse 16?

– Eleanor – falou Margot. – Preciso que me conte onde colocou aquela aliança *agora!*

— Não — disse Ellie.

"Não" era um progresso. A filha não estava negando que sabia onde estava a aliança, estava apenas se recusando a dizer.

— Meu bem, precisamos da aliança — explicou Margot. — Tia Jenna precisa se casar. Você precisa me ajudar a encontrar a aliança.

— Não — repetiu Ellie.

Margot agarrou o braço da filha e apertou. Não tinha tempo para *aquilo*! Ela se inclinou e ameaçou Ellie com sua voz apavorante de mamãe.

— Me diga agora mesmo onde está a aliança.

— Não — disse Ellie mais uma vez.

Margot endireitou o corpo. Ela desviou os olhos para os galhos altos de Alfie, acima do topo da tenda de casamento, esforçando-se para não chorar e para não xingar a própria filha.

Roger enfiou a cabeça pela porta de tela.

— Margot? — chamou. — Telefone para você.

O que pode ser agora? Margot saiu em disparada para dentro de casa e pegou o fone da mão dele. Roger disse:

— E assim que desligar, preciso que reúna as damas de honra. Abigail está lá na frente, fotografando seu pai e Jenna neste momento.

— Está certo — disse Margot.

— Estávamos adiantados — lembrou Roger. — Agora estamos ficando atrasados.

— Está certo — repetiu Margot, com menos paciência. Roger era um feitor de escravos. Ela lembrou a si mesma que era por isso que o amava. E disse, agora para o fone em sua mão: — Sim? Alô?

— Margot? Você está bem?

Margot afundou em uma cadeira da cozinha. Ao seu redor, a equipe do bufê zumbia como um enxame de abelhas. Era Drum Sr. Ele supostamente ligava todo sábado ao meio-dia no horário dele, três da tarde no leste, mas sempre se atrasava. Eram três e quinze agora, o que era até bem pontual em se tratando dele, embora Margot houvesse esquecido completamente sobre a ligação semanal. E por que ele não deixara a ligação semanal de lado já que sabia que Jenna estaria se casando naquele dia, ela se perguntou.

— Ah — disse Margot. — Mais ou menos.

— Tentei ligar para o seu telefone celular umas quarenta vezes — falou ele. — Você desligou o celular?

— Eu o deixei cair na água — contou ela. — Deixei cair dentro do vaso sanitário do Chicken Box.

— Está brincando! — disse Drum. E riu, achando graça. — Uau, você deve estar se divertindo mais do que imaginava! Está todo mundo aí? Kevin, Beanie, Nick, Finn, Scott...?

— Sim, sim, sim, Scott, não; ele está em Las Vegas — contou Margot. Nesse momento, ela sentiu uma pontada de saudade... de Drum. Ele fora seu marido por dez anos, e namorado por dois verões antes disso. Fora parte daquela família, muito próximo dos irmãos, e muito carinhoso com Beanie, a concunhada, e com Jenna. Como se sentiria por não ter sido incluído naquele casamento? Margot devia tê-lo convidado. Ele deveria estar ali para ver os filhos de blazer, Ellie no vestido branco com as sandálias combinando.

— Ei, escute — disse Margot. — Eu gostaria muito que me ajudasse.

— Com certeza — respondeu Drum. — O que for preciso. O que posso fazer? — A voz dele era tão disponível e simpática que

Margot não pôde deixar de pensar: *Ele é um cara legal e um pai dedicado.* Houve momentos naqueles dois anos desde o divórcio em que o som da voz de Drum a irritava profundamente. Depois de se mudar para a Califórnia, ele passara a falar com um jeito de surfista que o fazia parecer ainda mais vagabundo e indolente do que Margot já acreditava que o ex-marido fosse. Mas, naquele momento, Drum parecia capaz e atencioso; parecia consigo mesmo. Parecia ser exatamente a pessoa de quem Margot precisava.

Depois de falar com o pai e desligar o telefone, Ellie entrou em casa pisando firme, e Margot a seguiu a uma distância discreta. Na gaveta do meio da última fileira das 36 gavetas minúsculas do armário de boticário, Ellie pegou um porta-níqueis de plástico, que parecia indistinguível de vários outros porta-níqueis que ela carregava nas suas várias bolsas e bolsinhas, todos cheios de bobagens.

Acumuladora, pensou Margot. *Minha culpa. Porque me divorciei do pai dela e Ellie tem medo de abrir mão de qualquer outra coisa.*

De dentro do porta-níqueis, Ellie tirou a aliança de Jenna.

– Vou ficar de castigo? – perguntou ela.

Margot segurou a aliança na palma da mão e suspirou. Uma aliança de quinze mil dólares enfiada em uma das gavetas do armário de boticário, onde talvez não fosse ser encontrada pelos vinte anos seguintes, quando apareceria magicamente, como um prêmio em um jogo. Margot queria acreditar que Ellie teria devolvido a aliança a ela por iniciativa própria. Mas talvez não. Talvez fosse um segredo que a menina quisesse manter a salvo. Pobre criança.

– Não – disse Margot. – Na verdade, tenho uma ideia. Venha comigo.

– Margot! – chamou uma voz. – Estamos esperando por você! – Margot relanceou o olhar para a porta de tela dos fundos. De algum modo, Abigail Pease conseguira reunir Autumn, Finn e Rhonda, de maquiagem renovada, e estavam todas paradas em fila no pátio dos fundos, segurando seus buquês. Mais para o lado estavam Jenna e o pai delas, com Kevin e Nick.

– Um segundo – pediu Margot.

– Não, nem um segundo, Margot – disse Roger. – Precisamos de você agora.

– Sinto muito – retrucou ela. Então levou Ellie pela mão até a porta lateral. Passara o fim de semana todo sendo filha e irmã. Agora, finalmente, tiraria um tempo para ser mãe. Margot abriu a mala do Land Rover, pegou a caixa de papelão branca da confeitaria E.A.T. e tirou lá de dentro o horrível chapéu feito de um prato de papelão e enfeitado com fitas.

– Gostaria de usar isso quando estiver entrando na igreja? – perguntou Margot.

– Ah, sim, mamãe! – disse Ellie. Ela pulava para cima e para baixo, batendo palmas, as sandálias fazendo barulho no cascalho. Parecia menos com uma adolescente precoce cautelosa com o mundo e mais com uma menina de 6 anos. – Sim, sim, sim!

Margot pousou o chapéu na cabeça da filha e amarrou a fita sob o queixo.

– Encantadora – comentou, e beijou o nariz da menina.

O CADERNO, PÁGINA 16

Distribuição dos Lugares às Mesas

A chave para a distribuição dos lugares às mesas: todos devem se sentir incluídos e importantes. Você quer que todos os seus convidados estejam com uma expressão satisfeita na mesa em que forem acomodados, embora algumas combinações surpreendentes já tenham funcionado, como meu primo Everett e minha colega de quarto na faculdade, Kay, que agora estão casados há dezessete anos. Sim, eles se conheceram no nosso casamento.

Com a exceção de divórcio, infidelidade ou alguma antiga rixa, qualquer um pode se sentar com qualquer um. Forneça bastante álcool e todos se divertirão.

Tenho uma opinião muito forte sobre a "Mesa Principal". Se uma dama ou cavalheiro de honra for casado, ou levar um acompanhante, acredito que o cônjuge/acompanhante deva ser incluído na Mesa Principal. Essa é uma posição controversa. Se seu irmão Nick servir de cavalheiro de honra (seguindo a minha sugestão da página 6) e escolher levar como par uma stripper chamada Ricky, que ele conheceu em Atlanta na semana anterior, a tal Ricky deve ter assento garantido na Mesa Principal? Ricky deverá ser incluída em todas as fotos da Mesa Principal?

Sim.

A razão para eu dizer isso é porque, quando seu falecido tio David se casou com sua tia Lorna, em Dallas, no ano anterior ao meu casamento, seu pai foi padrinho e se sentou à Mesa Principal, e eu fui colocada do outro lado do salão, com as tias idosas e os tios surdos e flatulentos da noiva. Não haveria álcool o bastante no estado do Texas que fizesse eu me divertir naquele casamento.

ANN

O casamento estava mantido! Ann não sabia em detalhes como a gafe de Stuart fora resolvida. Tudo o que sabia era que Margot encontrara Jenna, que por sua vez telefonara para Stuart, e os dois haviam superado a crise envolvendo "Aquela Que Não Deve Ser Mencionada". Ou ao menos a haviam superado temporariamente – o bastante para que prosseguissem com o casamento. Ann sabia, por experiência própria, que Stuart e Jenna voltariam ao assunto Crissy Pine mais uma vez, e provavelmente ainda outra.

Ann sentiu um frio na barriga enquanto subia os degraus da igreja de St. Paul. Estava começando!

Para bem ou para mal, a primeira pessoa que Ann viu na igreja foi Helen. A outra mulher estava de fúcsia, apenas outra palavra para o rosa mais intenso que os olhos poderiam aguentar – e um *fascinator* de penas cor-de-rosa.

Jura?, pensou Ann. *Um fascinator?* Aquilo não era um casamento da família real, não era a Abadia de Westminster. E Helen não era britânica; era de Roanoke, na Virgínia. O *fascinator* não era fascinante, era ridículo. Ann sentiu vergonha de Helen. O rosa do vestido era uma ofensa aos sentidos. Ann teve dificuldade em olhar para o espetáculo que a outra fizera de si mesma, mas teve ainda mais dificuldade em *não* olhar.

Ann esperou na entrada até que todos os convidados estivessem sentados, incluindo os Lewis, os Cohens e os Shelbys, nos bancos do meio, no lado do noivo. Então a música parou por algum tempo e logo recomeçou, uma nova música. Ryan apareceu ao lado da mãe.

— Você está linda — sussurrou ele.

Ann sorriu. Ela jamais diria que tinha um filho favorito, mas estava muito feliz por ter um filho com quem sempre podia contar para animá-la, como era Ryan.

— Obrigada — agradeceu ela. — Você também.

Pauline atravessou a nave da igreja acompanhada por Nick, irmão de Jenna. Ann esperou que Pauline se sentasse no banco da frente, à esquerda, e então ela e Ryan se adiantaram. Todos os convidados se voltaram para vê-los entrar, e Ann gostou da atenção. Era uma pessoa importante ali, a mãe do noivo, e o vestido que usava era sensacional, sem falsa modéstia. Era um tubinho longo de seda, com mangas japonesas, em um lindo tom de turquesa que descia em degradê até chegar ao verde jade ao redor dos joelhos. A única joia que usava era a nova e espetacular gargantilha de pérolas. Ann carregava uma pequena carteira prateada, na qual guardara o batom e um pacote de lenços de papel. Ela sorriu para os convidados do casamento que se voltaram para admirá-la, tanto para os que conhecia quanto para os que não conhecia. Não conseguiu deixar de lembrar de quando havia sido ela a noiva, caminhando pela nave da Duke Chapel na direção de Jim, dos companheiros de fraternidade do noivo e das colegas de quarto na Craven Quad, seu alojamento na faculdade. Jim sorria e suava todo o bourbon que bebera com os irmãos de fraternidade apenas momentos antes do casamento. Eles eram tão jovens, tão inocentes e alheios aos obstáculos que os aguardavam mais adiante no caminho...

Na segunda vez em que eles haviam se casado, estavam presentes apenas os dois, assim como os três filhos, e não houve caminhada por nave alguma, mas eles não se importaram. Eram mais velhos e mais sábios, e estavam determinados. Nada os derrubaria novamente.

Ann sabia que deveria estar aproveitando o momento, mas foi distraída pelo fúcsia. O vestido de Helen era mais uma vez de um ombro só, nada apropriado para uma mulher daquela idade. Mas o problema não era o vestido; era o fato de o escrutínio não ser mútuo. Quando Ann passou pelo banco de Helen, esta checava o telefone celular. Estava... mandando uma mensagem. Na igreja, durante um casamento! O que Ann queria, o que ela exigia, era que Helen prestasse atenção *nela*!

Olhe para mim, pensou Ann. *Meu filho está se casando. Sou a última a se sentar. Olhe para mim, porra.*

Mas não, nada. Helen estava determinada a agir como se Ann não estivesse presente em Nantucket naquele fim de semana. Para Helen, Ann poderia muito bem ser uma completa estranha.

Ann beijou Ryan, o lindo e elegante Ryan, cuja atenção ela nunca precisava pedir, e se sentou perto de Jim, que na mesma hora pegou a mão dela. Quando Ann deixara a casa dos rapazes e voltara para o hotel, Jim estava no quarto. Ele contou que passara a noite dormindo no carro alugado, e que tinha uma baita dor nas costas para provar. Acabara de sair do chuveiro quando Ann entrou no quarto, e estava com uma tolha enrolada na cintura. Ann nunca conseguira resistir ao marido só de toalha, ou sem ela, por isso pulou nos braços dele, que a abraçou como se os dois estivessem separados havia doze anos, e não apenas doze horas. Eles não disseram nada; não havia razão para falar quando conseguiam ler a mente um do outro: ele estava arrependido, ela estava arrependida, eles haviam bebido, a situação era um desafio emocional para ambos e eles precisavam lidar com ela da melhor forma possível. Jim a beijou e passou os braços por baixo da saia de xadrezinho vermelha muito bonitinha que ela estava usando. Ann, por sua vez, chutou longe as dolorosas sandálias Jack Rogers, e os dois fizeram amor na enorme cama de hotel, apesar da dor nas costas dele.

Quando Ann estava se vestindo, Jim lhe entregou a caixa longa e fina da joalheria Hamilton Hill.

– O que é isso? – perguntou ela.

– Abra – disse ele. – Hoje é o dia do casamento do nosso filho. Você fez um ótimo trabalho com ele, Annie, mesmo quando eu não estava por perto...

– Sshhh – pediu Ann. – *Nós* fizemos um ótimo trabalho com ele.

– Abra – insistiu Jim.

Ann abriu a caixa, o coração batia acelerado. Se a caixa era da Hamilton Hill, então Jim comprara o presente antes de eles irem para lá, e já planejara entregar naquele dia. E ela o havia expulsado!

Era um colar de pérolas – uma gargantilha, como ela preferia. E tinha um cintilante pingente de diamante. Ann arquejou ao tocá-lo.

– Reconhece a pedra? – perguntou Jim.

Ela pensou por um momento que poderia ser o diamante do anel da avó, o que ficara com Crissy Pine. Jim teria entrado novamente em contato com Thaddeus Pine e conseguido fazer um acordo para reaver o diamante? Mas, ao olhar com mais atenção, Ann percebeu que era o diamante do anel de noivado *dela*. Do primeiro anel de noivado.

– Círculo fechado – disse Jim. – Amo você, Ann.

Fora um momento romântico, muito mais romântico do que quando Ann descera a nave da igreja com Jim, 33 anos antes. E foi mais romântico porque eles haviam lutado um pelo outro, e sobrevivido.

O CADERNO, PÁGINA 30

A Lista de Presentes, Parte II: Sala de Jantar

Descobri que estar à beira da morte tem suas vantagens. A maior delas é que tudo é colocado em perspectiva. Quando você tinha 12 anos e estava no sétimo ano, trouxe para casa uma placa em que escrevera com sua letra: "Só a família importa." Seu pai e eu ficamos impressionados com esse pensamento adorável, e eu insisti para que seu pai levasse a placa para o escritório, e ele fez isso. Seu pai me contou que olha para a placa todos os dias e que, mesmo quando o trabalho o leva a desmantelar outras famílias, ele agradece pela nossa, por mais louca e imperfeita que possa ser.

E agora aqui estou eu para lhe dizer que você estava errada. A família não é a única coisa que importa. Há outras coisas: o Cânone em Ré Maior, de Pachelbel, importa; espigas de milho recém-colhidas também, e amigos verdadeiros, e o som do oceano, os poemas de William Carlos Williams, as constelações no céu, atos aleatórios de bondade e um jardim no dia em que todas as suas flores estão no auge. Panquecas fofinhas importam, lençóis frescos e limpos, o refrão da guitarra em "Layla", e as nuvens quando as vemos do interior de um avião. Preservar os recifes de corais importa, e os 34 quadros pintados por Johannes Vermeer também. Beijos importam.

Se você vai incluir porcelana, cristais e prata na lista de presentes, não importa. Se vai ter um jogo completo de garfos de sobremesa da Tiffany para usar no almoço de Ação de Graças, não importa. De qualquer modo, se quiser colocar essas coisas na lista, vá em frente. O padrão da minha coleção Waterford é o Lismore, um dos mais antigos. Eu me lembro de uma vez em que tive um dia angustiante no hospital e, quando cheguei em casa, Nick precisava da minha ajuda para um projeto da escola sobre o cartunista Rube Goldberg, Kevin ouvia Quiet Riot a todo volume no quarto, Margot estava agarrada ao telefone da casa e você fora deixada plantada na frente da televisão por cinco horas pela babá. Diante desse caos, peguei um dos meus cálices Lismore no armário e tive vontade de jogá-lo contra a parede. Em vez disso, eu o enchi com vinho branco e fiquei sentada em silêncio, por dez minutos, na sala de visitas, sozinha, bebendo o vinho gelado naquele lindo vidro feito por algum adorável irlandês. Decorrido aquele tempo, já me sentia melhor.

Provavelmente foi por causa do vinho, não do cálice, mas você entendeu o que eu quis dizer. Vou lembrar da sensação forte do cálice na minha mão, e do modo como o cristal lapidado refletia os últimos raios de sol, mas não sentirei falta daquele cálice como sentirei falta do som do oceano, ou do sabor de uma espiga de milho recém-colhida.

MARGOT

Elas mudaram a ordem no último minuto, a pedido de Jenna. Primeiro entraria Finn, depois Rhonda, Autumn seria a terceira e Margot a última, seguida por Brock e Ellie. Margot sabia que Jenna queria Finn o mais longe possível.
    Jenna era a noiva; podia fazer como quisesse.
    Finn, Rhonda e Autumn seguiram ao som do Cânone em Ré Maior de Pachelbel, tocado por dois violinos e um violoncelo.
    Antes de entrar, Margot checou as crianças às suas costas. Brock segurava a almofada de veludo à qual estavam presas as duas alianças. Ellie carregava uma cesta com pétalas de rosas New Dawn colhidas das treliças que subiam pela lateral da casa. Ela usava o chapéu bobo, de prato de papelão, que acrescentaria à ocasião o alívio cômico necessário.
    Era a vez de Margot. Ela se adiantou em seus sapatos pintados para combinar com o vestido. E pensou: *Sorria. Mantenha a compostura.* Pensou ainda: *Todo o planejamento, todo o dinheiro gasto, tudo para este momento.* Pensou também: *Eu salvei este casamento.* Talvez aquilo fosse um exagero, talvez Jenna houvesse descido da torre daquela igreja tendo chegado sozinha à mesma conclusão, mas Margot gostava de pensar que fora ela o catalisador. Talvez naquela noite, ou quem sabe dali a

quarenta anos, Jenna contasse a alguém a história de como se sentira assustada e magoada, e de como Margot a caçara até encontrá-la, e o casamento fora salvo.

Era impressionante, na verdade, quantos pensamentos ricocheteavam no cérebro de uma pessoa durante o tempo necessário para caminhar dez metros incompletos.

Margot estava no meio da nave quando viu Edge. Ela prendeu a respiração. Ele estava lindo. Não do modo como Brad Pitt ou Tom Brady eram lindos; Edge era lindo de um modo sofisticado, grisalho, bem-sucedido e poderoso. O jeito como se portava chamava a atenção, assim como o corte elegante do terno e o belo nó da gravata cor de lavanda. Parecia queimado de sol, o que era impossível, porque passara a semana toda no tribunal... mas, sim, estava bronzeado, a pele resplandecente.

Então Margot notou a mulher ao seu lado: uma mulher mais nova, com cabelos ruivos encaracolados e um milhão de sardas, o tipo de sardas que Margot faria tudo, menos vender seus filhos, para evitar. Ela usava um vestido verde esmeralda com os ombros nus, justo na cintura minúscula. Ela e Edge não estavam se tocando quando passou, mas Margot sentiu que estavam juntos. Eles estavam *juntos*. Edge fora ao casamento acompanhado e não a avisara.

Ou talvez tivesse avisado. Havia aquelas duas mensagens de texto no celular que ela afogara, e talvez ele tivesse mandado outras depois.

Margot manteve o sorriso fixo no rosto, mas foi difícil. Era como se as alças do vestido houvessem escorregado do ombro e ela estivesse tentando evitar que o corpete caísse. Naquele exato momento, Abigail Pease apareceu alguns passos à frente de Margot, na nave, e tirou uma foto.

Não importava o quanto Abigail Pease fosse boa fotógrafa, aquela foto mostraria um coração partido.

Margot assumiu seu lugar no altar, exatamente como haviam treinado no ensaio, mas agora estava tremendo e não sabia para onde olhar. Naquele momento, a igreja inteira deixou escapar arquejos de prazer e risadas abafadas quando Brock e Ellie entraram. Abigail surtou com a câmera, o chapéu fora uma sacada de gênio, Ellie estava ao mesmo tempo fofa e composta, e Margot sabia que deveria aproveitar o momento, porque aquela provavelmente seria a única vez em que Ellie seria daminha. Mas os olhos de Margot não paravam de se desviar para a nuca de Edge. Quem era a mulher com ele?

De repente, todos se levantaram.

Na entrada da igreja, estavam Jenna e Doug.

Margot observou Edge tocar as costas do vestido esmeralda da ruiva sardenta e se inclinar para sussurrar alguma coisa no seu ouvido.

Era Rosalie, percebeu Margot. A assistente jurídica dele. Todas aquelas horas tediosas haviam levado a... sexo sobre a escrivaninha, ou na cadeira giratória cor-de-vinho, ou, ainda, na sala dos sócios, depois de todos terem ido embora... ou todas essas opções. É claro, todas as opções! Margot percebeu que estava com a visão embaçada. Ela se sentia como a tartaruga que, muito tempo antes, havia caído da beirada da mesa de jantar e aterrissado de cabeça para baixo no chão. E não conseguia se endireitar.

Jenna atravessava a nave de braço dado com o pai. Doug estava se controlando melhor do que no dia anterior; não havia lágrimas desta vez, embora a expressão exibisse dor, como se os sapatos estivessem muito apertados. Jenna tinha um sorriso angelical no rosto, era como uma Madona, e Margot não conseguia se lembrar de outra ocasião em que a irmã estivesse mais bonita. Margot olhou para o noivo. Os olhos de Stuart cintilavam com lágrimas não derramadas, e ele mexeu os lábios, dizendo silenciosamente: *Eu te amo.*

Margot inclinou a cabeça. Edge olhava para ela e estaria pensando... o quê? Que ela era uma boa garota, legal, bonita, trepava bem, mas que o caso entre ambos estava fadado ao fracasso. Margot era filha de Doug. Edge nunca se entregara completamente ao relacionamento por causa disso. Mas namorar a *assistente jurídica* era melhor? Pela aparência de Rosalie, ela era dez anos mais nova do que Margot... Devia ter uns 28 anos, talvez. Portanto, era trinta anos mais nova do que Edge. *Trinta anos mais nova!* Homens eram criaturas desprezíveis; quanto mais jovem a mulher que levavam para a cama, mais poderosos se sentiam. Ou algo assim. Doug se incomodaria com o fato de Edge e Rosalie estarem juntos? Talvez não, talvez fosse uma atitude padrão transar com as assistentes jurídicas, afinal, o que Margot sabia? Não sabia nada. Nada mesmo.

Jenna e Stuart se encontraram no altar. Doug deu um beijo no rosto de Jenna, apertou a mão da filha e se inclinou para trocar um aperto de mão com Stuart, então tirou o lenço do bolso e secou os olhos. Mais pessoas fungavam na igreja. Doug se sentou perto de Pauline, que usava um vestido cor de ferrugem que a fazia parecer um monge.

O reverendo Marlowe levantou as mãos e disse em uma voz imponente:

— Caros irmãos...

Margot ficou parada ao lado de Jenna, e não desmaiou ou vacilou; não vomitou; levantou o véu de Jenna e segurou seu buquê — e enquanto cumpria esses deveres, lançava olhares furtivos na direção de Edge, que colocara os óculos bifocais para ler o folheto litúrgico. Rosalie parecia interessada na cerimônia; os olhos iam de Jenna para os cavalheiros e damas de honra, então voltavam para os rapazes. Ela estaria olhando para Margot? Saberia quem era Margot, além de filha de Doug Carmichael? Saberia que Margot e Edge haviam sido amantes, até... bem, até aquela tarde, supunha Margot, embora a última vez em que ela estivera com Edge houvesse sido oito dias antes, e a última vez em que falara com ele fora na segunda-feira à noite. Por qualquer ângulo que se analisasse a questão, parecia óbvio que Edge estivera traindo Margot com Rosalie, a assistente jurídica, embora não configurasse, de fato, traição, porque o relacionamento entre Margot e Edge não tinha nada de oficial.

Rosalie olhou novamente na direção dos cavalheiros de honra.

Beanie se levantou e foi até o púlpito fazer a leitura. Ela usava um vestido azul-marinho com debruns brancos... típico de Beanie. As pessoas não mudavam, Margot sabia, mas, ainda assim, era constantemente pega de surpresa. As pessoas eram o que eram.

Ela ajustou o microfone e pigarreou. Margot estava morrendo de vontade de se sentar. A cerimônia levaria 25 minutos do início ao fim. Margot ainda teria que esperar cerca de uma hora até o primeiro copo de vinho.

Beanie começou a ler: "O amor não é tudo: não é comida ou bebida. Não é descanso, ou um teto para proteger da chuva..."

Era um lindo poema, uma escolha apropriada, Margot o tinha adorado de verdade até aquele momento. Agora, voltava à sua antiga filosofia de *O Amor Morre*. Ou, no caso de Edge e Margot, o que quer que houvesse entre eles morrera antes de se tornar amor. Ao menos para Edge. Ela achou que sentia amor, mas provavelmente o sentimento pertencia a outra categoria. Era uma obsessão inútil por um homem que nunca a quisera do jeito que ela o queria. Qualquer que fosse o caso, o fato era que ver Edge sentado ao lado de Rosalie doía. Realmente doía.

— "Posso ser levado a vender seu amor em troca de paz, ou trocar a lembrança desta noite por comida... Pode até ser. Não acho que faria isso."

Um ganido abafado escapou dos bancos. Margot foi arrancada dos próprios pensamentos no momento exato em que Pauline se levantou, cobrindo o nariz e a boca com um lenço, mas outro soluço escapou. Ela abriu caminho até a nave da igreja, então saiu meio correndo, meio caminhando nos saltos altos até chegar à porta. Isso causou um pequeno tumulto. Todos murmuravam e sussurravam, e, quando Kevin subiu ao púlpito para ler a letra de "Here, There and Everywhere", quase todo mundo estava olhando para o fundo da igreja, para a porta por onde Pauline desaparecera.

Margot olhou para o pai. Ele estava sentado de olhos fechados, com certeza desejando poder rebobinar os últimos trinta segundos e fazer com que fossem diferentes.

E pensou: *Papai, faça alguma coisa.* Mas o que ele deveria fazer? Correr atrás de Pauline e perder o casamento da filha?

Margot notou um movimento à sua esquerda. Rhonda desceu do altar e correu pela nave atrás da mãe.

As Tonelli, pensou Margot.

Agora havia *realmente* um burburinho na igreja. Mas Kevin, que jamais duvidava da própria importância, assumiu o microfone.

— "Aqui, criando cada dia do ano" – declamou. – "Transformando a minha vida com um aceno de mão, ninguém pode negar que há alguma coisa."

O CADERNO, PÁGINA 34

O Acordo Pré-Nupcial

Não estou falando sobre um documento legal. Se sentir que precisa de um acordo pré-nupcial, ou se o Futuro Marido Inteligente e Sensível tiver bilhões de dólares e quiser que você assine um acordo, fale com o seu pai. O tipo de "acordo pré-nupcial" de que estou falando são os acordos que você deve fazer com o Futuro Marido Inteligente e Sensível antes de se casar.

Na verdade, se reduz, basicamente, a quem, no casamento, será responsável pelas seguintes tarefas:

Tirar o lixo
Esvaziar a lavadora de pratos
Cortar a grama
Colocar as roupas para lavar e passar

Você fica com duas tarefas, ele com outras duas. Sugiro que você fique com o corte da grama. Você deve se lembrar de que eu costumava cortar a grama em dias de sol, no meio da tarde, usando um sutiã de biquíni, com os fones de ouvido, escutando "Suite: Judy Blue Eyes" o mais alto possível. Depois, eu sempre tomava uma cerveja estupidamente gelada e admirava as linhas perfeitas do meu gramado e o aroma fresco e intenso. Não ceda automaticamente esse pedaço do paraíso a seu marido... aproveite-o você mesma!

ANN

Ela sempre divagava quando se via em uma igreja. Não importava o quanto tentasse prestar atenção, sua mente sempre vagava. O mesmo acontecia nas longas sessões do senado estadual. Um charlatão qualquer se apegava ao microfone, adorando o som da própria voz, e Ann ficava rabiscando, ou passando bilhetes irreverentes para Billy Benedict, de Winston-Salem. Ela costumava pensar: *Toda a legislação de verdade é feita em bares e em boas churrascarias. Não se muda a mente de ninguém aqui.*

Ann havia imaginado que seria diferente no casamento de Stuart. Pensara que prestaria atenção a cada palavra, para que pudesse repeti-las para si mesma e para os outros, mais tarde. Afinal, era o filho que estava casando; era um daqueles momentos sobre os quais ela pretendia refletir em seu leito de morte. Mas, assim que Jenna atravessou a nave, beijou o pai e ficou parada ao lado de Stuart, Ann começou a divagar. Ela pensou: *a melhor parte de um casamento era ver a noiva atravessar a nave da igreja. Todo o restante era um anticlímax.* Por que isso? Alguém realmente ouvia as leituras e as orações? Alguém ouvia o sermão do ministro, ou os votos? Alguém se importava se o casal tinha filhos ou se a mulher havia sofrido um aborto, se eles conseguiriam pagar a hipoteca ou se atrasariam as mensalidades, se ficariam juntos ou se separariam? As pessoas, pensou Ann, eram autocentradas. Só se importavam consigo mesmas e, às vezes, com uma outra pessoa. E, óbvio, toda mãe se importava com seus filhos, já que o filho era uma extensão de si mesma. Ann havia muito suspeitava de que todo o comportamento humano se resumia à biologia, e que toda a catástrofe que acontecera com ela, Jim e Helen poderia ser atribuída ao fato de Helen querer um bebê e de Jim seguir o desejo atávico de propagar a espécie.

– Caros irmãos... – disse o ministro.

Ann examinou a cor dos vestidos das damas de honra e da madrinha. Que cor interessante, aquele verde...

Stuart, parado ali, belo e alto, com ombros largos, parecia digno, respeitável. Como primogênito, aceitara o fardo da perfeição. Ele nunca dera um único momento de preocupação a Ann ou a Jim; sempre fora o filho maravilhoso dos sonhos de todo pai e mãe.

As leituras começaram. Primeiro, o poema de amor, recitado pela cunhada. Aquele fora o primeiro e único poema que Ann realmente apreciara. Ela tivera uma aula sobre o poeta Robert Frost na faculdade e achara entediante... tudo eram bosques cobertos de neve e muros de pedra. Helen era uma pessoa mais ligada à poesia. Ela cultivara, com grande efeito, uma persona literária, excêntrica e dramática, em Durham. Ann se lembrou de um momento durante o jantar de Cabernets, na casa dos Fairlees, quando Helen erguera a enorme taça bojuda, o vinho da cor do sangue, e recitara:

> *Meus nervos estão agitados. Eu os escuto como instrumentos musicais. Onde havia silêncio,*

os tambores, as cordas agora tocam,
irremediáveis. Sua culpa.
Pura genialidade em ação.
Querido, o compositor adentrou o fogo.

Os convidados à mesa haviam ficado em silêncio. Ann notara — e desconfiava de que os outros também perceberam — que Helen recitava *alguma coisa*, mas ninguém falou nada, ninguém demonstrou reconhecer exatamente *o quê*. Helen tomara um grande gole do vinho e dissera, animada:

— Anne Sexton!

Ann lembrou que Jim havia gargalhado e erguido o copo em um brinde a Helen, mesmo Ann sabendo muito bem que Jim Graham não fazia ideia se Anne Sexton era poeta ou prostituta.

Agora, os olhos de Jim pareciam vidrados enquanto ele ouvia o poema de amor. Ele quase deixou a cabeça cair. Ann bateu na perna do marido com o nó dos dedos. E se deu conta de que, provavelmente, ele não havia dormido muito bem no carro alugado. Mesmo assim, ela não podia permitir que Jim dormisse durante o casamento do filho.

De repente, ouviu-se um barulho — um choro ou um grito —, e Ann virou a cabeça a tempo de ver Pauline Carmichael sair correndo da igreja em lágrimas.

Jim aprumou o corpo, totalmente alerta.

— O que aconteceu? — sussurrou ele. — O que eu perdi?

Ann não estava certa do que acontecera, embora soubesse que Pauline estava infeliz, ou desconfortável, com o próprio casamento. Mas sair correndo da igreja no meio da *cerimônia*? Ann procurou Doug Carmichael com os olhos, se perguntando se ele se levantaria e iria atrás da esposa, mas Doug permaneceu onde estava. Ann esticou o pescoço a tempo de ver Pauline desaparecer pelas portas duplas da entrada. Então viu Helen, quatro bancos atrás. Helen estava olhando com uma expressão sonhadora para o altar; parecia não haver percebido a dramática interrupção. Bem típico. Afinal, Helen Oppenheimer se importava com as dores e desilusões de outro ser humano? Nem um pouco. Ann considerou a possibilidade de ir ela mesma atrás de Pauline, embora pudesse parecer estranho e inapropriado. No entanto, alguém deveria fazê-lo. Naquele momento, a filha de Pauline se afastou da fileira de vestidos verdes e atravessou a nave, apressada.

A igreja foi tomada por um concerto de pigarros e sussurros – no entanto, no altar a ação continuava. O irmão de Jenna fez a leitura seguinte. Era a letra de uma música dos Beatles, e quem não amava os Beatles? Mas Ann voltou a divagar.

Ela pensou: *Pauline*. Qual seria o problema? Seria algo pior do que Ann tivera que suportar? Doug Carmichael estaria tendo um caso? Ann se lembrou das palavras de Pauline na véspera: *Você já teve a sensação de que seu casamento talvez não fosse exatamente o que achava que era?* Ann detestava Helen, que estava ali com a desculpa de ver Chance, mas na verdade fora ao casamento para atormentar Ann com sua presença inegavelmente magnética. Ou para cravar os dentes em Skip Lafferty, o velho amigo de Roanoke. Ou talvez para expor as fraquezas de Ann, e estava conseguindo, a maldita. Sua presença era como uma espinha muito dolorida na bunda de Ann.

Chegara a hora dos votos. Ann tentou se concentrar. Para o bem e para o mal, na saúde e na doença, até que a morte nos separe.

Rá!, pensou Ann. Ela fizera exatamente os mesmos votos. E, apesar de estar agora sentada ao lado do mesmo homem a quem fizera os votos, e apesar de amá-lo muito – provavelmente ainda mais do que o amava na época em que se casaram pela primeira vez –, não tivera ideia do que os votos realmente significavam, ou das muitas maneiras, criativas e terríveis, pelas quais podiam ser quebrados.

Stuart e Jenna trocaram alianças – a de Stuart, de platina, e, a de Jenna, platina com diamantes. Mas poderiam muito bem ser de alumínio ou plástico. Alianças caras não eram garantia de um casamento feliz.

Ann decidiu que ignoraria Helen na fila dos cumprimentos. Helen se aproximaria e Ann olharia além dela, ficaria parada como uma estátua, olhando por cima do ombro escandalosamente nu da outra mulher. Não falaria com Helen, ou apertaria a sua mão. O momento seria constrangedor por um segundo, até Helen compreender que, apesar de tê-la convidado para o casamento, Ann desprezava o chão em que a outra pisava.

Seria um pequeno triunfo passivo-agressivo. Seria a típica atitude de vitória da garota perversa e silenciosa, saída direto do refeitório do sexto ano escolar. Ann mal conseguia esperar. Prometeu a si mesma que não hesitaria, não cederia, não falaria com Helen, ou tocaria a outra mulher, ou daria qualquer outra indicação de que sabia que ela estava viva.

– Vamos agora fazer um momento de silêncio em memória à mãe da noiva, Elizabeth Bailey Carmichael – disse o reverendo.

A igreja ficou em silêncio. Ann abaixou a cabeça e mandou uma mensagem para Beth Carmichael, onde quer que ela estivesse. *Você criou uma família maravilhosa e uma linda filha. Eles obviamente a amam muito. Bom trabalho, Beth.*

O reverendo ergueu as mãos e continuou:

– Obrigado. – Ele sorriu para Stuart e Jenna. – Pelo poder a mim investido pelo povo de Massachusetts, eu vos declaro marido e mulher. Pode beijar a noiva.

Stuart levou a mão à lateral do rosto de Jenna e os dois se beijaram. Um beijo muito terno, pensou Ann. As pessoas aplaudiram, o órgão de tubos celebrou, e Stuart e Jenna se voltaram para o reverendo para ouvir a benção final.

– Estamos quase saindo daqui – sussurrou Jim.

Ann teve uma sensação de júbilo e se parabenizou pela emoção apropriada ao momento. O filho estava casado, e ela se sentia feliz.

Jenna e Stuart, agora Sr. e Sra. Stuart Graham – outra Sra. Graham... isso era estranho –, saíram da igreja, seguidos por Margot e Ryan, Nick, o irmão de Jenna, com a dama de honra queimada de sol, cuja pele parecia grudenta de creme de babosa, e H.W. e Autumn – que, Ann tinha que admitir para si mesma, não pareciam nada mal juntos. Chance fechou o cortejo sozinho, porque a parceira, a filha de Pauline, não voltara. Ann e Jim deveriam ser os próximos. Ann saiu para a nave e, quando se virou para a entrada da igreja, viu Helen – com aquele vestido gritante horroroso – sair para a nave também, dar o braço a Chance e seguir o cortejo para fora da igreja antes de Ann e Jim. Ann apertou o braço do marido, piscando furiosamente para se certificar de que estava vendo direito. Como Helen *ousava* cogitar sair da igreja com o cortejo nupcial?! Como ousava cogitar sair na frente de Ann?! Ann sentiu vontade de puxar os cabelos louros de Helen. Queria parar no meio da igreja e gritar. Chance pareceu não se importar com a presença da mãe; talvez se sentisse aliviado por não ter que sair da igreja sozinho. O dilema de se ver subitamente sem par fora resolvido pela mãe. Mas Ann não se importava com os sentimentos de Chance. Helen passara dos limites. Ela se intrometera no cortejo nupcial sem receio ou hesitação, exatamente como havia se intrometido no casamento de Ann, anos antes.

— Dá para acreditar no que ela está *fazendo*? — Ann sussurrou para Jim.

Jim não respondeu e, quando Ann olhou para ele, viu que mantinha a cabeça erguida, muito digno, do modo como sempre fazia quando sabia que as pessoas o observavam, normalmente em algum evento político em que acompanhava Ann. Ela sempre sentira orgulho de ter Jim ao seu lado, embora houvesse se perguntado, ao longo dos anos, se a diferença do grau de poder entre eles fora a razão para ele tê-la traído. Jim ganhava muito mais, no entanto o cargo de Ann garantia influência e prestígio. Era a ela que as pessoas procuravam, era ela que estava sempre sendo fotografada e cujo nome aparecia com frequência no jornal. Senadora estadual Ann Graham. Talvez Jim tivesse se cansado daquilo.

Eles saíram da igreja para uma tarde quente e ensolarada, e, atrás deles, alguém fez soar os sinos da igreja. Ann e Jim seguiram Jenna, Stuart e o cortejo nupcial — Helen com eles — até o gramado na frente da igreja, onde seria organizada a fila de cumprimentos. Ann estreitou os olhos para Helen. A intrusa não iria *receber os cumprimentos*, iria? Pela décima quinta vez naquele fim de semana, Ann desejou um calmante.

Helen deu um beijo no rosto de Chance e pareceu se despedir do rapaz. Ann se adiantou para escutar o que a outra mulher dizia.

— Vejo você mais tarde, querido. Vou encontrar com Skip no centro da cidade.

— Está bem — respondeu Chance. — Vejo você na recepção.

— Não, acho que não, querido — disse Helen. — Skip me convidou para jantar no Club Car.

— Ah — falou Chance. — Tudo bem. — Ele não pareceu se importar muito se a mãe iria ou não à recepção. — Nos vemos amanhã, então, acho.

— Agora, lembre-se — alertou Helen. — Não coma tortas de caranguejo! — Ela riu, beijou o filho novamente e desceu os degraus de concreto que levavam à calçada sem dizer mais uma palavra a ninguém. E saiu caminhando em um lampejo rosa-choque de arrepiar os cabelos.

Ann ficou observando Helen se afastar, boquiaberta. A mulher estava saindo do casamento antes da recepção. Havia confirmado presença; Ann sabia que havia um cartão de localização com o nome de Helen, e um lugar reservado para ela em uma mesa no pátio dos fundos dos Carmichael. Ann sabia que tinham sido gastos 120 dólares por conta da presença prevista de Helen na recepção. A mulher não podia simplesmente *ir embora* se encontrar com *Skip Lafferty!* *Não podia* sair daquele jeito! Quando Jim descobrisse que Helen decidira não comparecer à recepção, ficaria aliviado. E diria: *De qualquer jeito, ninguém queria ela por perto, mesmo.* E esperaria que Ann compartilhasse de seus sentimentos. Agora eles poderiam comer, beber, rir, conversar e dançar sem se preocupar com Helen. Seria exatamente como Jim quisera, como se Ann jamais tivesse convidado Helen para o casamento, ou como se o convite houvesse sido feito e Helen recusado. Mas Ann descobriu que se sentia humilhada.

Queria que Helen assistisse a Ann e Jim rindo, conversando e dançando, queria que Helen se sentisse solitária e com inveja.

Mas, em vez disso, Helen fora embora.

Espere!, Ann teve vontade de chamar. *Você não pode ir embora! Ainda não pude te ignorar!*

O CADERNO, PÁGINA 7

Vestidos das Damas de Honra e das Madrinhas

Ah, os vestidos das damas de honra e das madrinhas! Quando eu estava nos meus 20 anos, tinha um armário cheio de horríveis vestidos de tafetá — amarelo-mostarda, rosa-remédio, e um com listras diagonais vermelhas e azul-marinho. Quando nós, damas de honra, usamos esse último, tivemos que ficar paradas de um certo modo, ou as listras não ficariam alinhadas, o que provocava confusão visual, náuseas e tonteira em quem olhava para nós. Houve um vestido solto em uma cor damasco muito infeliz que usei quando estava grávida de Kevin e que poderia servir como barraca para uma família de quatro pessoas.

Estou pensando em xantungue de seda; um tubinho, justo na cintura, talvez com os ombros de fora, ou longo com uma fenda até o joelho, ou com o comprimento logo abaixo do joelho. Imagino os vestidos no verde das folhas novas — um verde fresco, de grama recém-cortada, um verde que combinará com os bordados delicados de hera nas toalhas antigas da minha avó, um verde que fará as pessoas pensarem na vida em pleno desabrochar.

DOUG

A idade pesava. Eram só seis da tarde e ele já estava cansado o bastante para se recolher.

Precisava tomar uma decisão. Ou iria atrás de Pauline, ou cumpriria seu dever como pai da noiva, ficando onde estava para receber os cumprimentos, sorrindo e trocando apertos de mãos com 150 convidados. Doug realmente não sabia qual era a coisa certa a fazer. Rhonda estava de pé no gramado do lado de fora da igreja quando todos saíram, portanto, onde quer que Pauline tivesse se metido, estava sozinha.

O que Beth esperaria que ele fizesse? Ela talvez insistisse para que ele colocasse Jenna em primeiro lugar. Ou talvez lembrasse a Doug que Pauline ainda era sua esposa, para o melhor ou para o pior, e obviamente algo estava errado, algo que Doug colocara em ação, e agora era a hora de lidar com aquilo.

Ele não conseguia acreditar que Pauline saíra correndo da igreja. Se fosse Beth que houvesse saído correndo da igreja, Doug teria ido atrás dela na mesma hora.

Beth jamais sairia correndo da igreja.

Doug decidiu pedir ajuda. Ele se aproximou de Roger.

– Posso falar com você um minuto? – perguntou. Roger estava parado de lado, segurando a prancheta e a caneta. Usava uma camisa branca, gravata listrada, um blazer azul-marinho e parecia ser mais um dos convidados do casamento. Mas Roger era um guerreiro silencioso, que exalava competência e seriedade, e Doug tinha certeza de que o homem conseguiria lidar não apenas com galhos de árvore no lugar errado, mas também com relacionamentos prestes a desintegrar.

— Claro, Doug — disse Roger. — O que houve?

— Minha esposa saiu correndo da igreja — contou Doug.

— É — falou Roger. — Eu vi.

— Devo sair para procurá-la e ver qual foi o problema? — perguntou Doug.

— Você não tem tempo para isso agora. Precisa receber os cumprimentos, depois haverá as fotografias.

— Pauline deveria estar nas fotografias?

Roger consultou a prancheta.

— Em algumas delas — confirmou Roger. — Por isso, sugiro que você mande outra pessoa procurá-la e trazê-la de volta para cá.

— Está certo — concordou Doug. Ele gostou da ideia de passar o bastão e de ter sido sugestão de Roger, aprovado por ele. — Farei isso.

A escolha sensata para procurar Pauline era Rhonda. Doug a viu, agora falando ao telefone celular, no extremo oposto do estacionamento da igreja. Estaria falando com Pauline? Tentando convencer a mãe a voltar para o casamento? Doug se aproximou silenciosamente de Rhonda, para não a perturbar, mas também esperando ouvir a conversa.

Ele ouviu Rhonda dizer:

— Quero suas mãos no meu corpo. Quero muito. Então quero sua língua dentro de mim...

Rhonda levantou os olhos, viu Doug, e pareceu terrivelmente embaraçada. Ela disse rapidamente:

— Ligarei para você mais tarde, Fera. — E desligou.

— O que foi? — perguntou ela a Doug.

Ele estava sem fala. Interrompera uma conversa particular de Rhonda com... quem? Alguém que ela chamou de "Fera", cujas mãos queria em seu corpo. Seria possível que Rhonda tivesse um namorado e Pauline não soubesse a respeito?

— Desculpe, eu não pretendia... — disse Doug. E recuou um passo.

— O que foi? — insistiu Rhonda. A voz soou como uma bofetada no rosto de Doug. — O que você quer?

— Achei que você talvez estivesse falando com sua mãe — explicou Doug.

— Não — falou Rhonda. — *Não* era a minha mãe.

Doug respirou fundo. Estava em uma situação delicada.

— Escute, Rhonda, será que você poderia procurar sua mãe? Ela deveria fazer parte de algumas fotos que serão tiradas agora. Sabe onde está Pauline?

— Ela está na casa — respondeu Rhonda.

Doug percebeu que tanto Pauline quanto Rhonda sempre se referiam à casa da família Carmichael em Orange Street como "a casa". Nunca "em casa".

— Pode ir chamá-la? — pediu Doug. — Por favor? — Ele se virou e indicou os convidados ao redor com um gesto de mão. — Tenho todos esses...

— Ela não me quer — retrucou Rhonda. — Quer você.

— Sim, mas...

— Doug — Rhonda o interrompeu. — Eu não vou até lá. Sou uma das damas de honra. Jenna me pediu para ficar perto dela. Quero ficar aqui e aproveitar o fato de fazer parte deste casamento. Não sou uma garota de recados. Não é trabalho meu arrumar a sua bagunça. — Ela o encarou.

Doug assentiu. Nos cinco anos em que conhecia Rhonda, ela sempre fora agressiva, azeda e desagradável. Mas, naquele momento, não estava sendo nenhuma dessas coisas. Estava certa.

— Desculpe — disse ele. E se afastou.

Doug viu Margot do outro lado do gramado. Ela também o viu e veio correndo até ele.

— Papai — falou.

— Oi — disse ele. E pensou: *Margot vai me ajudar.*

— Edge trouxe Rosalie como *namorada*? Tipo namorada *mesmo*?

— Ah — disse Doug. Ele havia se esquecido temporariamente de Edge e Rosalie, embora eles fossem um problema, ou houvessem parecido um problema meia hora antes da cerimônia, que fora a primeira vez que Doug os vira juntos. — Sabe de uma coisa, meu bem, não sei bem o que está acontecendo ali.

— Edge confirmou presença para *uma* pessoa! — exaltou-se Margot. O rosto estava ruborizado e os olhos faiscavam. Aqueles olhos azul-gelo, eles deixavam as pessoas inquietas. — Ele confirmou presença para um e apareceu com uma *namorada!*

— Edge me disse na quinta-feira, antes que eu saísse do escritório, que traria uma convidada — disse Doug. — E mandei um e-mail para Roger, avisando.

— Ele comentou com você... *na quinta-feira?* — perguntou Margot.

— Quinta-feira, sim — confirmou Doug. — Na hora do almoço. — Havia sido um pouco tarde para acrescentar um convidado, mas Edge estava fazendo um grande favor a Doug, dando cobertura no "caótico caso Cranbrook", e parecera animado para levar a "convidada", então Doug concordara. Doug desconfiava de que a convidada fosse a razão para a calma e a concentração de Edge, que sempre trabalhava mais e melhor quando se envolvia com alguém. O que Doug não sabia era que a convidada era Rosalie Fitzsimmon, a melhor assistente jurídica da empresa, que trabalhava com Edge e Doug no tal caso Cranbrook. Doug não aprovava namoros entre funcionários, embora não houvesse regras específicas contra isso. Agora ele temia que as coisas entre Edge e Rosalie pudessem ir muito mal, ou muito bem, e, em qualquer um dos casos, Rosalie deixaria o escritório e eles perderiam uma fantástica assistente jurídica.

— Mas por que você não *me avisou?* — perguntou Margot.

— Como eu disse, avisei a Roger — repetiu Doug. — Ele é o cerimonialista.

— Ah, pelo amor de Deus, papai! — exclamou Margot. E saiu pisando firme... e não em direção à fila de cumprimentos, onde deveria estar.

As pessoas ainda estavam saindo da igreja, e o grupo que recebia os cumprimentos chamava atenção mais pela ausência dos Carmichael do que pela presença. Jenna e Stuart estavam lá, assim como Ryan, Jim e Ann Graham. Doug precisava ocupar o próprio lugar naquele instante.

Ele puxou Nick de lado porque Nick era o filho mais próximo. O rapaz já estava arrancando a gravata-borboleta enquanto conversava com Finn. Ela parecia tão emburrada como quando tinha 6 anos e cismou que Jenna tinha ultrapassado sua cota na piscininha inflável. Doug percebeu que havia alguma coisa acontecendo entre o filho mais novo e Finn, mas não ousou perguntar o que era. Ele não tinha espaço na própria imaginação para mais drama.

— Nick — disse Doug. — Preciso de um favor.

— O que foi? — perguntou Nick, cauteloso.

— Não tire a gravata ainda — avisou Doug. — Temos que tirar as fotos.

— Está bem — concordou Nick. Ele parecia aliviado, talvez acreditasse que não tirar a gravata fosse o favor que o pai queria pedir.

— Gostaria que você fosse buscar Pauline — pediu Doug.

— *O quê?* — perguntou Nick. — De jeito nenhum. De jeito... nenhum.

Doug fez uma pausa e reconsiderou. Nick era a pessoa errada para mandar atrás de Pauline. Emocionalmente, ele era como um touro em uma loja de porcelanas. Não tinha tato e tinha muito pouca paciência. Apesar das inúmeras namoradas, Doug desconfiava de que Nick, na verdade, sabia muito pouco sobre mulheres. Isso provavelmente era culpa de Doug, mas ele achara que o melhor modo de ensinar os filhos a tratar uma mulher era pelo exemplo. Doug sempre tratara Beth como uma deusa. Não podia fazer nada se Nick não tinha prestado atenção.

— Poderia, por favor, encontrar Pauline e dizer a ela que está na hora das fotos, que sua presença sorridente está sendo requisitada?

— Vou com você — disse Finn.

— Não — falou Doug. — Acho que seria melhor se Nick fosse sozinho.

— Ela é *sua* esposa — retrucou Nick. — Vá você.

— Não posso — disse Doug. — Tenho que ficar na fila de cumprimentos.

— Merda. Cadê ela? — perguntou Nick.

— Em casa — respondeu Doug. — E terá que se apressar, porque precisamos de você nas fotos.

— Jesus! — exclamou Nick. Se ele ainda tivesse 15 anos, talvez tivesse dito a Doug para cuidar da própria vida, portanto, o fato de Nick ter descido a rua sem Finn era a prova de que realmente se transformara em um adulto. Ao que parecia, Doug talvez tivesse feito alguma coisa certa.

Doug correu para a fila de cumprimentos e começou a apertar a mão dos convidados.

"Olá, é um prazer vê-lo; foi uma linda cerimônia; a igreja foi construída em 1902; as janelas leste e oeste são Tiffany legítimas; minha esposa, Beth, adorava essas janelas; sim, estou muito orgulhoso. Sinceramente, eu não poderia estar mais feliz."

Abigail Pease, a fotógrafa, era dinâmica e prática, e sabia como organizar uma foto. Doug a achou atraente, também, e, se não estava enganado, ela parecia flertar com ele. A fotógrafa o chamou de "Dougie", um apelido que ele detestava, mas que, naquele sotaque sulista, soou divertido e sexy (o fotógrafo do casamento de Kevin e Beanie, muitos anos antes, insistira em chamar Doug de "Pai" e Beth de "Mãe", o que deixara ambos loucos).

Abigail tinha volumosos cachos louros que cascateavam por suas costas. Estava levemente queimada de sol, mas não usava maquiagem (nem aliança), e seu traseiro parecia fantástico na pantalona. Doug se perguntou se, por exemplo, um ano antes, teria tido coragem de chamar Abigail Pease, ou alguém como ela, para sair.

— Dougie, querido, preciso de você aqui com Jenna — disse Abigail.

Doug passou os braços com ternura ao redor da filha e abriu seu melhor sorriso.

— Você dois são *lindos* — elogiou Abigail. — Ah, meu Deus, a câmera está *devorando* vocês!

Independentemente do quanto estivessem pagando àquela mulher, decidiu Doug, não era o bastante.

Ele se pegou pensando no quanto era grosseiro e inapropriado que estivesse se sentindo atraído pela fotógrafa, enquanto a esposa estava chorando em algum quarto escuro porque Doug não a amava mais.

As damas com Jenna. Jenna e Margot. Jenna com Kevin, Beanie e os três filhos. As damas com Stuart. Jenna e toda as crianças, incluindo Ellie com aquele chapéu engraçado. Jenna apenas com Brock e Ellie. Stuart com H.W., Ryan e o meio-irmão com alergia a frutos do mar. Stuart com os pais.

Estava demorando uma eternidade, apesar da impressionante eficiência de Abigail. Doug queria um drinque.

Finalmente, Abigail se voltou para Doug e Roger — Roger fora tão crucial em todo o processo que Doug teve vontade de sugerir que o cerimonialista aparecesse em uma foto ou duas — e disse:

— Não posso tirar mais fotos sem Nick... — Ela conferiu a lista que tinha. — E Pauline.

— Pauline? — perguntou Doug.

Abigail sorriu para ele.

— Pauline é sua esposa.

Ela pareceu estar informando aquilo a ele, não perguntando, e Doug se sentiu repreendido.

— Sim. — Era como se ele estivesse confessando alguma coisa.

— Ela está doente? Não está se sentindo bem?

— Não está se sentindo bem — confirmou Doug, porque, por qualquer ângulo que se encarasse a situação, aquilo era verdade. — Pedi a Nick que fosse buscá-la. Eles devem chegar a qualquer momento.

Doug foi até a calçada para olhar a rua e viu Nick e Pauline, caminhando lado a lado, nenhum dos dois falando... ou sorrindo. Eles pareciam estar a caminho de um funeral, ou do consultório do dentista para fazer um tratamento de canal.

Doug se virou para Abigail.

— Minha esposa, Beth, mãe de Jenna, morreu há sete anos de câncer no ovário.

— Sim, eu sei — disse Abigail. — Roger me contou. E Jenna me mostrou o Caderno. Fiquei muito comovida, devo dizer.

Doug se perguntou se Abigail Pease lera a última página do Caderno. Ele tivera a intenção de fazê-lo durante todo o dia, tivera esperança de que aquilo pudesse lhe dar forças.

— Beth era uma mulher notável — comentou Doug. Agora ele realmente parecia estar se confessando. Com Pauline se aproximando, ele se apressou. Queria dizer o que pretendia antes que a esposa pudesse ouvi-lo. — Quero dizer, ela era administradora de um hospital, mãe de quatro filhos e minha esposa, o que pode ou não *soar* notável, mas também era uma dessas pessoas ao redor da qual as outras gravitavam. Beth era um norte para a nossa família, nos mantinha unidos, fazia com que déssemos certo. Todos nós a *adorávamos*. — Ele tentou controlar a emoção. — Mas especialmente eu.

Abigail pousou a mão no seu braço, os olhos de um azul pálido colados no rosto de Doug. De repente, qualquer atração física que ele sentira por ela se evaporou. O que ele queria, percebeu, o que *realmente* queria, era alguém que o ouvisse enquanto ele falava sobre o quanto sentia falta de Beth. Nunca pudera falar a respeito com Pauline porque a atual esposa sempre tivera ciúmes da memória de Beth e, assim, nunca se dispusera a ouvi-lo. Mas talvez se Pauline *tivesse* escutado, Doug se sentisse mais feliz. Talvez... mas talvez não.

– Sinto muito, Dougie – disse Abigail. – Hoje deve estar sendo um dia difícil.

Doug assentiu e enfiou as mãos nos bolsos acetinados da calça do smoking. Havia tanto que ele queria falar sobre como o fim de semana estava sendo difícil, mas não houve tempo, ou oportunidade, porque Pauline se aproximava. Doug a observou subir os degraus. Os cabelos começavam a se soltar do coque e a maquiagem estava borrada. Os olhos pareciam pequenos buracos castanhos. O peito exibia manchas vermelhas e ela estava ofegante, talvez por causa do choro, ou pela caminhada acelerada.

– Estou aqui – disse Pauline. – Onde quer que eu fique?

– Vamos tirar um retrato da família Carmichael – respondeu Abigail. – Com Stuart.

Abigail chamou a todos e começou a arrumá-los nos lugares: Doug, Pauline, Margot, Kevin, Beanie, Nick, Jenna, Stuart, os seis netos de Doug e Rhonda – quase se esqueceram de incluir Rhonda! Doug percebeu, então, que não acreditara que Pauline fosse aparecer. E, pior que isso, torcera para que ela não aparecesse. Queria um retrato da família Carmichael sem as Tonelli. Queria insistir em uma fotografia – talvez uma depois daquela – que incluísse apenas ele, os filhos, os cônjuges dos filhos e os netos. Seria uma atitude horrível de sua parte? Sim, concluiu Doug; seria horrível, e por mais que ele quisesse a foto, decidiu que tiraria as últimas fotos com Pauline ao seu lado, como sua esposa. Dali a alguns anos, quando ele pensasse naquele dia, se lembraria de posar para aquelas fotos como a última coisa que fizera para deixar Pauline feliz. Ele a incluiria agora, no seio da família, em um lugar que por direito pertencia a outra mulher.

– Sorria, Dougie! – pediu Abigail.

Doug sorriu.

O CADERNO, PÁGINA 11

Uma Carta para a Madrinha

Querida Margot,
Oi, é mamãe! Presumo estar falando com você agora, e não com Finn, Autumn ou qualquer outra amiga que Jenna tenha feito depois que eu parti. Se você e Jenna tiverem tido um desentendimento — se vocês tiverem, por exemplo, brigado para decidir quem herdaria a minha cópia do álbum Rumours, do Fleetwood Mac, autografado por Mick Fleetwood e Lindsey Buckingham, ou pelo meu conjunto novinho de acessórios de jardinagem da Smith & Hawken, superem. Troquem um beijo e façam as pazes. Você, Margot, precisa apoiar a sua irmã. Lembre-se de que ela esteve ao seu lado, em Antígua, e que também esteve na sala de parto no nascimento dos seus dois filhos. Você tem muita sorte por ter uma irmã. Eu só tinha primas; sinceramente, não é a mesma coisa.
Minha prima Astrid foi minha madrinha. Éramos muito próximas, mas ela tinha a tendência de ser um pouco maluquinha e, nos dias que antecederam meu casamento, estava agitada e irritada, e mais preocupada com uma espinha que aparecera no queixo do que com qualquer outra coisa. Fiquei preocupada achando que talvez houvesse escolhido a pessoa errada — minha prima Linda era mais equilibrada —, mas fico feliz em dizer que, no dia do casamento, Astrid brilhou.

Seguem algumas ideias sobre como você pode ajudar sua irmã no dia do casamento:

Fique atenta ao buquê. Segure-o para Jenna quando ela precisar e fique de olho quando ela o pousar em algum lugar.

Mantenha por perto: uma caixa de lenços de papel, uma lixa de unhas, fio dental, Band-Aids, absorventes, lápis de olho, rímel e um batom.

Saiba a programação.

Certifique-se de que Jenna tenha sempre uma taça de champanhe à mão.

Certifique-se de que ela coma! Eu não comi nada na recepção do meu casamento no Quilted Giraffe, algo pelo qual sempre me arrependi.

Acompanhe Jenna quando ela for ao toalete.

Diga a ela que fica linda quando sorri. Vocês duas ficam. Minhas meninas lindas.

MARGOT

Para conseguir falar com Edge em particular, Margot teve que esperar Rosalie pedir licença para ir ao toalete. O que acabou sendo um teste de paciência. Rosalie estava entornando uma taça de champanhe atrás da outra, mas não saía do lado de Edge. A bexiga da mulher devia estar do tamanho de uma bola de vôlei, mas Margot percebeu que ela parecia imperturbável. Era mais atraente do que parecera na igreja, o que a irritou ainda mais.

Rosalie era sagaz e animada, uma mulher que exalava confiança e sentia-se à vontade com o próprio corpo. O rosto era sardento, mas os seios, erguidos e expostos de forma encantadora pelo corpete do vestido, eram rosados e macios. A própria Margot mal conseguia manter o olhar longe do colo doce e atraente de Rosalie, portanto Edge devia estar fascinado. É claro, a assistente jurídica não havia amamentado três filhos. Rosalie tinha uma dessas vozes graves e sexy, talvez o detalhe que Margot mais invejava. Sempre havia ansiado por uma voz grave e sexy, mas a dela soava, em um dia bom, como a de uma orientadora de acampamento. Já em um dia ruim, era aguda e estridente. Margot não conseguia suportar ouvir a própria voz gravada; só gostava da própria voz quando estava com a garganta inflamada, ou quando havia passado a noite toda em um show de rock... mas seus dias de shows de rock pareciam bem distantes naquele momento. Como uma profissional da área de recolocação no mercado, Margot sabia o quanto a voz era importante. Afinal, era preciso não apenas olhar para a pessoa a ser contratada durante oito a dez horas por dia, mas também era preciso ouvi-la. Rosalie fora abençoada com um tom que parecia uma mistura de Anne Bancroft e Demi Moore.

Era uma vantagem para a outra mulher; Margot não podia negar.

Como madrinha, Margot era obrigada a conversar com todos, socializar. Precisava garantir que a taça de champanhe de Jenna estivesse sempre cheia, e que a irmã comesse pelo menos um canapé a cada três rodadas oferecidas. Mas a vigilância constante sobre Edge e Rosalie a distraía de seus deveres. Ele a *vira*, certo? Sabia que ela, Margot, estava ali e que ele não poderia passar a noite toda a ignorando, que teria que se explicar.

Margot ficou parada na fila do bar com Jethro, o namorado de Ryan, que parecia um pouco menos desconfortável e deslocado do que na noite da véspera. Margot se perguntou se seria difícil ser abertamente gay, cosmopolita e negro em um casamento WASP, realizado em uma ilha que ficava cinquenta quilômetros mar adentro.

— O que achou da cerimônia? — perguntou Margot.

— Bem, não faltaram intrigas — respondeu ele.

Margot se perguntou por um segundo se Jethro estaria se referindo a Edge e Rosalie, mas logo se deu conta de que não teria como o namorado de Ryan, que morava em Chicago, saber sobre *aquilo*! Então Margot percebeu que Jethro se referia à saída espetacular de Pauline da igreja. E se repreendeu por ser tão egocêntrica.

— Os Carmichael sempre tiveram talento dramático — disse ela. Não havia perguntado ao pai o motivo da saída de Pauline da igreja, em parte porque achava que já sabia demais, mas principalmente porque estivera concentrada em apenas uma coisa: Edge e Rosalie.

— Poderia facilmente ter acontecido na família Graham também — comentou Jethro. — Pode acreditar.

Eles chegaram ao bar. Margot pediu três copos de Sancerre — um para Jenna e dois para ela mesma —, e então se viu diante da questão de como carregar três copos sem derramar um deles na frente do vestido verde-gafanhoto. Jethro se ofereceu para ajudar, mas ele também carregava três drinques — vodca Ketel One com tônica para ele mesmo e Ryan, e uma Heineken para Stuart.

— Ah, eu consigo — assegurou Margot. Então levantou os três copos em um triângulo equilibrado com ambas as mãos e saiu cambaleando pelo gramado nos saltos pintados para combinar com o vestido, na direção de Jenna, que conversava com o grupo de jovens colegas professoras. Margot entregou o vinho à irmã e perguntou: — Você está comendo?

Uma das três professoras — Francie ou Hilly — disse:

— Acabei de me certificar de que ela comesse um espetinho de frango.

Jenna sorriu para Margot.

— Não está lindo? — perguntou. — Perfeito?

Margot respirou fundo e se forçou a não olhar na direção do banco em que o pai pedira a mãe em casamento, onde Edge e Rosalie estavam parados, conversando com Kevin.

Estava lindo? Sim. O céu estava de um azul radiante, a luz do sol ainda mais suave, a tenda era uma obra-prima de elegância natural. Havia um pequeno grupo de jazz tocando no momento – quatro membros da banda de dezesseis músicos que tocaria depois do jantar –, e a música pairava no ar com a conversa e os perfumes. Garçons passavam com bandejas de champanhe, além de espetinhos de frango, fritada de lagosta, figos recheados com gorgonzola enrolados em bacon e minibifes Wellington. A lenda de Nantucket, Spanky, montara seu bar de mariscos em um velho barco de madeira. Foi ali que Margot se postou para espionar Edge. Ela tomou os dois drinques que separara para si de uma vez, comeu ostras e flertou com Spanky, tudo enquanto vigiava Edge e Rosalie. Eles ainda estavam conversando com Kevin e talvez continuassem a fazer isso a noite toda. Kevin nunca se calava.

Margot comeu três ostras. E se viu acompanhada, temporariamente, por Jim, pai de Stuart, que atacou uma pilha de camarões gigantes de um modo quase indecoroso.

– É uma festa e tanto – comentou Jim.

Margot fingiu um sorriso e engoliu outra ostra.

– Ahã. – Graças a Deus, o comentário não parecia exigir nenhuma outra resposta da parte dela. Margot precisava que Jim Graham ficasse exatamente onde estava, servindo de escudo para ela e a mantendo a salvo de qualquer conversa que a fizesse perder a chance de falar com Edge.

Margot percebeu que o copo de Rosalie estava vazio, assim como o de Edge. Mas, então, a moça com a bandeja de champanhe apareceu e Rosalie aceitou uma taça com um sorriso, e Margot leu os lábios de Edge pedindo um uísque.

O coração de Margot se partiu um pouco mais. Ela costumava manter uma garrafa de uísque Glenmorangie em seu armário de bebidas, em casa, para as noites em que Edge passava por lá.

Rosalie tinha uma bexiga de aço. Ela resistira mais do que Margot, que já precisava ir ao banheiro. Em vez de usar os elegantes banheiros químicos montados em um canto discreto do pátio, depois de Alfie, Margot preferiu entrar em casa e subir as escadas para usar o próprio.

No segundo andar, ela ouviu vozes, então um som de batidas ritmadas. Ela parou. O barulho vinha do quarto de Jenna. Finn e Nick. Margot quase gritou a plenos pulmões: POUCA VERGONHA! Mas se controlou e apenas bateu a porta do banheiro com toda força, para deixar claro que havia alguém ali.

Ela levantou a saia do vestido verde-gafanhoto e urinou, apoiando a testa nas mãos. As batidas ritmadas contra a parede atrás dela continuavam. Margot ouviu Finn gritar em êxtase, e pensou: *Muito bem, pra mim já chega*. Ela lavou as mãos e encarou o próprio reflexo no espelho do armário do banheiro.

Pra mim já chega!

Mas não sabia bem o que isso significava, não sabia o que fazer.

De repente, ouviu a voz da mãe. Sabia que era a voz da mãe e não ela mesma imitando a voz da mãe, porque Margot não gostou do que a voz disse:

Volte lá para fora. Rápido.

Um sino de vidro soou: o jantar estava servido. Todos se sentaram, exceto os integrantes do cortejo nupcial, que formaram uma fila para que cada um fosse apresentado pelo vocalista da banda, e só então ocupasse seu lugar à mesa. Haviam pedido a todos do cortejo nupcial que revelassem "algo interessante" sobre si mesmos para ser lido em voz alta pelo vocalista. Margot foi apresentada assim:

— E agora, senhoras e senhores, aplausos para a madrinha, que já passou férias surfando em quatro continentes diferentes: Margot... Carmichael!

Aplausos educados. Margot não gostava muito da ideia de mencionarem as férias surfando porque todas haviam sido tiradas com Drum Sr., e pelo menos metade das pessoas naquela tenda sabia desse detalhe. Mas a palavra "interessante" fora um desafio, já que as coisas que preenchiam o dia de Margot — recolocação de executivos em grandes corporações, criar três filhos como mãe solteira, manter um relacionamento clandestino com o sócio do pai — não eram nada interessantes. A verdade era que não fazia nada de extraordinário, não tinha nenhum talento excepcional... a não ser surfar. E, embora esse talento sempre houvesse sido eclipsado pelo de Drum. Sr., ela realmente enfrentara as ondas em Bali; no Uruguai; em La Jolla, San Diego; na costa norte de Oahu, no Havaí; e nas águas geladas da África do Sul. Havia uma foto pendurada no escritório de Doug, em que Margot aparecia de roupa de neoprene, os cabelos escuros molhados e penteados para trás, e o rosto queimado de sol — por algum motivo, o sol asiático não lhe provocara sardas —, agachada sobre a prancha, dentro do tubo de uma onda que quebrava para a esquerda, no mar que banhava a minúscula ilha balinesa de Nusa Lembogan. Edge uma vez admitira ter se sentido atraído por aquela foto de Margot, mesmo antes de os dois começarem a se ver.

"Você parecia poderosa, quase perigosa, como um jaguar pronto para dar o bote", dissera Edge. "Muito sexy."

Aquela havia sido a única razão pela qual Margot resolvera mencionar o surfe. Queria que Edge se lembrasse daquela foto.

Margot atravessou a pista de dança em direção ao seu lugar na mesa, como a participante de um programa de perguntas e respostas na TV, pensando: *Sorriso brilhante no rosto! Não tropece! Ombros retos, cabeça erguida!*

Mas não conseguiu se controlar e deu uma espiadela na direção de Edge, que estava sentado perto de Rosalie, na mesa de Doug.

Edge piscou o olho.

Margot conseguiu chegar à boia salva-vidas em que sua cadeira subitamente parecera ter se transformado enquanto o líder da banda apresentava:

— Nosso padrinho... que teve excelente desempenho acadêmico e ainda assim não conseguiu entrar para a universidade de Princeton... Ryan Connely Graham!

Margot pensou: *Ele piscou pra mim*! Ela não sabia se ficava eufórica ou indignada. Ficaria indignada, pensou. Como ele ousava piscar daquela forma?! Mas a euforia venceu. Ele a notara!

Então uma ideia atravessou o desespero de Margot: talvez Edge houvesse levado Rosalie ao casamento como fachada para despistar Doug. Ela sentiu um doce alívio invadi-la, seguido por um lampejo de verdadeira felicidade. É claro que fora por isso que Edge piscara daquela forma conspiratória. Ele provavelmente presumira que Margot sabia o motivo de ele estar levando Rosalie. A assistente jurídica era apenas um disfarce. Margot se perguntou onde os dois estariam hospedados. Teriam reservado dois quartos? *Ah, por favor!*, pediu Margot. *Por favor, que seja esse o caso! Por favor, que tudo isso seja um grande mal-entendido!*

Ela tomou vinho tinto com o jantar. Comeu alguma coisa? Ela e Jenna haviam feito nada menos do que seis degustações até finalmente se decidirem pelo cardápio do jantar: salada verde com cerejas secas, queijo de cabra e nozes-pecã caramelizadas; opção entre filé de costela grelhado ou peixe-espada grelhado; batata assada, com vários recheios indecentes a escolher; aspargos salteados com limão e hortelã... E, ainda assim, Margot só conseguia se lembrar de ter comido uma única noz-pecã caramelizada e um mísero pedaço da carne rosada e tenra, passada no molho béarnaise. Estava sentada entre Ryan e Jethro. Ryan era um dínamo social; conseguia dar conta, sozinho, de entreter quem estava ao seu lado e também Margot, com um mínimo de participação dela. E, apesar de se penitenciar por não estar fazendo um bom trabalho – Ryan certa vez lhe confidenciara que achava que ela, Margot, tinha dez vezes mais personalidade que Jenna –, estava determinada a monitorar constantemente a situação entre Edge e Rosalie.

Eles pareciam tão felizes, pensou Margot, *que com certeza deviam estar atuando.* Com certeza. Aquilo tudo era apenas um jogo.

Então os pratos foram recolhidos e Ryan pegou uma folha de papel no bolso, na qual havia escrito o discurso que faria como padrinho ao levantar um brinde aos noivos. Nesse momento, Rosalie afastou a cadeira da mesa e se levantou. Edge fez o mesmo e, por um segundo, Margot teve medo de que eles estivessem indo embora. Mas Edge se levantara apenas em um gesto de boa educação, e o coração de Margot se partiu ainda um pouco mais. Quando Edge a levara ao Picholine, na saída para jantar mais sublime e adulta da vida de Margot, ele se levantara quando ela pedira licença para ir ao banheiro, e então se levantara novamente quando voltara. Era uma das coisas sofisticadas, antiquadas e charmosas de Edge — modos elegantes, respeito pelo sexo feminino.

É claro que agora Margot sabia que aquele jantar no Picholine e a noite que se seguira no apartamento de Edge haviam sido apenas um modo de amaciá-la, para que ele pudesse pedir a Margot que traísse seus princípios profissionais.

Rosalie saiu da tenda. Edge voltou a se sentar e disse alguma coisa a Doug que o fez rir.

Aquela ida de Rosalie ao banheiro não era a resposta para as preces de Margot, porque Edge ainda estava preso à mesa com Doug. Margot não poderia simplesmente se aboletar ao lado deles e começar a conversa que precisava ter com Edge. Não na presença do pai.

Ainda assim, ela se levantou e, no que imaginou ser uma distância discreta, seguiu Rosalie para fora da tenda.

— Espere, Margot! — chamou Ryan.

Margot se virou assustada, como se houvesse sido pega em flagrante.

— O que foi?

— Você vai perder meu discurso! — disse ele.

— Volto *num instante* — prometeu ela.

Margot encontrou Rosalie apoiada no tronco de Alfie, fumando um cigarro.

Rosalie fumava. Aquilo explicava aquele tom de voz. Edge uma vez dissera a Margot que todos fumavam na faculdade de Direito; era um modo de ajudar a lidar com a pressão. O próprio Edge fumara durante a faculdade e continuara até que a segunda mulher, Nathalie, exigira que ele deixasse o cigarro.

Rosalie ainda não vira Margot, e isso deu a ela algum tempo para pensar. O que deveria fazer? Queria se apresentar e observar a reação da outra mulher. Rosalie saberia que Edge e Margot eram amantes? Ele teria contado? Com certeza, não – poderia gerar uma violação de segurança no que se referia a Doug. Talvez Edge houvesse sentido a mesma pressão que Margot sentira no início daquele fim de semana, de simplesmente contar a *alguém*, e, durante uma das reuniões de preparação para a apresentação no tribunal, tarde da noite, tivesse contado a Rosalie.

Se Rosalie *não* sabia, Margot deveria contar a ela? Ou deveria apenas engatar uma conversa casual com a assistente jurídica, que lhe permitisse descobrir se Edge e Rosalie estavam realmente saindo juntos, ou se eram apenas colegas de trabalho?

Naquele momento, Margot ouviu o som distinto de colher batendo num copo para chamar a atenção de todos, e a tenda ficou em silêncio. O discurso de Ryan. Margot não queria perdê-lo. Qualquer conversa com Rosalie provavelmente a deixaria pálida ou a levaria às lágrimas. Margot deu meia-volta nos sapatos pintados e seguiu para a tenda. Ela quase esbarrou em Edge, que saía apressado.

A presença dele a chocou. Antes que Margot pudesse sonhar em dizer uma única palavra, Edge a segurou pelo braço.

— Margot — disse ele. — O que está fazendo?

— Ahn... — respondeu ela. — Eu fui ao banheiro?

Ele apenas a encarou.

— Eu estava indo para lá, quero dizer. Mas acabei voltando para ouvir os brindes.

— Você seguiu Rosalie — acusou ele. — O *que* está fazendo?

— Nada — disse Margot. Por mais que ansiasse pelo toque de Edge, não estava gostando da maneira como ele segurava seu braço, assim como não estava gostando do modo como ele usava os talentos de advogado para fazer parecer que fora *ela* quem fizera algo errado. E por mais que tivesse desejado conversar com ele, não sabia bem por onde começar.

— A propósito, qual é a situação com Rosalie? — perguntou Margot, o mais casualmente possível.

Edge diminuiu o aperto em seu braço e a expressão em seu rosto mudou. Tornou-se... ora, a palavra que veio à mente de Margot foi *bondosa*. Em todos os meses em que os dois estavam saindo juntos, Margot nunca vira Edge parecer bondoso ou terno ou gentil. Ele era um advogado especializado em lidar com campos minados, armadilhas, em fazer com que o oponente fraquejasse. Era por isso que seu apelido era "Edge" — "extremo", "incisivo" —, ou ao menos era o que ele alegava. Edge sempre transmitia dureza mental, priorizava a coragem sobre a compaixão.

Margot sabia que aquela expressão tão pouco familiar no rosto do amante significava más notícias.

— Mandei uma mensagem na quinta-feira — disse ele. — Pedi que me ligasse para que eu pudesse explicar.

— Explicar o quê? — perguntou ela, na esperança de que o que ele precisava explicar era que tinha levado Rosalie como "namorada" para disfarçar o amor apaixonado e vigoroso que sentia por Margot.

— Não quero falar a respeito aqui. Por que não me ligou?

— Afoguei meu celular — respondeu Margot. — Morreu.

Edge levou a mão instintivamente ao bolso do paletó, onde sempre mantinha o BlackBerry. A mera ideia de afogar o celular seria pior para ele do que perder o coração.

— Escute, Margot...

— Então vocês realmente são um casal? — indagou ela. — Você e Rosalie?

Edge olhou por cima do ombro de Margot, provavelmente para ver onde estava Rosalie.

— Ela está fumando — disse Margot. — Pelos meus cálculos, temos três minutos. Me diga a verdade, Edge. Você e Rosalie estão juntos?

— Eu lhe disse que você não seria capaz de lidar com isso — disse ele.

— Como posso lidar ou não com algo que desconheço?! — retrucou Margot. — Se você se recusa a me contar a verdade! Você e Rosalie são um casal?

— Sim.

— Desde quando?

Ele suspirou.

— Desde janeiro.

— Desde *janeiro*? — repetiu Margot. A mente folheou as páginas de um calendário imaginário. Fora em março que Edge a levara para jantar no Picholine, e depois para o apartamento dele. E, naquela época, já estava tendo um caso com Rosalie? Era terrível demais para aceitar.

— Tudo começou na festa de Ano Novo da empresa — confessou ele.

Ah, Deus. Era fato notório que a Garrett, Parker e Spencer festejava o Ano Novo, em vez do Natal. Margot quisera desesperadamente comparecer àquela festa, que todo ano acontecia no Cipriani. Eram servidas ostras, além de caviar e bom champanhe.

— Na festa de Ano Novo! — repetiu Margot.

— E ficou mais sério desde que eu e Rosalie começamos a trabalhar no caso Cranbrook — explicou Edge.

— Não entendo — admitiu.

— Não esperava que você entendesse — disse ele.

— Por que não me contou em janeiro? — perguntou Margot. Se Edge tivesse feito aquela revelação em janeiro, ela já saberia seis meses atrás. Mas ele continuara a ver Margot, a dormir com ela. Continuara a torturá-la com mensagens de texto que ora chegavam, ora não chegavam.

— Você é uma moça linda, Margot — disse Edge.

Linda essa sua filha, sócio. Edge tinha 32 anos quando fizera esse comentário; era muito mais jovem do que Margot agora. Ele alegava não se lembrar disso, mas, mesmo assim, recorria à mesma frase para tentar aplacá-la.

— Não seja condescendente comigo — irritou-se Margot.

— Nunca chegaríamos a lugar algum — comentou ele. — Você sabia disso, eu também.

— Você podia saber — disse Margot. — Mas eu pensei que talvez...

— Que talvez o quê? — perguntou Edge. — Que você se tornaria a quarta Sra. John Edgar Desvesnes? Você é boa demais para isso, Margot.

— E quanto a Rosalie? — quis saber Margot. — *Ela* também é boa demais para isso?

— Rosalie combina mais comigo.

— Ela tem a metade da sua idade — acusou Margot. — Talvez nem isso. — Rosalie iria querer filhos, e talvez Edge lhe fizesse a vontade; talvez ele fosse pai novamente aos 60 ou 62 anos... então teria 80 anos quando o filho terminasse o ensino médio. A essa altura, Rosalie já o teria deixado pelo chefe do corpo de bombeiros da cidade, ou pelo ortodontista dos filhos.

— Ela é madura para a idade — argumentou Edge. — E muito inteligente.

Margot bufou como um touro. Não ficaria parada ali enquanto Edge enumerava as qualidades de Rosalie.

— Você me pediu aquele favor em março — lembrou Margot. — Quebrei algumas regras por sua causa, Edge.

— E fiquei muito grato por isso — retrucou Edge. — Mesmo que no fim não tenha dado certo.

Terminara não dando certo porque tudo fora mal pensado desde o início.

— Você jamais faria o mesmo por mim — disse Margot. Ela agira contra os próprios princípios por causa de Edge, porque ansiava desesperadamente pela aprovação, pela admiração, pelo amor daquele homem. Margot agora via que entregara tudo o que Edge pedira rápido demais. Não deixara nada à imaginação, não o fizera suar. Com ela, não tinha havido mistério. Desde o início, ela se sentira como aquela adolescente envergonhada, ansiando para que ele a achasse bonita.

— Você é um idiota.

— Sou mesmo — admitiu ele.

Margot não conseguia suportar o modo como Edge concordava com ela. Era um truque de tribunal.

— Bem, muito obrigada por arruinar o casamento da minha irmã para mim — disse ela. — Espero que esteja feliz.

— Nunca daria certo entre nós — insistiu ele. — O fato é que você é filha de Doug Carmichael, e sabe como amo e respeito seu pai.

— É verdade. Pense em como ele ficará decepcionado quando descobrir sobre nós.

— Ele não vai descobrir! — exclamou Edge. — Nós concordamos.

— Rá! — falou Margot. — Com o que concordamos?

— Concordamos em não contar a ele que estávamos juntos.

— Mas agora não estamos mais juntos — lembrou Margot. — Por isso posso contar a ele o que me der na cabeça.

Outra expressão pouco comum atravessou o rosto de Edge: medo. Os olhos se desviaram para um ponto além das costas de Margot ao mesmo tempo em que aquela voz rouca e sexy falava sobre o seu ombro:

— Edge?

Então a tenda explodiu em aplausos estrondosos.

BASTIDORES

Jethro (namorado do padrinho): Há dois outros homens negros na tenda. Um é garçom; jamaicano, eu acho. Ele é muito negro e muito, muito grande – ouvi uma das garçonetes chamá-lo de "Atleta da Selva", o que soava mais como um apelido sexual do que como algo racista.

O outro homem negro é o vocalista da banda. Ele tem a pele mais clara, dreadlocks como os do músico Adam Duritz e usa óculos engraçados com uma armação retangular preta. Quando o vi do lado de fora do bar, perguntei o nome dele e ele respondeu que era Ernie Sands. Então disse que era do Brooklyn e eu disse que era de Chicago, Ernie perguntou de que parte de Chicago e respondi que agora vivia em Lincoln Park, mas que havia crescido nas Red Houses, as casas vermelhas do conjunto habitacional Cabrini-Green. Ele franziu o cenho para mim e perguntou: "O que você está fazendo nesta festa, cara?" E eu disse: "Meu namorado é o padrinho, o irmão do noivo." O vocalista da banda ergueu a mão como se eu tivesse apontado uma arma para ele e disse: "Legal, cara, que legal." Então houve um constrangedor momento de silêncio.

Eu disse: "Você sabia que Douglass veio para cá em 1841 e falou contra a escravidão do alto dos degraus da biblioteca pública?"

Ele me encarou como se eu fosse louco e qualquer vínculo entre nós terminou ali.

Ann (mãe do noivo): Escolhi o filé de costela, assim como os Lewis e os Cohens, mas os Shelbys optaram pelo peixe-espada e disseram que gostariam de ter pedido frango frito, embora não houvesse essa opção. Eu disse, então: "Esperem até amanhã. Vocês vão saborear o melhor frango frito que já comeram, servido com manteiga de mel e noz-pecã." Devon Chelby comentou: "Amém!", e foi se servir de outro bourbon.

Por obrigação, passei alguns minutos conversando com Maisy, irmã de Jim, que insistiu em usar um dos seus vestidos antiquados, o que a transformou em alguém a quem todos os outros convidados do casamento evitavam a qualquer custo. Eu quase conseguia ouvir o lado Carmichael dos convidados se perguntando: *Quem convidou Laura Ingalls Wilder? Ela chegou em sua carroça coberta?* Maisy se aproximou de mim, algo que não gostava de fazer, e perguntou: "Onde está Helen?" Eu respondi: "Helen tinha um encontro para jantar." E Maisy quis saber: "Com quem?" E eu falei: "Com um dos antigos flertes de Roanoke." Uma expressão azeda de desaprovação tomou conta do rosto de Maisy — ou por eu ter usado o termo *flerte*, ou por ela achar que não era certo Helen estar tendo relacionamentos com homens (houve vários, todos sabíamos disso). Maisy disse: "Ora, por que ela não *me* contou?" E eu falei, sem intenção de ser grosseira: "Ah, Maisy, você sabe, é Helen." E Maisy assentiu, como se entendesse perfeitamente.

Ryan (padrinho): Talvez você tenha perdido meu brinde. Azar o seu! Foi engraçado, charmoso, adequado e imensamente elogioso à união de Stuart e Jenna. Eliminei a piada discreta que pretendia fazer sobre "Aquela Que Não Deve Ser Nomeada" porque isso já são águas passadas... graças a Deus! Eu poderia ter feito perguntas espinhosas sobre por que Stuart e Jenna, mas não eu e Jethro. Na verdade: por que um homem e uma mulher, mas não um homem e outro homem, ou uma mulher e outra mulher? Poderia ter feito alguma referência aos comentários públicos contrários ao casamento entre pessoas do mesmo sexo feitos pelo presidente da rede Chick-fil-A, um estabelecimento no qual nunca comerei novamente, apesar de adorar a salada de repolho deles. A principal razão para eu ter me contido é porque não queria embaraçar ou aborrecer a minha mãe. Ela já passou por poucas e boas neste fim de semana, graças àquela terrível e dramática Helen Oppenheimer. A última coisa de que minha mãe precisava era que eu fizesse da causa gay uma questão política. Durante todo o fim de semana, ela apresentara Jethro como meu "namorado", fazendo com que isso soasse normal e sadio, como se Jethro fosse a pessoa que eu levasse para o drive-in e depois para tomar milk-shake. Portanto, a questão gay fora tratada de modo sensato. E quis que o ponto alto do brinde fosse eu dizendo o quanto me sentia feliz por Stuart estar se casando com Jenna porque eu já esperara tempo demais para ter outra garota na família.

Mas Jethro vetara a ideia. Ele era capaz de ser bem puritano às vezes.

DOUG

A banda tocava "The First Man You Remember", do musical *Aspects of Love*, e Doug tomou Jenna nos braços e dançou com ela, os dois sozinhos, sob o refletor, enquanto todos os outros convidados assistiam. A letra da música dizia: *Quero ser o primeiro homem de que você se lembre, quero ser o último de que se esqueça, quero ser o único a quem sempre procure, quero ser o único que nunca a magoe.* Doug se lembrou de estar sentado no escuro, na terceira fila do Broadhurst Theatre, na Broadway, assistindo ao musical com Beth e Jenna. Durante essa canção, Doug segurara a mão da filha, que na época tinha dez anos, e Beth sussurrara por cima dos cabelos louros de Jenna: "Você terá que dançar esta música com Jenna quando ela se casar."

Agora eles estavam ali, os cabelos louros de Jenna apoiados na camisa do smoking de Doug, e ela disse:

— Ah, papai, obrigada. Obrigada por tudo.

Doug sentiu o choro formar um nó em sua garganta novamente, e não conseguiu dizer nada. Mas se houvesse conseguido falar, teria dito: *Gostaria de poder lhe dar ainda mais. Poder acenar com uma varinha mágica que garantiria que você e Stuart fossem tão felizes quanto...*

Em vez disso, ele a abraçou com mais força. Stuart e a mãe haviam se juntado a eles e evoluíam na pista de dança. Aqueles dois sabiam dançar, era lindo de ver...

Então, rápido demais, a música mudou para "One", do U2, que era a música que Stuart e Jenna haviam escolhido. Doug se deu conta de que era hora de entregar Jenna ao marido. Ela e Stuart dançaram sozinhos, enquanto Doug ficava parado na lateral da pista de dança, sentindo-se vazio. Então Ann Graham levou Jim Graham para a pista e Doug soube que deveria dançar com Pauline. No entanto, quando se virou, a pessoa em quem pousou os olhos foi Margot. A filha mais velha estava sentada na cabeceira da mesa, com lágrimas escorrendo pelo rosto. Lágrimas? Doug teve que olhar melhor para ter certeza. Sim, Margot estava chorando. Ele foi até a filha e lhe estendeu a mão.

– Quer dançar comigo? – perguntou.

Ela o seguiu até a pista de dança, e um murmúrio se espalhou pela tenda.

– Qual é o problema, meu amor? – perguntou Doug.

– Ah, papai – disse ela junto ao ouvido dele. – Preciso lhe contar uma coisa.

Ela levou duas músicas e meia para contar toda a história. Estava chorando e tremendo, e Doug a abraçou, rígido de raiva. *Edge e Margot.* Doug ouviu Margot contar sobre o encontro casual dos dois na aula de dança de Ellie, e sobre os "encontros" que se seguiram. Eles haviam dormido juntos. Doug sabia que havia alguém na vida de Edge, e que Edge não quisera contar a ele quem era. Porque era a filha de Doug. Ele não podia mentir: a mera ideia dos dois juntos o deixava doente. Os mariscos e os triângulos de massa filo recheados com queijo brie e pera, além das três vodcas tônica, lhe queimavam no estômago, ameaçavam ser regurgitados. Doug sempre pensara em Edge como uma espécie de tio dos filhos. Doug e Beth haviam até pensado na possibilidade de convidá-lo para ser *padrinho* de Jenna, e só não haviam levado a ideia adiante porque Edge não professava religião alguma.

Era um homem sem Deus. Sem lei. Não tinha moral, escrúpulos ou princípios que o guiassem. Era um tubarão no tribunal, um grande parceiro de golfe, e Doug o amava como a um irmão... mas isso. Isso!

Margot contara o que Edge pedira que ela fizesse no trabalho. Doug não conseguia acreditar; não conseguia acreditar que Edge havia pedido, nem que Margot havia concordado. Fora um grave erro de julgamento.

No que Margot estivera *pensando*?

Ora, respondera ela em lágrimas, *tinha pensado que amava Edge*.

E, então, Rosalie.

Doug já havia achado inadequado que Edge levasse Rosalie ao casamento, mas agora aquilo parecia pura e simplesmente cruel. Outros casais dançavam ao redor de Margot e Doug — Kevin e Beanie, H.W. e Autumn, Finn e Nick, Ryan e Rhonda, e ao menos mais uma dezena de casais que Doug não conhecia, embora todos parecessem se divertir. Pauline estava sentada à mesa principal, e Ann e Jim Graham haviam se juntado a ela. Doug se sentiu grato por isso, não teria como pensar em Pauline naquele momento. Ele olhou ao redor da tenda em busca de Edge. Ele e Rosalie admiravam o bolo em um canto.

Merda, o bolo.

Doug passou Margot para Ryan, e Rhonda foi se sentar com a mãe e com os Graham. Doug foi até onde estava Roger.

— Quanto tempo até a hora de cortar o bolo? — perguntou.
Roger consultou o relógio
— Dezoito minutos — informou.
— Perfeito — disse Doug.

Edge o viu se aproximando e, por um momento, Doug pensou que ele talvez tentasse fugir. Ele devia mesmo fugir, pensou. Não conseguia se lembrar da última vez em que se sentira tão furioso.
Edge levantou as mãos.
— Doug — disse. — Espere.
Doug segurou Edge pelo braço.
— Rosalie — falou. — Poderia nos dar licença?
Rosalie assentiu rapidamente e, por um instante, os três reassumiram seus papéis no escritório: dois sócios e uma assistente jurídica.
— Sim — concordou ela, afastando-se respeitosamente. — É claro.
Doug levou Edge para os fundos da tenda, onde os dois passaram por uma abertura e se viram na entrada de carros. Eles ficaram parados entre o Land Rover de Margot e o Jaguar de Doug. Estava escuro e razoavelmente tranquilo, embora os funcionários do bufê ainda entrassem e saíssem, apressados, da casa, deixando a porta de tela dos fundos bater. O barulho pareceu assustar Edge.
— Você está nervoso — comentou Doug.
— Vai me dar um tiro? — perguntou Edge. — Então me jogar dentro do Jaguar, encher meus bolsos de pedras e me desovar na baía?
— Não tem graça nenhuma, Edge — disse Doug.

— Eu sei que não, Doug.
— É minha filha.
— O que ela te contou? — perguntou Edge.
— Tudo — disse Doug. — Margot me contou tudo.
— Tenho certeza de que ela contou as coisas de forma desproporcional — argumentou Edge. — Se há uma coisa que aprendemos no nosso negócio é que sempre há três lados de uma história, certo? Você vai ouvir o meu lado?
— Ela não contou nada de forma desproporcional — disse Doug. — Não exagerou, não mentiu. Margot é o ser humano mais correto que existe neste planeta. É inteligente, talentosa e forte. Mas... e você vai entender isso porque você tem Audrey... ela é minha filha. Margot é minha *filha*, Edge.
— Sei disso — falou Edge. Ele passou os dedos pelos cabelos grisalhos curtos, então sacudiu o relógio no pulso. — Não era para você descobrir.
— Você colocou suas mãos nojentas na minha filha — disse Doug. Edge fora casado três vezes, e tivera dezenas de mulheres entre os casamentos. O homem era um galanteador. Doug sempre admirara secretamente esse lado do sócio, provavelmente apenas porque era um comportamento que o próprio Doug desconhecia. Fora divertido sentar para tomar uma cerveja e uma ou duas doses de tequila, depois de um jogo de golfe, e ouvir Edge contar histórias sobre a comissária de bordo da primeira classe no voo para Londres, ou sobre as lindas irmãs filipinas que trabalhavam na lavanderia. Houvera relacionamentos com clientes também: Nathalie fora a mais marcante, mas tinham existido outras. E também a garota que fazia entregas da FedEx, e a jovem assistente de uma empresa rival. E Rosalie.

— Doug, você precisa me ouvir. Sei que acha que sou algum tipo de predador, mas acredite quando digo que Margot veio atrás de *mim*. *Ela* me persuadiu. Eu recebia mensagens dela dia e noite, às vezes eram tantas que eu não conseguia responder a todas. Tentei manter a relação mais casual, mas Margot estava sempre me pressionando por mais.

— Sim, eu sei — concordou Doug. — Ela disse que se deixou envolver. Margot se apaixonou por você, Edge, e você tirou vantagem disso.

— Nunca prometi nada a ela — defendeu-se Edge.

— E quanto ao favor que pediu a ela?

Edge inclinou a cabeça.

— Que favor?

— Você sabe muito bem que favor! O que você pediu a ela para fazer no trabalho — disse Doug.

— Eu queria ver se ela poderia ajudar Seth — explicou Edge. — Ele estava passando o diabo, e Margot estava em posição de ajudá-lo. Tudo o que fiz foi pedir. Ela poderia ter recusado.

— Ela disse que você a levou ao Picholine — argumentou Doug. — Que a mimou com bom champanhe e uma garrafa de um vinho caro, então a convidou para passar a noite em seu apartamento pela primeira vez. Foi inebriante; ela pensou que o relacionamento entre vocês dois finalmente estava ficando sério. É claro que, depois de uma noite assim, Margot teria feito qualquer coisa que você pedisse. Você soube exatamente como manipular a situação. — Doug estalou os nós dos dedos; sentia vontade de socar a boca de Edge. Aquele desejo de violência era novo para ele. Apesar do prazer que sentia em arrasar verbalmente um adversário no tribunal, nunca tivera vontade de machucar alguém fisicamente, muito menos o próprio sócio, o amigo mais próximo. – Você não é melhor do que os vermes que vemos no escritório.

– Ah, por favor, Doug...

– Não estou furioso por causa do relacionamento entre vocês – explicou Doug. – Se tivesse dado certo, se vocês dois fizessem um ao outro feliz, quero dizer, eu talvez me sentisse um pouco desconfortável no princípio, mas teria superado. Mas o fato de você ter desrespeitado a minha filha, de tê-la usado, de ter ficado com ela enquanto já estava com Rosalie, de ter trazido Rosalie *aqui* sem contar a Margot a respeito, de tê-la *magoado*. Edge, você magoou a minha filha. Isso não tem desculpa.

– Doug – disse Edge. – Eu sinto muito.

– Você não sente – retrucou Doug. – Você vem se aproveitando das mulheres ao longo dos trinta anos em que o conheço, e não o julguei por isso. Deixei a sua vida por sua conta. Vi você se divorciar de Mary Lee e se casar com Nathalie, então se divorciar de Nathalie e se casar com Suki, então se divorciar de Suki. Fiquei ao seu lado, lhe dei bons conselhos, fui seu amigo. Mas hoje a sua vítima é a minha filha, e você tem sorte de eu não arrebentar com a sua cara aqui e agora.

– Então está me dizendo que nunca magoou uma mulher antes? – perguntou Edge. – Nunca partiu o coração de alguém? A propósito, qual é o problema entre você e Pauline? Aquela saída da igreja foi bem dramática. Quer me contar o que está acontecendo?

Doug estreitou os olhos enquanto continuava a encarar Edge. O homem era um dos melhores advogados que Doug conhecia, portanto, a técnica de reverter o interrogatório na tentativa de incriminar a suposta vítima não deveria surpreendê-lo. Mas, ainda assim, Doug foi pego de surpresa.

Obviamente todos que estavam presentes à cerimônia haviam visto Pauline sair em lágrimas, mas Doug presumira que todos deixariam que essa questão fosse resolvida em particular. Doug sabia por que Pauline saíra daquela forma da igreja. Ele era tão transparente para ela quando um pedaço de vidro. Pauline percebera que o marido não a amava mais e que, provavelmente, nunca a amara.

Doug respirou fundo. *Beth*, pensou. Ela morrera e o deixara para trás, para seguir com dificuldade pelo restante da vida.

Como responder a Edge? Como se diferenciar dele? Sim, ele já magoara um pouco Pauline, e estava prestes a magoar muito mais. O afeto que sentia por ela, o desejo de estar com ela, o estoque de paciência e boa vontade, o *gostar* dela, por mais intenso que fosse às vezes, estavam esgotados. No que dizia respeito a Pauline, o reservatório emocional de Doug estava vazio. Isso acontecia todos os dias entre maridos e esposas, em todos os países do mundo. Quantas centenas de vezes Doug ouvira um marido, ou uma mulher, dizer: "Não tenho motivo algum. Só cansei." E Doug, Edge e todos os advogados de divórcio dignos de respeito aceitariam essa declaração sem julgamento. Afinal, os seres humanos não conseguem controlar os próprios sentimentos. Se conseguissem, com certeza todos decidiriam permanecer loucamente apaixonados a vida toda.

— Não quero falar sobre Pauline — disse Doug. — Essa conversa não é sobre ela.

— Nunca disse que era sobre Pauline — retrucou Edge. — Só estava querendo saber se você nunca magoou alguém.

— Ora, eu nunca menti para quem quer que fosse — falou Doug. — Nunca traí alguém, nunca dei falsas esperanças a alguém.

— Me pergunto se isso é mesmo verdade... — insistiu Edge.

Doug cerrou o maxilar.

— Quero você fora desta propriedade em cinco minutos. Não. Em menos de cinco minutos.

— O quê? — disse Edge. — Você está me expulsando?

— Quero que você e Rosalie vão embora imediatamente.

— Não posso acreditar que está fazendo isso — falou Edge. — Não acredito que está me expulsando.

— Ela é minha filha, Edge — retrucou Doug. — E você a magoou.

— E se os papéis fossem invertidos? — perguntou Edge. — Margot é jovem e bonita. E se ela tivesse me magoado? Isso poderia ter acontecido, você sabe, e eu teria que viver com isso. Todo relacionamento tem riscos.

— Você teria ficado bem — disse Doug. — Sempre fica. Agora vá embora.

— Trinta anos de amizade — lembrou Edge.

— Só a família importa — falou Doug. Então deu as costas e voltou a entrar na tenda.

Alguns minutos mais tarde, Stuart e Jenna cortaram o bolo, deram pedaços um na boca do outro de forma elegante (como Beth sugerira no Caderno; Beth desaprovava fortemente travessuras com o bolo), e então chegou a hora de Jenna jogar o buquê. Doug observou Margot reunir as mulheres solteiras — Autumn, Rhonda e todas as professoras, colegas de Jenna no trabalho. Doug queria que Margot pegasse o buquê, queria que a filha encontrasse alguém que a merecesse, de um modo que não acontecera com Drum Sr. nem com Edge.

Quando ela terminara de lhe contar sobre a história com Edge, dissera:

— Não acredito em amor, papai. Não acredito.
— E quanto a sua mãe e eu? — argumentara, então, Doug. — Fomos apaixonados até o dia de sua morte. Ainda sou apaixonado por ela.
— Acho que o que eu quero dizer é que não acredito em amor para mim — havia retrucado a filha. — Algumas pessoas têm sorte nesse campo... você e mamãe, Kevin e Beanie, Stuart e Jenna... mas eu não tenho.
— Ah, querida — dissera Doug.
Ele tivera vontade de refutar as palavras da filha, mas sabia que eram verdadeiras. Já vira famílias partidas e crianças no meio do fogo cruzado. Já auxiliara a dissolução de lares, corporações e dinastias. Já viabilizara milhares de términos. Algumas dessas histórias haviam continuado de uma maneira mais feliz — todos os Natais, Doug recebia dezenas de cartões de clientes que haviam se casado de novo. Mas nem todas terminavam assim, é claro. Doug tinha um cliente que havia se casado e divorciado cinco vezes. Algumas pessoas tentavam e tentavam, mas não conseguiam ter sucesso no amor. Margot seria uma dessas pessoas? Que Deus ajudasse que a resposta fosse *não*.

Pegue o buquê, pensou Doug.

O vocalista da banda seguia algum tipo de procedimento antiquado enquanto as moças assumiam a posição certa. Elas pareciam a linha ofensiva do New York Giants. Jenna se virou de costas, levantou os braços acima da cabeça e atirou as flores pelo ar.

Houve um grande burburinho e risadas animadas. Ao que parecia, o irmão de Stuart, Ryan, o padrinho, surgira do nada e pegara o buquê. Ele ergueu as flores em um gesto triunfante, e todos aplaudiram. Então Ryan puxou o namorado da cadeira em que estava sentado e o beijou na boca enquanto a banda tocava "Celebrate", de Kool & the Gang.

Doug pensou: *Uma reviravolta inesperada... Mas tudo bem, por que não?*

Doug encontrou Margot alguns minutos depois, lambendo creme de manteiga dos dedos.

— Aquilo foi maravilhoso — comentou ela. — Ryan.

— Tive uma conversa com Edge — falou Doug. — Pedi que ele fosse embora.

Margot cerrou os lábios e seus olhos azul-gelo se encheram de lágrimas.

— Obrigada, papai.

— Sei que você tem 40 anos — disse ele. — Mas enquanto eu estiver vivo, estarei aqui para tomar conta de você.

Margot pousou o prato de bolo e abraçou o pai. Quando eles se separaram, ela secou os olhos e disse:

— E agora há alguém com quem preciso me desculpar.

— Sim — disse Doug, enquanto olhava ao redor da tenda em busca de Pauline. — Eu, também.

O CADERNO, PÁGINA 40

Cartões de Agradecimento

Quando encomendar os convites, encomende o mesmo número de cartões em padrão correspondente (branco ou marfim, com a mesma concha ou ouriço-do-mar no topo, em branco) para usar como cartões de agradecimento dos presentes. Tente, tente, tente enviá-los rapidamente; se possível, no mesmo dia em que receber o presente, e acrescente ao menos uma linha de um comentário pessoal em cada cartão. Seu Futuro Marido Inteligente e Sensível deve dividir essa responsabilidade com você, mas sinceramente, meu bem, ainda não conheci um homem que consiga escrever um cartão de agradecimento decente.

Por exemplo, recebemos um dos preciosos cartões que Beanie havia encomendado, escrito por Kevin, naquela letra quase ilegível. Dizia: VALEU PELA GRANA! Com amor, Kev.

Na época, achei que o casamento talvez houvesse deixado nosso Kevin mais leve. Mas aquela frivolidade teve vida curta.

No entanto, guardei o cartão como prova. Ainda o tenho.

MARGOT

Margot subiu até o quarto e vasculhou a bolsa que levara ao Galley, na quinta-feira à noite. Ellie estava profundamente adormecida na cama, ainda com o vestido de daminha e o chapéu engraçado feito de prato de papelão, embora houvesse descalçado as sandálias e Margot pudesse ver as solas pretas dos pés da filha. Por mais que Margot quisesse desesperadamente encontrar o que procurava, não conseguia resistir à visão de nenhum dos filhos quando estavam dormindo. Ela ficou observando Ellie, encantada com as feições perfeitas e a pele imaculada. Quando se inclinou para dar um beijo nos lábios da filha, sentiu cheiro de cobertura de bolo. Provavelmente Ellie não comera nada *além* de cobertura naquela noite. Margot retirou o chapéu com cuidado, para que ele não acabasse amassado pela agitação de Ellie durante o sono. Então cobriu a filha até o queixo.

E pensou: *Vá para o inferno, Edge Desvesnes. Isto é o que realmente vale a pena, e está bem aqui.*

O cartão de visitas de Griff estava exatamente onde Margot achou que estaria, enfiado na bolsinha de noite, perto do telefone afogado. Incapaz de se conter, Margot apertou os botões do celular, na esperança de que voltasse subitamente à vida, como às vezes acontecia com alguns humanos, mesmo depois de serem declarados mortos.

Mas não. O telefone estava frito, queimado, inútil. Em algum lugar nas profundezas de plástico e metal, agora silenciosas, estavam as duas mensagens não lidas de Edge. Que provavelmente diziam algo como: *Por favor, me ligue. Preciso falar com você sobre este fim de semana.*

Margot se viu dominada por uma onda de tristeza que quase a afogou. Havia desperdiçado quinze meses da própria vida e uma enorme quantidade de energia com alguém que, desde o início, nunca estivera realmente interessado nela. Uma parte de Margot ansiava por deitar ao lado de Ellie e chorar até dormir. *Rosalie combina mais comigo.* A festa de Ano Novo. Enquanto Edge e Rosalie se beijavam naquela festa, Margot tirava cascas de pipoca presas entre os dentes e assistia a um jogo na TV. Todas aquelas noites em que Margot esperara que Edge respondesse às suas mensagens de texto, enquanto vagava de cômodo em cômodo no apartamento, com o celular na mão, pensando que talvez o aparelho estivesse com problemas de sinal, na verdade Rosalie e Edge estavam no escritório, "trabalhando juntos" no "caótico caso Cranbrook". A moça tinha 28 anos. E a voz grave e sexy.

Margot segurou o cartão de visita de Griff entre os dedos. Precisava fazer aquilo.

Havia dois telefones na casa. Um ficava preso à parede da cozinha; outro na mesinha de cabeceira da suíte principal. Aquilo era um vestígio da adolescência de Margot. Quando ela, Kevin e Nick eram adolescentes, se viam forçados a combinar tudo com os amigos usando o telefone da cozinha, bem no meio de toda a ação da casa, onde todos podiam ouvi-los. Margot preferia falar com os amigos ou com o namorado na privacidade do quarto dos pais, embora a ideia nunca fosse bem aceita. O telefone no quarto de Beth e Doug deveria ser usado apenas para atender alguma ligação importante, tarde da noite. Como quando a polícia ligara para dizer que fizera uma batida em uma festa no Dionis e estava com um filho dos Carmichael sob custódia (Nick). Ou para atender a ligação de uma filha dizendo que chegaria mais tarde do que a hora determinada por eles (Margot). Ou quando a namorada do filho ligava para saber se o namorado estava em casa porque já era tarde e ela não tivera notícias dele (Beanie).

Agora que a suíte principal estava ocupada por Doug e Pauline, aquele telefone estava realmente fora de cogitação, portanto Margot não tinha escolha senão ligar do aparelho da cozinha. Ela se sentiu tão mortificada como quando era adolescente. A cozinha estava cheia com o pessoal do bufê, que tentava limpar tudo, ao mesmo tempo em que preparava o que seria servido na *after-party*: batata chips e um acompanhamento, pretzels com molho de mostarda e mel, rolinhos de salsicha, hambúrgueres do White Castle, e os ingredientes para os *s'mores* — sanduíches de biscoito doce, recheados com chocolate e marshmallow —, que poderiam ser preparados na fogueira que Roger e sua equipe estavam montando perto do banco do pedido, à beira da encosta. Sob a tenda, a banda tocava "Two Tickets to Paradise" e "Buttercup". Margot tinha certeza de que a maioria dos convidados ainda ocupava, animada, a pista de dança — mas, para ela, aquele casamento havia acabado.

Margot discou o número de Griff e tapou o outro ouvido com a mão. Mal conseguia ouvir o toque do telefone do outro lado. Pensou ter ouvido Griff atender, mas, depois de um ou dois segundos, percebeu que a ligação caíra na secretária eletrônica. Era a gravação da voz do rei do baile falando com ela.

Margot desligou o telefone. Esbarrara em Griff tantas vezes por acidente que não cogitara a hipótese de ter problemas para encontrá-lo.

Quando ela ligou novamente, Griff atendeu ao primeiro toque.

— Alô?
— Griff? — disse ela. — É Margot.
— Quem? — perguntou ele.
— Margot — repetiu ela, sentindo-se uma idiota. — Margot Carmichael.
— Ah — disse ele. — Espere. — Margot podia ouvir os barulhos típicos de um bar... música e pessoas rindo. Ele provavelmente estava sentado na Boarding House, conversando com alguma loura sexy, executiva da área de publicidade, dizendo a ela que sentia falta de ter alguém para ligar tarde da noite para contar todas as coisas bobas que lhe passavam pela cabeça. Como Griff não acreditava mais em amor, qualquer mulher serviria.

De repente a voz dele voltou, clara e forte.

— Alô? — disse. — Margot?
— Oi — respondeu ela.
— Desculpe, eu tive que sair. O que houve?
— Onde você está? Algum lugar onde eu poderia ir encontrá-lo?
— Estou na Boarding House — respondeu ele.

Margot e seus instintos perfeitos. Ela provavelmente estava certa sobre a loura também.

— Está ocupado? Não quero interromper.

— Não estou ocupado — disse ele. — E não há nada a interromper.

Margot sentiu uma onda de alívio e de mais alguma coisa, que lembrava felicidade, apesar do que estava prestes a fazer.

— Estou indo para aí — falou Margot. — Estou em casa e vou sair agora.

— Não — disse Griff. — Eu vou até você.

— Eu vou até você — insistiu Margot. — Estou saindo neste segundo. — Ela ouviu o bipe do timer e uma das funcionárias do bufê a afastou gentilmente para poder tirar do forno um tabuleiro enorme de nozes-pecã temperadas. Quando Margot e Jenna haviam escolhido o cardápio para depois da festa, Margot se imaginara sentada ao redor da fogueira com a irmã e os irmãos, mastigando aquelas nozes deliciosas e tomando uma cerveja Cisco estupidamente gelada. Imaginara o músico ao violão tocando "Goodbye Yellow Brick Road". Imaginara um final tranquilo para um casamento sem dramas. Não imaginara nada do que estava acontecendo naquele momento, mas, ah, ora... Margot desligou o telefone e pegou um punhado de nozes quentes para comer no caminho.

Ela esbarrou em Griff na rua principal. *Homens nunca nos ouvem! Eu disse que iria até onde ele estava!*, pensou Margot. Mas era bom ter alguém a encontrando no meio do caminho, para variar.

Ele sorriu.

— Belo vestido — elogiou.

Margot ainda estava com o vestido verde-gafanhoto. Percebeu, então, que deveria ter mudado de roupa... mas, depois de contar a Griff o que precisava contar, não importaria o que estivesse usando.

Ele tocou o braço dela.

— Qual é o problema?

— Podemos sentar? — perguntou ela.

— Claro. — Ele a levou até o banco que ficava em frente à livraria Mitchell's Book Corner. As vitrines das lojas ao longo da rua estavam acesas, mas só havia alguns poucos pedestres por ali, além de um táxi ocasional passando pela rua de paralelepípedos, levando as pessoas para casa, para dormir, imaginou Margot, ou para dançar no Chicken Box.

— Preciso te contar uma coisa — disse Margot.

— Pode falar.

Quando Griff aparecera pela primeira vez na Miller-Sawtooth, para concorrer ao cargo de chefe de desenvolvimento de produtos da Tricom, a lista de candidatos não se comparava a qualquer outra que Margot se lembrava de já ter visto ao longo de toda a sua carreira. A lista que ela montara era toda de egressos da universidade de Princeton e da Harvard Business School, todos com potencial para o estrelato. Margot supervisionara todas as entrevistas. Fora ela, com a sócia-júnior da empresa, Bev Callahan, e o apoio ocasional de Harry Fry, sócio-diretor, que havia reduzido o grupo a cinco candidatos, depois a três, que ela mandara para a Tricom.

Griff parecera bom. Tinha catorze anos de experiência em uma empresa semelhante à Tricom, chamada Masterson Group, embora houvesse saído do emprego anterior inesperada e abruptamente. Ele fizera cursos na Universidade de Maryland e depois na Wharton. Então havia um lapso curioso quando como Griff explicara, ele passara dois anos competindo no PGA tour, o torneio da Associação de Golfistas Profissionais. Tudo isso era muito bom, *incluindo* o lapso de tempo – Harry Fry *adorava* jogadores de golfe, e Griff contou uma história charmosa e modesta sobre dividir o quarto com golfistas profissionais de renome, como Matt Kuchar e Steve Stricker, e os trotes que tivera que suportar (eles o haviam obrigado a beber cerveja quente). Griff era *muito* bom pessoalmente. Toda a sala de entrevistas assentira para ele, sorvendo tudo o que dizia. Harry o amara, Bev também. Margot o amara.

Margot era conhecida como uma leitora de currículos perspicaz. Na primeira entrevista, ela havia comentado:

– Você menciona aqui que foi coroado rei do baile dos ex- -alunos em Maryland?

– Sim – confirmou Griff. – Fui.

– Isso é muito bacana – disse Bev Callahan. – Foi por voto?

– Por voto, sim – falou Griff. – Voto secreto. Juniores e seniores eram elegíveis, portanto as chances de vitória eram de cerca de uma em oito mil.

– Uau! – exclamou Bev. Margot sabia que Bev fora uma espécie de animadora de torcida avançada no ensino médio e, embora fosse uma profissional muito séria, era propensa àquele tipo de efusividade.

Margot fez um "x" ao lado de "Rei do Baile" e, depois daquela primeira entrevista, chamara Griff e dissera a ele para tirar aquilo do currículo.

– Faz com que você pareça frívolo – disse ela.

– Não tinha certeza se deveria colocar ou não – confessou ele. – Achei que talvez pudesse ser um tópico divertido para abordar na entrevista, ou poderia me fazer parecer um idiota.

— Última opção — disse Margot. — Livre-se disso.

Outro forte candidato ao cargo era um homem chamado Seth LeBreux, que vinha da Universidade de Tulane, em Nova Orleans, com formação pela escola de negócios LSU Business School. Seth tinha um sotaque *cajun*, do sul da Louisiana, que todos amavam; trabalhara na BellSouth por uma década e estivera em Nova Orleans, enfrentando a crise pós-furacão Katrina. Ele deixara BellSouth em 2007, no entanto, e investira em um trio de restaurantes no Bairro Francês, que não tinham dado certo. Assim, disse Seth, ele decidira que era hora de desistir do gumbo, a sopa típica da Louisiana, e voltar para a área de Tecnologia da Informação.

Seth LeBreux era sobrinho de Edge.

Mas Margot não sabia disso até Edge levá-la para jantar no Picholine. Naquele jantar, ela e Edge haviam se sentado em um canto reservado e aconchegante do restaurante. No instante em que se acomodaram, o champanhe apareceu. Eles, então, pediram queijo burrata feito na casa, com tomates heirloom, e um risoto de cogumelos silvestres. Edge conhecia bem o cardápio. O chef Terrance Brennan, proprietário do restaurante, era um amigo, disse ele.

Quando Edge convidara Margot para jantar alguns dias antes, havia perguntado se ela queria passar a noite com ele. Margot não conseguira acreditar, precisara confirmar com ele duas vezes. *Tem certeza?*

É claro, dissera ele.

Margot havia conseguido que Kitty, a babá da tarde, passasse a noite com as crianças.

Durante o primeiro prato do jantar, Edge pegara a mão dela. Em outro momento, ele se inclinara sobre a mesa e lhe dera um beijo longo, demorado. Em público! Todo o cliché romântico e sexual aconteceu de uma vez — Margot ficou tonta, sentiu um frio na barriga e os joelhos ficaram bambos.

Foi mais de uma hora depois — após várias taças de Malbec, lagosta pescada no dia para ela e leitão para ele — que Edge pigarreou e levantou o assunto de Seth LeBreux, seu sobrinho, filho único da irmã; um bom rapaz, um rapaz em quem Edge estava sempre de olho desde que o marido da irmã morrera no Vietnã, em 1974. Um rapaz que era como um filho para Edge. E Seth passara por um período tão difícil com a aventura dos restaurantes. Ninguém sabia dizer por que ele deixara a BellSouth, mas Seth tinha o sonho de tocar um império de restaurantes. Talvez assistisse demais aos programas do chef Emeril, quem sabe, mas não dera certo para ele. E perdera tudo.

Fora Edge quem encorajara Seth a se mudar para o norte do país, a recomeçar em Nova York.

Seth LeBreux, disse Edge novamente, concluindo, como se Margot pudesse não ter reconhecido o nome da primeira vez.

Margot interrompera a mordida que estava prestes a dar na lagosta ao molho de manteiga, o garfo suspenso sobre o prato.

— Edge, você sabe que não posso... — disse ela, a voz pouco mais do que um sussurro.

E ele argumentou:

— Ah, eu sei, eu sei, não estou te *pedindo* nada. Jamais faria isso. Seth só mencionou a Miller-Sawtooth, e eu imaginei que ele podia ter encontrado você, e ele falou...

— Sim — disse Margot. — Sim, é uma recolocação minha. A Tricom.

— Então... — falou Edge.

Margot posou o garfo no prato, incapaz de comer qualquer coisa. Edge serviu outro copo de Malbec.

– Eu não deveria ter levantado o assunto – disse ele. – Estou me sentindo um babaca. Podemos esquecer que eu mencionei isso?

Sim, Margot concordou que era melhor assim. Ela pediu licença para ir ao banheiro, onde passou um longo tempo encarando o próprio reflexo no espelho, tentando se convencer a sair dali e ir embora do restaurante. Maldito Edge Desvesnes. Margot não era uma idiota; sabia o que ele estava fazendo. Seth LeBreux tinha aquele sotaque *cajun* – para ser sincera, aquela era a melhor característica dele, além das histórias lacrimosas sobre o período pós-furacão Katrina, que haviam soado um pouco lacrimosas demais. Seth era um dos três melhores candidatos, mas também era, na opinião de Margot, o azarão. Estava fora da indústria havia seis anos, e um conjunto de restaurantes fracassados não parecia um testemunho muito bom a respeito dos seus talentos gerenciais, ou da sua capacidade de solução de problemas.

Vá embora, pensou Margot. Ela se sentia como um leitão que havia sido assado à escolha de Edge. Ele a fizera se sentir culpada. *Pegue um táxi, vá para casa, mude o número do seu telefone.*

Mas ela era fraca demais. Voltou para a mesa, bebeu o vinho e depois um cálice de vinho do Porto com a *tarte tatin* de damasco que Edge pedira para que os dois dividissem, então finalmente entrou no banco de trás do táxi... mas com Edge. Eles foram até o apartamento dele e, lá, Edge se dedicou a ela. Aquela foi, de longe, a melhor vez em que fizeram amor em todo o relacionamento, quase como se ele nem tivesse tentado antes. Mais tarde, ele pegou um roupão para ela e um copo de água gelada, e acariciou as costas de Margot até que ela adormecesse.

Pela manhã, Margot estava pronta para ir embora, mas sentiu que o assunto Seth LeBreux precisava ser resolvido. Por isso disse, enquanto dava um beijo de bom dia em Edge, já na porta:

— Está nas mãos do cliente agora, mas verei o que posso fazer por Seth.

— Obrigado, Margot — agradeceu Edge. — Você não sabe o que isso significa para mim.

Mas Margot não explicou os detalhes para Griff. O que disse foi:

— O cara com quem eu estava saindo, o homem por quem pensei que estava me apaixonando... o sobrinho dele era um dos candidatos à vaga da Tricom.

Griff a encarou fixamente. Margot adorava a complexidade daqueles olhos, mas não podia se permitir perder o foco.

— A Tricom adorou você, sei que adoraram — falou Margot.

— Sim — concordou Griff. — Achei que estava dentro. Achei que a questão estava decidida, que eu era o cara. Então, do nada... fui recusado.

— Queimei seu filme para que Seth conseguisse o emprego — confessou Margot.

— Você está de sacanagem — falou Griff.

— Ah, meu Deus — disse Margot. — Eu bem queria estar.

Os três candidatos finais para o cargo da Tricom haviam sido Griff, Seth e uma mulher chamada Nanette Kim. A moça era brilhante, um fenômeno (em seu currículo, acumulava Georgetown, Harvard Business School e quinze anos na

AT&T; todos gostaram dela no primeiro aperto de mão; ela era mulher e, ainda por cima, asiática). Margot não poderia *não* sugerir aquela candidata. Mas Margot também sabia que Drew Carver, o CEO da Tricom, era o ser humano mais machista do mundo, e sabia também que o novo contratado seria um homem. Seria Griff ou Seth.

Drew e a equipe da Tricom estavam mais inclinados a escolher Griff, e Margot não poderia culpá-los. Seth não venceria aquela disputa pelos próprios méritos. Ela teria que cortar Griff.

Margot imaginara que Drew pudesse ficar preocupado com a saída abrupta de Griff do Masterson Group. Griff insistira em dizer apenas que fora por "motivos pessoais". Ele não queria que Drew ou qualquer pessoa na Tricom soubesse sobre o caso da ex-esposa ou sobre o bebê. Margot já estava preparada para explicar a situação discretamente para Drew caso o assunto fosse levantado. Mas Drew se contentara com o "motivos pessoais".

No entanto, no telefonema decisivo, quando Margot desconfiou de que Drew ofereceria o cargo a Griff, ele dissera:

— Tenho certa preocupação que talvez falte um pouco de compostura a esse cara. O golfe, as festas. Talvez seja um pouco imaturo demais.

Margot ficara chocada com essa declaração. Drew Carver, assim como Harry Fry, era conhecido por adorar jogadores de golfe, festeiros, presidentes de fraternidades universitárias, capitães do time de hóquei. Drew Carver estava dando uma abertura a Margot. Ela poderia escorregar para o lado sombrio sem que ninguém percebesse.

— Bem, eu não ia mencionar antes — disse Margot. — Mas agora que você levantou o assunto...

— Sim? — perguntou Drew.

— No currículo original, Griff mencionou que havia sido eleito rei do baile dos ex-alunos, em Maryland. E achei a mesma coisa, Drew. Pensei: "Que tipo de pessoa acrescenta esse detalhe ao currículo profissional, como uma *conquista*, vinte anos depois?" Disse a ele que tirasse o "rei do baile" do currículo e foi o que Griff fez, mas o fato de ele ter optado por mencionar isso a princípio mostra uma capacidade de julgamento questionável, na minha opinião. Sinceramente, *rei do baile?*

— Ah — disse Drew. Houve uma longa pausa antes de ele continuar: — Sim. Obrigado por me contar.

E com essas palavras, Margot soube que Griff estava fora e que, muito provavelmente, Seth seria o escolhido. Ela poderia ligar para Edge naquela mesma noite e dizer a ele que mexera os pauzinhos necessários. Conseguira, sozinha, entregar nas mãos de Seth LeBreux um cargo que ele não merecia.

— Você era o melhor candidato — falou Margot. — E eu roubei o emprego de você.

— Você roubou — disse Griff. — Você *roubou*. Meu Deus, não consigo acreditar nisso.

— Eu roubei — confirmou Margot mais uma vez. — Profissionalmente, foi abominável. Eu me odeio pelo que fiz.

Griff juntou as mãos e abaixou a cabeça.

— Jesus... — Alguns segundos se passaram antes que ele voltasse a falar: — E fez o que fez por causa de um *cara?* Um cara qualquer por quem você pensou que estava se apaixonando?

— Sim — sussurrou Margot.

— Sabe o que isso faz de você? — perguntou ele.

— Uma otária. Isso faz de mim uma otária.

Griff se levantou e ficou olhando para a fachada de tijolos do Pacific National Bank. Nantucket era um lugar antigo. Sem dúvida, dramas sem fim já haviam acontecido naquela rua principal, incontáveis traições, e agora acontecia mais um. O que Margot fizera fora muito errado. Errado, errado, errado.

— Eu gostei de você — disse Griff. — Queria impressionar os contratantes e conseguir aquele emprego por *você*. Então, quando fui dispensado e não foi você a fazer isso, fiquei *aliviado*. Porque não queria ter que vê-la depois de não ter sido escolhido.

— Não fui eu a dispensá-lo porque não conseguiria encarar você — explicou Margot.

Ela dera um jeito para que Bev dispensasse Griff, e Bev também não quisera fazer isso. Ela custara a acreditar que a Tricom não houvesse escolhido Griff. Não tinha parado de repetir: *Não faz sentido algum.*

— O outro cara foi contratado, então? — perguntou Griff.

— Na verdade, não — contou Margot. — Eles contrataram Nanette Kim, que ficou seis semanas no cargo, então declarou que a Tricom era um ambiente de trabalho hostil para mulheres e minorias. Tentei voltar a entrar em contato com você; realmente tentei, Griff, mas você já havia assinado contrato com a Blankstar.

Griff assentiu.

— Legal — disse. Então se virou e começou a descer a rua.

— Nos vemos por aí, Margot.

Ela apertou as mãos e observou a silhueta se afastar. Estava morrendo de vontade de ir atrás dele; buscava desesperadamente as palavras que o fariam perdoá-la. Mas essas palavras não existiam. Griff cometera um pequeno erro tático — dera a Margot algo para ridicularizar —, e ela transformara o deslize em um motivo para tirá-lo do páreo e, assim, ganhar pontos na própria vida amorosa.

Se Griff quisesse, poderia telefonar para a Miller-Sawtooth, pedir para falar com Harry Fry e descrever os detalhes da conversa que acabara de ter com Margot. Ela não seria demitida, mas receberia uma advertência. Margot quase *desejava* que Griff fizesse a ligação. Queria ser punida, queria que ele se vingasse... mas sabia que Griff não faria isso. Era um cara bom demais. E ele acabara de fazer exatamente o que Margot mais temia: saíra da vida dela. Já parecia castigo o bastante.

Margot se levantou do banco. Os pés, calçados nos saltos pintados para combinar com o vestido, estavam doendo, e ela tirou os sapatos. Algumas noites tinham um bom carma e outras eram amaldiçoadas. Aquela noite fora amaldiçoada desde o princípio.

O fim de semana todo fora amaldiçoado. Margot, com seus instintos perfeitos, estivera certa em temê-lo.

Quando ela virou a esquina da Orange Street, viu alguém vindo em sua direção – um homem, sozinho –, e sentiu uma pontada de terror. Não era possível... Mas sim.

— Margot? — chamou o homem.

Ela sabia que deveria passar direto, mas ele parou e Margot acabou fazendo o mesmo instintivamente.

— Você viu Rosalie? — perguntou ele.

— Não.

— Seu pai nos expulsou do casamento — disse Edge. — Rosalie ficou mortificada. Ela não entende o motivo, e eu não posso explicar. Rosalie acha que Doug nos expulsou porque não aprova nosso relacionamento.

— Ah — disse Margot. Ela estava perto o bastante para sentir o perfume de Edge. Ele estava usando Aventus. Margot reconheceria o aroma em qualquer lugar. Ela não conseguia acreditar... Edge estava (finalmente!) usando o perfume que ela comprara para ele, mas o estava usando para sair com Rosalie. O homem era um rato, mas Margot estava exausta demais para brigar. — Por que você simplesmente não conta a verdade a Rosalie? — perguntou. — Conte a ela sobre mim.

— Não posso — confessou Edge. — Ela me deixaria. É claro que, depois desta noite, ela talvez me deixe de qualquer forma. — Ele deu um sorrisinho sem graça e Margot ficou surpresa ao ver que Edge não parecia muito preocupado com a possibilidade. Mas Edge era assim mesmo com as mulheres... perde-se umas, ganha-se outras. Se Rosalie o deixasse, ele encontraria outra pessoa, talvez alguém ainda mais jovem e menos apropriada, com quem se casaria e de quem logo se divorciaria. Margot tinha sorte por haver escapado de se envolver ainda mais. Sua mente sabia disso, e ela se perguntava se algum dia seu coração também saberia.

— Até mais, Edge — disse ela. Então se inclinou e deu um beijo de adeus no rosto de John Edgar Desvesnes III, seu amante ocasional de 59 anos. Foi exatamente isso: um beijo de adeus. Então seguiu caminhando pela rua, descalça, até em casa.

O CADERNO, PÁGINA 39

O Vídeo

Na época em que eu e seu pai nos casamos, não havia isso de gravar um casamento em vídeo. Algumas pessoas sabiam como fazer vídeos caseiros, mas minha mãe achava a ideia de péssimo gosto. Não costumava concordar com frequência com a minha mãe, mas nesse caso me sinto tentada. Se eu gosto da ideia de um cara qualquer, com uma filmadora na mão, seguindo todos os movimentos durante o fim de semana do casamento? Na verdade, não. Se eu acho que você deve exibir o vídeo para seu Futuro Marido Inteligente e Sensível em seus aniversários de casamento, ou infligi-lo aos seus amigos? Não, não acho. Mas há uma parte de mim atualmente, enquanto estou deitada na cama, sentindo meu corpo e minha mente indo embora, que adoraria mais do que qualquer coisa ter a chance de rever meu casamento.

Adoraria ver como éramos seu pai e eu, ainda jovens.

E como éramos felizes.

DOUG

Ele encontrou Pauline deitada na cama, lendo o Caderno. Ela ainda usava o vestido cor de canela, embora houvesse tirado os sapatos. Pauline estava deitada sobre a coberta da cama, do lado onde Doug costumava dormir, e chorava.

Doug notara a ausência da esposa depois que o buquê fora jogado, mas àquela altura a parte tradicional da festa estava terminando, e muitos dos amigos de Doug e os primos de Beth estavam de saída. Por isso, ele precisou adiar o momento de confronto com Pauline para se despedir dos convidados e lembrar a todos do *brunch* no dia seguinte. A banda ainda tocava – "At Last", de Etta James, e "Let's Stay Together", de Al Green. Essas músicas eram como espinhos cravados no peito de Doug. Ele não poderia dançá-las com Pauline, mas, ainda assim, com certeza devia uma dança à esposa. Não dançara sequer uma vez com ela durante toda a noite.

Pauline já não estava mais à mesa, ou em qualquer lugar da tenda que ele pudesse ver. Quase perguntara a Rhonda se ela vira a mãe, mas não queria chamar atenção para o fato de que perdera a esposa de vista novamente. Roger e sua equipe estavam fazendo a transição da festa tradicional para a reunião mais íntima e informal que se seguiria. O cantor da banda ficaria para uma apresentação acústica. Essa sequência mais informal na verdade era para os jovens, por isso Doug achou que não teria problema ele deixar a arrumação de tudo nas mãos de Roger e do pessoal do bufê e ir atrás de Pauline.

Esperara encontrá-la na cama. Mas *não* esperara encontrá-la lendo o Caderno.

– É sério? – disse Doug.

– O que importa agora? – perguntou Pauline. – O casamento acabou.

Bem... sim, aquilo era verdade, o casamento havia acabado – Doug reconheceu o fato com doses iguais de alívio e melancolia. E se pegou torcendo para que Nick acabasse se casando algum dia, porque não havia nada de que Doug gostasse mais do que ter a família reunida, apesar de todas as confusões a reboque.

Para Pauline, ele disse:

– É verdade, o casamento acabou. Então por que você pegou o Caderno de novo?

– "Seu pai será motivo de preocupação" – leu Pauline.

Doug ergueu a mão.

– Pare, Pauline.

– "Mesmo se seu pai tiver Outra Esposa, quero que você faça essas coisas. Por mim, por favor."

– Pauline. – Doug imaginou se ela teria lido a última página do Caderno. Sentiu-se tentado a lhe pedir para que o entregasse a ele, para que pudesse ler, mas sabia que aquele não era exatamente o momento mais adequado.

Pauline o encarava, as lágrimas lhe escorriam pelo rosto.

– Como eu deveria me sentir diante disso?

— Você não deveria se sentir de forma *alguma* diante disso — retrucou Doug. — O Caderno não foi *feito* para você. E sim para Jenna.

— É como se Beth soubesse que qualquer pessoa que viesse depois dela não seria boa o bastante. — Pauline virou a página do Caderno com tanta violência que Doug teve medo de que a rasgasse. — Não seria tão boa quanto ela foi.

— Pauline.

— Só quero que você admita para mim, Douglas — pediu Pauline. — Você não me ama tanto quanto a amou, e nunca amará.

— Eu não estava procurando substituir Beth — argumentou Doug. — Nunca foi minha intenção.

— Qual *era* sua intenção, então? — perguntou ela. — Um pouco de sexo? Um pouco de diversão? Nós trocamos *votos matrimoniais*, Doug, exatamente como Jenna e Stuart fizeram hoje. Prometemos as mesmas coisas que eles, na saúde e na doença, até que a morte nos separe. Fiz esses votos a sério, mas você não. Você estava apenas se deixando levar... mas por quê? Por que se casou comigo? Deveríamos apenas ter continuado a sair juntos, se você não queria dedicar a este relacionamento o mesmo tempo e energia que dedicou ao seu primeiro casamento. — Pauline deixou o Caderno de lado e se sentou na cama. — Foi o que ficou evidente para mim enquanto estava sentada naquela igreja. Você nunca tratou o nosso casamento da forma como tratou seu casamento com Beth. Ela foi seu amor de verdade, eu fui apenas alguém que você encontrou depois. Fui um apêndice, uma ideia tardia, uma pessoa de braços dados com você, um corpo quente na sua cama para não ter que dormir sozinho.

Doug suspirou. Podia ouvir as vozes do lado de fora, a de Jenna acima de todas as outras, convidando todos a se reunirem ao redor da fogueira que fora acesa.

Antes de começarem a atravessar a nave da igreja em direção ao altar, Jenna dissera a Doug:

— Amo muito você, papai. Não quero nunca ver você longe de mim. Se lembra daquela música de que a mamãe gostava, com o verso que diz: "Se eu pudesse escolher um lugar para morrer, seria em seus braços"?

— "Bell Bottom Blues" — dissera Doug. — De Derek and the Dominos.

— Pois bem, é assim que me sinto em relação a Stuart.

Doug assentira. Jenna fora a única de seus filhos que herdara o gosto pelo hino do rock.

— Que bom. É assim mesmo que imagino que deveria se sentir, meu bem.

Mas não era daquele modo que Doug se sentia a respeito de Pauline; nem naquele momento, nem nunca.

— Você está certa — disse ele a Pauline. — Tudo o que acaba de dizer está mais ou menos correto. Meu sentimento por Beth era tão forte que não foi justo da minha parte me casar com você, ou com qualquer outra pessoa. E lamento por isso.

— Lamenta? — repetiu Pauline. — Você *lamenta*?

— Não foi justo com você.

— Você está *coberto* de razão, realmente não foi justo — disse Pauline. — Eu me casei porque estava apaixonada por você. Me casei porque queria começar um bom relacionamento, que fosse bem-sucedido. Você, mais do que ninguém, *sabia* o que eu havia passado com Arthur, sabia que eu merecia algo melhor, e prometeu me dar isso.

— Prometi fazer o melhor que pudesse — defendeu-se Doug.
— Prometi dar a você tudo o que eu fosse capaz. Lamento se isso não foi o bastante.

— Com certeza não foi o bastante, droga! — concordou Pauline. — Não chegou nem *perto* do bastante. Quero o divórcio.

— O quê?

— Quero o divórcio — repetiu Pauline.

— Ah... — disse Doug.

O que está acontecendo aqui?, pensou Doug. Era mesmo o que *achava* que estava acontecendo, ou havia algum tipo de armadilha confusa ali? Doug ficou parado, imóvel, com medo de se mover um centímetro que fosse, de sussurrar uma única palavra. Não teria que ser o vilão? Pauline lera a sua mente e fizera exatamente o que ele desejava? Ela pedira o divórcio? Seria mesmo assim tão fácil?

— Está certo. — Doug voltou a falar finalmente. — Podemos começar o processo quando voltarmos para casa, então.

Ele ouviu Pauline chorar, mas se virou e saiu do quarto antes que ela pudesse dizer mais alguma coisa. Não queria que ela voltasse atrás; não queria que Pauline lhe desse uma última chance.

Do lado de fora, a fogueira ardia. Roger fizera um excelente trabalho, e as pessoas estavam sentadas em círculo ao redor do fogo, em cadeiras de praia ou sobre mantas. Jenna e Stuart haviam mudado de roupa e agora usavam camisetas iguais com os dizeres *Recém-Casados*. Rhonda ainda estava com o vestido de dama e conversava com Ryan e o namorado. Autumn tinha se aconchegado ao outro gêmeo sobre uma manta, e Finn estava acomodada no colo de Nick, em uma cadeira funda. Doug ficou olhando para Finn e Nick, imaginando o que exatamente via. Se não estava enganado, havia comparecido com Pauline ao casamento de Finn em outubro do ano anterior. Alguma coisa *já estava dando errado* com Finn e Scott? Parecia que fora na véspera que Bud Sullivan, o pai dela, estava brincando sobre como se sentia aliviado por tirar Finn de sua folha de pagamento. Scott Walker não tinha comparecido ao casamento, Doug notara, mas acreditara ser porque o rapaz tinha outro compromisso em algum lugar. Doug não saberia dizer se Nick e Finn estavam realmente se acariciando, ou se era uma brincadeira. Ele torcia para que fosse a última opção. Quando pensara mais cedo que queria que Nick se casasse, não estivera pensando em Finn. Não, aquilo jamais daria certo. Doug tinha 35 anos de experiência profissional que lhe davam essa certeza.

Ele pegou um punhado de batatas fritas e se adiantou para falar com Jenna e Stuart.

— Está muito bom isto aqui — comentou. O vocalista da banda pegara um violão e começara a tocar os primeiros acordes de "Helplessly Hoping", de Crosby, Stills e Nash.

Jenna levantou os olhos para o pai.

— Você viu Margot? Estou preocupada com ela.

— Não a vejo desde a hora em que você jogou o buquê — respondeu Doug.

Jenna fez sinal para que o pai se aproximasse e Doug se agachou ao lado da cadeira da filha.

— Drum Sr. vai se casar de novo no outono — contou Jenna. — Acho que Margot ficou um pouco abalada com isso.

Drum Sr. ia se casar? Isso significava que Margot poderia tirá-lo da folha de pagamento *dela*; deixaria de pagar pensão ao ex-marido. Margot só poderia estar feliz com isso, certo? Se ela parecera aborrecida, havia sido por causa de Edge. Mas talvez Jenna não soubesse sobre Edge. Seria possível? Na família deles, era muito difícil se manter a par de quem confidenciara o que a quem. Doug ficava grato por tudo o que sabia, e mais grato ainda pelo que não sabia.

— Tenho certeza de que ela está bem, querida — assegurou Doug. — Provavelmente estará aqui a qualquer instante.

— Não quero que ela perca esse momento — comentou Jenna. — Nós o planejamos juntas.

Era reconfortante: o fogo, os petiscos, o violão, a voz do cantor. Doug se serviu de uma cerveja e, quando tomou o primeiro gole, percebeu que se sentia mais jovem e mais leve do que em muitos anos.

Ele se sentou em uma das cadeiras vazias. Queria se aproximar de Jenna e Stuart — os dois estavam do outro lado do círculo. Mas então se deu conta de que aquela era a hora de começar a dar algum espaço para sua menina e o agora marido.

— Vou fazer um *s'more* — disse Doug. — Alguém poderia me passar um espeto?

Beanie passou um a Doug e também o saco com marshmallows. Mas antes que ele pudesse espetar o marshmallow, sentiu alguém esbarrar em seu ombro e, sem querer, a cerveja em sua mão entornou. Doug se virou e viu Pauline, o rosto aceso de raiva. Ela levantou o Caderno na frente do rosto de Doug e, por um segundo, ele pensou que bateria nele.

Mas em vez disso, Pauline jogou o Caderno na fogueira.

— Não! — gritou Doug. Ele se levantou de um pulo e estendeu a mão para salvar Caderno, mas o fogo estava muito alto, voraz. As páginas do Caderno foram engolidas em um crepitar de luz branca.

Houve murmúrios confusos ao redor da fogueira. Alguém havia entendido o que acabara de acontecer? Pauline saiu em disparada na direção da casa. Doug teve vontade de ir atrás dela e exigir uma explicação. Que diabos ela estava *pensando*? O que acabara de *fazer*? Ele deixou o corpo cair de volta na cadeira. Sentia as pernas pesadas, sem forças. Enquanto olhava para o fogo, seus olhos se encheram de lágrimas.

Seu pai será motivo de preocupação.

Doug apertou a ponte do nariz com os dedos. O casamento havia acabado. Realmente acabado. As palavras preciosas de Beth haviam virado fumaça. De certa forma, a sensação era de perdê-la novamente. E ele nunca chegara a ler a última página.

Doug ficou de pé e olhou ao redor do círculo para ver como estava Jenna. Ela vira o que acontecera?

Não... A filha estava aconchegada no colo de Stuart, com os belos cabelos louros espalhados sobre o peito do marido. Estava cantando "Helplessly Hoping", acompanhando o violão. A letra da música dizia: *Eles são um só, são só os dois, são três juntos, estão ali um para o outro.* O rosto de Jenna estava sereno, como se tudo estivesse certo no mundo.

O CADERNO, PÁGINA 43

A Lua de Mel

Eu realmente queria ir à Europa – Itália ou Londres –, mas não tínhamos dinheiro e seu pai estava estudando para fazer o exame da Ordem dos Advogados. Assim, ele escolheu St. John, nas Ilhas Virgens Americanas, porque não precisaríamos de passaporte, ficava nos trópicos e poderíamos acampar. E era barato.

A princípio me senti meio cética sobre a escolha, porque não era o que eu havia imaginado que queria, mas acabei me apaixonando pelo lugar no instante em que a barca atracou em Cruz Bay. St. John tem uma aura mágica, única, exatamente como Nantucket. O parque nacional ocupa setenta por cento do lugar e a beleza é de tirar o fôlego.

Seu pai e eu ficamos em um acampamento em Maho Bay, onde conseguimos uma cabana rústica. Aquecíamos água em uma bolsa solar portátil e tomávamos o que chamávamos de banhos de sol. Alugamos um caiaque. Seu pai remava e eu ficava deitada na proa, como Cleópatra. Nós subimos até as ruínas de antigas plantações dinamarquesas de açúcar. Mergulhamos com arraias e tartarugas marinhas, e vimos burros selvagens à beira da estrada, observamos as estrelas deitados na praia. Bebemos ponche de rum.

Seu pai e eu voltamos a St. John no nosso aniversário de 21 anos de casados. Ficamos em Caneel Bay, o resort, e comemos lagosta todas as noites. Alugamos um Jeep novo e sofisticado. Aproveitamos a ilha como pessoas que tinham dinheiro, mas não fomos nem mais nem menos felizes do que quando estivemos lá da primeira vez. Foi exatamente a mesma coisa. Tudo o que importava era que estávamos juntos.

DOMINGO

ANN

Beau, o chefe dos barmen do White Elephant, nascido em Charleston, fazia os melhores Whiskey Sours que Ann jamais provara. Ela tomou um enquanto supervisionava os preparativos para o *brunch*, e o drinque a deixou de excelente humor. Era um dia ensolarado, cintilante, e a tenda aberta nas laterais, montada no gramado da frente do White Elephant, tinha uma vista resplandecente da baía. Sob a tenda estavam duas mesas longas, cobertas por toalhas brancas, cada uma com 24 lugares e oito arranjos de rosas de estufa, perfumadas e multicoloridas, arrumadas em jarras arredondadas de cristal lapidado. Os garçons haviam colocado duas caixas de bom champanhe para gelar (Pommery, um dos favoritos de Ann desde a época do grupo de degustação de vinho). Haviam assegurado a Ann que o suco de laranja havia sido recém-preparado, as frutas espremidas durante toda a noite pelas mãos minúsculas de elfos diligentes – a piada fora feita pelo confederado Beau, que não poderia ser mais divertido. Ann usava um vestido de verão de renda branca e sua nova gargantilha de pérolas, feliz por finalmente poder usar branco sem se preocupar se competia com a noiva.

O bufê incluía o cardápio padrão de qualquer *brunch* – salada de frutas servida em uma melancia escavada; Folhados, bagels e muffins; assim como bacon, batatas ao murro e batatas fritas ao estilo caseiro; ovos beneditinos com bacon canadense, espinafre ou lagosta; e omelete com ingredientes da estação. Além disso, havia as especialidades regionais de Ann: churrasco do Bullock's, frango frito, couve, bolinho de milho, salada de repolho, canjiquinha e canjiquinha com queijo. Mais tarde, seria servido doce de banana com creme, torta de nozes-pecã com bourbon e bolo red velvet.

O grupo de jazz dixieland – cinco homens com cerca de 60 anos, dois com grandes bigodes grisalhos, todos os cinco usando camisas listradas de vermelho e branco, suspensórios e chapéus de palha – afinava os instrumentos. Havia uma pequena pista de dança. Ann estava um pouco decepcionada por apenas cinquenta pessoas terem confirmado presença; ela havia imaginado que fossem ser oitenta ou cem confirmações, mas as pessoas certas estariam ali. Todos os cavalheiros de honra compareceriam, todos os Carmichael, e Maisy e Sam, além de todos os amigos de Ann e Jim de Durham.

E Helen iria; ao menos Ann acreditava que sim. Ela confirmara presença, embora isso parecesse ter um significado vago para a mulher, que nitidamente achava que não tinha problema algum dizer que estaria presente em um evento, e não aparecer. Seu lugar no jantar da véspera ficara vazio, embora ninguém houvesse sentido a sua falta, com a possível exceção de Maisy – e, então, Ann percebeu que provavelmente fora uma sábia decisão a que Helen tomara, apesar de grosseira. E Jim tinha razão: Ann ficou muito mais feliz sem Helen sob a tenda. Ela não sabia se deveria desejar que a outra mulher realmente comparecesse naquela manhã ou não. "Não apareça" seria a resposta mais óbvia – que Helen ficasse rolando na cama com Skip Lafferty a manhã toda –, mas ainda sentia certa necessidade de provar alguma coisa a ela. Aquela era a festa de *Ann*... e como estava adorável!

Ann e Jim estavam juntos, no meio da tenda. Ela o abraçou com força e ele lhe deu um beijo no alto da cabeça. A banda tocava "Georgia". Eles eram, por enquanto, os únicos convidados daquela festa, e se deixaram levar pela música. Foi um momento perfeito. Era uma pena que não pudessem parar o tempo e permanecer exatamente daquele jeito.

Quarenta e cinco minutos mais tarde, a banda estava a todo vapor, tocando "Riverboat Shuffle", enquanto os drinques com uísque – Whiskey Sours e Lynchburg Lemonades – eram consumidos livremente. Quando Jenna e Stuart entraram na tenda – a aparência viçosa, parecendo completamente revigorados, como se tivessem dormido dez horas seguidas, então acordado e ido nadar no mar (embora Ann soubesse não ser o caso) –, Stuart levou a agora esposa direto para a pista de dança e girou-a com talento ao som de "When the Saints Go Marching In". Todos aplaudiram entusiasmados. Como era um bufê, as pessoas podiam se levantar e perambular, trocar de lugar se quisessem, ficar parados na beira da pista de dança, batendo os pés no ritmo da melodia, então entrar na pista e dançar algumas músicas. Sim, todos reclamavam do cansaço e de ressaca da noite anterior, mas isso parecia somar ao bom clima da festa, não ser um problema.

– Vamos curar a ressaca com mais bebida! – disse Robert Lewis, brindando a Ann com seu bourbon.

– *Ótima* festa! – elogiou Autumn. Ela e H.W. não se desgrudavam.

Ann observou o filho montar um prato para Autumn com carnes grelhadas e dizer para a moça: "Você precisa experimentar isto. É da churrascaria mais famosa da Carolina." Ele chegou ao ponto de levar o garfo à boca de Autumn, e Ann teve que desviar o olhar.

Ann ainda não comera; estava ocupada demais conversando e rindo. Ainda assim, parou por um instante para observar e apreciar. Doug Carmichael parecia desanimado, e Ann não viu Pauline em lugar algum. Ela se aproximou de Doug.

— Muito obrigada pela noite passada. Foi magnífico — elogiou.

Doug sorriu e ergueu o copo com o drinque que tomava.

— São dois jovens fantásticos, merecem o melhor.

Ann tocou o copo dele com o dela em um brinde.

— Pauline virá?

Doug abaixou os olhos para o prato, que ainda tinha uma coxa de frango mordida, migalhas de um muffin inglês e um pouco de ketchup.

— Pauline voltou para casa. Precisava resolver algumas coisas em Connecticut.

— Ah — retrucou Ann. Ela sentiu uma grande vontade de se sentar perto de Doug e ver se conseguia fazer com que o sogro do filho se abrisse. Por que Pauline saíra correndo da igreja? Estava tudo bem? Afinal, Doug e Pauline agora faziam parte da família de Ann; algum dia os quatro seriam avós dos mesmos netos. Mas Ann era política, não terapeuta. Nas conversas, sempre fora discreta, não costumava bisbilhotar.

Quando Ann ainda se perguntava o que mais dizer a Doug Carmichael, viu Helen chegar à festa.

Helen. A Helen de cair o queixo, a impossível de passar despercebida, usava um vestido sem alças, longo, em um tom de vermelho-bombeiro que descia em uma coluna chocante dos seios ao chão. Os cabelos estavam desalinhados e ondulados, como se ela tivesse acabado de chegar da praia. Helen estava de braços dados com Skip Lafferty, que usava um blazer azul-marinho e uma gravata borboleta vermelha que combinava com o vestido de Helen. Os dois eram tão altos e tão impactantes que quase todos os convidados se voltaram para olhar para eles. Houve um momento de silêncio na tenda, então a banda começou a tocar "A Good Man is Hard to Find".

— Com licença — pediu Ann a Doug. — Tenho que cumprimentar uma pessoa.

Ann foi na direção de Helen e Skip. Sabia que deveria esperar até ter Jim ao seu lado, mas não havia tempo. Ela era a anfitriã daquela festa, cumprimentaria seus convidados. É claro que fora uma incrível grosseria de Helen levar Skip como acompanhante quando só confirmara presença para uma pessoa, mas, àquela altura, Ann já deixara de se surpreender com a falta de elegância da mulher. Quando chegasse em casa, Ann enviaria secretamente para Helen um livro de etiqueta de Emily Post, em um envelope sem identificação.

— Olá, Helen — disse Ann. Ela estendeu a mão, mas Helen insistiu em se inclinar para trocar dois beijinhos, no ridículo modo europeu. O vestido longo tinha uma fenda até o joelho, e Ann viu de relance o couro também vermelho dos sapatos plataforma que Helen calçava, e que acrescentavam pelo menos uns sete centímetros à altura já espetacular. Ann era muito mais baixa e se sentiu como uma criança. Por que alguém que já era alta usaria sapatos plataforma? Helen gostava de se erguer acima de todos, imaginou Ann, e Skip Lafferty era um acessório gigante. Ela poderia usar os sapatos que quisesse ao lado daquele homem.

Ann estendeu a mão a Skip.

— Skip, sou Ann Graham; nos encontramos rapidamente ontem de manhã.

Skip apertou a mão dela e sorriu.

— Sim, eu me lembro. Olá novamente. Obrigado por me incluir no convite.

— Ah, não há de quê — disse Ann.

Ela se virou na direção da festa, pensando: *Sinceramente, que coragem dessa mulher!* Em um dos cantos da tenda, Ann percebeu que Olivia Lewis e Jim a encaravam com olhos arregalados.

— Bem, o serviço é em estilo bufê — explicou Ann. — Portanto, peguem um drinque e sirvam-se. Aproveitem a música.

Skip deu uma olhada geral na festa e esfregou as mãos, satisfeito. Ele parecia encantado por ter conseguido aquele convite, e Ann sentiu uma pequena pontada de gratidão. Então Skip disse:

— Ah, veja, lá está Kevin Carmichael! Contratei a empresa dele para me auxiliar no projeto de uma obra em St. Louis, no ano passado. Espere um pouco, Helen, já volto. — Ele disparou na direção de Kevin, deixando Ann e Helen sozinhas.

Ah, Deus, preciso sair daqui, pensou Ann. Mas se afastar naquele momento e abandonar Helen seria falta de educação, e Ann se recusava a descer ao nível da outra. Um garçom com uma bandeja de champanhe se aproximou, e tanto Helen quanto Ann aceitaram uma taça.

— É engraçado — comentou Ann. — Que Skip conheça Kevin. A probabilidade seria mínima, não é?

— Quem? — perguntou Helen.

— Kevin Carmichael? — disse Ann. — O irmão de Jenna?

Helen assentiu distraída, e Ann não estava certa se ela sequer sabia quem era Jenna.

— Jenna — lembrou Ann. — A noiva.

— Sim, eu sei — falou Helen. — Conheci Jenna na sexta-feira à noite, no jantar de ensaio. — Ela sorriu para Ann, que ficou feliz ao ver uma mancha de batom vermelho no dente da outra. — Acho que eu a choquei.

A princípio Ann pensou que Helen se referia ao fato de a própria presença no jantar ter chocado Jenna, assim como havia chocado Ann ao longo de todo o fim de semana. Mas então ela se perguntou se Helen não queria dizer outra coisa.

— Você a chocou? Como?

— Eu mencionei acidentalmente o primeiro noivado de Stuart — disse Helen.

— Criss... — Ann engoliu em seco. Os ouvidos latejavam e a banda subitamente pareceu tocar alto demais. O que Helen estava dizendo? — Foi você quem contou a Jenna sobre Crissy Pine?

— Obviamente achei que ela já *soubesse* — defendeu-se Helen. — Quero dizer, meu Deus, Ann, ela estava prestes a se casar com Stuart e não sabia que ele havia sido noivo antes? Ele nunca havia contado?

— E com certeza não cabia a *você* contar ela! — exaltou-se Ann. — Acho que não se deu conta do problema que causou. Jenna quase cancelou o casamento. Ela quase *deixou* Stuart!

Helen soltou um muxoxo de desdém.

— Ora, é melhor que tudo esteja às claras — disse. — Stuart não iria querer se casar com *aquele* esqueleto trancado no armário. — O vestido vermelho de Helen a fazia parecer uma versão feminina do demônio. O mal encarnado.

— O que você sabe sobre isso? — perguntou Ann. — Stuart não é seu filho!

— Jim me contou a história toda — falou Helen. — Sempre pergunto a ele sobre os outros rapazes. Somos uma única família, Ann, goste ou não.

Ann ficou sem fala. E empertigou o corpo diante de Helen.

— Sabe de uma coisa, Helen?

A outra mulher tomou um gole do champanhe. Os olhos agora estavam fixos em Skip Lafferty, que parecia entretido na conversa, a mão pousada no ombro de Kevin Carmichael. E foi por isso que Ann percebeu a aliança no dedo de Skip.

Ele é casado!, pensou ela.

— O quê? — perguntou Helen.

— Eu jamais deveria ter convidado você para este casamento — disse Ann. — Não sei por que o fiz. Acho que queria provar que eu era uma pessoa melhor, queria mostrar a mim mesma que havia superado o que aconteceu há vinte anos. Poderia estender um ramo de oliveira, poderia convidá-la. Mas a verdade é que *não* somos da mesma família de jeito nenhum. Você destruiu a *minha* família. É a responsável pela pior catástrofe da minha vida.

— Vocês podem me culpar — argumentou Helen —, mas não agi sozinha. Não engravidei sozinha.

— Já fiz as pazes com Jim — disse Ann. — Mas descobri que não há a menor possibilidade de conseguir fazer as pazes com você.

— Não consigo acreditar que você aceitou Jim de volta — falou Helen. — Me pareceu deplorável. Você é uma mulher inteligente, Ann, e razoavelmente atraente. Detém poder de verdade em certos círculos. Poderia ter conhecido outra pessoa. Poderia ter conseguido coisa melhor.

— É nesse ponto que somos diferentes — disse Ann. — Para mim, não há ninguém melhor. Minha vida sempre foi amar Jim.

Helen abriu a boca para falar, mas Ann já se cansara de ouvir. Por isso se afastou, deixando para trás a outra mulher e seu dente manchado de batom. Ann deu um tapinha no ombro de Skip Lafferty, interrompendo a conversa dele com Kevin Carmichael.

— Preciso alertá-lo sobre Helen — falou Ann. E chegou mais perto do ouvido de Skip. — Ela é uma víbora.

Skip sorriu sem jeito para Ann. Talvez não tivesse ouvido o que ela disse acima dos acordes de "The Entertainer", mas Ann não se importava. Outra mulher talvez tivesse repetido o que havia dito; outra mulher talvez tivesse gritado com Helen, a xingado de vaca, de vadia; outra mulher talvez tivesse feito um comentário ferino sobre as cores fortes que Helen usara durante todo o fim de semana e sobre o modo como elas se assemelhavam às cores das cobras, sapos, peixes e aranhas venenosas; outra mulher talvez tivesse jogado a bebida em Helen; ou "derramado" acidentalmente um prato de canjiquinha com queijo sobre os sapatos plataforma de couro de Helen. Outra mulher talvez tivesse ouvido a expressão "razoavelmente atraente" e feito uma cena, mas não Ann. Santa Ann, aluna de colégio católico. Ann, senadora do estado. Ann tivera a chance de dizer o que queria a Helen, e fora o bastante.

Jim se aproximou e tomou-a nos braços.

— Você está bem? — perguntou ele.

— Maravilhosa — disse Ann.

— Sabe, eu me casaria com você novamente — falou Jim. — E novamente, e novamente, e novamente, por todos os dias da nossa vida, eu me casaria com você, Annie.

A banda começou a tocar "Ain't Misbehavin."

— Vamos dançar — convidou Ann.

O CADERNO, PÁGINA 42

A Noite de Núpcias

Há! É só uma brincadeira, meu amor! Tenho certeza de que você vai se sair muito bem sem a intromissão da sua mãe.

MARGOT

Tudo o que lhe restava era sobreviver ao *brunch*. Então, às três da tarde, subiria com seu Land Rover a rampa da barca, o fim de semana do casamento ficaria para trás, e ela poderia se dedicar a reorganizar a própria vida.

Edge se fora.
Griff se fora.
Jenna estava casada.
Sua mãe ainda estava morta.

Margot não poderia nem mesmo chorar as mágoas em paz durante a travessia de quase duas horas, como planejara, porque o pai voltaria com ela na barca.

Pauline jogara o Caderno na fogueira, e ele desaparecera nas chamas. Margot simplesmente aceitara isso como a desgraça final do fim de semana – até Jenna contar a eles que Stuart realmente *era* o Marido Inteligente e Sensível que Beth previra: ele havia escaneado o Caderno, página por página, e salvara no computador – assim, as palavras escritas à mão por Beth estariam preservadas digitalmente para sempre. Doug finalmente poderia ler a última página do Caderno.

Pauline passara a noite no quarto de hóspedes com Rhonda e, ao raiar do dia, fora embora no Jaguar de Doug para pegar a barca que saía de manhã cedo. Ela voltou para casa sozinha. Doug estava planejando ficar no hotel Marriott, em Stamford, até encontrar um lugar para morar na cidade.

Divórciolândia.

Rhonda, no entanto, permanecera na casa dos Carmichael. Levantara cedo pela manhã, para correr; preparara um bule de café e, quando Margot e seu coração duas vezes partido desceram cambaleando as escadas, Rhonda já estava de volta, suada e ofegante.

Ela parecera constrangida.

— Sinto muito pela minha mãe — falou.

Margot se serviu de uma xícara de café, puro e quente. Quanto mais amargo estivesse o café pela manhã, melhor.

— Não é culpa de ninguém — disse Margot, essa sempre fora a frase que Doug usara para descrever 95 por cento dos divórcios que testemunhava. — As coisas acontecem, as pessoas mudam, não adianta culpar ninguém.

Rhonda assentiu, mas não pareceu convencida.

— Deveríamos sair juntas às vezes — sugeriu Margot. — Para tomar um drinque, jantar ou coisa parecida. Eu adoraria conhecer Raymond.

— É mesmo? — perguntou Rhonda, se animando. — Que tal na quinta-feira à noite? Você está livre na quinta à noite? Poderia se encontrar comigo e com Raymond no Swine.

Margot imaginara alguma data vaga no futuro, mas ficou encantada com o entusiasmo de Rhonda.

— Estou livre na quinta-feira — disse. — E estou louca para ir ao Swine.

Estava marcado, então. Margot torcia para que até quinta--feira a dor excruciante que sentia por causa de Edge e Rosalie, e, estranhamente, a dor ainda pior de ter visto Griff partir tivessem diminuído a um ponto que permitisse que ela fosse uma companhia ao menos decente. Parecia uma terrível ironia que ela e Rhonda se tornassem amigas, agora que os pais estavam se separando. Ainda assim, Margot ficou feliz por ter conseguido tirar pelo menos uma coisa positiva daquele fim de semana.

Margot pegou uma taça de champanhe da bandeja e ficou parada na fila do bufê com Ryan e Jethro, que pareciam exaustos. O cheiro de bebida que emanava de Ryan conseguia se destacar acima do perfume Aventus que ele usava.

Aventus. Maldito Edge.

Ryan e Jethro contaram a Margot que haviam ficado acordados até quatro da manhã tomando *shots* de tequila Patrón com o vocalista da banda, cujo nome era Ernie Sands. Eles haviam engatado uma longa conversa sobre *Moby Dick*, e Ryan começara a chamar Jethro de "Daggoo", em uma referência ao personagem do livro.

— Daggoo e eu provavelmente vamos voltar a Nantucket no próximo verão — disse Ryan.

— Sim, talvez nos casemos também — contou Jethro.

Margot bateu palmas e torceu para conseguir parecer entusiasmada, mas a ideia de qualquer pessoa se casando, mesmo pessoas tão perfeitas uma para a outra como Jethro e Ryan, a deprimia.

— Você está parecendo pior do que estou me sentindo — comentou Ryan. — Trouxemos exemplares do *Times* e do *News and Observer* para que todos pudessem ver as notícias sobre o casamento. Quer ser a primeira? Estamos sentados ali.

— Adoraria — respondeu Margot. — Mas tenho que conversar com os primos da minha mãe. Venho adiando isso durante todo o fim de semana.

Margot preparou um prato com as coisas que normalmente não se permitia comer – frango frito, batatas ao murro e uma colher bem cheia de canjiquinha com queijo, com carne grelhada por cima. O que importava se pesasse duzentos quilos? Ninguém a amara quando estava magra.

Ela procurou por Everett e Kay Bailey, os primos preferidos de Beth. Era uma prova de devoção de Margot à mãe. Ela sempre adorara Ev e Kay, mas "colocar a conversa em dia" não era nem de longe o modo como Margot queria passar aquele *brunch*.

Os dois ficaram, é claro, encantados quando Margot se sentou com eles.

– Ah, que surpresa maravilhosa – disse Kay. – Aqui está Margot! Onde estão as crianças?

– Em casa – explicou Margot. – Com os primos e a babá.
– *Brincando com suas iBugigangas*, pensou. *Comendo bolo no café da manhã.*

Margot não via Ev e Kay desde o funeral de Beth, sete anos antes, portanto, havia muito assunto para colocar em dia. Como o próprio divórcio.

– Drum Sr. vai se casar de novo – contou Margot. – Com uma instrutora de pilates chamada Lily. – *Uma mulher da qual eu nunca tinha ouvido falar até três dias atrás.* Ela comeu algumas garfadas caprichadas de carne e canjiquinha com queijo.

Margot estava saindo com alguém?

– Não, ninguém em especial. – *A menos que vocês contem os quinze meses que passei em um torvelinho obscuro de sexo e mensagens não correspondidas com o sócio do meu pai.*

E quanto ao trabalho? Parecia que ela tivera uma ascensão meteórica na Miller-Sawtooth.

— O trabalho vai bem — respondeu Margot. — Adoro meu emprego. — Trabalho sempre fora a carta na manga de Margot. O restante da vida podia estar desmoronando, mas o trabalho... promoções, respeito e salário... sempre fora uma área em que era muito bem-sucedida. Ao menos até Griff. Os primeiros acontecimentos envolvendo Griff já haviam sido ruins o bastante, mas o reaparecimento do rei do baile na vida dela fora exponencialmente pior. Margot gostara de Griff meses antes, e se arrependera do que fizera, mas durante aquele fim de semana, ele se revelara ainda mais gentil, legal e autêntico do que parecera antes. E havia gostado dela! Ele a achara bonita! E inteligente! E dura, com discernimento (os melhores elogios que alguém poderia receber na sua área de trabalho). E Margot o derrubara como uma franco-atiradora. Fora cruel e antiética; estragara tudo, estragara, *estragara!*

Talvez a expressão no rosto de Margot houvesse denunciado que trabalho era um assunto delicado no momento.

— Seu pai parece bem — comentou Ev.

— Bem? — repetiu Margot. — Sim, ele está bem. — *Desde que não termine como um ocupante permanente do meu sofá-cama.* Mais do que tudo, Margot esperava que o pai não desistisse e voltasse para Pauline só porque não conseguia encarar a vida de solteiro.

— E seus irmãos? — perguntou Kay.

— Kevin é Kevin — disse Margot. — Sempre combatendo dragões, tornando o mundo um lugar mais seguro para a humanidade. — Ela, Ev e Kay se viraram para observar Kevin e Beanie, de braços dados no bar onde, Margot sabia, Kevin pediria uma cerveja light e Beanie um suco de vegetais V8, puro. — E Nick — continuou Margot. O que diabos ela poderia dizer sobre o irmão mais novo que não deixasse Ev e Kay de cabelos em pé? Que naquele momento ele estava dançando "Am I Blue" com Finn? Os corpos dos dois pareciam colados; o queixo de Nick descansava sobre a cabeça de Finn, o rosto dela estava enfiado no peito dele, os olhos fechados. Os pés de ambos mal pareciam se mover. Margot os observou por um momento com espanto e horror. Os dois haviam passado a noite juntos no quarto de Jenna, já que Autumn, mais uma vez, fora com H.W. para a casa em que estavam os rapazes, e Jenna e Stuart haviam passado a noite de núpcias no chalé do Cliffside Beach Club. Ninguém tinha dito uma palavra sobre Nick e Finn dividindo um quarto na casa da família, nem Doug, nem Kevin, nem a própria Margot. Ela não era a responsável por defender a moral e os bons costumes, os dois eram adultos em comum acordo, e infidelidade não era contra a lei. Mas pelo amor de Deus!

Jenna e Finn ainda não estavam se falando. Talvez nunca mais voltassem a se falar, mesmo se Nick e Finn acabassem se casando algum dia.

Casamento! Margot deixou escapar uma risada sem humor. Ev e Kay sorriram para ela como se perguntassem o que havia de engraçado, e Margot tentou arrumar algo neutro para dizer sobre Nick.

Mas, naquele instante, algo aconteceu. Margot viu um homem entrar na tenda. Um cara bonito, de ombros largos e pernas levemente arqueadas. Ela ficou boquiaberta.

Não é possível, pensou. *Ah, meu Deus, não é possível.*

— Me deem licença um instante — disse Margot para Ev e Kay.

Ela saiu tropeçando da cadeira, segurando o drinque que, sabiamente, decidira manter por perto. Precisava ver melhor.

Ah, meu Deus, sim.

O homem que entrara na tenda era Scott Walker.

Internamente, Margot soltou um ganido. E observou Scott Walker se aproximar de Nick e Finn na pista de dança. A banda continuou a tocar, mas Nick e Finn ficaram imóveis e se separaram, embora Nick ainda segurasse o braço queimado de sol de Finn.

Margot pensou: *Jesus, Nick, deixa pra lá!*

E depois: *Scott vai dar um soco nele.*

A expressão no rosto de Finn era de quem vira um fantasma. Ela parecia *petrificada*.

Scott falou alguma coisa, mas Margot não conseguiu ouvir as palavras por que a banda tocava alto "Everybody Loves My Baby". Então Nick também disse alguma coisa e Margot torceu para o irmão estar invocando todo o encanto que o havia mantido vivo e fora da cadeia até ali. Finn não disse nada; mal piscava.

Scott pegou o outro braço de Finn. Por um instante, tanto Nick quanto Scott seguravam Finn, como se estivessem disputando um cabo de guerra, e Margot pensou: *A música que está tocando não poderia ser mais adequada... "Todos amam a minha garota", com toda certeza!* Ela queria entender por que Finn tinha homens lutando por ela, uma garota chorona, mentirosa e desonesta. Não era justo. Então Nick soltou o braço de Finn e Scott levou a esposa para fora da tenda, até o deque, onde eles ficaram parados, conversando. Estavam a cerca de cinquenta metros de distância, mas à vista de todos.

Jenna apareceu ao lado de Margot.

– Não posso acreditar que isso esteja acontecendo. Você acredita? – disse Margot.

– Eu o chamei – falou Jenna.

A buzina de neblina soou. A barca começou a se afastar do embarcadouro. Margot e Doug estavam sentados no banco da frente do Land Rover, e as três crianças com suas iBugigangas atrás. Ellie ainda usava o vestido de daminha. Ela entornara ponche de frutas na frente da roupa, e a parte de trás estava coberta de manchas de grama, mas nada importava naquele momento.

O casamento havia acabado.

– Esqueça o Marriott em Stamford – avisou Doug. – Vou arrumar as minhas coisas, resolver umas pendências no escritório e voltar para cá no próximo fim de semana. Na verdade, vou passar o verão todo aqui.

– O *verão todo?* – repetiu Margot. – Você está brincando.

– Não estou, não – disse Doug. – Vou à praia, vou jogar golfe no Sankaty. Por que não? Edge pode tomar conta das coisas no escritório.

Margot assentiu rapidamente, de um modo que ela esperava que deixasse evidente que não queria conversar sobre Edge. No entanto, Margot estava com uma inveja absurda do pai, que passaria o verão inteiro em Nantucket. Porque, apesar de o fim de semana ter sido esquisito e difícil, ela não queria deixar a ilha. A partida lhe doía fisicamente. Conforme a barca se adiantava em direção a Hyannis, o coração de Margot se partiu uma terceira vez.

O que a fez lembrar...

– Vou subir – disse Margot. – Quem vem comigo? Ellie?

A menina balançou a cabeça, recusando-se.
— Vamos, você disse que iria.
— Mudei de ideia.
— Meninos? — chamou Margot.
— Não! — Em coro.

Ela suspirou e percebeu que estava prestes a cair no choro. Beth nunca tivera problema em conseguir que Margot e os irmãos fizessem o que ela queria quando tinham aquela idade. Margot, Kevin e Nick não tiveram permissão para serem rebeldes até chegarem à adolescência.

Mas talvez ela estivesse se lembrando da própria versão da história. Talvez Margot apenas gostasse de acreditar que fora uma filha obediente, porque a mãe estava morta e Margot não conseguia suportar a ideia de ter dado um único momento de aborrecimento a ela. De qualquer modo, não brigaria com os filhos. Não os forçaria a subir.

— Tudo bem, então — falou. — Eu vou sozinha.

Doug se recostou no assento.

— Eu iria com você, meu bem, mas estou destruído.

Margot saiu do carro e subiu até o deque superior. Sentiu-se melhor com o ar fresco e o horizonte diante dos olhos, embora o braço de mar que era Nantucket Sound estivesse plácido como um espelho e a barca quase não balançasse. Margot ficou parada sob o sol, sem o filtro solar com fator de proteção 90, sem chapéu. O que importava se pesasse duzentos quilos, o que importava se tivesse cinco milhões de sardas?

Ela tirou duas moedas de um centavo da carteira e, quando a barca passou por Brant Point Lighthouse, o farol, jogou-as no mar. O lançamento foi péssimo; as moedas quase não passaram do deque inferior. Se algum dos irmãos estivesse ali, teria dito que ela jogava moedas como uma menininha. Margot olhou ao redor para se certificar de que ninguém a vira. E ouviu passos. Alguém se aproximava.

Ela pensou que poderia ser o pai, que a perdoaria por um mau lançamento e por muito mais.

O homem avançou lentamente até chegar ao seu lado e descansou os braços na amurada. Margot se virou.

Viseira branca.

Não era o pai.

— Por acaso você teria duas moedas para me emprestar? — perguntou Griff.

Margot teve a sensação de que o coração estava despencando pela lateral do barco. Ela pescou mais duas moedas na carteira e as entregou a Griffin Wheatley, rei do baile.

Griff sorriu.

— Acho que me deve ao menos isso — disse. Então pegou as moedas e jogou-as tão longe que quase aterrissaram na praia.

— Impressionante — comentou Margot.

— Então eles deram o emprego a Nanette Kim... — falou Griff. — Sabe, eu a conheci. No Starbucks que ficava no primeiro andar do prédio da Tricom. Na verdade, foi ela que se aproximou de mim. Nanette frequentou a faculdade com a mulher que Jasper descartou quando se casou com a minha esposa. De qualquer modo, Nanette Kim era muito legal... e inteligente como o diabo. Merecia o cargo.

Por mais que Margot quisesse se livrar da culpa, não poderia permitir que ele fizesse aquilo.

— *Você* merecia aquele emprego — argumentou. — Eles gostaram de *você*.

— Nanette Kim se demitiu seis semanas depois por causa do ambiente hostil a mulheres e minorias — lembrou Griff.

— Devo lembrar que você não é mulher nem faz parte de nenhuma minoria.

— Mas você acha mesmo que eu iria querer trabalhar em um lugar hostil a mulheres e minorias? — perguntou ele. Então passou a mão pelo que agora era uma barba de quatro dias muito, muito atraente. — Não fui escolhido rei do baile dos ex-alunos à toa. Sou um bom rapaz, Margot. E acho que você me fez um favor me tirando do páreo.

Margot balançou a cabeça.

— Mas eu não fui a boa moça, Griff. Quero dizer, *sou* uma boa pessoa, no fundo. Mas o que eu fiz foi... desprezível.

— Estou feliz na Blankstar — admitiu Griff. — Feliz de verdade. É o lugar certo para mim.

— Que bom — disse Margot. — Fiquei de olho em você, sabe? A primeira coisa que eu fazia toda manhã era pesquisar seu nome no Google, até você conseguir um emprego.

— Fez mesmo isso? — perguntou ele.

— Fiz.

— Você não precisava ter me contado a verdade — falou Griff. — Eu nunca ficaria sabendo. Nunca.

— Sim. Sei disso.

— Então por que contou? — perguntou ele.

Por que ela havia contado? Ora, porque era filha da mãe e do pai dela, e porque era mãe de três almas jovens, em crescimento. Podia até alimentá-los com comida de restaurante altas horas da noite, e deixá-los por horas com Kitty, a babá da tarde, mas no fim das contas, era ela, Margot, a pessoa responsável por determinar a orientação moral dos filhos. Fazer besteira era algo que acontecia: pousar uma panela quente diretamente sobre a mesa de pinho e deixar uma marca para sempre; pedir o divórcio porque já não estava mais apaixonada pelo marido e esgotara qualquer esperança; se apaixonar cegamente pela pessoa errada e, então, cometer o que fora, em essência, um crime passional... mas precisava assumir o que fazia.

Como explicar isso a Griff? Provavelmente, não conseguiria.

— Não sei por que confessei — disse por fim.

Griff segurou o queixo dela e a fez encará-lo.

— Mas eu sei — falou ele.

Margot achou que Griff iria beijá-la. Ele a beijaria e aquele fim de semana de casamento difícil e doloroso teria um final típico dos filmes, um final com que Margot nunca sonhara para si. Mas, em vez de beijá-la, Griff deixou a mão cair novamente sobre a amurada e ficou encarando a água.

— Não acredito em amor — declarou ele.

— Nem eu — disse Margot.

— Nunca mais vou me casar.

— Nem eu.

Griff endireitou o corpo e ajustou a viseira. Ele olhou para Margot, que ficou hipnotizada pelos olhos de caleidoscópio, azuis e verdes. Era uma anomalia genética, e Margot se perguntou se ter *heterochromia iridum* tinha alguma vantagem. Ele via as coisas de um jeito diferente? Tinha algum sexto sentido que permitia que adivinhasse as letras de música favoritas das pessoas? Que fosse generoso de espírito mesmo quando havia sido prejudicado?

— Quero que você me ligue — falou Griff. — Esta noite, depois que estiver acomodada em casa, quando estiver indo para a cama, o mais tarde que quiser. Está certo? Prometo que vou atender.

Margot assentiu.

— Vou te contar as idiotices — disse ela.

— Todas.

— Está bem — concordou Margot.

Griff já estava se afastando quando voltou a se virar na direção dela.

— Obrigado pelas moedas — falou. Então deu uma olhada pela lateral do barco. — Sabe, mal posso esperar para voltar aqui.

Margot seguiu o olhar dele em direção à costa da ilha, o lugar em que passeara pela praia quando era uma adolescente cheia de conflitos, onde se divertira com os irmãos e se esgueirara pelas portas dos fundos de bares, onde conhecera Drum Sr., onde descobrira que estava grávida, onde o espírito da mãe cintilava como o sol em cada superfície. Era a ilha em que Margot queria descansar os ossos exaustos quando aquela sua vida intensa, extraordinária e terrivelmente confusa acabasse. Era o lar.

— Eu também — disse Margot.

O CADERNO, ÚLTIMA PÁGINA

Felizes Para Sempre

Não tenho a menor dúvida de que tenha você seguido meus conselhos, ou não, seu casamento foi glorioso, memorável. A celebração do casamento é uma coisa, minha doce Jenna, mas o dia a dia de um casamento é outra completamente diferente. Sei que há escritores, psicólogos, apresentadores de programas de entrevistas e "especialistas" por aí que alegam saber o segredo de um casamento longo e feliz. Posso lhe assegurar que essas pessoas não sabem de nada. Seu pai já viu de tudo em relação a casamento, separação e divórcio, e ele será o primeiro a lhe dizer — e eu concordo de todo coração — que metade dos casamentos terminará e metade sobreviverá, e não há como dizer o motivo de uma coisa ou de outra. Sou grata por todas as bênçãos que recebi, especialmente por você, Margot, Nicholas e Kevin, meus filhos, fortes, brilhantes e lindos. Mas minha família começa e termina com seu pai, Douglas Carmichael, que me apoiou por 35 anos com sua devoção e infinita bondade. Ele fez duas coisas por mim durante todos os dias do nosso casamento: me fez rir e foi meu amigo.

Como tenho sido sortuda, muito sortuda.

BASTIDORES

The New York Times
Carmichael-Graham
 Jennifer Bailey Carmichael, filha de Douglas Carmichael, de Silvermine, Connecticut, e da falecida Elizabeth Bailey Carmichael, casou-se com Stuart James Graham, filho de James e Ann Graham, de Durham, Carolina do Norte, ontem, na ilha de Nantucket. O reverendo Harvey Marlowe oficializou a cerimônia na Igreja Episcopal de St. Paul.
 A Sra. Carmichael, 29 anos, é professora e coordenadora na pré-escola Little Minds, em Manhattan. Ela se formou na Universidade William and Mary.
 O pai da noiva é sócio-diretor da Garrett, Parker e Spence, um escritório de direito de família em Manhattan.
 O noivo, 30 anos, é analista de alimentos e bebidas para a Morgan Stanley. Ele se formou com mérito pela Universidade Vanderbilt e tem um MBA da Universidade de Columbia.
 O pai do noivo é vice-presidente da GlaxoSmithKline, no Research Triangle Park, na Carolina do Norte; e a mãe do noivo é senadora do estado da Carolina do Norte há 24 anos.
 Ryan Graham (padrinho): Uau, o anúncio do casamento no jornal declara todos os fatos, mas, na verdade, não conta *nada*.

Nick Carmichael (irmão da noiva): Normalmente, partir corações é meu segundo emprego, e eu adoro. Mas, nesse fim de semana, uma garota foi roubada de mim, bem debaixo do meu nariz. Demorei algum tempo para me dar conta de que, antes de mais nada, ela não me pertencia. Mas tive a sensação de que pertencia, porque eu a conheço há tanto tempo – mais tempo do que Scott Walker a conhece, a propósito... duas décadas a mais. Para mim, Finn sempre foi a amiguinha de Jenna, mas então, nesse fim de semana, ela se tornou algo mais. Será que me *apaixonei* por ela? Cara, não sei se iria tão longe, embora tenha sentido algo louco e desconhecido. Mas então me disseram que casamentos provocam isso, trazem à tona o lado romântico de qualquer um.

H.W. Graham (irmão do noivo): O voo dela era às três da tarde, e o meu às quinze para as quatro, por isso decidimos ir juntos para o aeroporto. Havíamos bebido bastante no *brunch* e, como tínhamos tempo de sobra no aeroporto, sentamos no bar para tomar umas doses de tequila. Ela passou o fim de semana todo dizendo que conhecia caras como eu, e que eu não precisava me preocupar, não haveria nada nos prendendo. Disse que, assim que ela entrasse no avião para Myrtle Beach, eu nunca mais a veria de novo, ou ouviria falar dela. Por isso precisei insistir um pouco para conseguir que ela me passasse o número do celular. "Podemos trocar mensagens de texto", falei. "Vou adicioná-la no Facebook", coisas assim. "E mais, estou toda hora em Pawleys para jogar golfe (*era a mais pura verdade, embora eu só tivesse estado lá uma vez*), e posso visitar você. Posso ir ao restaurante onde você trabalha." Ela respondeu: "Esse é um país livre." Então o voo dela foi chamado, nós nos despedimos com um beijo, e eu fiquei olhando os cabelos ruivos desaparecerem pelo portão de embarque. Me sinto constrangido ao admitir o que fiz em seguida. Liguei meu computador e calculei a distância entre Raleigh, na Carolina do Norte, onde moro, e Murrells Inlet, na Carolina do Sul, onde ela mora. São aproximadamente trezentos quilômetros de distância, ou três horas e 34 minutos. Moleza. Vou para lá no próximo fim de semana.

Carson Bain (sobrinho da noiva): Minha mãe disse que, assim que voltarmos para Nova York, terei que começar a ter aulas particulares *três vezes por semana!*

Doug Carmichael (pai da noiva): Pelos meus cálculos, o casamento me custou entre 170 e 180 mil dólares. Se Beth estivesse viva, me *mataria* por lhes dizer isso. Ela também insistiria para que eu dissesse que valeu cada centavo. E é verdade.

Roger (cerimonialista): Todos conhecemos o que Tolstói escreveu sobre famílias felizes serem parecidas, mas famílias infelizes serem, cada uma, infelizes à própria maneira. Não sou russo e não sou escritor, e daqui a 150 anos ninguém estará me citando, mas isso não me impedirá de dizer o que penso. O que penso é que toda família é feliz à própria maneira, e toda família é infeliz à própria maneira. Toda família é, ao mesmo tempo, funcional e disfuncional. Os Carmichael e os Graham não foram meus clientes mais fáceis, nem os mais difíceis... não mesmo. Mas eles se sobressaíram. Na primeira vez em que Jenna e Margot entraram em meu escritório e me disseram que haviam perdido a mãe, mas que ela deixara um caderno, pensei: *Uau, isso vai ser interessante.* E foi.

O que Beth Carmichael mais desejava era que a filha tivesse um lindo dia de casamento. Preciso dizer: já trabalhei em mais de 175 casamentos – alguns sob chuva e vento forte, outros em um calor e umidade insuportáveis, um deles sob uma nevasca (em abril!) – e todos e cada um deles foram lindos dias.

Mas esse foi especialmente lindo.

Jenna Carmichael-Graham (recém-casada): Casamentos são uma coisa importante. Talvez você ache que eu deveria ter percebido isso antes do dia de ontem, mas não percebi. Só compreendi quando estava parada no altar da igreja, com Stuart, a minha família, os irmãos de Stuart, os meus melhores amigos e o reverendo Marlowe, e olhei para o rosto de todas aquelas pessoas que eu amava e que me amavam, e que desejavam o melhor para mim. O amor é assustador. Prometer amar alguém na saúde e na doença, na riqueza e na pobreza, *deixando tudo para trás, até que a morte nos separe*, é a experiência mais aterrorizante que uma pessoa pode ter. Por que fingir que não?

AGRADECIMENTOS

Todos amam um casamento!

Phyllis Frielich foi inacreditável no seu empenho em examinar todos os possíveis detalhes das núpcias Carmichael-Graham comigo. Ela é cheia de ideias criativas e maravilhosas, e o buquê da noiva foi ideia dela, assim como vários outros detalhes.

A cerimonialista de casamentos Michelle Ciccarella, de Boston, e suas assistentes, Jackie Parker e Michelle Reid, foram quem colocaram minhas engrenagens para funcionar, nos idos do outono de 2011. Obrigada, senhoras! Four Seasons para sempre!

Deborah Briggs Bennett, uma amiga tão próxima que já é da família, me deu as informações definitivas sobre o mundo da recolocação executiva. Eu jamais teria conseguido escrever este livro sem a ajuda dela. Deborah também foi a inspiração para a parte do livro que intitulei "A Lista de Presentes, Parte II: Sala de Jantar". E também foi a resposta para a eterna pergunta: "O jogo completo de garfos de sobremesa da Tiffany é importante?"

O polivalente advogado Andrew M. Porter foi meu braço direito no que se referia à profissão de Doug Carmichael e John Edgar Desvesnes III, além de ter me ajudado como grande conhecedor da Guerra Civil dos Estados Unidos.

Vou me apropriar mais uma vez das palavras de Anne Sexton para descrever Reagan Arthur, minha editora na Little, Brown: "Genialidade pura em ação." Realmente, não há mais nada que eu possa dizer. Reagan está sempre, sempre certa – tenho sete livros para provar isso. As contribuições dela para tornar este livro melhor são numerosas demais para que eu consiga mencioná-las.

Os outros magos e deusas da Little, Brown que me fizeram a autora mais feliz dos Estados Unidos são: Michael Pietsch, Heather Fain, Terry Adams, Michelle Aielli, Marlena Bittner, Justin Levine, Sarah Murphy e o magnífico David Young.

Minha equipe de agentes, Michael Carlisle e David Forrer, da Inkwell Management, são sincera e eternamente meus paladinos, meus queridos.

Sarah Cutler, você foi um sonho. Agradeço a Deus por tê-la encontrado.

Em memória da minha primeira "maior fã", Nora Jaksic, mãe do galante e divino Jimmy Jaksic. Nora sempre vai morar no meu coração como a maior fã do meu romance *The Blue Bistro*.

Como sempre, quero agradecer a minha família, meus amigos e as mães que são minhas companheiras nos jogos de futebol, basquete e beisebol dos nossos filhos. Todas vocês sabem quem são, e como tornam a minha vida mais rica, mais valiosa. Vocês me aguentam gritando na lateral do campo e nas arquibancadas – e não tenho como lhes agradecer o bastante por isso.

Este romance é para os meus avós, Clarence e Ruth Huling, que teriam completado setenta anos de casados no dia 19 de junho de 2013. Eu pretendia publicar o livro em homenagem às suas bodas. Meu avô, Clarence W. Huling Jr., faleceu antes de conseguir ver este livro publicado. Assim, para a minha avó, Ruth Francis Huling, eu gostaria de dizer: obrigada, vovó, por me mostrar como deve ser o amor. Você me permitiu acreditar.

Este livro foi composto na tipografia
Berthold Baskerville Book, em
corpo 12/16, e impresso em papel
off-white no Sistema Cameron da
Divisão Gráfica da Distribuidora Record.